Southern Reach 3

빛의 세계

THE SOUTHERN REACH TRILOGY #3: ACCEPTANCE

by Jeff VanderMeer

Copyright © 2014 by VanderMeer Creative, Inc.

All rights reserved.

Korean Translation Copyright © Minumin 2017

Korean translation edition is published by arrangement with

Farrar, Straus and Giroux, LLC, New York through KCC.

이 책의 한국어 판 저작권은 KCC를 통해

Farrar, Straus and Giroux, LLC와 독점 계약한 ㈜민음인에 있습니다.

저작권법에 의해 한국 내에서 보호를 받는 저작물이므로 무단 전재와 무단 복제를 금합니다.

앤에게

차례

일러두기

감사의 말에 인용된 도서명은 국내 미출간작의 경우 원제를 그대로 표기하였으며, 출간작은 한글 제목과 원제를 병기하였다.

000X: 국장, 12차 탐험

닿고 싶지만 닿지 않는 곳에서 다음과 같은 일들이 일어난다. 밀려들었다가 부서지는 파도 소리, 강한 바다 냄새, 십자형을 그리며 나는 갈매기 떼의 갑작스럽고 거슬리는 울음소리. 여느 때와 다름없는 X구역의 하루이자 특별한 날이기도 하다. 바로 당신이 죽음을 맞이하는 날. 당신은 모래 더미에 몸을 기대어 누워 있다. 몸의 반쯤은 무너진 담으로 가려진 채이다. 따뜻한 태양빛이 당신의 얼굴을 비추고, 등대가 그림자를 드리우며 서 있는 어지러운 광경이 어렴풋이 보인다. 하늘은 구름 한 점 없이 새파랗다. 당신 이마에는 끈적한 모래가 반짝이고 입안에서는 목구멍으로부터 짭짤한 맛의 **무언가**가 새어 나온다.

멍하고 쇠약해진 당신은 한편으로 후회 섞인 이상한 안도감을 느낀다. 기나긴 여정을 거쳐 여기에 도달했기 때문이다. 앞으로 어떻게 될지 알 수 없지만 그럼에도…… **쉴 수 있다**는 생각. 이곳에서 쉴수 있게 된 것이다. 마침내. 서던 리치에서 세운 모든 계획, 실패에 대한 고뇌와 끊임없는 공포, 혹은 그보다 더 두려운 대가…… 그 모든 것이 붉은 진주 같은 핏방울이 되어 당신 주변의 모래 속으로 흘러나온다.

주변 풍광이 당신을 들여다보려 덮치기라도 하듯이 몰려온다. 때로 확 번쩍이다가 소용돌이치기도 하고 아주 작아지기도 하더니 이내 눈의 초점이 돌아온다. 청각 역시 이전 같지 않아서, 균형감과 함께 약해졌다. 그리고 있을 수 없는 존재가 다가온다. 마술사의 트릭처럼 풍광 속에서 들려오는 목소리와 당신에게 제안을 하는 눈길. 속삭이는 목소리는 어딘지 익숙하게 들린다. *집 정리는 마쳤나?* 그러나 당신은 질문을 하는 존재를 낯선 자라 여기고 무시하려 한다. 그 낯선 자의 정체를 알고 싶지 않다.

탑에서 조우한 일 때문에 얻은 어깨의 통증이 심각하다. 상처는 당신을 배반하여, 당신이 원치 않는데도 푸른 창공 속으로 뛰어들게 했다. 어떤 소통, 상처와 갈대숲을 가로지르며 춤추는 불꽃 사이의 무언가가 계기가 되어 당신의 주도권을 빼앗았다. 당신의 집은 그런 식으로 혼란스러웠던 적이 거의 없다. 당신은 몇 분 안에 다른 무언가가 당신에게 남게 되리라는 것을 알고 있다. 이곳 X구역에서 하늘, 땅, 물속으로 사라지는 것은 곧바로 죽음을 의미하지 않는다.

문득 그림자가 등대의 그림자와 만난다.

곧이어 부츠 소리가 들려온다. 당신은 혼란에 빠진 채 "소멸! 소멸!"이라고 외치며 버둥대지만 당신 앞에 무릎 꿇는 그 유령이 '소멸'이란 단어에 영향을 받지 않는 인물이란 사실을 깨닫는다.

"나예요, 생물학자."

너로군. 생물학자. X구역이란 벽에 던져진, 당신의 반항적인 무기.

그녀는 당신을 일으키고 입에 물을 흘려 넣으면서 당신이 기침하면서 토해 낸 피를 닦아 준다.

"측량사는 어디에 있지?" 당신이 묻는다.

"베이스캠프에 남았어요." 그녀가 당신에게 말한다.

"너와 함께 오려고 하지 않았나 보지?" 더 이상 아무것도 두려울 것이 없다. "천천히 타오르는 불꽃, 습지와 모래 언덕을 떠도는 도깨비불, 등실둥실 떠다니는, 인간이 아니라 자유롭게 떠다니는 뭔가……"

그녀를 진정시키려는 최면. 더 이상 자장가 운율 이상의 효과는 없지만 말이다.

대화가 진행될수록 당신은 말을 더듬고 이야기 흐름을 따라가기 어려워진다. 당신은 맡은 인물을 연기하기 위해 원하지도 않는 말을 한다. 생물학자가 아는, 당신이 그녀를 위해 창조한 인물. 아마 지금 당신은 역할에 대해 신경 쓰지 않아도 되겠지만, 그래도 아직 할 역할이 있다.

그녀가 당신을 비난하지만 당신은 그녀를 비난할 수 없다.

"만약 그게 재난이라면, 당신이 초래한 거예요. 당신은 겁에 질려서 임무를 포기했어."

그렇지 않다. 당신은 절대 포기하는 사람이 아니다. 하지만 어쨌든 당신은 많은 실수들을 생각하며 고개를 끄덕인다.

"그 말이 맞아. 내가 그랬어. 포기했지. 네가 변했다는 걸 좀 더 일찍 눈치챘어야 했어." 사실이다. "널 경계로 돌려보내야 했지." 사실이 아니다. "인류학자를 데리고 거기에 내려가서는 안 됐어."

사실이 아니다, 정말로. 인류학자가 증거를 찾기 위해 베이스캠프를 떠난 이상 당신에게는 선택지가 없었다.

당신은 좀 더 피를 토하지만, 사실 이제는 그리 중요하지 않다.

"경계는 어떤 모습이죠?"

아이 같은 질문. 해답이 아무 의미 없는 질문. 거기에는 경계밖에 없다. 거기에는 경계가 없다.

"경계는 어떤 모습이죠?"

내가 거기에 가면 말해 줄게.

"우리가 경계를 넘을 때 실제로는 무슨 일이 벌어졌던 거죠?"

네가 상상하지도 못할 일.

"X구역에 대해 우리에게 뭘 숨긴 거죠?"

네게 도움이 될 만한 일은 아무것도 없어. 정말로.

태양은 중심이 없는 희미한 후광으로 보이고 생물학자의 목소리는 중간중간 끊긴다. 당신이 오른손에 쥔 모래는 차가운 동시에 뜨겁게 느껴진다. 마이크로초 단위로 고통이 계속 생생하게 밀려와서 이제는 아픔으로 느껴지지 않을 지경이다.

마침내 당신은 말할 기력조차 남지 않았다는 걸 깨닫는다. 하지만 당신은 너덜너덜해지고 생각이 딴 데 가 있는 채로 아직 여기에 누워 있다. 이 해변에서 눈을 가릴 정도로 모자를 푹 눌러쓰고 담요 위에 누운 아이라도 되는 양 말이다.

끊임없는 파도와 바람의 소리가 섞인 자장가에 따라 밀려오는 졸음이 당신의 몸에 열기를 퍼지게 한다. 머리카락을 스치는 바람은 마치 큰 바위에 난 잡초를 헝클어뜨리는 것처럼 멀게 느껴진다.

"미안하지만 나도 이럴 수밖에 없어요." 생물학자는 당신이 아직 자기 말을 들을 수 있다는 것처럼 이야기한다. "선택지가 없어요."

생물학자가 감염된 당신의 어깨에서 빠르고 능숙하게 샘플을 채취하는 순간 당신은 피부가 당겨지는 감각을 느낀다. 그녀가 당신의 재킷 주머니를 손으로 더듬으며 뒤지는 것이 정말이지 멀게 느껴진다. 그녀는 당신의 일지를 찾는다. 당신의 애처로운 편지를 찾는다. 생물학자가 그것들을 어디다 쓸까? 전혀 쓸모없을지도 모른다. 어쩌면 생물학자는 그저 총과 함께 편지를 바다에 던져 버릴지도 모른다. 당신의 일지를 파헤치느라 남은 평생을 다 보낼지도 모르고.

그녀가 아직 말하고 있다.

"당신에게 뭐라고 해야 할지 모르겠군요. 난 화났어요. 충격을 받았고요. 당신이 우릴 여기로 몰아넣었고, 알고 있는 걸 내게 말할 기회도 있었지만 그러지 않았죠. 그럴 생각도 없었고. 편히 잠들라고 하고 싶지만, 과연 그럴지 모르겠네요."

그리고 생물학자가 떠나자 당신은 그녀를 그리워한다. 당신 옆에 있던 인간의 무게와 그 삐딱한 축복을. 그러나 그리 오래 그리워하지는 않는다. 당신이 서서히 희미해지며 유령처럼 풍경 속으로 더욱 희미해지기 때문이다. 그런 와중에도 멀리서 들려오는 작고 섬세한 음악소리가 당신에게 계속 속삭인다. 그리고 당신은 분해되어 풍화되어 간다. 집중하여 보지 않는다면 공기 중의 원자들로 쉽게 착각할 만한 일종의 외계의 사념이 당신에게 엮이기 시작한다. 기쁜 듯이?

당신은 고요한 호수들 위에 머물렀다가 습지를 건너, 오후의 햇살을 받아 녹색으로 반짝이는 바다와 해변가에서 깜박인다…… 내륙에 있는 사이프러스 나무와 검은 강을 향해 나아가기 위해서. 그러다가 날쌔게 태양을 향하여 하늘로 다시 날아간 후 크게 움직이며 선회한다. 곧이어 자유낙하하면서 지상을 내려다보기 위해 몸을 비틀며 근육을 뻗는다. 아래로 번쩍이는 섬광과 느리게 흔들리는 갈대밭이 눈에 들어온다. 당신은 오래전 첫 번째 탐사대에서 상처 입은 채 경계를 넘어 살아 돌아온 로우리를 거기서 보게 되리라 반쯤 기대한다. 그러나 대신 거기에는 어두운 길을 터덜터덜 걸어 돌아가는 생물학자의 모습이 있다. 그리고 그 너머에는 다른 존재로 변해 버린 11차 탐사대의 심리학자가 괴로움에 신음하며 그녀를 기다리고 있다. 누구의 잘못도 아닌 당신의 잘못이다. 돌이킬 수 없고 용서받지도 못할 잘못.

공중을 선회하고 있자니 등대가 빠르게 다가온다. 등대에 부딪쳐 양쪽으로 갈라진 기류는 곧 다시 합쳐져서 계속 여행한다. 높이 올랐다가 다시 떨어지며 결국에는 물음표 같은 모양을 그리며 흘러가는 기류 속에서 당신은 제물이 된 당신 자신의 모습을 지켜볼 수밖에 없다. 옹송그린 채 빛을 흘리고 있는 그 형체를. 거기에서 잠자며 용해되고 있는 그 모습은 얼마나 애처로운가. 초록 불꽃, 조난 신호, 기회. 당신은 아직 아픈가? 아직 죽어 가고 있는가? 아니면 죽었는가? 당신은 더 이상 말할 수 없다.

하지만 속삭임은 계속 당신에게 들린다.

당신은 저 아래 있지 않다.

당신은 이 위에 있다.

그리고 심문은 아직 계속되고 있다.

당신이 모든 해답을 포기할 때까지 반복될 심문이.

안내등

0001: 등대지기

렌즈 주변의 기계 장치를 점검하고 렌즈를 닦음. 정원 급수관을 수리하고 창문도 고침. 헛간에 있는 삽과 다른 공구들을 정리함. 강령술과 과학 협회가 방문. 주간 항로 표시의 바다 쪽이 검게 부식되어 새로 칠할 페인트를 요청해야 함. 못도 필요하고 서쪽 사이렌을 다시 점검해야 함. 목격한 것들: 펠리컨, 쇠물닭, 휘파람새, 수없이 많은 종류의 검은 새들, 세발가락도요새, 제비갈매기, 물수리, 쇠부리딱따구리, 가마우지, 파랑새, 피그미 방울뱀(울타리에서 발견. 기억해 둘 것.), 토끼 한두 마리, 흰꼬리사슴, 그리고 새벽녘에 길가를 돌아다니던 아르마딜로 여러 마리.

그 겨울 아침, 솔 에반스는 찬바람을 막기 위해 코트 깃을 세운 채 등대로 향하는 길을 천천히 걸었다. 전날 밤에 폭풍이 몰아쳤고, 왼쪽 아래로 펼쳐진 갈대밭 사이로 보이는 잿빛 바다가 어두운 하늘 아래 일렁이고 있었다. 폭풍으로 빈 병과 나뭇조각들, 색이 바랜 부표와 죽은 상어 시체 따위가 해초에 뒤엉킨 채 떠밀려 왔지만, 다행히 이곳이나 마을 모두 큰 피해는 없었다.

솔의 발치에는 야생 딸기며 봄부터 여름까지 보라색 꽃을 피울 진회색 엉겅퀴가 자라고 있었다. 오른쪽에 보이는 연못에는 논병아리와 흰뺨오리들이 부산스럽게 떠다녔다. 검은 새 한 마리가 수면으로 돌진하다 가느다란 나뭇가지에 걸리자 놀라서 다시 솟구치더니 하늘을 날고 있는 무리에게 돌아갔다. 바닷바람 사이로 언뜻 탄내가 느껴졌는데, 아마 근처의 민가나 혹은 덜 꺼진 모닥불에서 풍기는 냄새 같았다.

솔은 찰리를 만나기 4년 전부터 지금까지 죽 등대에서 살았다. 하지만 어젯밤에는 거기서 800미터 정도 떨어진 찰리의 집에서 머물렀다. 처음 있는 일이었다. 찰리는 옷을 입고 집을 나서려는 솔의 팔을 잡아당겨 침대로 밀어 넣었다. 솔은 어색한 웃음을 띠며 그 초대에 응했다.

솔이 먼저 일어나 옷을 입고 달걀로 아침식사를 준비하는 동안 찰리는 계속 잠들어 있었다. 솔은 오렌지 조각을 큼직하게 자른 뒤 그릇으로 덮고, 빵을 토스터에 넣은 다음 그 옆에 메모를 남겼다. 문으로 나가려다가, 몸의 절반을 이불 밖에 드러낸 채 잠들어 있는 사내를 돌아봤다. 이미 30대 후반에 들어섰지만, 찰리는 성인이 되고 나서 줄곧 그물을 당기며 살아온 뱃사람답게 군살 하나 없는 몸매를 자랑했다. 어깨는 넓었고 상체는 근육질이며 두 다리도 튼튼했다. 술을 많이 마시지 않아 배도 납작했다.

솔은 조용히 문을 닫고 몇 걸음을 옮기며 바보처럼 바람 속에서 휘파람을 불었다. 그리고 자신을 만들어 준 신에게 감사했다. 그는 자기가 운이 좋다고 생각했다. 비록 그 행운이 너무 늦게, 예상치 못한 방식으로 찾아왔지만. 아예 만나지 못하는 것보다는 늦게라도 만나서 다행이었다.

얼마 걷지 않아 등대의 높고 견고한 모습이 눈에 들어왔다. 낮에는 수심이 낮은 바다를 항해하는 배들을 위해 주간 항로 표시의 역할을 수행하고, 밤에는 원양 상선들의 일정에 맞춰 일주일의 절반 정도 불빛을 밝히는 등대였다. 솔은 등대의 계단 하나하나까지 속속들이 알았다. 돌과 벽돌로 만들어진 건물의 모든 방들, 벽의 틈새 하나하나와 그 틈새를 막기 위해 칠한 회반죽 조각에 이르기까지 모두 파악하고 있었다. 등대 꼭대기에 자리 잡고 있는 4톤 무게의 근사한 렌즈 혹은 신호등은 자신만의 고유한 특징을 가졌고, 솔은 수백 가지 방식으로 그 불빛을 조절할 줄 알았다. 렌즈는 한 세기도 더 전에 만들어진 작품이었다.

전도사로서 솔은 자신이 마음의 평안이나 소명 의식에 대해 잘 안다고 생각했다. 하지만 그 모든 것들을 포기하고 자발적인 유배를 떠난 다음에야 진정으로 자신이 추구하던 바를 발견할 수 있었다. 그 이유를 이해하기 위해 꼬박 1년이 걸렸다. 설교는 자기 자신을 세상에 드러내고 투영하는 행위였고, 그러면 세상이 다시 그에게 자신을 투영했다. 하지만 등대를 관리하는 일은 내면을 관조하는 행위였고 그래서 덜 오만하게 느껴졌다. 여기서 그는 전임자가 가르쳐 준 실무적인 사항밖에 몰랐다. 렌즈를 관리하는 법, 환기 장치와 패널의 정확한 작동 방법, 등대 건물의 유지 보수와 모든 고장을 수리하는 법 등등 매일같이 해야 할 일들이 수도 없이 많았다. 솔은 이렇게 바쁜 일과 덕분에 과거에 대해 생각할 틈이 없다는 사실에 반가움과 안도감을 느꼈다. 때로 연장 근무를 해야 했지만 개의치 않았다. 특히 지금처럼 찰리와 함께 보낸 시간의 여운이 남아 있을 때에는.

하지만 등대와 주변 부지를 둘러싼 하얀 울타리 안쪽의 자갈 깔린 주차장에 들어선 순간 그 여운이 사라졌다. 주차장에는 눈에 익은 폐차 직전의 스테이션왜건이 세워져 있었고, 차 옆에는 여느 때처럼 두 명이 짝을 이룬 강령술과 과학 협회 직원들이 보였다. 언제나 그의 기분을 망치는 이 불청객들은 이미 장비까지 꺼내 놓고 있었다. 곧 작업을 시작하려는 모양이었다. 솔은 멀리 있는 그들에게 건성으로 손을 흔들었다.

저들은 하루가 멀다 하고 나타나 측량을 하거나 사진을 찍고, 커다란 녹음기에 대고 떠들거나 자기들끼리 아마추어 영화를 찍기도 했다. 뭔가를 찾으려는 듯…… 뭘 찾으려는 걸까? 솔은 이 외지고 조용한 해변의 따분한 역사에 대해 잘 알았다. 저들은 대체 이 안개만 자욱한 텅 빈 해안가의 어떤 점에 흥미를 가지고 무슨 이야기를 꾸미려 하는 걸까?

솔은 이 성가시고 뻔한 작자들과 마주치기 싫어서 일부러 느릿느릿 걸음을 옮겼다. 강령술과 과학 협회는 언제나 두 명이 함께 다녔는데, 아마 각각 강령술과 과학을 담당하기 때문일 터였다. 솔은 이따금 그들이 서로 무슨 이야기를 나눌지 궁금했다. 솔이 목사를 그만두기 직전 그의 머릿속에서 벌어졌던 논쟁과 마찬가지로 둘은 서로 반대할 수밖에 없을 텐데 말이다. 최근에는 같은 사람들이 계속 등대를 방문했다. 남자 한 명과 여자 한 명, 둘 다 스무 살이 넘었을 테지만 가끔은 10대처럼 보였다. 마치 문구점에서 산 화학 실험 세트와 위자 보드를 가지고 집을 나온 가출 청소년들 같기도 했다.

헨리와 수전. 솔은 여자가 미신을 믿는 쪽이라고 짐작했는데, 알고 보니 그녀가 과학자였다. 전공이 뭘까? 그리고 남자가 초자연적인 현상에 대한 조사관이었다. 헨리의 말투에는 솔이 특정할 수 없는 어떤 지역의 사투리가 약간 섞여 있어서 말을 할 때마다 젠체하는 느낌이 들었다. 통통한 몸매에 수염을 기른 솔과 달리 깨끗하게 면도한 턱, 창백한 푸른색의 눈 아래에는 그늘이 졌고 검은색 바가지 머리로 유난히 넓은 이마를 가리고 있었다. 헨리는 겨울 날씨 같은 속세 일에는 관심이 없는지, 이 추위에도 언제나 실크 셔츠에 정장 바지 차림이었다. 옆에 지퍼가 달린 번쩍이는 검정 구두는 이런 시골길이 아니라 도시에 어울릴 법한 신발이었다.

수전은 좀 더 요즘 사람들이 히피라고 부를 법한, 솔의 어린 시절에는 보헤미안으로 통했던 부류에 가까운 외모를 하고 있었다. 그녀는 금발이었고, 자수가 놓인 블라우스와 무릎 아래까지 내려오는 갈색 스웨이드 치마 차림에 종아리까지 올라오는 가죽 부츠를 신고 있었다. 솔이 목회를 보던 시절에도 때때로 수전 같은 사람들이 찾아오곤 했다. 내면의 방황을 겪으며 어떤 계시를 바라던 이들. 수전의 가냘픈 몸매는 어째서인지 오히려 그녀를 헨리와 더 닮아 보이게 했다.

두 사람은 솔에게 자신들의 성을 가르쳐 주지 않았지만, 둘 중 하나가 언젠가 '세럼-리스트'처럼 들리는 뜻 모를 소리를 한 적이 있었다. 솔은 솔직히 그들에 대해 더 잘 알고 싶은 생각도 없었다. 그저 '협회'라는 이름으로 충분했고, 그들이 없을 때에는 '머저리들'이라고 부르기도 했다.

마침내 두 사람 앞에 선 솔은 고개를 끄덕이며 퉁명스레 인사를 건넸다. 헨리와 수전은 평소처럼 마치 등대가 일반 고객에게 서비스를 제공하는 상점이고 솔이 그 점원이라도 되는 듯이 행동했다. 이 쌍둥이가 공원 관리소의 허가를 받지 않았다면, 솔은 그들의 면전에서 문을 닫아 버렸을 터였다.

"솔, 이렇게 아름다운 날에 별로 기분이 좋아 보이지 않는군요."

헨리가 말했다.

"솔, 날씨가 정말 환상적이에요." 수전이 덧붙였다.

솔은 억지로 고개를 끄덕이며 미소를 지었다. 그 모습을 본 두 사람이 신나게 웃음을 터뜨렸다. 솔은 두 사람을 무시하기로 했다.

하지만 그들은 솔이 잠긴 문을 여는 동안 계속해서 떠들어 댔다. 솔은 헨리와 수전이 자기들 용건에 집중하기를 바랐지만, 두 사람은 언제나 이야기를 하고 싶어 했다. 오늘의 화제는 '강령술적 배증 (倍增)'이었는데, 뭔지 몰라도 그걸 위해서는 어둡고 거울이 늘어선 방을 만들어야 한다는 정도만 알아들을 수 있었다. 용어도 이상했고 등대나 그곳에 사는 자신의 삶과 아무런 관련도 없어 보였기 때문에, 솔은 두 사람의 설명에 귀를 기울이지 않았다.

여기 사람들은 무지한 편은 아니지만 미신적이었다. 바다에서 목숨을 잃는 경우가 많은 점을 고려하면 그럴 만도 했다. 사랑하는 이들의 안전을 빌며 행운의 부적을 만들거나 기도를 드리는 일이 나쁠 것은 없었다. 하지만 그러면서도 미지의 현상들을, 수전의 표현을 빌면 '분석하고 측량'하려는 침입자들을 거부했다. 그런 행위가 다가올 재앙을 하찮아 보이게 한다는 이유 때문이었다. 그러나 시간이 흐르면서 하늘의 쥐 떼라고도 하는 성가신 갈매기들에게 익숙해진 것처럼 협회에도 익숙해졌다. 암울했던 시기에 솔은 함께하는 사람을 못마땅하게 여기지 말라는 교훈을 얻었다. 왜 자신의 눈에 있는 대들보는 못 보면서 남의 눈에 있는 티끌은 보는 걸까?

"헨리는 등대의 신호등이 그런 방과 유사한 역할을 할 수 있다고 생각해요."

수전이 마치 무슨 중대하고 놀라운 발견이라도 되는 듯이 말했다. 솔이 보기에 그녀의 열정은 진짜였지만, 동시에 서툴고 비전문적이기도 했다. 때때로 이들을 보면 작은 마을 변두리에 텐트를 치고 설교를 하는, 신앙심과 열정밖에 가진 것이 없는 전도사의 모습이 떠올랐다. 심지어는 사기꾼이나 돌팔이라는 생각마저 들었다. 처음 만났을 때 헨리는 분명 자신들이 감옥 안에서 빛이 굴절하는 현상을 연구하는 중이라고 솔에게 말했다.

"이런 이론을 들어 본 적 있나요?"

등대를 오르기 시작하며 수전이 그렇게 물었다. 목에는 카메라 끈을 매고 한 손에는 서류 가방을 든 가벼운 차림이었다. 헨리는 숨을 헐떡거리지 않으려고 애쓰느라 아무런 말도 없었다. 그는 상자에 담긴 마이크와 헤드폰, 자외선 측정기, 8mm 필름, 그리고 다이얼과 손잡이, 계기판이 잔뜩 달린 기계들을 짊어지고 있었다.

"아뇨."

솔은 맞장구치고 싶지 않아 그렇게 대답했다. 수전은 종종 그를 무지한 사람으로 취급했다. 퉁명스러운 태도를 무식으로, 검소한 옷차림을 가난으로 오해했기 때문이다. 게다가 어차피 두 사람은 솔이 아무 말 없이 잠자코 있을 때 더 편하게 느꼈다. 목사 시절 만났던 잠재적인 기부자들도 마찬가지였다. 그리고 솔직히 솔은 수전이 무슨 말을 하는지 전혀 몰랐다. 자신들이 이 지역의 '타이와'인지 '테러'

인지를 연구하는 중이라고 헨리가 말했을 때처럼. 솔이 잘 알아듣지 못하자, 헨리는 '테-루-아'라고 적어 보이기까지 했다.

"전생물적(前生物的) 입자죠." 헨리가 씩씩거리면서도 애써 쾌활한 말투로 입을 열었다. "유령의 에너지 말입니다."

수전은 거울과 거울을 통해 엿볼 수 있는 것들에 대해 설명하고, 어떤 대상을 정면보다는 측면에서 볼 때 진짜 모습을 포착할 수 있다는 둥 지루한 강의로 헨리의 말을 보충했다. 솔은 헨리와 수전이 연인 사이인지 궁금했다. 과학자인 수전이 강령술을 연구하는 협회에 종사하는 이유는 의외로 세속적인 동기 때문일지도 몰랐다. 그렇다면 아래쪽에서 들리는 그들의 신경질적인 웃음소리도 설명이 됐다. 옹졸한 생각이지만 솔은 찰리와 함께 있던 지난밤의 여운을 좀 더 만끽하고 싶었다.

"그럼 위에서 봅시다."

들을 만큼 들었다고 판단한 솔은 그렇게 말한 뒤 층계를 한 번에 두 칸씩 뛰어 헨리와 수전의 시야에서 사라졌다. 두 사람이 올라올 때까지 꼭대기 층에서 최대한 오래 혼자 있고 싶었다. 정부 규정상 쉰 살이 되면 은퇴해야 했다. 하지만 솔은 그때도 지금과 다를 바 없는 체력을 유지할 예정이었다. 비록 관절에 통증은 오겠지만.

꼭대기 층에 오른 뒤에도 솔은 별로 숨이 차지 않았다. 그는 마지막에 봤을 때와 변함없는 등명기실의 모습에 만족했다. 긁히거나 햇빛에 변색되지 않도록 렌즈 위에 덮어 둔 천도 그대로였다. 이제 빛이 들어오도록 난간의 커튼을 열기만 하면 됐다. 그리고 하루 중 몇 시간을 헨리에게 양보할 뿐이었다.

한번은 모래톱 건너 바다 위로 뭔가 거대한 존재가 헤엄치는 모습을 바로 이 자리에서 목격했다. 그림자처럼 짙고 깊은 회색이 두껍고도 유연한 형체를 이루며 바닷물의 푸른색과 대조를 이루었다. 쌍안경을 통해서도 그것이 어떤 생물인지, 계속 지켜보고 있으면 어떤 존재가 될지 파악하기 어려웠다. 갑자기 수천 조각으로 흩어지고 나서 보면 물고기 떼에 불과할지도, 혹은 파도와 빛이 합작해서 만들어 낸 환영에 지나지 않을지도 몰랐다. 이 일상적인 세계에 대해서도 자신이 모르는 바가 있다는 긴장감 속에서도, 솔은 5년 전이라면 느끼지 못했을 편안함을 느꼈다. 세상이 자신의 설교처럼 기적으로 보였던 그때와 달리, 솔은 더 이상 거대한 수수께끼를 필요로 하지 않았다. 그저 마을의 술집에서 풀어 놓으면 사람들이 좋아할 만한, 그들이 등대지기에게 기대할 법한 이야깃거리일 뿐이었다.

"그래서 우리가 여기에 관심을 가지게 된 거예요. 그 렌즈가 어떻게 여기까지 오게 됐는지, 그리고 그 사연이 두 등대의 역사와 어떤 관련이 있는지."

수전이 그의 등 뒤에서 말했다. 분명 솔이 듣지 않는 걸 모른 채 계속 떠들어 댔던 모양이다. 그녀의 뒤쪽으로 헨리가 금방이라도 쓰러질 것 같은 모습을 드러냈다. 이제 일상처럼 등대를 오르면서도 아직 익숙해지지 못한 듯했다.

장비를 바닥에 내려놓고 숨을 고르면서 헨리가 말했다.

"여긴 정말 전망이 좋군요."

그는 꼭대기 층에 올라올 때마다 같은 소리를 했고, 솔은 어느 순간부터 예의상 대답하기를 그만두고 입을 다물었다.

"이번에는 얼마나 오래 있을 겁니까?"

솔이 물었다. 이런 일과도 벌써 두 주 동안 계속되고 있었다. 솔은 대답을 듣기가 두려워서 질문을 미루던 차였다.

헨리의 푹 꺼진 눈이 가늘어졌다.

"이번에는 올해 말까지 허가를 받았어요."

오래된 사고로 인한 부상인지 아니면 태어날 때부터 그랬는지 모르겠으나 헨리의 머리는 언제나 오른쪽으로 기울어져 있었다. 이렇게 말을 할 때에는 더 심해져서 오른쪽 귀가 거의 어깨에 닿을 정도였다. 그런 특징은 헨리를 기술자처럼 보이게 했다.

"노파심에서 하는 말이지만, 송신기를 건드리더라도 절대 작동을 방해해선 안 됩니다."

솔은 두 사람이 다시 등대를 방문하기 시작한 뒤로 매일 같은 말을 반복했다. 예전에 그들이 해도 되는 일과 그렇지 않은 일을 혼동했던 적이 있었기 때문이다.

"걱정 말아요, 솔."

솔은 수전이 자신을 이름으로 불렀다는 사실을 깨닫고 이를 악물었다. 처음에는 그들도 에반스 씨라는 호칭을 사용했고, 솔은 그편을 선호했다.

솔은 두 사람을 양탄자 위에 앉게 한 뒤 유치한 즐거움을 느꼈다. 양탄자 밑에는 자동화 시대가 오기 전까지 각종 물품을 보관하다 이제 전망실로 바뀐 공간으로 통하는 다락문이 숨겨져 있었다. 두 사람에게 다락문을 숨기는 일은 그들의 실험으로부터 자신의 마음 한 구석을 지켜 내는 일처럼 느껴졌다. 사실 헨리와 수전에게 그들 스스로 생각하는 만큼의 관찰력이 있다면 여기까지 올라오는 동안 계단이 갑자기 좁아지는 이유를 눈치채지 못할 리가 없었다.

두 사람이 실험 준비를 마칠 때까지 딱히 뭘 망가뜨릴 조짐이 보이지 않자, 솔은 고개를 끄덕인 뒤 자리를 떠났다. 계단을 반쯤 내려왔을 때 뭔가 깨지는 소리가 들리더니 곧 조용해졌다. 솔은 잠시 망설이다가 고개를 흔들며 원형 계단을 계속 내려갔다.

등대 건물을 나선 솔은 땅을 고르고 어질러진 공구 창고를 정리하는 일에 몰두했다. 등대 밖에 있는 등대지기를 보고 오가던 사람들은 마치 껍데기를 벗어 던진 소라게를 보듯 놀랐지만, 사실 평소에도 솔이 해야 할 일은 무척 많고 다양했다. 조금만 방심해도 폭풍과 소금기 때문에 모든 것들이 부식되고 말기 때문이다. 여름이면 더위와 흡혈파리 때문에 일이 더욱 힘들어졌다.

솔이 창고 뒤에 보관하고 있는 보트를 살펴볼 때, 글로리아라는 이름의 여자아이가 살금살금 다가왔다. 창고는 해변과 나란히 뻗어 있는 언덕 위에 있었고, 그 옆으로 바위들이 일렬로 늘어서 바다까지 이어졌다. 주위에는 밀물 때마다 활기가 넘치는 말미잘과 불가사리, 푸른 게, 달팽이, 해삼 같은 생물들이 서식하는 조수 웅덩이들이 가득했다.

아이는 아홉 살이라는 나이에 비해("아홉 살하고 반이에요!") 키가 크고 체격도 단단했다. 가끔 바위 위에서 균형을 잃고 비틀거렸지만 어린 마음에는 한 치의 흔들림도 없었고, 솔은 그런 아이를 경애했다. 중년에 이른 그의 정신은 때로 나사가 한두 개씩 빠지곤 했기 때문이다.

그래서 솔이 배 점검을 마치고 손수레에 비료를 실어 돌아왔을 때, 여자아이는 다부진 모습으로 바위 위에 올라서서 그를 기다리고 있었다. 청바지에 스웨터, 모자가 달린 재킷을 걸치고 두꺼운 부츠까지 갖춘 겨울 차림이었다. 솔을 본 아이가 입을 열었다. 약 1년 전 처음 나타나기 시작한 뒤로 아이는 줄곧 솔에게 말을 걸었다.

"우리 조상님들이 여기 살았대요." 여자아이가 말했다. "엄마가 그러는데 바로 여기래요, 등대가 있는 자리."

나이가 그렇게 어린데도 깊고 낮은 목소리에 억양도 거의 없어서, 솔은 때때로 깜짝 놀라곤 했다.

"우리 조상님도 그랬단다, 애야."

솔이 그렇게 말하면서 손수레를 기울여 비료를 땅에 쏟았다. 반면에 그의 다른 쪽 조상들은 주류 밀매업자와 광신도의 묘한 조합이라고 할 만한 집안이라, 솔은 종종 술집에서 '종교의 자유를 찾아 이 땅에 왔다'고 말하곤 했다.

솔의 말을 잠시 생각해 본 글로리아가 말했다.

"우리 조상님들이 더 먼저 살았을 거예요."

"그게 중요하니?"

배의 틈새를 메우다가 놓친 부분이 눈에 들어왔다.

아이는 인상을 찌푸렸다. 등 뒤에 있는데도 느껴질 정도로 강렬한 찌푸림이었다.

"모르겠어요."

뒤를 돌아보니 바위 사이를 뛰어다니던 아이는 뾰족하고 위험해 보이는 바위 위에 멈춰 선 채였다. 솔은 그 장면에 속이 울렁거렸지만, 글로리아가 절대 미끄러지지 않는다는 사실을 알고 있었다. 여러 차례 큰일 날 뻔했고 그때마다 잔소리를 했었다. 그러나 아이는 매번 솔의 말을 무시했다.

"중요해요." 글로리아가 다시 대화를 이어갔다. "그럴 것 같아요."

"내 8분의 1은 인디언이란다. 나도 여기에 있었지. 내 일부가."

무슨 의미가 있는지는 몰라도, 먼 친척 중 한 명이 솔에게 등대지기 일을 권하기는 했지만 어차피 다른 누구도 원하지 않는 자리였다.

"그래서요?"

옆에 있는 다른 날카로운 바위에 뛰어올라 중심을 잡으며 아이가 물었다. 잠깐 넘어질 듯 팔을 휘저어 놀란 솔이 몇 걸음 앞으로 다가

섰다.

글로리아는 대개 솔을 귀찮게 했지만 어떻게 해도 떼어 놓을 수가 없었다. 아이의 아버지는 육지에 살았고, 어머니는 해안에 있는 방갈로에 지내면서 직장을 두 군데나 다녀야 했다. 그녀는 적어도 일주일에 한 번 자동차를 몰고 멀리 블리커스빌까지 갔는데, 아마 가끔은 아이를 혼자 둬도 괜찮다고 생각하는 듯했다. 아이를 봐 주는 등대지기가 있으니 그렇겠지. 등대는 글로리아에게 어떤 환상을 불러일으켰다. 창고를 고치거나 손수레로 비료를 옮기는 지루한 일상도 그 환상을 깨지는 못했다.

겨울에도 글로리아는 혼자 지내는 시간이 많았다. 서쪽 개펄에서 막대기로 농게 집을 헤집거나, 사람 손에 살짝 익숙해진 암토끼의 뒤를 쫓거나, 코요테나 곰의 배설물에 무슨 대단한 비밀이라도 숨겨져 있는 듯 뚫어져라 쳐다보곤 했다. 아이에게는 주위의 모든 것들이 관심의 대상이었다.

"여기 자꾸 오는 이상한 사람들은 누구예요?"

그 말을 듣고 솔은 웃을 뻔했다. 이 잊힌 해안에는 이상한 사람들이 아주 많이 숨어 있었고 솔 자신도 그중 하나였다. 어떤 사람은 정부로부터, 어떤 사람들은 자기 자신으로부터, 혹은 배우자로부터 숨어 지냈다. 몇몇은 자기들이 그들만의 독립 국가를 건설하는 중이라고 믿었다. 몇몇은 아마 불법 체류자일 터였다. 여기서는 사람들이 질문을 하면서도 정직한 대답을 기대하지 않는다. 창의적인 대답이라면 몰라도.

"정확히 누굴 말하는 거니?"

"파이프를 가진 사람들?"

솔은 잠시 헨리와 수전이 해변으로 빠져나가서 입에 파이프를 물고 미친 듯이 담배 연기를 뿜어내는 장면을 상상했다.

"파이프라. 아, 그건 파이프가 아니란다. 좀 다른 거야."

그보다는 커다란 반투명 모기향에 가까웠다. 지난여름에 그들이 몇 달 동안 1층 뒷방에 놔두겠다고 해서 허락했던 기억이 났다. 하지만 이 아이가 대체 그걸 어떻게 봤을까?

"그 사람들이 누군데요?"

아이가 고집스럽게 물었다. 그래도 지금은 바위 두 개 위에서 균형을 잡고 있어서 적어도 솔이 다시 숨을 쉴 수 있었다.

"저 위쪽 섬에서 온 사람들이야."

사실이었다. 그들의 기지는 아직 '실패의 섬'에 있었고 허름한 건물 한 채에 수십 명이 머물렀다. '실험을 한다'는 소문이 마을 술집에 떠돌았는데 꽤 그럴싸한 이야기이기도 했다. 정부의 허가를 받고 측량에 나선 개인 조사원들. 하지만 강령술과 과학 협회에 좀 더 사악한 의도가 있다는 소문도 들렸다. 그런 소문이 도는 이유는 강령술과 과학 협회의 질서 정연함 때문일까 아니면 다른 이들의 무질서함 때문일까? 혹은 그저 이동 주택에서 기어 나온 술주정뱅이 은퇴자 한두 명이 심심한 나머지 소문을 퍼뜨리는 걸까?

사실 솔도 그들이 섬에서 뭘 하는지, 혹은 등대 1층에 가져다 둔 기계로 뭘 하려는 건지, 심지어 지금 이 순간 헨리와 수전이 등명기 실에서 뭘 하고 있는지도 알지 못했다.

"그 사람들은 날 좋아하지 않아요. 나도 그 사람들이 싫어요."

그들이 불구대천의 적이라는 듯 당당하게 팔짱을 낀 채 말하는 글로리아의 모습에 솔은 웃음이 나왔다.

"지금 절 비웃는 거예요?"

"아니, 아니란다. 넌 호기심이 많잖니. 자꾸 이것저것 물어보니 싫어하는 거겠지. 그게 전부야."

질문을 많이 하는 사람이라고 해서 꼭 질문 받는 걸 좋아하지는 않는 법이었다.

"질문을 하는 게 뭐가 나빠요?"

"나쁘지 않지."

나빴다. 일단 질문을 던지기 시작하면 분명해 보이던 것조차 의심스러워지기 시작하니까. 질문은 의심으로 가는 길을 열어 버린다. 솔의 아버지는 이렇게 말했다. "사람들이 질문하게 놔두지 말거라. 설사 그들이 알아차리지 못해도, 넌 이미 답을 주고 있을 테니까."

"하지만 아저씨도 호기심이 많잖아요."

"왜 그렇게 생각하지?"

"아저씨는 빛을 지키는 사람이니까요. 빛은 모든 걸 보게 해 주고요."

빛이 모든 걸 볼지는 몰라도 솔은 해야 할 일 몇 가지를 잊었다. 그래서 예상과 달리 등대 밖에 오래 머물러야 했다. 솔은 헨리와 수전이 뭘 하고 있는지 확인해야 한다는 조급함을 느끼며 손수레를 자갈밭으로 밀었다. 그들이 바닥의 다락문을 발견하고 바보 같은 짓이라도 저지르지 않았을까 걱정이 됐다. 서둘러 내려가다가 바보처럼 목이라도 부러뜨리거나. 그런 생각을 하며 위를 올려다보니 헨리가 난간 너머로 밖을 내려다보고 있어서, 솔은 편집증에 걸린 것처럼 굴었던 스스로가 한심하게 느껴졌다. 헨리가 그를 향해 손을 흔들었다. 아니면 뭔가 다른 행동이었을지도 몰랐다. 햇빛 때문에 잠시 방향 감각을 잃어버린 솔은 어지러움을 느끼며 손수레를 미는 척 시선을 돌렸다.

뭔가가 수풀 속에서 반짝였다. 이틀 전 죽은 다람쥐를 발견했던 장소 근처의 잡초 사이에 반쯤 가려져 있었다. 유리일까? 열쇠? 원형으로 자란 짙은 녹색 풀잎들이 그 속에 놓인 뭔가를 가렸다. 솔은 무릎을 꿇고 들여다봤지만 여전히 식물 잎사귀 때문에 잘 보이지 않았다. 어찌 보면 잎사귀의 일부 같기도 했다. 그게 뭐든 간에, 형언할 수 없을 만큼 섬세하면서도 한편으로는 등대 꼭대기에 자리한 4톤에 달하는 렌즈를 연상시켰다.

햇빛 때문에 등허리가 뜨거웠다. 열기가 느껴졌지만, 산들바람이 불어와 야자나무 잎을 부드럽게 흔들고 있었다. 글로리아는 솔의 뒤쪽 어딘가에서 말도 안 되는 노래를 흥얼거렸다. 생각보다 일찍 바위에서 내려온 듯했다.

그 순간 식물과 그가 식별할 수 없는 반짝이는 뭔가 이외에 아무 것도 존재하지 않는 듯했다.

솔은 아직 장갑을 낀 채였고, 그래서 무릎을 꿇은 채 손으로 수풀을 쓸어 가며 반짝이는 뭔가를 찾았다. 작고 나선 모양으로 움직이는 빛일까? 마치 온통 흰색으로 만들어진 만화경 같았다. 대체 뭔지 알 수 없는 빛이 소용돌이치며 반짝이자 현기증이 느껴졌다.

솔은 깜짝 놀라서 몸을 일으켰다.

하지만 너무 늦었다. 은색의 뭔가가 그의 엄지손가락으로 들어왔다. 고통은 없었고, 압력만 느껴지다가 곧 감각이 사라졌다. 하지만 놀란 솔은 손을 이리저리 흔들며 소리를 질렀다. 그리고 찢어 낼 기세로 장갑을 벗은 뒤 엄지손가락을 살폈다. 글로리아가 영문을 모른 채 그를 쳐다보고 있었다.

눈앞의 땅에서는 더 이상 아무것도 반짝이지 않았다. 수풀 속에도 빛은 없었다. 엄지의 통증도 사라졌다.

솔은 천천히 긴장을 풀었다. 엄지에는 찔린 흔적조차 없었다. 구멍이나 다른 자국도 보이지 않았다. 장갑을 주워서 살펴봤지만 찢어진 부분은 눈에 띄지 않았다.

"왜 그래요? 뭐에 찔렸어요?"

"모르겠구나."

다른 시선을 느끼고 돌아서 보니 헨리가 서 있었다. 어떻게 그렇게 빨리 계단을 내려왔을까? 생각한 것보다 많은 시간이 흐른 걸까?

"그래요. 무슨 일입니까, 솔?"

그렇게 묻는 헨리의 목소리에 걱정하는 기색은 없었다. 걱정하지 않을 테니까. 대신 묘한 열의가 느껴졌다.

"아무 일도 아닙니다." 솔은 그렇게 대답하며 불편함을 느꼈지만 이유는 알 수 없었다. "그냥 엄지를 좀 찔렸어요."

"장갑을 뚫고요? 엄청난 가시였나 보군요."

헨리는 마치 아끼던 시계나 돈이 든 지갑을 흘린 사람처럼 땅을 훑어봤다.

"괜찮아요, 헨리. 걱정할 필요 없습니다." 솔은 아무것도 아닌 일로 호들갑을 떠는 사람이 됐다는 사실에 화가 났지만, 동시에 헨리가 그 말을 믿기를 바랐다. "살짝 전기가 통했는지도 모르죠."

"어쩌면……."

헨리의 눈에 담긴 빛은 마치 멀리서 쏘아 보낸 신호처럼 느껴졌다. 마치 솔이 모르는 어떤 메시지를 전달하는 듯했다.

"걱정할 필요 없어요." 솔이 다시 말했다.

걱정할 필요는 없었다.

정말 그럴까?

0002: 유령새

침울한 동행인 컨트롤과 함께 X구역에 도착한 지 사흘째 되는 날, 유령새는 갈대밭에서 백골을 발견했다. X구역은 이제 겨울이었다. 그들이 입구였던 바다로부터 구불거리는 길을 따라 멀어질수록 그 점이 더욱 명백해졌다. 찬바람이 두 사람의 얼굴과 외투를 때렸다. 잔뜩 찌푸린 하늘은 뭔가 비밀을 감춘 채 그들을 지켜보는 듯했다. 악어와 수달, 사향쥐가 진흙 속으로 숨었고, 철썩거리며 밀려왔다 밀려가는 바닷물 아래 어딘가에 유령들이 도사리고 있었다.

하늘이 더 짙은 푸른색으로 변하는 위쪽 멀리에서 뭔가 반짝이는 표면이 보였는데, 알고 보니 날아가는 황새의 부리였다. 황새들이 완고하고 권위적인 모습으로 먼 하늘을 나는 동안, 햇빛이 그들의 하얀 날개 위에 부서졌다. 하지만 어디로 날아가는 걸까? 유령새는 황새들이 보이지 않는 경계를 건너기 전 자신들이 갇혀 있는 감옥의 견고함을 시험해 보려 하는지, 아니면 이곳에 사로잡힌 다른 모든 것들처럼 그저 반쯤 기억하는 본능에 따라 움직일 뿐인지 알 수 없었다.

유령새가 걸음을 멈추자 컨트롤도 따라서 멈췄다. 컨트롤은 솟아오른 광대뼈와 커다란 눈, 그리 높지 않은 콧날과 옅은 갈색 피부를 지닌 남자였다. 청바지와 붉은색 면 셔츠, 검정 재킷 차림이었고 이런 야외에는 어울리지 않는 신발을 신고 있었다. 서던 리치의 국장. 그녀를 심문했던 장본인. 운동으로 다져진 몸매를 했지만 X구역에 들어선 이후 줄곧 한 자리에 멈춰 서서 투덜거리며, 서던 리치에서 가지고 온 구겨지고 얼룩진 서류들을 끝도 없이 뒤적였다. 구세계에서 흘러 들어온 부유물이었다.

컨트롤이 겨우 뭔가를 눈치챘다.

"뭐죠?" 그가 물었다.

"새들이에요."

"새들이라고요?"

마치 그 단어를 처음 듣거나, 아니면 아무 의미도 없는 단어라는 투였다. 혹은 반대로 아주 중요하든지. 하지만 여기서 무엇이 중요한지는 아무도 모르는 일이었다.

"그래요. 새들."

더 구체적인 종을 말해 봤자 알아듣지 못할 터였다.

유령새는 쌍안경을 꺼내서 황새들이 대형을 유지한 채 이리저리 방향을 바꾸는 모습을 관찰했다. 생물들이 하늘에서 나선을 그리며 움직이는 모습을 보고 있자니, 바다 밑바닥을 통해 X구역으로 들어올 때 물고기 떼가 빙글빙글 돌며 헤엄치는 광경을 목격했던 충격적인 경험이 떠올랐다.

그녀를 내려다보는 저 황새는 자신이 무엇을 보는지 알고 있을까? 누군가에게 혹은 무언가에게 자신이 본 바를 보고하는 걸까? 지난 이틀 동안, 유령새는 모닥불을 피울 때마다 X구역이 그들을 더듬어 살피기라도 하는 것처럼 동물들이 주위로 모여든다고 느꼈다. 컨트롤은 목적지에 무슨 의미라도 있다는 듯 서두르고 싶어 했지만 그녀는 좀 더 많은 정보를 원했다.

해안에 도착하고 나서 이미 두 사람의 관계에 대한 약간의 오해가 있었다. 특히 누가 책임자인가에 대해서 말이다. 결국 존은 자신의 이름을 철회하고 다시 컨트롤로 불러 달라고 요구했다. 유령새는 그 점을 존중했는데, 어떤 동물들에게는 껍데기가 생존의 중요한 조건이라는 사실을 알고 있었기 때문이다. 그런 동물들은 껍데기가 없으면 오래 살아남지 못했다.

유령새가 '빛'이라고 표현하는 이유 불명의 발열과 낯선 감각이 컨트롤의 혼란을 가중시켰다. 컨트롤 역시 동화되기 시작했고 곧 그가 아닌 존재로 변할지도 모르는 상태였다. 그래서 유령새는 그가 해결책을 찾겠다며 스스로 '나의 테루아 보고서'라고 부르는 서류에 집착하는 모습을 이해할 수 있었다. 사실은 단지 뭔가 친숙한 대상에 매달리고 싶어 할 뿐일지라도.

X구역에 도착한 첫날, 그녀가 컨트롤에게 물었다. "바깥세상에서 난 당신에게 어떤 존재였죠? 당신의 원래 일과, 내 원래 일을 고려하면?" 그는 대답을 찾지 못했지만, 유령새는 이미 자신이 답을 안다고 생각했다. 그녀는 용의자였고, 의심할 여지 없는 적이었다. 그렇다면 지금 여기에서 그들은 서로에게 어떤 존재일까? 조만간 그녀는 진솔한 대화를 위해 일부러 갈등 상황을 연출해야 할지도 몰랐다.

하지만 지금 당장 유령새의 관심은 두 사람의 왼쪽에 펼쳐진 갈대밭 속의 뭔가에 쏠려 있었다. 얼핏 주황색이 보였다. 깃발인가?

자기도 모르게 그녀의 몸이 굳었는지, 아니면 행동에서 어떤 느낌이 들었는지 컨트롤이 물었다.

"무슨 일입니까? 뭔가 문제라도 있습니까?"

"아니에요, 아닐 거예요."

잠시 후 유령새는 문제의 주황색을 다시 발견했다. 너덜너덜해진 헝겊 조각이 갈대에 걸려 바람에 이리저리 휘날리고 있었다. 발이 푹푹 빠지는 위험한 습지의 갈대밭 한가운데, 두 사람으로부터 90미터 정도 떨어진 위치였다.

유령새가 컨트롤에게 쌍안경을 건넸다.

"보여요?"

"보입니다. 저건…… 측량사의 표시로군요."

별것 아니라는 투로 컨트롤이 말했다.

"그럴지도 모르죠."

유령새는 말하고 나서 이내 후회했다.

"좋아요. 그럼 측량사의 표시 '같다고' 해 두죠." 컨트롤이 쌍안경을 다시 건넸다. "섬으로 가려면 길을 벗어나지 말아야 합니다."

깃발을 조사해야 한다는 무언의 제안이 어지간히 싫은지, 컨트롤은 처음으로 진지하게 섬을 언급했다.

"당신은 여기서 기다려도 좋아요."

컨트롤이 그 말에 따르지 않을 줄 알면서도 유령새가 제안했다. 그녀는 잠깐이라도 X구역에서 혼자 있는 시간을 가지고 싶었다.

다만, 이곳에서 누구라도 진정으로 혼자 있을 수가 있을까?

유령새는 공터에서 정신을 차리고 난 뒤 서던 리치로 끌려가고 나서도 한참 동안 자신이 이미 죽었다는 생각에 사로잡혀 있었다. 사후 세계를 믿지 않는데도 자신이 연옥에 있다고 생각했다. 자신이 알 수 없는 방법으로 경계를 넘어 현실 세계로 돌아왔고, 사실은 12차 탐사대의 생물학자가 아니라 그녀의 복제에 불과하다는 사실을 알고 나서도 그런 느낌은 사라지지 않았다.

유령새는 심문 과정에서 컨트롤에게 그 사실을 시인했다. "조용했고 주위에는 **아무도 없었어요**……. 나는 떠나기가 두려워서 그 자리에 머물렀죠. 내가 그곳에 있어야 할 이유가 있을까 봐 두려웠어요."

하지만 그 말은 그녀의 생각이나 분석 전체를 아우르지 못했다. 자신이 정말로 살아 있는지 하는 의문에 더해, 서던 리치에 감금되어 있는 동안에는 설사 살아 있다 해도 자신이 대체 **누구일까** 하는 의구심이 더해졌다. 서던 리치의 어떤 실험 때문인지 아니면 X구역이 초래한 효과인지 몰라도, 그녀의 모든 기억은 직접 경험한 것이 아니라 누군가로부터 전해 받은 것처럼 느껴졌다. 본부로 가는 길에 탈출을 감행했던 혼란한 상황에서도, 그 모든 일이 실제로는 다른 누군가에게 일어나고 있다는 **생각**을 멈출 수가 없었다. 그녀 자신이 임시 대역에 지나지 않는 듯한 기분이었다. 어쩌면 그런 거리감이 그녀의 행동을 침착하게 한 덕에 다시 잡히지 않을 수 있었는지도 몰랐다.

유령새는 X구역에 들어오고 나서야 자신에게 아무런 목적이 없다는 데에서 오는 공허감을 극복할 수 있었다. 처음 물속에 뛰어들어 수압을 느꼈을 때에는 물에 빠졌던 기억이 떠올라 공포에 사로잡혔다. 하지만 그러다 유령새의 죽음에 분개하는 뭔가가 **깨어났거나** 혹은 돌아왔다. 그녀는 자신이 바다 속에 있다는 사실을 깨달았다. 그리고 유령새는 환희에 가득 차서, 수면으로 떠오르기 위해 기꺼이 발버둥을 쳤다. 그 발버둥은 그녀가 생물학자가 아니라는 일종의 증거였다. 그녀는 생물학자가 가진 익사의 두려움을 물리치고 살아남을 수 있는 어떤 새로운 존재였다.

해변에 도착한 뒤 컨트롤을 인공호흡으로 살려 낸 일도 그녀가 독립적인 존재라는 부인할 수 없는 증거처럼 느껴졌다. 등대가 아닌 섬으로 가야 한다고 고집을 부린 일도 마찬가지였다. "생물학자가 간 곳이 내가 가야 할 곳이에요." 유령새는 그 결정이 옳다고 생각했고, 그래서 희망을 느꼈다. 비록 그녀가 기억하는 모든 것들이 다른 사람의 삶에 난 창을 통해 관찰한 바에 지나지 않는다는 느낌에도 불구하고. 실제로 그녀가 경험한 일이 아니었다. 혹은 아직 경험하지 못한 일이었다. "당신은 진짜 삶을 원하는 겁니다. 그걸 갖지 못했기 때문이죠." 어쩌면 컨트롤의 잔인한 말이 사실일지도 몰랐다.

그 뒤로 이렇다 할 새로운 경험은 없었다. 사흘 내내 걷는 동안 괴물이 나타나거나 수평선에서 이상한 뭔가가 떠오르지도 않았다. 너무나 진짜 같은 풍경과 그 겉모습 아래에서 벌어지는 과정을 제외하면 딱히 부자연스럽게 느껴지는 점도 없었다. 다만 해가 질 때면 이따금 은은하게 빛나는 생물학자의 불가사리가 떠오르며 머릿속의 나침반처럼 그녀를 끌어당겼다. 그리고 유령새는 자신이 이곳에서 느끼는 것을 컨트롤은 느끼지 못한다는 사실을 다시 깨달았다. 그는 위험을 감지하지도, 기회를 포착하지도 못했다. 빛은 그녀를 떠났지만 대신 다른 뭔가가 그 자리를 차지했다.

"보호색이에요." X구역이 너무 정상적으로 보여 혼란스럽다는 컨트롤의 고백을 듣고 그녀가 말했다. "알면서도 보지 못하는 거죠. 논병아리의 영역 표시는 위에서 보면 놓칠 수 없을 만큼 뚜렷해요. 하지만 수면 아래에서 물에 떠 있는 논병아리를 보려고 하면 아무것도 보이지 않죠."

"논병아리?"

"새 말이에요."

또 새였다.

"이게 모두 위장이란 말입니까?"

컨트롤이 믿지 못하겠다는 얼굴로 말했다.

유령새는 너그럽게 고개를 끄덕였다. 그의 잘못이 아니었다.

"한 번도 손상되거나 제 기능을 하지 못하는 생태계를 경험한 적이 없죠? 그런 적이 있다고 생각할지 몰라도, 아닐 거예요. 그래서 뭐가 정상적이고 뭐가 아닌지 구분 자체를 못 하는 거죠."

사실이 아닐 수도 있지만, 그녀는 권위와 주도권을 놓치고 싶지 않았다. 그들이 어디로 향할지 또 한 차례 논쟁을 벌이기도 싫었다. 그녀는 섬으로 가야 자신의, 그리고 심지어 컨트롤의 목숨도 구할 수 있다고 믿었다. 그녀는 마지막 기회나 적들의 총구 앞으로 달려드는 최후의 돌격 따위에는 아무런 관심도 없었다. 하지만 컨트롤의 어떤 측면이 그녀로 하여금 그가 그런 식의 해결책을 향할 수도 있다고 믿게 했다. 반면에 그녀는 단지 알고 싶을 뿐이었다. 그녀 자신과 X구역에 대해.

그 장소의 빛은 피할 수 없었고 멀리서도 아주 밝았다. 빛은 갈대와 진흙, 그리고 수로를 따라 흐르며 주위 풍경을 비추는 물까지 선명하게 드러냈다. 빛은 또한 유령새가 자기 자신의 발걸음을 놓치고 마치 미끄러지듯 날아가고 있는 것처럼 느끼게 했다. 하지만 동시에 그녀의 내면을 계속해서 진정시키기도 했다. 유령새는 빛이 모든 것을 살피고 질문을 던지는 방식을 컨트롤도 이해할지 확신하지 못했다. 잠시 후 빛은 자신이 어루만진 것들이 멀리 떨어져 존재할 수 있도록 허락하며 물러났다.

어쩌면 빛이 오히려 그들에게 방해가 됐는지도 몰랐다. 두 사람은 한번 갔던 길을 되짚어 가듯, 막대기로 앞쪽의 땅을 짚어 가며 천천히 걸음을 옮겼다. 갈대가 잔뜩 뭉쳐 있는 곳은 헤치고 지나갈 수 없을 때도 있었다. 한번은 갈대에 가려 보이지 않던 갈색 두루미가 바로 옆에서 날아오르는 바람에 컨트롤보다 그녀가 더 놀라기도 했다.

하지만 결국 그들은 갈대에 걸린 헝겊이 있는 곳까지 도착했다. 그리고 진흙 속에 반쯤 파묻힌 둥근 형체를 발견했다.

"저게 대체 뭐죠?"

"시체예요. 우리를 해치지 못해요."

유령새의 입장에서는 대단치 않다고 여겨지는 자극에도 컨트롤은 계속 과민 반응을 보였다. 단순히 겁쟁이가 아니라면 뭔가 다른 경험 때문에 망가진 상태인지도 몰랐다.

하지만 그녀는 눈앞의 시체에 대해 너무나 잘 알고 있었다. 진흙 속에 반쯤 파묻힌 형체의 한쪽 끝에는 이끼로 얼룩진 창백한 얼굴이 멍한 표정으로 그들을 바라보고 있었다.

"신음하는 괴물이에요." 유령새가 말했다. "해 질 무렵이면 늘 이 괴물의 신음 소리가 들려왔죠."

그리고 놈은 갈대밭을 가로질러 생물학자를 추격했다.

살점은 이미 떨어져 나가 흙으로 돌아갔고 기괴하게 생긴 거대한 돼지와 인간을 합쳐 놓은 듯한 백골만 남아 있었다. 커다란 갈비뼈 안에 작은 갈비뼈가 겹쳐져 마치 으스스한 샹들리에 같았다. 정강이뼈 끝의 연골은 새나 코요테 혹은 쥐가 갉아먹은 듯했다.

"오래된 시체 같군요." 컨트롤이 말했다.

"맞아요, 오래됐죠."

너무 오랜 시간이 흘렀다. 그 백골이 덫이라도 되는 것처럼 유령새는 갑작스러운 경계심에 고개를 들고 주위를 살폈다. 18개월 전만 해도 살아서 움직이던 괴물은 이제 얼굴 형태를 알아볼 수 없을 정도로 부패가 진행되어 있었다. 컨트롤이 '마지막 11차'라고 부르는 탐사대의 심리학자가 변한 이 생명체는 생물학자가 살아 있는 모습을 목격한 직후 죽어 버렸다. 부패 속도가 비정상적으로 빨랐다.

하지만 컨트롤이 그 사실을 눈치채지 못한 듯해서 유령새는 입을 다물기로 했다. 컨트롤은 백골 주변을 맴돌며 자세히 살폈다.

"그러니까 이게 원래는 사람이었다는 거로군요."

그가 말하더니, 유령새가 아무런 반응도 없자 다시 반복했다.

"어쩌면요. 실패한 복제일 수도 있고요."

유령새는 자신이 이 생물처럼 실패한 복제는 아니라고 생각했다. 그녀에게는 목적과 자유의지가 있었다.

과거의 실수를 피해서 새로운 현실을 창조할 수 있다면, 복제가 원본보다 우월할 수 있을지도 몰랐다.

"내 머릿속에 당신의 과거가 있습니다." 두 사람이 해변을 떠나자마자 정보를 교환할 목적으로 컨트롤이 말했다. "그걸 당신에게 돌려줄 수 있어요."

지금에 와서는 그에게나 그녀에게나 아무런 가치도 없는 뻔한 소리였다.

그래서 어쩔 수 없이 컨트롤이 먼저 이야기를 시작했다. 아직 숨기는 일이 더 있을 테지만, 열정과 조급함이 뒤섞인 그의 말은 진실하게 느껴졌다. 때로는 어떤 쓸쓸함이 드러나기도 했다. 유령새는 그 점을 눈치채고서도 일부러 무시했다. 서던 리치에서 컨트롤이 자신의 숙소를 찾아왔던 때 이후로, 그녀는 그의 쓸쓸함을 쉽게 감지할 수 있었다.

12차 탐사대의 심리학자가 서던 리치의 전 국장이며 그녀가 생물학자를 특별한 프로젝트이자 특별한 희망으로 여겼다는 말을 듣고 유령새는 웃음을 터뜨렸다. 그녀는 심리학자에게 갑작스러운 애정을 느끼며 면담 도중에 있었던 사소한 충돌도 기억해 냈다. 정체를 숨긴 심리학자, 그러니까 전 국장은 X구역이라는 넓고 깊은 상대와 싸우기 위해 생물학자라는 좁고 무딘 무기를 선택했다. 유령새 자신처럼. 그 생각에 동의한다는 듯이 산딸기 덤불에서 굴뚝새 한 마리가 갑자기 튀어나와 그녀의 곁을 휙 스쳐 지나갔다.

말할 차례가 되자 유령새는 자신이 동굴 혹은 탑에 사는 '기는 것'이 생물학자를 관찰하고 분해하고 복제했던 순간까지 다 기억하고 있다는 사실을 인정했다. 어쩌면 그녀가 탄생한 순간이 생물학자가 죽음을 맞이한 순간일지도 몰랐다. 등대지기의 얼굴을 한 기는 것에 대해 들려주자, 컨트롤은 반투명한 심해의 물고기처럼 불신을 훤히 내비쳤다. 하지만 그가 이미 목격한 불가능한 일들을 고려할 때, 이 이야기라고 해서 특별할 이유가 있을까?

컨트롤이 하는 질문들은 모두 12차 탐사 당시 생물학자, 측량사, 인류학자 혹은 심리학자가 어떤 형태로든 이미 했던 질문이었다.

그 사실이 어째서인지 유령새의 머릿속에서 벌어지는 논쟁을 두 배로 불편하게 했다. 때때로 그녀는 자기 자신의 결정들, 즉 생물학자의 결정들에 동의하지 못하곤 했기 때문이다. 예를 들어 왜 또 다른 자신은 벽의 글자들에 대해서 그렇게 부주의했을까? 왜 그녀는 최면에 대해 알아차리자마자 심리학자/국장에게 따지지 않았을까? 뭘 얻기 위해 탑을 내려가서는 기는 것을 찾았을까? 몇몇 행동은 용서할 수 있었지만, 나머지 경우는 다르게 대처할 수 있었다는 생각이 꼬리를 물었다. 분노를 참기 어려웠다.

생물학자의 남편에 대해서, 그녀는 망설이지 않고 전적으로 거부했다. 그와 함께 하기 위해 생물학자가 도시에서 고립된 삶을 살아야만 했기 때문이다. 생물학자는 그와 결혼했지만 유령새는 그러지 않았으니 어떤 책임감도 느끼지 않았다. 그녀는 애초에 또 다른 자신이 왜 그런 결혼 생활을 감내하려 했는지 이해할 수가 없었다. 컨트롤도 그녀를 오해하고 있었다. 두 사람의 관계에 대하여 명확히 선을 그어야 했다. 유령새는 자신의 것이 아닌 기억을 대신하기 위한 실제 경험을 필요로 하고 있었다. 컨트롤이 그녀를 어떻게 생각하든, 아무렇지도 않게 그와 육체적인 관계가 되어서 비현실을 일상적이고 기계적인 뭔가로 덮을 수는 없었다. 기억을 잃어버린 채 돌아온 남편의 모습을 기억하는 동안에는. 어떤 타협도 두 사람 모두에게 상처를 입힐 테고, 어떻게 보면 중요하지도 않았다.

신음하는 괴물의 백골 앞에 서서 컨트롤이 말했다.

"그러니까 나도 결국 이렇게 될지도 모른다는 겁니까? 다른 형태의 내가?"

"우리 모두 이렇게 될 거예요, 컨트롤. 결국에는 말이에요."

물론 아주 똑같지는 않을 터였다. 빈 눈구멍과 썩어 가는 뼈에서는 아직도 빛의 존재, 일종의 생명이 느껴졌다. 그 빛은 유령새가 아무리 거부해도, 컨트롤은 이해할 수 없는 방식으로 그녀를 탐색했다. X구역은 시체의 눈을 통해 그녀를 관찰하며 모든 측면에서 그녀를 분석했다. 유령새는 뭔가가 자신의 외면을 샅샅이 훑는 듯한, 그리고 움직일 때마다 그 시선이 따라오며 자신을 구성하는 원자들이 일관된 형체를 유지하도록 만드는 듯한 느낌을 받았다. 그리고 한편으로는 그 시선이 낯설지 않다고 느꼈다.

"생물학자에 대한 국장의 판단이 틀렸는지도 모르지만, 아마 당신이 해답일 겁니다."

그녀가 지금 어떤 경험을 하고 있는지 알기라도 한 것처럼 컨트롤이 반쯤은 농담처럼 말했다.

"난 해답이 아니에요." 유령새가 말했다. "난 질문이죠."

또한 그녀는 인간의 모습을 한 메시지, 피와 살로 이루어진 신호일 수도 있었다. 비록 그녀 스스로 어떤 이야기를 전달해야 하는지 모르고 있을지라도.

유령새는 X구역으로 들어오는 동안 봤던 광경도 떠올렸다. 그들 주위에는 거대한 도시의 폐허와 해변에 떠밀려 온 배들이 붉고 노란 불길에 휩싸여 있었다. 불길이 드리우는 그림자 아래의 잿더미 속에서는 알 수 없는 존재들이 신음하며 기거나 뛰어다녔다. 컨트롤은 그 자신도 모르는 사이에 충격적인 사실들을 털어놓으며 횡설수설했다. 그래서 유령새는 더 이상 그에게 자신이 모르는 비밀은 없다고 생각했다. 총을 들어라······ 내게 농담을 해 봐······ 내가 그녀를 죽였어, 그건 내 잘못이야······ 유령새는 컨트롤의 말뿐만이 아니라 그 주위를 떠도는 공포를 차단하기 위해 최면 암시를 걸어야만 했다.

그들 앞에 놓인 백골은 살점 하나 없이 깨끗했다. 변색된 뼈는 썩어 가는 중이었고, 갈비뼈 끝 부분은 벌써 습기로 물렁거리며 진흙 속에 녹아 들어갔다.

머리 위 하늘에서는 여전히 황새들이 대형을 이룬 채, 인간은 감히 흉내 낼 수 없는 복잡하면서도 완벽하게 조화로운 춤을 추며 날아다니고 있었다.

0003: 국장

주말에는 치퍼스 스타 레인스가 당신의 피난처가 된다. 거기서는 당신도 서던 리치의 국장이 아니라 그저 술집에 들른 손님 중 하나일 뿐이다. 치퍼스는 블리커스빌에서 멀리 떨어져 있고, 조금만 더나가면 비포장도로가 나올 정도로 외진 장소에 있다. 본부로 돌아간 짐 로우리의 동료들이 이곳까지 감시하거나 도청하고 있을지도 모르지만, 서던 리치 직원과는 한 번도 마주친 적이 없다. 심지어 부국장인 그레이스 스티븐슨도 이 가게는 모른다. 사람들의 눈을 속이기 위해, 우스꽝스러운 그림이 그려진 티셔츠와 뚱뚱했을 때 입던 청바지 차림을 한다. 때로는 즐겨 찾는 바비큐 식당의 광고가 들어간 야구 모자를 쓰기도 한다.

어릴 때 아버지와 하던 것처럼 볼링을 하기도 하지만, 보통은 혼자서 가게 앞에 놓인 낡았지만 아직 작동하는 사파리 어드벤처 미니 골프 코스부터 시작한다. 9번 홀에 옹기종기 모여 있는 플라스틱 사자들은 오래전 어떤 사고로 불에 타서 가장자리가 검게 눌어붙었다. 거대한 하마는 마지막 코스인 18번 홀에 버티고 있는데, 군데군데 칠이 벗겨져서 그 아래로 피처럼 붉은 페인트 색이 드러나 있다.

그러고 나면 안쪽으로 들어가서 네 번째 선수가 필요한 일행에게 합류해 볼링을 몇 게임 친다. 천장에는 색이 바랜 우주선 그림이 그려져 있다. 밤이 되면 유치한 레이저 쇼와 함께 지구, 목성, 가운데가 빨간 보라색 성운에도 불이 들어온다. 네다섯 게임 정도 치다 보면 가끔 200점을 넘기도 한다. 볼링을 마치면 어둡고 아늑한 바에 자리를 잡는다. 레인에서 되도록 멀리 떨어져 앉으면 음악 소리에 볼링공이 굴러가거나 핀이 넘어지는 소음도 잘 들리지 않는다. 여기도 X 구역과 너무 가깝다. 하지만 아무도 그 사실을 모른 채 천천히 죽어가고 있다.

어떻게 봐도 싸구려 술집인 치퍼스의 손님은 대부분 동네 단골이다. 천장에는 어두운 색의 펠트 천을 붙였는데 아마 별이 반짝이는 밤하늘처럼 보이게 만들고 싶었던 모양이다. 하지만 옛날 서부 영화에 나오는 보안관 배지처럼 생긴 금속 장식들은 세월이 흐르면서 거무튀튀하게 변색되어 별이라기보다 작은 불가사리들 같다. 한쪽 구석에는 스타 레인스 라운지의 광고판이 놓여 있다. 라운지에는 오래전에 어느 패밀리 레스토랑에서 훔쳐다 놓은 것처럼 보이는 둥근 목재 테이블과 검은색 인조 가죽 의자들이 놓여 있다.

술집의 손님들 대다수는 소리 없이 자막만 나오는 TV로 운동 경기를 감상하는 중이다. 벽에 덧댄 낡은 녹색 양탄자가 이들의 말소리를 흡수한다. 여기 단골들은 대개 무해하고 소란을 피우는 경우도 드물다. 바 한쪽 끝에는 은색 수염을 기른 70대 노인이 도수 낮은 맥주를 마시고 있다. 예전에 어떤 전쟁에 참전했다는데, 말이 없는 편이지만 때때로 친근하게 굴기도 한다.

여기서는 어쩐지 심리학자라고 소개하면 안 될 듯한 기분이 든다. 그래서 사람들이 물어보면 장거리 트럭 운전을 하면서 안정적인 직장을 찾는 중이라고 둘러댄다. 이런 이야기가 먹히는 이유는 아마 키가 크고 덩치가 좋아서일 것이다. 여기 있으면 정말로 트럭 운전수가 된 듯한 기분이 들고 주위 손님들이 친구처럼 느껴진다.

또 다른 단골인 부동산 중개인은 그 노인이 정말 참전 용사가 아니라 그저 '동정을 받고 싶어 하는 알코올 중독자'라고 말한다. 하지만 바로 그 점 때문에 그녀는 노인을 동정하고 있다. "난 그냥 빠지겠어." 그리고 "젠장, 그건 아니지."가 노인의 입버릇이다. 나머지 손님들은 응급실 간호사, 기술자 한 쌍, 미용사, 몇몇 접수원과 사무직원이다. 아버지는 이런 부류를 '장막 뒤를 엿보는 일이 허락되지 않은 자들'이라고 불렀다. 굳이 그들이나, 부산스러운 바텐더의 뒷조사를 해 볼 생각은 전혀 없다. 그럴 필요가 없기 때문이다. 치퍼스에는 어떤 선동도 기밀도 없다.

하지만 때때로 늦게까지 남아 있다 다른 손님들이 뜸해지면, 냅킨이나 컵 받침에 자꾸 생각나는 문제들을 끄적여 본다. 과학 부서의 지나치게 활기 넘치는 책임자인 마이크 체니 밑에서 일하는 전체론적 환경 전문가 휘트비 앨런이 계속해서 던지는 수수께끼 같은 질문들. 그런 질문을 요구한 적도 없는데 휘트비는 지칠 줄을 모른다. 그의 머릿속은 온통 타오르고 있어서 자기 자신의 아이디어로밖에 그 불을 끌 수 없는 것처럼 보인다. "우리가 경계 안에 있다면 경계 밖이란 무엇일까요?" "우리가 경계 안에 있을 때 경계는 무엇일까요?" "누군가 밖에 있을 때 경계는 무엇일까요?" "왜 안에 있는 사람은 밖에 있는 사람을 보지 못할까요?"

"제 주장은 제가 하는 질문들보다 나을 바가 없습니다." 한번은 휘트비가 그렇게 인정했다. "보다 쉬운 길을 원하신다면, 체니 씨의 과학 창고에서 나오는 결과물을 보시면 될 겁니다."

투명한 플라스틱 커버 안에서 빛나는 인상적인 서류가 휘트비의 아이디어를 뒷받침한다. 세심하게 구멍을 뚫고 고리 세 개로 철한 서류는 열두 페이지에 걸쳐 오타 하나 없는 인쇄물이다. 이 명작의 제목은 '복합적 가설: 종합적 접근'이다.

보고서는 휘트비만큼이나 빛나고 영리하고 빠르다. 보고서에 담긴 질문과 제안들은 서던 리치가 지금보다 더 잘할 수 있다는, 또한 휘트비 자신도 기회가 주어지면 더 잘할 수 있다는 생각을 암시하고 있다. 보고서의 내용은 쉽게 받아들이기 어렵다. 과학 부서에서는 '어떻게 봐도 증거가 미비한 추측에 불과하다'는 메모를 당신에게 무더기로 보낸다.

하지만 당신은 이 서류를 진지하게 받아들인다. 특히 'X구역이 존재하기 위해 필요한 조건들'이란 부분이 그렇다.

· 고립된 장소
· 비활성화 상태지만 불안정한 방아쇠
· 방아쇠를 당길 촉매
· 방아쇠가 어떻게 당겨질지에 대한 확률적 혹은 우연적 요소
· 우리가 이해할 수 없는 맥락
· 우리가 이해할 수 없는 에너지를 향한 태도
· 우리가 이해할 수 없는 언어에 대한 접근

"다음은 뭘까요?" 어느 정례 회의에서 체니가 말한다. "성자의 기적이나 종말을 예고하는 머리가 두 개 달린 송아지에 대한 면밀한 연구라도 해야 합니까?"

휘트비는 체니의 의견에 단순한 반대는 물론 논리와 근거를 난도질해서 그의 기분을 상하게 하는 일도 주저하지 않는 혈기왕성한 토론가다.

"X구역은 하나의 유기체 같은 측면도 있습니다. 마치 세포나 모공 대신 100만 개의 탐욕스러운 주둥이가 달린 피부처럼요. 문제는

그게 뭐냐가 아니라 무슨 의도를 가지고 있느냐 하는 점입니다. X구역이 살인범이고 우리가 놈을 잡아야 한다고 생각해 보세요."

"오, 대단하군, 정말 대단해, 이제 우리 직원 중에 탐정까지 생겼군그래."

투덜거리는 체니에게 당신이 조용히 하라는 손짓을 해 보이자 그레이스가 쓴웃음을 짓는다. 사실은 당신이 휘트비에게 '서던 리치에 새로운 관점을 제공하기 위해' 탐정처럼 생각해 보라고 일렀기 때문이다.

얼마 동안은 휘트비의 도움에 힘입어 화살을 제대로 과녁에 맞힌다. 성과가 아예 없지는 않다. 내 지휘 아래 탐사 장비의 개선도 이루어진다. 예를 들면 현장에서 사용할 현미경의 성능이나, X구역의 방어기제를 자극하지 않는 무기들처럼. 점차 더 많은 대원들이 무사히 귀환하기 시작한다. 또한 당신 자신을 위장하며 살아오느라 익힌 잔재주가 대원들이 임무에만 집중할 수 있도록 하는 데 도움이 되는 듯하다.

당신은 X구역이 환경을 잠식해 나가는 과정을 자세히 기록하면서 그 양상에 대해 조금이나마 이해하기 시작한다. 그리고 심지어 거기에 맞춰 탐사대의 파견 주기를 만들어 낸다. 항상 그 기준을 통제하지는 못할 수도 있지만, 한동안은 모두가 상황이 안정되는 중이며 들려오는 소식도 나아지고 있다는 사실에 동의한다. 언제나 빛나는 은색 달걀을 떠올리게 하는 본부(뭔가 완벽하고 고차원적인 생각을 가지고 있지만 그걸 제대로 표현하지 못하는 높은 분들)도 호들갑을 떨며 당신을 지지한다……. 하지만 그러는 동시에 서던 리치에 대해서는 본부가 그 안 깊숙이 숨기고 있는 아름답고 우아한 알고리즘이 한심할 정도로 변질된 사례라고 여기는 듯한 느낌도 전해진다.

몇 해가 지나고 로우리의 영향력은 떨어져 간다. 그러나 해결책은 나오지 않는다. X구역에서 얻은 자료들은 중복된 것들뿐이고 그 양도 점점 줄어 간다. 혹은 휘트비의 표현을 빌면 '해석되기를 거부하고' 있는지도 모른다. 가설은 늘어나지만 증명할 방도는 없다. 언어학자들은 계속해서 '유추할 근거가 부족하다'는 말만 한다.

그레이스는 아무런 성과나 진척도 내지 못하면서 투덜대는 그들을 '언쟁학자'라고 부르면서 가시 돋친 농담을 하기 시작한다. '유추할 근거가 부족하다'는 말 정도로는 X구역과 마주한 뒤 지구의 대기에 다시 진입하는 동안 불타 버린 언어학자들의 상태를 표현하기 부족하다. 그들은 마치 X구역이라는 미지의 좌표를 향해 마구 쏘아 올렸다가 기능을 잃고 우주의 미아로 전락해 버리는 인공위성들 같다. 이렇게 X구역에 쓰레기를 투기하는 일은 불안정한 신을 열 받게 하는 불경한 짓처럼 느껴지기도 한다. 다만 그런 수모에도 불구하고 X구역은 어떤 반응도 보이지 않는다.

사실 언어학자들이 문제는 아니다. 본부조차 문제는 아니다. 로우리가 문제다. 로우리가 지금 X구역으로 변한 지역에서 자랐다는 당신의 비밀을 지켜 주는 대신, 그가 원하는 대로 해 줘야 하기 때문이다. 로우리는 탐사대라는 아이디어에 다른 사람들의 피와 땀을 투자했고 경계를 '통과할 수 없는 장벽'이라고 부른다. 그 스스로는 경계의 이쪽 편에 있으니 안전하다는 뜻이기도 하다. 반면에 휘트비는 계속해서 관행에 도전한다. "우리가 경계를 뭐라고 생각하든, 그걸 X구역의 **한계**로 인식하는 일이 중요합니다." 그게 중요할까?

당신에게는 본부에 입성한 로우리가 승승장구해서 방음 장치가 설치된 개인 사무실을 얻었다는 소문의 진상이 더 중요하게 여겨진다. 그런 풍문은 고요한 숲의 어둠 속에서 하이킹을 할 때 스치는 바람 소리처럼, 몇 년 내내 멀지만 뚜렷하게 들려온다. 문명의 온갖 안락함을 약속하는 유혹적인 손짓 같지만 그 길의 끝에는 시체가 잔뜩 쌓인 도살장이 기다리고 있을 뿐이다. 로우리가 너무나 쉽게 본부에 있는 당신의 공식적인 상관 피트먼을 제치고 결과를 내라는 압박을 직접적으로 가하는 것이 그 증거다.

탐사가 11차에 이르자 당신은 점점 더 지쳐 가고, 본부의 계획도 바뀌기 시작한다. 본부가 국내 테러 조직을 제압하고 생태계 파괴가 임박했다는 증거들을 은닉하는 일에 집중하면서 인력과 자금, 장비 조달이 점점 더 어려워진다.

힘든 하루를 보내고 블리커스빌의 집으로 돌아와도 안식처를 발견하기는 어렵다. 당신을 따라다니는 망령들이 소파에 앉아 있거나 창문으로 안쪽을 들여다보고 있다. 회의 도중이나 그레이스와 점심

식사를 하는 중에, 혹은 본부에서 당신의 사무실에 새로 도청기를 설치했는지 살펴보는 도중에도 불쑥불쑥 이 모든 일에 아무런 의미도 없으며 아무것도 해내지 못하고 있다는 생각이 떠오른다. 각각의 탐사대가 지닌 무게가 당신을 짓누른다.

"내가 국장이 될 수도 있었지." 한번은 로우리가 잘난 척 말했다. "하지만 조종석에 경고등이 들어와 있다는 걸 알아차린 거야."

당신은 그 경고등이 로우리의 내면에 존재하는 공포심이라는 사실을 알지만, 그는 결코 인정하려 들지 않는다. 그가 하는 잔인한 농담으로 미루어 볼 때 로우리도 자신이 불가능한 요구를 계속하고 있다는 점을 알고 있는 듯하다.

계속되는 미열처럼, 서던 리치나 본부의 누군가가 당신의 비밀을 밝혀낼 거라는 걱정이 따라다닌다. 로우리가 그 정보를 영원히 감추지 못하거나 당신이 쓸모없어지는 순간 폭로하고 말 거라는. 보안상의 위험. 거짓말쟁이. 감정적인 소모가 너무 많다. 하지만 당신은 연민이라는 감정을 불신하여 떨쳐 버리기 위해 애쓴다. 그리고 그레이스를 제외한 모든 사람들에게 차갑게 거리를 두고, 심지어 가혹하게 굴면서 냉철하고 객관적인 태도를 견지한다……. 설사 그런 연기가 실제로 당신을 차갑고 거리감이 느껴지며 가혹한 사람으로 만들어간다 해도.

근거를 댈 수는 없지만, 당신은 로우리의 접근 방식이 서던 리치를 해답으로부터 점점 더 멀어지게 만든다고 믿는다. 광활하고 공허

한 우주 공간의 망각 속에 떨어진 우주 비행사가 손발을 허우적댈수록 더 빠르게 구조 불가능한 거리로 멀어지는 현상과도 같다. 더 심각한 점은 당신이 심리학자 시절을 그리워하지 않으면서도 거기에서 벗어나지 못하는 것과 마찬가지로, 로우리 역시 X구역에서 겪은 경험으로부터 벗어날 수 없는 저주에 걸렸다는 사실이다. 그는 과거를 떨쳐 버리려 애쓰지만 결코 자유로워지지 못하고 있다.

당신의 또 다른 피난처는 서던 리치의 옥상이다. 기이하고 구불구불한 모양의 용마루 때문에 아래에서는 보이지 않는 공간이다. 당신은 그곳을 비욘드 리치(Beyond Reach), 줄여서 BR이라고 부른다. 추운 겨울에는 '브르르' 혹은 '비-아르!', 여름에는 '베어!' 그리고 일과가 끝난 뒤 숨어서 한잔하기 위해 들릴 때에는 '바'가 되기도 한다.

당신은 이 신성한 장소를 오직 한 사람, 그레이스와 공유한다. 당신과 그레이스 그리고 수위만 옥상 열쇠를 가지고 있기 때문에 마음 놓고 치퍼스에서 떠올린 아이디어들을 나오는 대로 떠들어 댄다. 종종 다른 직원들이 당신의 행방을 추적하려 들기도 하지만, 당신은 감쪽같이 사라져서 비욘드 리치에 있다가 다시 나타나곤 한다.

무성한 소나무 숲이 끝없이 펼쳐진 원시적인 습지 풍경을 내려다보며, 그레이스와 함께 온갖 별명들을 생각해 내는 장소도 바로 그

곳이다. 당신과 그레이스는 경계를 '해자' 그리고 경계를 통과하는 입구는 '정문'이라고 부르며, 언젠가 '옆 문' 혹은 '비밀 문'을 찾고 싶어 한다. X구역에 있는 동굴 혹은 지형적 변이는 '틈새(El Topoff)'라고 부르는데, 그레이스가 여자친구와 함께 봤던 이상한 영화 「두 더지(El Topo)」에서 따온 말이다.

바보 같은 짓일지도 모르지만 그 순간만큼은 즐겁다. 특히 브랜디 한 병이 있거나, 그레이스가 체리 향이 나는 담배를 가져올 때면 더욱더. 당신과 그레이스는 정원용 의자를 가져다 놓고 앉아서 이런저런 아이디어를 논의하거나 다가올 주말에 대한 이야기를 나눈다. 그레이스가 치퍼스에 대해 잘 알고 있듯이 당신도 '노 젓기에 중독된' 그레이스가 주말마다 친구들과 떠나는 카누 여행에 대해 잘 알고 있다. 그레이스에게 치퍼스를 찾아오지 말라는 이야기를 굳이 할 필요는 없다. 당신 역시 카누 여행에 따라나설 생각은 하지 않는다. 당신과 그레이스의 우정은 서던 리치 안에서만 유효하기 때문이다.

당신이 그레이스에게 X구역으로 몰래 숨어 들어가려는 계획을 처음 이야기한 장소도 옥상이었다. 어떤 해답을 얻지는 못했지만 10차와 11차 탐사대들이 훨씬 나은 성과를 낸 덕에 막연하기만 했던 생각이 '휘트비와 함께하는 여행'이라는 계획으로 점점 더 구체화되고 있다.

그레이스의 조언이 필요하지만 그녀를 함께 데려갈 수는 없다. 자칫 잘못하면 두 사람의 목이 한꺼번에 날아갈 뿐 아니라, 그레이스가 그런 모험에 어울리지 않는다고 생각하기 때문이다. 그녀는 이 세계에 너무 많은 연결 고리를 가지고 있다. 아이들. 자매들. 전 남편. 여자친구. 당신은 그레이스가 '나의 윤리적 나침반'이며 넘지 말아야 할 선에 대해 당신보다 더 잘 아는 사람이라고 농담을 섞어 말한다. 한번은 냅킨에다 '너무 정상적임.'이라고 적기도 했다.

"왜 로우리가 국장님에게 명령하도록 내버려 두죠?"

어느 날 오후, 당신이 대화를 그런 식으로 이끌자 그레이스가 묻는다. 당신은 로우리에게 맞서기를 삼가고 있다. 로우리는 당신의 직속상관이 아니다. 문장의 끝에 위치하진 않지만 그래도 영향력을 행사하는 어설픈 운율에 가깝다. 로우리가 본부에 연줄을 마련하는 동시에 당신을 손아귀에 넣었으며 그래서 당신이 겨우 그레이스를 보호하고 있다는 사실을 그녀도 알아야 한다.

당신은 그레이스에게 로우리의 영향력이 미치지 못하는 부분도 있다는 점을 상기시킨다. 탐사대가 X구역에서 가져오는 것들은 온전히 당신 소관이다. X구역의 발견물은 모두 서던 리치를 거친다. 그래서 마지막 11차 탐사대가 그 바로 전, 혹은 더 이전의 탐사대가 베이스캠프에 남긴 흐릿한 사진 몇 장만을 가지고 왔을 때 당신은 그것들을 빼돌려서 몇 시간이고 뚫어져라 쳐다봤다. 검은색 배경 위에 떠오른 여러 개의 그림자. 하지만 그게 벽이었을까? 그 표면의 질감이 당신에게 다른 탐사대가 남긴 다른 사진을 떠올리게 하지는 않았을까? 그래서 당신은 '틈새' 안에서 촬영한 사진들을 전부 꺼냈다.

열세 장 모두를. 그래, 이 새로운 사진들도 동굴 안에서 찍혔을 가능성이 있다. 그 그림자, 그 희미한 얼굴 윤곽…… 친숙하게 느껴지는 것은 기분 탓일까? 그게 뭔가를 의미한다고 느낀다면 잘못된 판단일까?

그레이스에게 당신의 단순한 계획을 고백하고 몇 가지 증거를 보여 준다. 그레이스가 당신을 배신하고 본부에 보고하지는 않을 거라고 믿지만, 그녀가 규정과는 상관 없이 그럴 수 있다는 사실 또한 알고 있다. 그레이스는 당신의 추론이나 근거 모두, 탐사대가 돌아오지 않거나 별 수확도 없이 절반만 돌아올 때마다 느끼는 고통에 지친 탓일지도 모른다고 우려하기 때문이다. 어떻게든 이런 패러다임을 바꾸고자 하는 욕구 때문일지도 모른다고.

"빠르게 '틈새'까지 갔다가 되돌아올 뿐이야. 절대 아무도 모를 거라고."

로우리는 알지도 모른다. 자신의 허락 없이 경계를 넘어간 사실을 알면 로우리는 어떻게 반응할까? 그의 분노가 과연 당신 한 사람만을 겨냥할까?

잠시 침묵이 흐르더니 그레이스가 입을 연다.

"제가 뭘 도울 수 있을까요?"

그녀도 이 일이 중요하다는 걸 안다. 그리고 자신이 돕지 않아도 당신이 경계를 넘어갈 거라는 사실도 알고 있다.

그녀는 또 이렇게 말한다.

"휘트비를 설득할 수 있다고 생각하세요?"

"그럼, 할 수 있어."

그레이스는 당신의 말을 회의적으로 받아들인다.

하지만 휘트비는 문제가 아니었다. 휘트비는 길고 긴 산책을 나가고 싶어 낑낑대는 테리어처럼 열정적이다. 한동안 과학 부서를 떠나 있고 싶어 하기도 한다. 최근 탐사대의 생존율을 들먹이며 당신을 부추긴 것도 휘트비다. 신이 나서 어쩔 줄 모르는 휘트비를 보니 이 계획이 위험하다는 사실조차 잊어버릴 정도다.

주말에 치퍼스에서 부동산 업자와 시시한 잡담을 나누던 당신은 문득 혼자서 경계를 넘는다는 생각에 두려움을 느낀다. 그리고 술집 텔레비전으로 미식축구 경기를 보면서, 만약 휘트비가 거절했다면 모든 계획을 취소했을 거라는 사실을 깨닫는다.

문을 지나 X구역으로 향하는 길에 당신은 어떤 압력을 느끼고 몸을 숙인다. 그리고 별똥별로 가득한 지평선을 바라본다. 별똥별이 지나간 자국이 너무 선명해서 당신은 천국의 불빛을 바라보는 사람처럼 눈살을 찌푸린다. 똑바로 설 수 없을 정도로 어지럽지만, 한쪽이나 그 반대쪽으로 휘청거릴 때마다 뭔가가 당신을 다시 가운데로 밀어다 놓는다. 가장자리가 실제로 보기보다 가까울 뿐 아니라 심하게 기울어져 있다는 착각이 든다. 생각이 빨라졌다가 다시 느려져서 마치 알 수 없는 누군가가 그 사이를 바느질하고 있는 듯한 느낌이 든다. 걸음을 멈추고 그 자리에, X구역과 현실 세계를 잇는 통로에 영원히 머물고 싶다는 충동이 찾아온다.

최면에 걸린 휘트비는 눈을 감은 채 얼굴 근육을 떨고 발을 질질 끌며 제자리를 맴돌고 있다. 그의 머릿속에서 무슨 일이 벌어지는지 몰라도, 최소한 길을 잃거나 중간에 멈추는 일은 없어야 한다. 당신이 두 사람의 손목을 연결하고 있는 나일론 끈을 당기자, 휘트비가 비틀거리며 방향을 잡는다.

뒤이어 휘트비가 예고했던 끈적끈적한 느낌이 찾아온다. 허벅지 높이의 물속을 걷는 듯한 기분이다. 그리고 이제 거의 끝에 이르렀음을 의미하는 저항력을 감지한다. 저 앞에 문 모양을 한 휘몰아치는 불빛이 보인다. 그리고 마침 그때, 최선을 다해 정신을 똑바로 차리려는 당신의 눈에 꿈속을 걷는 듯한 휘트비의 모습이 보인다. **온갖 것**들이 당신의 안을 들여다보는 듯한 기분이 느껴진다. 당신은 스스로의 신체를 비롯한 그 무엇으로도 현재 위치를 가늠하는 감각을 잃어버린다……. 당신은 정말 걷고 있을까 아니면 가만히 서 있는데도 불구하고 걷는다고 착각하는 걸까?

너무 오래 숨을 참았다가 내쉴 때처럼 저항력이 사라진 상태로 당신들은 문을 지나쳐 X구역에 들어선다. 당신은 네 발로 기면서 몸부림치는 휘트비가 잘못된 방향으로 움직여 영원히 사라지지 않도록 그에게 걸었던 최면을 풀어 준다. 휘트비는 당신들과 마찬가지로 신선한 공기를 마시며 헐떡인다.

이토록 푸르고 구름 한 점 없는 하늘. 익숙할 법도 한 길이지만 마지막으로 잊힌 해안을 본 지 벌써 수십 년도 지났다. 돌아오자마자 이곳이 고향처럼 느껴지진 않는다. 당신이 이 길을 알아볼 수 있는 것도 탐사대가 남긴 사진과 보고서 때문이다. 이 길은 최초로 침략이 시작되기 전부터 여기 있었다. 오래전 조상들이 걷던 길은 아직 남아 있지만, 잡초가 무성한 채 X구역의 일부가 되었다.

"걸을 수 있겠어?"

당신이 최면 상태를 벗어난 휘트비에게 묻는다.

"물론 걸을 수 있고 말고요."

적극적인 대답이지만, 그 이면에서는 마치 뭔가를 이미 잃어버린 듯한 나약함이 도사리고 있다.

당신은 어떤 꿈을 꿨는지, 무엇을 봤는지 휘트비에게 묻지 않는다. 다시 돌아가기 전에는 알고 싶지 않다.

불운했던 첫 번째 탐사대가 남긴 X구역의 저주스러운 영상을 봤던 이유는 해답을 얻기 위해서가 아니다. 어느 정도의 죄책감과 함께, 당신이 어린 시절을 보냈던 자연과의 연결 고리를 찾기 위해서였다. 당신의 기억을 확인하고, 기억하지 못하는 것들을 떠올리기 위해서. 비명들과 혼란, 수수께끼를 극복하기 위해서. 로우리의 흐느낌을, 어둠을 극복하기 위해서였다.

X구역에서 당신은 등대 근처에 늘어선 바위들을 발견한다. 해안은 이미 예전과 약간 달라진 모습이라, 파도가 남긴 흔적을 통해 휘트비의 테루아를 추적할 수 있을 듯하다. 저 아래 해변의 모래 속으로 게가 숨어든 구멍들, 그리고 썰물 때마다 모습이 드러나면 다시 갯벌로 파고드는 조개껍데기들 중에 해답을 쥔 샘플이 있을 것만 같은 기분이 든다.

그리고 오솔길. 늘어선 소나무와 무성한 덤불 사이로 난 어둡고 조용한 길. 탐사대의 리더가 몰려드는 먹구름을 보며 대피소를 찾아야 한다는 생각보다는 그것이 어떤 전조라는 느낌에 사로잡힌 듯 조심스러운 필치로 남긴 기록을 보고 어떤 기억이 되살아났다. 여섯 살 무렵 폭풍 속에서 길을 잃고 헤맸던 끝에 마침내 숲을 빠져 나온 뒤에도 자신이 어디에 있는지 알 수 없었던 때의 일이다.

폭풍이 그치고 갑자기 햇살 아래 펼쳐진 넓은 습지에서 당신은 양쪽에 물뿐인 좁은 길을 가로막고 선 악어와 마주쳤다. 당신은 있는 힘껏 달려가 악어를 훌쩍 뛰어넘었다. 그때의 흥분에 대해서, 그리고 용기를 쥐어짜 아래를 내려다봤을 때 당신을 삼켜 버릴 듯하던 (마치 X구역이 최초의 탐사대를 삼켜 버린 것처럼) 노란 동공에 세로로 가느다란 줄이 난 악어의 눈동자에 대해서, 마침내 악어를 뛰어넘고 나서 느꼈던 세상을 정복한 듯한 기쁨에 대해서도 당신은 결코 엄마에게 이야기하지 않았다.

영상의 마지막 부분에서 대원들은 어디론가 향하기 위해서가 아니라 무언가로부터 도망치기 위해 달리고 있었다. 뒤따라 들리는 소리는 승리의 외침이 아니라 절망스러운 비명이었다. 그들은 모습을 제대로 드러내지 않는 상대와 싸우느라 지쳐 있었다. 당신의 냉소적인 생각으로는 그저 시늉뿐인 비명이었다. 승산 없는 싸움에 이미 몸과 마음이 굴복해 버린 뒤였기 때문이다. 그들의 방황은 당신이 길을 잃었던 날의 경험과 전혀 달랐다. 그들에게는 돌아갈 바닷가의 집도, 집 앞에서 걱정스럽게 서성이다 더럽고 흠뻑 젖은 모습으로 나타난 당신을 보고 안도할 엄마도 없었다.

아마 당신의 얼굴에 기쁜 기색이 남아 있었던 모양이다. 엄마가 나무라는 대신 새 옷으로 갈아입힌 뒤 아무것도 묻지 않은 걸 보면.

시간에 쫓기는 당신은 베이스캠프를 지나쳐 곧장 지형적 변이로 향한다. 휘트비에게는 말하지 않았지만 X구역에 오래 머물수록 재앙이 일어날 가능성이 높아진다는 사실을 알기 때문이다. 그리고 기억 속 악어의 눈이 전에 없이 뚫어질 듯한 강렬한 시선으로 당신을 올려다보고 있기 때문이다. 최초 탐사의 두 번째 날, 카메라에 모습이 잡히지 않은 채로 누군가가 말했다. "집에 가고 싶어." 그러자 빈둥대던 로우리가 확신에 찬 얼굴로 대답했다. "무슨 소리야? 이제 여기가 우리 집이라고. 우리에게 필요한 건 뭐든 다 여기 있잖아. 안 그래?"

경계로부터 2~3킬로미터 정도 떨어진 습지의 숲에 들어서자 강렬한 위기감이 찾아온다. 예전에 당신이 곰의 흔적을 자주 목격하고 나무들 뒤의 어둠 속에서 뭔가가 움직이는 소리를 들었던 곳이다.

휘트비는 자주 말이 없어졌다. 어쩌다 입을 열 때면 X구역이 생기기 이전부터 이 숲에 드리워져 있던 영원하고 장구한 어떤 의도, 그 우울한 무게를 떠올리게 하는 질문이나 걱정거리를 늘어놓을 따름이었다. 늪의 고요한 수면과 무성한 나무들 사이로 아주 가끔 보이다 사라지는, 그래서 수천 킬로미터나 떨어진 멀리서부터 당신에게 다가오고 있는 것처럼 보이는 푸른 하늘. 이 공터가 5차 탐사대의 세 사람이 죽음을 맞이한 장소일까? 저 연못에 첫 번째 8차 탐사대 대원들의 시체가 가라앉아 있을까? 때때로 그런 생각에 잠겨 있노라면 휘트비의 음산한 중얼거림이 과거의 비극으로부터 벗어나지 못하는 당신을 깜짝 놀라게 한다.

하지만 결국 당신은 좀 더 낙천적인 풍경과 마주치고, 그 안에서 과거와 현재를 하나의 장면으로 받아들일 수 있게 된다. 이제 좀 더 넓어진 길이 끝없이 펼쳐진 검은 숲과 탁 트인 벌판 사이를 가로지른다. 키 큰 소나무 몇 그루가 드문드문 자리 잡고 있는 풀밭 너머로 지평선이 보인다. 숲이 기울어진 탓에 어둠의 끝자락이 비스듬히 그림자를 드리우며 길의 절반 정도를 가리고 있다.

X구역 안에도 또 다른 경계들, 또 다른 입구들이 존재한다. 그리고 당신은 지형적 변이로 향하기 위해 그 하나를 통과한다.

당신은 탑을 보자마자 그 재료가 돌이 아니라는 사실을 깨닫는다. 휘트비도 마찬가지다. 어쩌면 그는 지금, 당신이 임시방편으로 걸었던 조잡한 최면술이 아니라 다른 대원들처럼 본부의 정식 훈련과 조정을 받아서 눈앞의 광경을 제대로 알아보지 못하면 더 좋았을 거라고 생각하고 있을까?

탑은 숨을 쉬고 있다. 그 점은 너무나 분명하다. 위쪽으로 갈수록 둥글어지는 살덩이가 깊이 잠든 사람의 흉부처럼 불규칙하게 오르내린다. 보고서의 어디에도 그런 언급은 없었다. 예상하지 못했던 일이지만, 당신은 오래지 않아 순응하고 자신을 내맡긴다. 그리고 당신의 일부가 허공 위로 떠올라 스스로의 어리석은 결정을 내려다보는 동안에도 지형적 변이 아래로 내려가는 상상을 하고 있다.

당신이 안에 들어가 있는 동안 놈이 깨어나진 않을까?

어둠 속으로 이어지는 입구는 통로라기보다 괴물의 아가리처럼 보인다. 근처의 덤불은 흡사 거대한 뱀이 방어적으로 도사리고 있던 자리처럼 거친 원형으로 눌려 있다. 층계는 비뚤비뚤하게 난 치아처럼 복잡하게 구불거리고, 밖으로 새어 나오는 공기는 진한 악취를 풍긴다.

"전 못 들어가요."

휘트비는 안에 들어가면 자신이 더 이상 휘트비로 남을 수 없다고 생각하는 듯 단호하게 말한다. 그 얼굴에 드러난 공포는 싱그러운 늦여름의 햇살 속에서도 휘트비를 아직 경험하지 못한 끔찍한 기억에 시달리는 사람처럼 보이게 한다.

"그럼 내가 들어가지."

당신이 괴물의 목구멍 속으로 들어가겠다고 제안한다. 드물기는 해도 이미 들어갔다 나온 사람들이 있는데, 당신이라고 못할 이유가 뭘까? 만약의 경우에 대비해 방독 마스크를 쓴다.

당신의 모든 동작 뒤에 숨어 있는 현기증 나는 공포와 뒤틀린 긴장이 뼈와 살에 새겨진다. 지금으로부터 몇 달 뒤에 당신은 욱신거리는 통증과 함께 잠에서 깰 것이다. 당신의 육체가 이때 벌어진 일을 결코 잊지 못하며 그 트라우마를 고통의 형태로 표현할 수밖에 없다고 호소라도 하듯이.

안으로 들어가자, 대원들이 제출한 단편적인 보고서와는 사뭇 다른 광경이 펼쳐진다. 벽을 이루는 살아 있는 조직은 거의 비활성화된 상태인 데다, 글자를 이루는 구불구불한 덩굴손들이 너무 느리게 움직여서 당신은 잠깐 동안 그것들이 이미 괴사한 상태라고 생각한다. 글자들은 보고서에서 읽은 내용처럼 생기 넘치는 초록색이 아니라 조리대의 불꽃을 떠올리게 할 정도로 창백한 푸른색이다. 섣부른 희망과 함께 **동면**이라는 단어가 머릿속에 떠오른다. 당신 아래에 있는 것들이 비록 기상천외하기는 해도 얌전히 잠들어 있으리라는 기대가.

당신은 통로 가운데를 벗어나거나 벽을 건드리는 일이 없도록 주의하면서 탑의 맥박 소리를 애써 무시한다. 벽의 글이 집중력을 분산시키기 위한 덫이라고 오래전부터 생각해 왔기 때문에 일부러 외면하고 읽지 않는다. ……그럼에도 아래쪽에 있는 뭔가가 당신을 혼란스럽고 불안하게 하며 모습을 드러낼지 말지 고민하고 있다는 사실을 느낀다. 모퉁이를 돌아 아래로 내려가면서, 텅 빈 공간을 지나 죽어 있는 글자의 푸른빛 아래 드러난 계단에 발을 디디면서, 모습을 감춘 미지의 존재를 향해 다가가면서 당신은 아무것도 보이지 않지만 그 어느 때보다 더 긴장한다. 그 과정은 마치 서던 리치에서 보낸 삶의 모든 순간을 되풀이하고 있는 것처럼 느껴진다. 이렇다 할 이유도, 목적도 없이 아래로 내려가지만 결국 아무것도 발견하지 못하는. 당신 앞에는 어떤 해답도, 해결책도, 결말도 나타나지 않는다. 벽의 글자들은 더 신선해지기는커녕 어두워져서, 당신이 다가갈수록 빛을 잃어 가는 것처럼 보인다. ……그러다 마침내 당신은 저 멀리 아래쪽에서 희미한 빛을 발견한다. 너무나 멀리 떨어진 나머지 바다 밑바닥의 동굴 속에서 빛나는 꽃처럼 느껴지는 빛이다. 그 빛은 마치 마술사의 속임수로 당신의 얼굴 앞에 떠오른 도깨비불처럼, 손을 뻗을 용기만 있다면 잡을 수 있다는 착각이 들게 한다.

하지만 당신의 다리가 후들거리고 머리로 피가 솟구치는 이유는 따로 있다.

뭔가가 왼쪽 벽에 붙어 몸을 웅크리고 앉아서 계단 아래를 내려다보고 있다.

당신에게 등을 돌린 채 고개를 숙인 뭔가가.

마스크로 가려진 머리가 온통 따끔거린다. 차갑고 아프지 않은 바늘 100만 개가 쉴 새 없이 찌르는 느낌이다. 피부 위로 열기가 번지고 코 옆과 눈 주위가 긴장으로 팽팽해진다. 바늘들이 언제나 꽂혀 있던 바늘꽂이로 되돌아가기라도 하듯 조용하고 부드럽게 파고든다.

당신은 지금 이 상황이 치퍼스에서 치는 볼링, 그 술집에 있는 하마 인형의 붉은 페인트와 마찬가지로 현실이라고 자기 자신에게 말한다. 블리커스빌에 살고 서던 리치에서 일하는 것과 다를 바 없는 현실이라고. 이 순간은 다른 모든 순간과 마찬가지로 원자나 공기, 그리고 당신을 둘러싼 채 숨을 쉬고 있는 생물에게도 어떤 영향을 미치지는 않는다고. 또한 당신이 X구역에 들어서기로 결정한 순간에 그 어떤 일이라도 불가능하다고 생각할 권리를 포기한 셈이라고.

당신은 그 불가능한 존재에게 이끌리듯 가까이 다가가서 바로 옆 계단에 앉는다.

그의 눈은 감겨 있다. 얼굴은 안쪽에서 발하는 빛으로 파랗게 물들었는데, 피부가 사라진 듯하고 화산암처럼 구멍이 숭숭 뚫려 있다. 그의 몸은 벽에 녹아들어 가고 있거나 반대로 벽에서 빠져나오는 중인 것처럼 연결되어 있다. 마치 벽이 방금 그를 뱉어 냈지만 금방이라도 다시 삼키려고 하는 듯 보인다.

"정말 당신인가요?"

당신이 묻지만 대답은 돌아오지 않는다.

당신은 눈앞의 유령에게 매혹된 나머지 건드리는 순간 가루가 되어 사라져 버릴지 모른다고 생각하면서도 떨리는 손을 그에게 뻗는다. 당신의 손가락이 그의 이마를 스치자, 물로 뒤덮인 사포처럼 축축하면서도 거친 감촉이 느껴진다.

"날 기억하나요?"

"넌 여기 있으면 안 된다." 솔 에반스가 속삭인다. 눈은 여전히 감은 채다. 하지만 그가 당신을 보고 있다는 사실을 알 수 있다. "바위에서 내려가야 돼. 밀물이 들어오고 있어."

당신은 대답할 말을 찾지 못한다. 아마 한참 동안 할 말을 찾기 어려울 것이다. 당신의 대답은 너무 오래전의 일이다.

이제 당신은 아래쪽에서 모든 걸 삼켜 버릴 듯 커다란 엔진 소리를 듣는다. 저 밑에 보이던 신비로운 꽃과 같은 빛이 거칠게 휘몰아치며 뭔가 다른 것으로 바뀌고 있다.

솔 에반스가 눈을 뜨자 어둠 속에서 흰자위가 또렷하게 보인다. 마지막으로 봤을 때와 달라진 바 없는 모습이다. 그는 나이를 먹지 않았고, 당신은 다시 아홉 살로 돌아간다. 아래에서 불빛이 계단을 타고 당신을 향해 올라온다. 멀리 탑 위에서 휘트비의 비명이 들린다. 마치 그가 당신들 두 사람 몫의 비명을 지르고 있는 듯하다.

0004: 등대지기

아르마딜로가 정원을 망치고 있지만, 딱히 쥐약을 놓고 싶지는 않다. 바다 포도 덤불은 가지치기를 해야 한다. 내일까지 수리할 목록을 만들어야 한다. 실패의 섬에 화재가 났지만 이미 보고했고 그리 큰일도 아니다. 목격한 것: 알바트로스, 알 수 없는 종류의 바다갈매기, 붉은스라소니(동쪽의 야자나무 숲에 숨어서 자신을 발견하지 못한 여행객을 관찰하고 있었음.), 솔딱새 혹은 그 비슷한 조류, 얕은 바다의 해초 사이로 숭어 떼를 쫓아 동쪽으로 헤엄치는 돌고래 떼.

솔은 사람도 신호등이 될 수 있다는 사실을 알고 있었다. 등대는 정해진 목적을 위한 고정되어 있는 신호등이다. 사람은 움직이는 신호등이다. 사람들이 자기만의 방식으로 발하는 빛은 몇 킬로미터를 건너서 경고나 초대를 보낼 수 있다. 혹은 잡음처럼 아무런 의미 없는 신호를 보내기도 한다. 사람들은 마음을 열고 빛이 되거나 반대로 어둠이 되기도 한다. 때로는 남들이 보지 못하게 자신의 내면을 향해 빛을 쏘는데, 선택의 여지가 없기 때문이다.

"헛소리야." 그날 밤 두 사람이 관계를 가지고 나서 솔이 그 비슷한 이야기를 하자 찰리가 말했다. "시인 흉내는 집어치워."

한번은 찰리가 등대를 방문하도록 솔이 설득할 수 있었는데, 아주 흔치 않은 일이었다. 찰리는 아버지에게 폭행을 당하고 집에서 쫓겨난 뒤 20년이 넘도록 자기만의 껍질 속에 갇혀 지냈다. 그래서 등대를 방문한 일은 작은 진전이었다. 찰리에게 소소하게나마 안정감을 선사했다는 생각이 솔을 행복하게 했다.

"아버지의 설교 중에 나온 이야기야. 아버지가 한 가장 훌륭한 설교였지."

솔은 손을 쥐었다 폈다 하면서 낮에 기이한 식물을 건드렸던 일로 인해 어떤 불편한 감각이 남았는지 살폈다. 더 이상 아무렇지도 않았다.

"예전이 그리워? 목사였던 때가?"

"아니, 그냥 협회 사람들 때문에 골치가 좀 아파서."

그들은 여전히 솔에게 거리를 두면서도 날카로운 경계심을 드러냈다. 그들이 보내고 있지만 자신이 알아채지 못하는 신호가 무엇일까?

"아, **그치들?**" 찰리가 몸을 돌려 천장을 보고 누운 채로 짐짓 하품을 했다. "녀석들을 그냥 내버려 둘 수가 없나 보지? 이상한 작자들이야. 당신도 마찬가지고."

애정이 담긴 목소리였다.

나중에 잠이 들려고 할 무렵 찰리가 중얼거렸다.

"바보 같은 소리가 아니야. 신호등 얘기 말이야. 멋진 생각인 것 같아. 어쩌면."

어쩌면. 솔은 찰리가 진지하게 말하는 것인지 판단하기 어려웠다. 때로는 바깥세상과 단절되어 있는 두 사람의 침대 속 관계조차 수수께끼로 다가왔다.

자신의 빛을 남들에게 나눠 주는 사람은 종종 아무에게도 보이지 않는 존재가 되어 버린다. 너무 많은 것을 남에게 주느라 자기 자신을 위해서는 아무것도 남아 있지 않기 때문이다.

목회 생활의 막바지에 솔은 스스로를 심장 부근에서 희미하게 깜박이는 불꽃을 제외하면 모든 빛이 바닥난 신호등처럼 느꼈다. 신도들은 솔이 하는 말이나 그 말이 만들어 내는 빛을 그리 중요하게 여기지 않았다. 솔에게 귀를 기울이지 않고 그저 바라보기만 했기 때문이다. 그가 하는 설교는 구약 성서와 이신론(理神論) 그리고 아버지의 서재에 있던 난해한 책들의 내용이 뒤섞인 기이한 조합이라, 완고한 신자들과 히피들을 모두 끌어들였다. 아버지가 의도한 바는 아니었을 테지만, 서재의 책들은 솔을 아버지 자신은 절대 가지 않을 길로 인도했다. 아버지의 서재는 그분 자신보다 훨씬 더 급진적이었다.

더 이상 관심의 대상이 아니라는 사실이 주는 충격은 아직도 예기치 못한 순간에 솔을 덮치곤 했다. 하지만 북쪽에서 황폐한 목회 생활을 하던 시절에도 극적인 사건이나 충격적인 진실은 없었다. 다만 그는 자기 생각과 다른 내용의 설교를 반복하면서도 한참 동안이나 그런 갈등이 현실 혹은 상상 속의 잘못에 대한 죄책감 때문이라고 착각했다. 그러다 어느 끔찍한 날, 스스로의 열정에 배신당한 솔은 **그 자신**이 메시지가 되어 가고 있다는 사실을 깨달았다.

솔이 잠에서 깼을 때 찰리는 쪽지도 남겨 놓지 않고 나간 뒤였다. 하긴 쪽지는 너무 감상적으로 보였을 테고, 찰리는 그런 종류의 빛을 허락하지 않는 신호등이었다.

그날 오후, 솔은 해변을 걷는 글로리아를 발견하고 손을 흔들었다. 보지 못했나 싶었지만 곧 글로리아가 방향을 바꾸더니 천천히 솔 쪽으로 걸어오기 시작했다. 아마 자신과 이야기하고 싶지만 그런 티를 내기는 싫은 모양이라고 솔은 생각했다. 여자아이들의 속은 알 도리가 없었다.

솔은 아르마딜로가 정원에 파헤쳐 놓은 구멍을 메우던 중이었다. 아르마딜로의 주둥이 모양대로 만들어진 구멍을 보자 즐거워졌다.

딱히 이유는 알 수 없었다. 하지만 어째서인지 그 일 덕에 솔은 행복해졌다. 오늘은 헨리와 수전이 늦게까지 나타나지 않아서 한층 더 기분이 좋았다.

아침에는 흐리던 날씨가 어느새 화창해졌다. 남청색으로 빛나는 바다 속에서 해초의 어두운 그림자가 일렁였다. 새파란 하늘의 가장자리에는 비행기가 지나가며 남긴 구름이 잊힌 해안의 주민들에 대한 경멸감을 드러내고 있었다. 솔은 가마우지의 배설물로 하얗게 뒤덮인 바위들을 애써 외면했다.

"왜 아르마딜로를 어떻게 하지 않는 거예요?"

마침내 등대 부지에 도착한 글로리아가 그렇게 물었다. 해변에 떠밀려 온 해초 더미에서 보물을 찾겠다며 헤매다 온 것이 분명했다.

"난 아르마딜로가 좋거든."

"짐 아저씨가 그러는데 아르마딜로는 해로운 동물이래요."

짐 아저씨라. 가끔 솔은 그레이스가 하고 싶은 말이 있을 때마다 짐 아저씨 핑계를 대는 게 아닐까 하는 생각이 들었다. 짐 아저씨는 미로처럼 얽혀 있는 수많은 비포장도로 중 하나의 끝자락, 쓰레기장 근처에 허름한 집을 짓고 사는 인물이었다. 잊힌 해안으로 오기 전에 그가 무슨 일을 했는지 아무도 몰랐다. 지금은 문을 열었다 닫았다 하는 마을 술집의 임시 매니저 노릇을 하고 있었다.

"짐이 그렇게 말했단 말이지?"

이상할 정도로 피곤함이 몰려왔지만, 솔은 땅이 단단히 다져졌는지 주의 깊게 살폈다. 또다시 태풍이 오면 그때는 지금과 반대로 여기저기 쌓인 흙더미를 무너뜨려야 할 터였다.

"녀석들은 갑옷을 입은 쥐잖아요."

"갈매기가 날개 달린 쥐인 것처럼 말이지?"

"뭐라고요? 음, 덫을 놓으면 어때요?"

"아르마딜로는 영리해서 덫에 안 걸린단다."

천천히 글로리아가 그를 곁눈질했다.

"솔 아저씨, 지금 거짓말하는 거죠?"

솔은 글로리아가 자신을 이름으로 부르면 골치가 아파진다는 사실을 알고 있었다. 하지만 기왕 이렇게 된 거 일을 좀 더 크게 벌이기로 했다. 마침 땀을 많이 흘려서 좀 쉬려던 참이었다.

"예전에 한번은." 솔이 삽에 기대어 선 채로 말했다. "녀석들이 자기들끼리 무등을 태운 다음 자물쇠를 열고 부엌 창문으로 들어온 적이 있단다."

"아르마딜로 피라미드네요!" 감탄하던 그레이스는 곧 의심을 드러냈다. "그것도 거짓말이죠."

진실을 말하자면 솔은 아르마딜로가 좋았다. 갈팡질팡하면서도 열심인 녀석들의 모습이 재미있었다. 그가 읽었던 어떤 책에서는 아르마딜로가 강을 건널 때면 헤엄을 치는 대신 숨을 참고 강바닥을 걷는다고 적혀 있었다. 솔은 그 이야기에 사로잡혔다.

"물론 귀찮을 때도 있지." 그가 인정했다. "그러니 아마 네 말이 맞을 거야."

글로리아가 끝까지 물고 늘어지지 않게 하려면 어느 정도 양보해야 할 필요가 있었다.

"짐 아저씨가 그러는데, 이 근처에서 캥거루를 봤다면 아저씨가 미친 거래요."

"짐 아저씨네 집에는 그만 놀러가는 게 좋겠다."

"놀러 간 거 아니에요. 짐 아저씨는 쓰레기장에 살잖아요. 짐 아저씨가 엄마를 보러 왔어요."

아, 진찰을 받으러 갔던 거로군. 솔은 안도감을 느꼈다. 어쩌면 그저 긴장 때문에 식은땀이 났을 뿐인지도 몰랐다. 짐에게 어떤 문제가 있어서가 아니라, 글로리아가 그렇게 멀리까지 제멋대로 돌아다닌다고 생각하니 걱정스러웠다. 물론 찰리는 글로리아가 솔보다 이 근처를 훨씬 더 잘 알 거라고 말하긴 했지만.

"그럼 정말로 캥거루를 봤어요?"

맙소사, 아이를 기른다는 게 이런 걸까?

"꼭 그렇다고는 할 수 없지. 캥거루처럼 생긴 뭔가를 봤단다."

동네 사람들은 아직도 그 이야기를 농담거리로 삼았지만, 솔은 분명히 그런 생물을 목격했다. 이곳에 온 첫해였고 아직 낯선 산책로를 여기저기 신나서 돌아다닐 때였다.

"아, 깜빡했네. 여기 온 이유가 있어요."

"그래?"

"짐 아저씨가 그러는데, 라디오에서 섬에 불이 났다고 했대요. 등대에 올라가서 더 잘 보고 싶어요. 망원경 있어요?"

"뭐라고?" 솔은 삽을 놓쳤다. "섬에 불이 났다니 무슨 소리야?"

솔이 아는 협회를 제외하면 섬에 남아 있는 사람은 없었다. 하지만 화재와 같은 사고에 대해 보고하는 일도 그의 직무였다.

"섬 **전체**는 아니고요. 한쪽에만 불이 났대요. 제가 볼 수 있게 해주세요. 연기도 나고 막 그래요."

두 사람은 등대를 올랐다. 솔은 글로리아에게 손을 잡으라고 시켰다. 글로리아가 축축한 손으로 그의 손을 꼭 잡았다. 솔은 우선 누군가에게 불이 났다는 사실을 알려야 하는 건 아닌지 생각하면서 아이에게 계단을 조심하라고 일렀다.

꼭대기 층에서 커튼을 걷고 주로 별을 관측할 때 쓰는 망원경으로 들여다보니 글로리아의 말이 맞았다. 섬에 불이 났다. 더 정확히는 폐허가 된 등대의 꼭대기에 불이 났다. 몇 킬로미터 떨어진 거리지만 망원경으로는 선명하게 보였다. 빨간 불꽃도 눈에 띄었지만 대부분 검은 연기였다. 마치 시신을 화장할 때 태우는 장작불 같았다.

"누가 죽었을까요?"

"저긴 아무도 살지 않아."

글로리아가 말한 '이상한 사람들'을 제외하면.

"그럼 누가 불을 낸 거죠?"

"아무도. 아마 어쩌다 난 화재일 거다."

하지만 솔은 자신이 한 말을 믿지 않았다. 장작 더미처럼 보이는 물체에서 연기가 피어나고 있었다. 누군가 일부러 불을 냈을까?

"좀 더 봐도 돼요?"

"그럼."

글로리아에게 망원경을 양보하고 나서도, 솔의 눈에는 여전히 지평선에 떠오르는 얇은 연기들이 보였다. 하지만 그는 그걸 눈의 착각이라고 생각했다.

실패의 섬에서 이상한 사건이 벌어지는 것이 새삼스러운 일은 아니었다. 짐이나 다른 동네 주민들이 들려주는 잊힌 해안의 전설에는 늘 그 섬이 등장했다. 주민들이 섬에 정착하려고 여러 차례 시도했지만 실패했다는 사연도 그중 하나였다. 거칠고 다듬어지지 않은 돌과 나무로 지은 건물들, 섬의 고립, 등대가 아직 건설 중일 때 주변을 지나는 항로가 변경되었던 일 따위가 섬의 운명을 미리부터 예고했던 것처럼 보였다.

솔의 등대에 설치된 렌즈는 원래 실패의 섬에 있는 등대의 물건이었다. 몇몇 주민들은 렌즈를 가져올 때 거기에 붙어 있던 액운도 함께 딸려왔다고 생각했다. 4톤에 달하는 렌즈를 옮길 때부터 이미 그런 징조가 보였는데, 갑작스러운 폭풍과 하늘을 쪼갤 듯한 번개 때문에 배가 거의 가라앉을 뻔했다.

글로리아가 망원경에 매달려 있는 사이, 솔은 렌즈 근처의 육지 쪽 바닥에서 뭔가 이상한 것을 발견했다. 어두운 색 나무판자 위에 아주 작은 유리 조각이 쌓여 반짝이고 있었다. 대체 뭐지? 헨리나 수전이 여기서 전구를 깨뜨리기라도 했을까? 그러다 불현듯 어떤 생각이 떠올라서 유리 조각 바로 근처의 렌즈 덮개를 들췄다. 분명히 유리가 받침대와 만나는 부분에 틈이 벌어져 있었다. 생각보다 작긴 했지만 꼭 총알이 지나간 자국처럼 보였다. 솔은 어쩐지 '사출구'처럼 보이는 구멍을 자세히 살폈다. 구멍 주위로 난 머리카락처럼 얇은 실금들은 식물 뿌리를 연상시켰다. 렌즈 표면에 다른 손상은 더 없었다.

렌즈의 기능을 해칠 정도는 아니라서 화를 내야 할지 그저 조용히 수리 목록을 추가해야 할지 알 수 없었다. 헨리와 수전이 일부러 이런 짓을 한 걸까 아니면 서투른 탓에 실수를 한 걸까? 렌즈 안에서 그 구멍을 통해 뭔가가 밖으로 **빠져나갔다는** 비합리적인 느낌을 떨쳐 버리기 어려웠다.

아래쪽 계단에서 진동과 함께 목소리가 들려왔다. 두 가지 발소리, 두 가지 목소리. 협회, 헨리와 수전이었다. 솔은 자기도 모르게 덮개를 내려놓고 발로 유리 조각들을 흩었다. 이상하게도 그들과 공범이 된 듯한 기분이 들었다.

마침내 그들이 모습을 드러냈을 때, 솔은 잔뜩 화가 나 털이 곤두선 고양이와 같은 표정을 한 글로리아를 탓할 수 없었다. 그 자신도 같은 기분이었기 때문이다.

헨리는 오늘도 시내로 놀러 가는 듯한 차림새였다. 수전은 좀 지쳐 보였는데, 아마 이번에는 그녀가 장비 더미를 들고 여기까지 올라왔기 때문인 듯했다.

"오늘은 늦었군요." 불쾌한 기색을 감추지 못하며 솔이 말했다. 헨리는 왼손에 금속제 공구 상자처럼 보이는 뭔가를 든 채 앞뒤로 천천히 흔들고 있었다. "그건 또 뭡니까?"

전에는 본 적 없는 물건이었다.

"아, 별거 아닙니다, 솔." 헨리가 어느 때보다 커다란 웃음을 보이며 말했다. "그냥 공구들이죠. 드라이버나 뭐 그런 수리공이 쓰는 것들 말입니다."

혹은 한 세기 이상이나 파괴와 약탈을 피했던 유서 깊은 렌즈에서 샘플을 채취하기 위한 도구일 수도 있겠지.

분명히 글로리아의 적의를 눈치챈 수전이 들고 있던 배낭과 상자를 내려놓고 망원경 쪽으로 몸을 기울이며 말했다.

"아주 귀여운 아가씨네. 사탕 먹고 싶니?"

그러면서 어설픈 마술사 흉내를 내며 글로리아의 귀에서 사탕을 꺼내는 시늉을 했다.

글로리아는 수전을 날카롭게 노려보며 말했다.

"아니요. 우린 섬이 불타는 걸 보고 있었어요."

그러고는 다시 망원경으로 눈을 가져갔다.

"그래, 거기 불이 났지."

수전이 제자리로 돌아오는 동안, 헨리가 담담한 어조로 그렇게 말했다. 그가 공구 상자를 다른 장비들 옆에 내려놓자 작게 달칵거리는 소리가 났다.

"무슨 일인지 알고 있습니까?"

다른 여러 가지 질문이 떠올랐지만, 솔은 우선 그렇게 물었다.

"제가 뭘 알겠습니까? 그저 불행한 사고죠. 우리 중에 보이스카우트에서 제대로 불 다루는 법을 배운 사람이 없어서 그랬을 수도 있고요. 다행히 다친 사람은 없고, 어차피 곧 거기서 철수할 예정이었습니다."

"철수한다고요?" 갑자기 희망이 솟았다. "여기서 완전히 떠나는 겁니까?"

헨리의 표정이 조금 전보다 덜 친근해졌다.

"그 섬에서는, 그래요. 우리가 찾는 대상이 거기 없었거든요."

솔에게는 알려 줄 생각이 전혀 없는 비밀을 쥐고 있는 상황을 즐기는 듯한 거만한 태도였다. 그 점이 솔의 신경에 거슬렸다. 결국 화가 치밀었다.

"뭘 찾고 있습니까? 렌즈에 흠집을 낼 방법이라도 찾는 겁니까?"

솔의 직설적인 말에 수전이 얼굴을 움찔하며 시선을 피했다.

"우린 렌즈를 건드리지도 않았어요." 헨리가 말했다. "당신도 건드린 적 없지요, 수전?"

"네, 절대로 건드린 적 없어요."

수전이 겁에 질린 듯한 목소리로 대답했다. 지나치게 과장된 태도였다.

솔은 망설였다. 그들에게 렌즈에 난 자국을 보여 줘야 할까? 하지만 그러고 싶지 않았다. 어차피 자기들 짓이 아니라고 변명할 테니까. 그리고 정말로 이들이 범인이 아니라면 괜히 주의만 끌게 될 터였다. 글로리아가 있는 자리에서 말다툼을 벌이고 싶지도 않았다. 솔은 하는 수 없이 화를 누그러뜨리며 글로리아를 망원경에서 떼어놓았다. 그는 이 아이가 지금까지 있었던 대화를 계속 귀담아들었다는 사실을 알고 있었다.

아래층 부엌으로 내려온 솔은 블리커스빌의 소방서에 전화를 걸었다. 소방서에서는 섬의 화재를 인지하고 있으며 위험한 상황은 아니라고 설명했다. 그리고 그들이 잊힌 해안의 주민들을 대할 때면 언제나 그러는 것처럼 솔 스스로가 약간 바보처럼 느껴지게 했다. 어쩌면 그들이 너무나 지루했던 탓인지도 몰랐다.

글로리아는 식탁에 앉아 솔이 준 과자를 먹고 있었다. 어쩌면 수전이 준다고 했던 사탕도 먹고 싶었을지 모른다는 생각이 들었다.

"다 먹고 나면 집에 가거라."

말로 설명할 순 없지만 지금은 글로리아를 등대에서 멀리 내보내고 싶었다. 찰리가 안다면 지금의 그가 감정적이고 비이성적으로 군다고 나무랐을 터였다. 하지만 화재와 렌즈의 파손, 수전의 이상한 태도를 모두 고려할 때…… 솔은 글로리아를 등대 안에 두고 싶지 않았다.

하지만 글로리아는 순순히 말을 들을 생각이 없었다.

"솔 아저씨, 난 아저씨 친구예요. 아저씨 부하가 아니라고요."

솔이 마땅히 알고 있어야 할, 굳이 말할 필요도 없는 당연한 사실이라는 투였다.

글로리아는 그런 말을 어머니로부터 배웠을까? 비록 얼굴을 찌푸렸지만 솔로서도 인정하지 않을 수 없었다. 솔은 헨리의 상관도 아니었고, 다른 어느 누구의 상관도 아니었다. 상투적이지만 부정할 수 없는 속담이 떠올랐다. 남의 집 정원에 대해 불평하기 전에 자기 집 정원이나 잘 가꾸라는.

그래서 솔은 패배를 인정하고 고개를 끄덕였다. 글로리아는 자기 하고 싶은 대로 할 아이였다. 누구나 마찬가지였고, 솔로서는 그저 참아 낼 수밖에 없었다. 그래도 곧 주말이었다. 주말이 되면 찰리와 함께 블리커스빌로 차를 타고 나가서 찰리의 친구가 알려 준 치퍼스라는 가게에 가기로 했다. 치퍼스에는 찰리가 좋아하는 미니 골프 코스도 있고 함께 볼링을 칠 수도 있었다. 게다가 주류 판매 허가를 받은 가게라 뒤쪽에 바도 붙어 있다는 점이 무엇보다 솔의 마음에 들었다.

한 시간쯤 지나서 헨리와 수전이 아래로 다시 내려왔다. 처음에는 계단이 삐걱대는 소리만 들리더니, 곧 부엌 창밖으로 두 사람이 등대 주변을 두리번거리며 걸어 다니는 모습이 보였다.

평소라면 안에서 그대로 지켜보기만 했을 테지만, 가끔 등대 일을 도우러 오는 브래드 델피노가 몇 분 뒤 트럭을 몰고 진입로로 들어섰다. 브래드는 차를 세우기도 전부터 헨리에게 손을 흔들고 있었다. 솔은 자기가 없는 동안 브래드가 헨리와 이야기를 나누도록 내버려 두기 싫었다. 브래드는 술을 좋아하는 동네 밴드 연주자였고, 상대를 가리지 않고 떠들어 대는 부류였다. 그가 등대 일을 돕는 이유는 종종 문제를 일으키기 때문이었다. 이 동네에서는 등대 일을 도우면 사회봉사로 인정해 주곤 했다.

"불이 났다는 이야기 들었어요?"

주차장으로 나가자, 마침 차에서 내린 브래드가 말했다.

"그럼요." 솔이 건성으로 대답했다. "들었죠."

물론 브래드도 알고 있었다. 아니라면 굳이 여기까지 오지도 않았을 터였다.

솔의 눈에 헨리와 수전이 울타리 안쪽 지면의 구석구석을 사진으로 촬영하는 모습이 보였다. 가뜩이나 혼잡한데, 글로리아가 브래드를 알아보고 뛰어나오며 가끔 하던 대로 개 짖는 소리를 냈다. 솔이 그 소리를 싫어하는 줄 알고 일부러 더 그러는 듯했다.

"무슨 일인지 아세요?" 브래드가 물었다.

"당신보다 더 알지는 못할 겁니다. 소방서에서는 별일 아니라고 하지만."

브래드와 이야기할 때면 자기도 모르게 남부 억양이 다시 살아나
곤 했는데, 솔은 그 점이 거슬렸다.

"위에 올라가서 망원경으로 좀 봐도 될까요?"

브래드는 글로리아만큼이나 오늘 벌어진 구경거리를 즐기고 싶
어 안달이 난 모양이었다.

하지만 솔이 대답하기도 존에 헨리와 수전이 그들 사이에 끼어들
었다.

"사진 한 장 찍게 여길 좀 보세요."

수전이 활짝 웃으며 말했다. 두꺼운 망원 렌즈가 달린 커다란 카
메라를 목에 건 모습이 마치 아이처럼 보였다.

"사진은 뭐하러 찍어요?" 글로리아가 물었다.

솔도 그 점이 궁금했다.

"그냥 기록을 남기기 위해서란다." 수전이 함박웃음과 함께 말했
다. "우리는 이 지역의 사진 지도를 제작하고 있거든. 그리고 여기 사
는 사람들에 대한 기록도 남기고 있어. 게다가 너도 봐서 알겠지만
오늘 날씨가 너무 좋잖니."

다만 이제는 저쪽 하늘에 먹구름이 몰려오고 있었다. 아마 육지
쪽에는 이미 비가 내리고 있을 터였다.

"그래요, 솔 당신과 조수분…… 그리고 저 여자아이가 함께 사진
을 찍으면 좋겠군요."

헨리가 글로리아를 무시하고 말했다. 그가 자신을 유심히 쳐다보자 솔의 기분이 불편해졌다.

"잘 모르겠군요."

딱히 거절할 이유가 없는데도 솔은 망설이며 대답했다. 게다가 정식으로 '조수'라고 하기에는 곤란한 브래드에게서 벗어날 방법을 찾고 싶기도 했다.

"난 알겠는데."

글로리아가 투덜거리며 헨리와 수전을 노려봤다. 수전이 아이의 머리를 쓰다듬으려고 손을 내밀었다. 글로리아는 그 손을 물어뜯기라도 할 것처럼 쳐다보다가 으르렁대며 몸을 뒤로 뺐다.

헨리가 솔 쪽으로 다가왔다.

"등대지기가 없으면 등대 사진이 뭐가 되겠어요?"

묻는 말투였지만 사실상 질문은 아니었다.

"더 나은 사진?"

"당신은 북쪽에서 목사를 했었죠, 알고 있습니다." 헨리가 말했다. "남겨 두고 온 사람들이 신경 쓰이는 거라면 걱정할 필요 없어요. 어디 출판할 것도 아니니까요."

솔은 그만 당황하고 말았다.

"그걸 어떻게 알았습니까?"

하지만 헨리가 대답하기도 전에 흥분한 브래드가 끼어들었다.

"맞아요, 이 양반이 바로 그 솔이에요. 진짜 무법자죠. 열 개 주에서 수배 중이에요. 사진을 찍으면 사방에서 몰려들 거라고요."

사진이 정말 문제가 될까? 그가 북쪽에 마무리 짓지 못한 용무를 남기긴 했지만, 엄밀히 말해서 도망친 건 아니었다. 그리고 이 사진이 신문에 게재될 리도 없었다.

갑자기 세찬 바람이 불었다. 더 이상 말다툼을 벌이는 대신에 솔은 뒷주머니에서 모자를 꺼내 썼다. 약간은 변장이 될 테지만, 다시 생각해 보면 애초에 왜 변장을 해야 할까? 비합리적인 생각이었다. 따지고 보면 잊힌 해안에서 등대지기를 하는 자체가 비합리적인 짓일지도 모르지만.

"자, 셋을 세면 '치즈'라고 하는 거예요. '비밀 없기'라고 해 봐요."

비밀 없기라고?

솔은 브래드가 자기를 놀리기 위해 일부러 근엄한 자세를 취한다고 생각했다. 글로리아는 극적인 연출을 위해 재킷에 달린 모자를 뒤집어쓰며 사람들을 기다리게 하더니, 갑자기 바위 쪽으로 달려가서 수전이 그녀를 사진 안에 담지 못하게 했다. 글로리아는 바위를 타고 오르더니 다시 방향을 틀어 내려오며 별 이유도 없이 신이 나서는 소리를 질렀다.

"난 괴물이다! 난 괴물이야!"

마침내 셋을 셀 때가 되자, 수전이 마치 바다를 항해하는 배의 갑판 위에 있기라도 한 것처럼 무릎을 꿇고 앉아서 신호를 보냈다.

"비밀 없기!"

브래드가 너무 일찍 그렇게 외쳤다. 그의 마약 전과를 고려하면 나중에 후회하지 않을까 싶을 정도로 열성적인 태도였다.

곧 카메라의 플래시가 터지자, 솔의 눈앞에 검은 점들이 떠올랐다. 그 점들은 솔의 시야 가장자리로 흘러가서 뭉치며 이상할 정도로 오래 그 자리에 머물렀다.

0005: 컨트롤

두 사람은 원래 세상과 X구역 사이를 잇는 끔찍한 통로를 쏜살같이 통과하여 바깥으로 나왔다. 컨트롤은 그 안에 공기가 없다는 사실을 깨닫고 쇼크 상태에 빠졌다가, 유령새의 단단한 몸과 부딪히고 배낭의 무게가 그를 아래쪽으로 잡아당기는 느낌에 다시 정신을 차렸다. 사방에서 후려치는 듯한 압력이 느껴졌다. 따가운 눈과 쓰라린 목구멍 덕분에 그 정체가 바닷물이라는 사실을 알아차릴 수 있었다. 컨트롤은 경악으로 벌어지려는 입을 간신히 다물고 머리 위로 떠오르는 거품들을 애써 무시했다. 그리고 공포심과 비명을 겨우 가라앉히려 했다. 문으로 변해 버린 벽과 너무나 비슷하게 느껴지는 수많은 거칠고 부드러운 표면들에 손가락이 베이고 팔이 잘리는, 마치 날카로운 칼로 이루어진 회오리 폭풍에 휘말린 듯한 느낌에 적응하려 애썼다. 휘트비와 로우리와 그레이스와 스파이인 어머니, 망할 서던 리치의 신도들 전체가 수많은 은빛 형상으로 나타나 "뛰어!"라고 외쳤다. 정작 그는 폐에 물이 차서 죽기 직전인데도. 휘트비의 보고서가 든 배낭 탓에 익사할 판이라 풀기 위해 발버둥치고 있는데도. 보고서의 몇몇 페이지가 떨어져 나갔고, 나머지는 배낭과 함께 아래쪽 진흙 속에 처박혔다. 펄프 덩어리로 이루어진 질척이는 묘비였다.

컨트롤은 유령새가 이미 정신을 차리고 자신을 지나쳐, 물속을 비치는 태양일 수도 그렇지 않을 수도 있는 황금빛 알을 향해 헤엄쳐 가는 모습을 어렴풋이 보았다. 그러는 동안에도 그는 무심하고 잔혹한 눈빛으로 응시하며 회오리치는 수많은 칼날들 사이에서 익사해 가고 있었다. 컨트롤의 위아래에서 빙글빙글 돌거나 몸에 달라붙은 종이들이 또 하나의 작은 회오리를 만들었다. 컨트롤은 정신을 잃어 가면서도 그 위에 적힌 문장을 유심히 쳐다봤다. 그러다 뭉툭한 주둥이가 그의 가슴에 와서 부딪혔다.

진정한 레비아탄이 나타나고 나서야, 산소가 결핍된 컨트롤의 뇌는 두 사람이 지금껏 더 큰 포식자에 의해 전열이 흩어진, 바라쿠다처럼 생긴 물고기 떼 속에 있었다는 사실을 깨달았다. 거대한 상어가 물고기 떼 사이를 누비며 학살을 자행하자 핏빛 안개가 자욱하게 퍼졌다. 일종의 메갈로돈이었다. 다른 모습의 로우리였다……. 컨트롤의 입에서 가느다란 공기가 흘러나왔다. 그를 제거하기로 한 세상에 대한 일련의 작은 거짓말들처럼.

'로우리'가 아래로 내려오자 위로 떠오르던 컨트롤의 한쪽 얼굴이 그 아가미와 스쳤다. 아가미의 비늘과 주름은 컨트롤의 상상보다 훨씬 더 날카롭고 딱딱했다. 놈이 물을 내뿜는 소리가 천둥처럼 컨트롤의 귀를 후려쳤다. 거대하면서도 기이하게 섬세한 한쪽 눈이 그를 응시하며 멀어져 갔다. 이내 컨트롤의 복부가 놈의 몸에 부딪히고, 이리저리 흔들리는 꼬리가 다친 허리를 후려치자 머릿속이 윙윙 울렸다. 힘없이 떠내려가는 컨트롤은 입이 벌어지려 하는 것을 참기 힘들었다. 위쪽의 태양은 점점 더 작아져 갔다. "총을 집어라, 컨트롤." 할아버지가 말했다. "시트 밑에 있는 총을 집어. 그리고 뛰어라."

로우리는, 아니면 다른 누구라도, 그를 구할 수 있는 구절을 알고 있을까?

권위의 강화.

대가를 위해 위험을 무릅쓸 필요는 없다.

떠다니고 계속 떠다닌다.

마비에 대한 준비는 되어 있나?

정신없이 휩쓸리던 중에, 어쩐지 익숙한 손이 컨트롤의 손목을 낚아채더니 위로 끌어올렸다. 그리고 비로소 그는 혼란스러운 기억과 상처 입은 육신으로 이루어진 쓰레기가 아니라 구할 가치가 있는, 그리고 구해지고 있는 존재가 되었다.

컨트롤은 목이 매달린 사람처럼 발을 허우적댔다. 그러자 물고기들이 다시 몰려들어 100여 개의 부드러우면서도 거친 주둥이로 떠오르는 그의 몸을 붙잡고 흔들었다. 컨트롤은 그가 빠져나갈 수 있을지도 혹은 그럴 수 없을지도 모르는 거대한 아가리 모양의 대형을 이루며 달려드는 물고기들의 급류 속에서 거의 정신을 잃었다.

다음 순간 컨트롤은 해안에 누워 있었고, 어째서인지 유령새가 그에게 입을 맞추고 있었다. 컨트롤이 눈을 뜨고 유령새의 얼굴을 올려다봤을 때, 그녀는 입술에 멍이 들 정도로 힘껏 그의 입술을 빨아들이며 가슴을 누르는 중이었다. 입에서 물이 벌컥 쏟아져 나오다가 줄줄 흐르기 시작했다. 컨트롤은 두 팔을 짚고 엎드렸다. 젖은 모래가 파도와 함께 손가락 사이로 밀려왔다 밀려가고 그때마다 모래 속의 벌레 구멍에서 아주 작은 기포가 일어나는 모습을 지켜봤다.

그 자리에 옆으로 눕자 저 멀리 등대가 보였다. 하지만 유령새는 컨트롤의 생각을 읽기라도 한 것처럼 이렇게 말했다.

"우린 저기로 가지 않을 거예요. 우린 섬으로 갈 거예요."

그리고 그렇게 컨트롤은 상황을 컨트롤할 수 없게 되었다.

X구역에 들어서고 나흘째 되던 날, 컨트롤은 길게 자란 잡초 사이로 유령새의 뒤를 따라 걸었다. 머릿속은 혼란스러웠고 온몸이 쑤시고 아팠다. 밤이 되면 벌레들이 울어 대는 통에 잠을 이루기 어려웠다. 게다가 그의 머릿속에는 마치 금이 간 유리잔 바닥으로 물방

울이 맺히는 것처럼, 거대하고 보이지 않는 얼룩이 X구역의 바깥세상을 가로질러서 생기기 시작하는 광경이 떠올랐다.

더 큰 문제는 유령새가 중력처럼 그를 끌어당기고 있다는 점이었다. 그녀는 컨트롤에게 무관심했고, 때로 밤이면 온기를 나누기 위해 가까이 붙어 누울 뿐이었다. 무심코 살이 닿을 때면 미묘한 흥분을 느끼는 것 같기도 했지만, 컨트롤이 선을 넘으려고 했을 때 그녀가 뒤로 물러나며 보인 태도는 단호하고 분명했다. 그래서 그는 어쩔 수 없이 적당한 거리와 객관성을 유지하기 위해 자기 자신을 다시 컨트롤이라고 여기기로 했다. 그리고 서던 리치의 취조실에 앉아 있던 유령새와, 반대편에서는 보이지 않는 유리 너머로 그녀를 바라보던 자신의 모습을 다시 떠올렸다.

"뭐가 그렇게 기분이 좋습니까?"

식량과 물이 얼마 남지 않았다는 사실을 알아차린 뒤에도, 한쪽을 가리키며 광신도처럼 황홀한 목소리로 바깥세상에서는 이미 멸종한 참새 종류라고 설명하는 유령새를 보면서 컨트롤이 물었다.

"내가 살아 있으니까요. 내가 살아서, 이렇게 아름다운 날 자연 속을 걷고 있으니까요."

그렇게 말하면서 유령새는 컨트롤을 곁눈질했다. 그 시선에서 컨트롤은 그녀의 목표가 곧 자신의 목표는 아닐 수도 있고, 두 사람은 단지 언젠가 헤어지기 위해 동행하는 중일 수도 있으니 미리 마음의 준비를 해야 한다는 사실을 깨달았다. 자신이 그르쳤던 현장 임무가 다시 떠올랐다. 어머니는 그 사건을 두고 이렇게 말했다. "예기치 못하게 작전에 문제가 생기면, 그 일이 유령처럼 마음속에 들러붙게 된단다." 컨트롤은 어머니가 별 뜻 없는 듯이 던지는 말에도 언제나 다른 의미가 숨어 있었던 건 아닌지 의문이 들었다.

자유 때문에 원하는 대상에 더 가까워지는 것이 아니라 오히려 멀어질 수도 있었다. 그 사실을 컨트롤은 일반적인 지식의 범주를 벗어난 대자연 속에서 배우는 중이었다. X구역에 대해서도, 유령새에 대해서도 마찬가지였다. 그리고 어쩌면 그 두 가지는 결국 같은 대상이었다. 왜냐하면 이곳에 다른 사람이라고는 없었고, 그들은 함께 타르처럼 검은색이거나 혹은 나무가 비쳐 초록색을 띠고 있는 호수와 갈대밭 사이로 구불구불 난 길을 따라 걷고 있으므로……. 그리고 마침내 컨트롤은 유령새에게 여태까지 궁금했던 점들을 마음껏 물어볼 수 있게 되었지만, 그러지 않았다. 이제 더 이상은 중요하지 않았기 때문이다.

그러는 대신 컨트롤은 때때로 주머니에 손을 넣어 헤들리 언덕의 작은 집 벽난로 위에 올려놓았던 아버지의 조각품을 꼭 쥐었다. 조각품의 부드러운 곡선과 갈라진 페인트칠 아래로 느껴지는 나뭇결의 촉감이 그를 안심시켰다. 고양이 모양의 조각품은 초리를 생각나게 했다. 컨트롤은 초리가 지금쯤 신이 나서 잡초 사이로 쥐를 쫓고 있을 거라고 믿었다.

컨트롤은 또 자꾸 자신이 거기에 관심을 두는 자체에 분개하면서도 휘트비의 '테루아 보고서' 중에서 바다 속에 흩어지지 않고 남아 있는 부분들을 다시 검토했다. 사라진 페이지들과 그의 기억을 연결해 줄 다리와 닻은 모두 바다 속으로 떠내려가고 없었다. 컨트롤이 이 보고서를 화제로 꺼낸 건 유령새를 너무 의식하고 싶지 않기도 하고 주변 세계에서 주의를 돌리고 마음의 안정을 찾기 위해서이기도 할 터였다. 끝없이 펼쳐진 갈대밭 사이로 난 오솔길, 신선한 공기, 푸른 하늘처럼 현실 세계를 멀리 떨어지고 중요하지 않은 꿈처럼 느껴지게 만드는 풍경, 그게 가장 중요하다는 게 문제였지만.

바깥세상 어디선가 그의 어머니는 자기 경력을 건 싸움을 벌이고 있었다. 그 행위는 X구역의 침범에 대항해 싸우는 것과 유사했다. 또한 X구역이 이전과는 전혀 다른 방식으로 팽창하면서 어디선가 새로운 전선을 만들어 냈을지도 몰랐다. 그가 어떻게 알 수 있을까? 어디선가 비행기들이 추락하고 있을지도 몰랐다. 반면에 컨트롤의 임무라고 할 수도 없는 **추적**은 이미 실패로 돌아갔다.

컨트롤은 휘트비의 보고서에 나온 내용을 기억나는 대로 읊었다.

"그들은 사실상 재판도 없이 판결을 내린 걸까요? 협상의 여지는 없다고 결정한 걸까요?

"아마 그 말이 진실에 더 가까울 거예요. 그러니까, 일종의 진실에 말이죠."

유령새가 대답했다. 이른 오후가 되자 하늘은 더 푸르게 변했다. 습지는 여기저기서 부스럭대는 소리와 새들의 지저귐으로 생동감이 넘쳤다.

"외계인 배심원들이 유죄를 선고한 거로군요."

"그렇다기보다는 무관심이겠죠."

"휘트비가 그런 이야기도 썼더군요. '그것이야말로 인류의 상황이 가장 초라해진 것이 아닐까? 나무와 새, 여우와 토끼, 늑대와 사슴…… 우리가 변해 버려서, 그들이 우리를 알아차리지도 못하는 정도가 된다면.'"

역시 반쯤만 기억나는 구절이었고, 반쯤 비현실적인 이야기였다. 하지만 그의 아버지는 언제나 진정성보다 표현의 과감함을 더 높이 평가하곤 했다.

"저기 수로 너머에 있는 사슴 보이죠? 저 사슴은 확실히 우릴 알아차리고 있어요."

"평범한 사슴이 우리를 알아차린 걸까요, 아니면 사슴으로 변한 사람일까요?"

어느 쪽이든 스파이인 그의 어머니에게는 공포스러운 일이었을 터였다. 어머니는 자연에 익숙하지 않은 사람이었다. 실은 그의 가족 모두가 어느 정도 그랬다. 컨트롤은 가족들과 숲으로 제대로 된 캠핑을 가 본 적이 없었다. 그저 호숫가에서 낚시를 하거나, 겨울이면 오두막 안의 벽난로 곁에 앉아 있었던 기억이 전부였다. 이전에도 길을 잃어 본 적이 있던가?

"전자라고 해 두죠. 후자라고 해도 우리가 할 수 있는 일은 없으니까."

"혹은." 컨트롤이 말했다. "혹은 이 구절을 들어 봐요. '아니면 우리가 시간을 거슬러 가는지도, 그래서 우리가 멈춰 선 동안 과거의 어떤 생물이나 자극이 우리를 대체하는지도 모른다.'"

"바보 같은 소리예요." 유령새가 미끼를 외면하지 못하고 말했다. "자연적인 장소들은 인간의 도시와 다르지 않아요. 오래된 존재가 새로운 것들과 함께 있죠. 외래종은 토착종과 공존하거나 혹은 몰아내요. 당신이 지금 보는 풍경은 마천루 바로 옆에 낡은 성당이 있는 모습과 다르지 않아요. 그런 헛소리를 믿는 건 아니겠죠?"

컨트롤은 휘트비의 보고서를 인용하면서도 스스로 그 내용을 의심하기 시작했다는 사실을 유령새에게 들키지 않으려고 짐짓 반항적인 표정을 지었다. 그는 좀 더 중요한 내용으로 이어지는 듯한 문장들은 일부러 말하지 않고 있었는데, 혼자 좀 더 생각해 보면서 자기 의견을 정리하고 싶었기 때문이다.

"난 쓸모없는 내용과 유용할 법한 내용을 구분하려고 노력하는 중입니다. 힘들게 섬까지 가는 동안 뭐라도 좀 얻고 싶으니까 말이죠."

섬이라는 단어를 말하면서 독기를 내비치지 않기는 어려웠다. 잭 할아버지라고 해도 섬에 대해서는 똑같이 느꼈을 터였다. 뿐만 아니라 유령새를 저지하기 위해 무슨 짓이든 하려 들었겠지.

"섬까지 가는 데 성공한 탐사대가 있었나요?"

컨트롤은 유령새가 화제를 돌리려 그렇게 묻는다고 생각했다.

"있었다고 해도, 서던 리치로는 아무것도 가져오지 못했습니다. 우선순위가 아니었죠."

아마 다른 의문들이 너무 많아서 그랬을 것이다.

"왜 등대와 지형적 변이에는 그렇게 집착하면서, 섬에는 신경을 쓰지 않았던 거죠?"

"그건 전 국장에게 물어봐야 할 겁니다. 아니면 로우리나."

"난 로우리를 만난 적이 없어요."

그의 존재를 부정하기라도 하는 듯한 말투로 유령새가 말했다.

실제로 이 장소에서 로우리의 이름은 컨트롤에게도 비현실적으로 들렸다. 하지만 동시에 그 이름을 한쪽으로 치워 두거나 생각하지 않으려고 할 때마다, 오히려 저항하며 악령이 깃든 먼지처럼 눈앞을 떠다녔다. 컨트롤은 머릿속에 숨겨져 있어 꺼낼 수 없는 어떤 임무를 자기도 모르게 수행하는 중이 아닌지 우려했다. 자기 자신의 생각이 아닌 비밀스러운 지령, 임무, 암시, 충동이 숨겨져 있다가 다른 누군가에 의해 활성화될까 봐 걱정스러웠다.

"우리는 동물이 아니라 기계에 대해 생각해야 합니다. 적은 기계를 구별하지 못하니까요."

그는 적이라는 단어가 마음에 들었다. 'X구역'이라는 말보다 더 구체적이고 분명한 느낌이 들었기 때문이다. X구역은 기상 이변처럼 인류 앞에 나타난 하나의 현상처럼 들리는 반면, 적이라는 표현은 집중할 수 있는 목표처럼 느껴졌다.

유령새는 **동물이 아니라 기계**라는 말에 웃음을 터뜨렸다.

"놈은 기계를 이해하고 구별할 수도 있어요. 우리보다 더 잘 이해하고 있죠." 그러더니 걸음을 멈추고 돌아서서 컨트롤을 마주 봤다. 그녀로부터 분노와도 같은 감정이 전해졌다. "아직도 그게 뭐든 이런 현상을 만들어 낸 존재가 유전자를 조작하고, 생물체를 복제하는 기적을 일으키고 있다는 사실을 모르겠어요? 분자와 세포막을 조종하고, **사물을 투시하거나,** 감시하다 물러나기도 하죠. 그런 존재에게, 예를 들어 스마트폰은 화살촉이나 마찬가지로 원시적인 물건에 지나지 않아요. 놈은 아주 섬세하고 복잡한 감각을 통해 인지하기 때문에 우리가 얽매여 있는 도구나 세상을 기록하는 방식을 우리가 원시적인 단계에 머물러 있다는 증거로 여길 수도 있어요. 심지어 우리에게 자의식이나 자유의지가 있다는 사실조차 모를 수도 있죠. 놈이 그런 것들을 판단하는 기준에 비추어 볼 때는요."

"만약 그 말이 사실이라면, 애초에 놈이 왜 우리에게 관심을 기울이는 겁니까?"

"어쩌면 우리에게 가능한 최소한의 관심만 있는지도 모르죠."

뭔가 자꾸 눈에 거슬리는 건 없었나?

"그럼 우린 포기해야 한다는 거로군요. 섬에 살면서, 나뭇잎으로 모자를 만들고 바다에서 식량을 구하고 말이에요."

그의 꿈에 나오는 레비아탄의 갈비뼈로 집을 짓고. 독초를 정제해 만든 칵테일을 마시면서 집에서 작곡한 댄스 음악을 감상하고.

더 이상 존재하지 않는 현실 세계로부터 등을 돌린 채.

유령새는 그의 말을 무시하고 말을 이었다.

"고래는 초음파로 다른 고래에게 상처를 입힐 수 있어요. 다른 고래와 바다 속 거의 100킬로미터 거리에서도 대화할 수 있죠. 고래는 우리만큼 지적이에요. 우리가 그걸 제대로 이해하거나 측정할 수 없을 뿐이죠. 왜냐하면 우리의 감각 기관은 믿을 수 없을 만큼 둔하거든요." 또 그 소리였다. "적어도 당신은 말이에요."

어쩌면 그녀가 실제로 그렇게 속삭인 게 아니라 자신의 상상일 뿐일지도 모른다고 컨트롤은 생각했다.

"당신은 놈과 공감하고 있군요. 놈을 좋아하고 있어요."

비열한 공격이지만 하지 않을 수가 없었다.

지난 나흘 동안 종종 컨트롤은 그가 무척 좋아했던 자연사 박물관의 모형들 사이를 걷고 있는 듯한 기분을 느꼈다. 멋지고 흥미롭지만 진짜도 아니고 진짜처럼 보이지도 않았다. 그리고 아직 변화가 나타나지는 않았지만 그 자신도 침투당하고, 감염되고, 재구성되는 중이었다. 이제 그는 갈대 사이를 누비는 신음하는 괴물이 되었다가 벌레들의 먹이로 전락할 운명일까?

"휘트비의 기록에는 가짜에 대한 이야기가 많더군요."

잠시 후 그는 유령새를 시험하기 위해 그렇게 교묘하게 말했다. 유령새는 정신이 다른 곳에 팔린 듯 하늘을 쳐다보고 있었다. 어쩌면 컨트롤은 그녀가 자신의 상태를 얼마나 담담하게 받아들이고 있는지 궁금했는지도 몰랐다. 일종의 복수심도 섞여 있었지만, 그 점은 어쩔 수가 없었다. 섬으로 간다는 것을 납득하기 어려웠기 때문이다.

아무런 대답도 없자 컨트롤은 인용한 것처럼 들릴 법한 문장을 하나 지어내서 말했다. 곧바로 죄책감이 느껴졌다.

"'완벽한 가짜가 스스로 흉내 내는 대상이 되고, 이는 기이하지만 고정적인 과정을 통해 세계에 대한 어떤 진실을 드러낸다. 설사 그 가짜가 문자 그대로 진짜가 될 수는 없다고 해도.'"

여전히 대답이 없었다.

"이건 어때요? '당신이 자신의 모습과 다름없는 판박이를 만나면, 그것에 공감할까 아니면 복제를 파괴하고 싶은 충동을 느낄까? 그것이 가짜라고 판단한 뒤 골판지로 만든 인형처럼 조각조각 찢어 버리고 싶어질까?'"

이 구절도 가짜였다. 휘트비의 보고서에는 단 한 번도 판박이라는 단어가 등장하지 않았다.

유령새가 걸음을 멈추고 그를 쳐다봤다. 여느 때처럼 컨트롤은 그 시선을 마주하기 힘들었다.

"그게 당신이 두려워하는 건가요, 컨트롤?" 그녀가 특별히 열정적이지도 냉정하지도 않은 말투로 물었다. "내가 당신에게 최면을 걸 수 있을까 봐?"

"당신도 최면에 걸릴 수 있을지 모르죠."

컨트롤은 유령새에게 경고 삼아 그렇게 말했다. 다만 그 스스로도 X구역으로 통하는 동굴 안에서 그랬던 것처럼, 그녀가 자신에게 최면을 걸 **필요**가 있는 상황이 올지도 모른다는 사실을 알고 있었다. *내 손을 잡아요. 눈을 감아요.* 마치 시커먼 뱀의 아가리 속에서 기어나오려고 애쓰면서, 그 목구멍이 내는 거친 소리를 '볼' 수 있을 것만 같은 느낌이었다. 그리고 그를 둘러싼 끝없이 어두운 상처들을 통해 레비아탄들이 사방에서 응시하고 있는 듯했다.

"그렇지 않아요."

"하지만 당신은 판박이예요, 복제라고요." 컨트롤이 밀어붙였다. "어쩌면 복제는 동일한 방어기제를 가지고 있지 않을지도 모릅니다. 그 이유는 알 수 없겠지만."

그녀가 예전에 고백한 내용이었다.

"시험해 봐요." 유령새가 목구멍 깊은 곳에서부터 으르렁거리듯 말했다. 멈춰 서서 그를 마주한 채 배낭을 내팽개쳤다. "어디 한번 시험해 보라고요. 말해 봐요. 당신이 아는, 나를 파괴할 수 있는 명령을 말해 봐요."

"난 당신을 파괴하고 싶지 않습니다."

컨트롤이 시선을 돌리며 조용히 말했다.

"정말 그런가요?" 유령새가 매우 가까이 다가서며 말했다. 그녀의 땀 냄새가 풍겨 왔다. 올라간 어깨와 반쯤 굽힌 왼팔이 컨트롤의 눈에 들어왔다. "정말로요?" 그녀가 반복했다. "확신이 서지 않는다면, 예방 접종이라도 하지그래요? 당신은 이미 나를 원하는 마음과 내가 정말 인간일지 의심하는 마음 사이에서 갈팡질팡하고 있어요, 아닌가요? 적이 만들어 냈으니 나 역시 적이라는 생각이겠죠. 단지 망설일 뿐이고요."

"난 서던 리치에서 당신을 도왔습니다."

"당연한 일로 고마워할 필요 없다고 말한 건 당신이었어요."

컨트롤이 비틀대며 뒤로 물러섰다.

"난 여기 있습니다, 유령새. 내가 오고 싶지도 않았던 장소에 말이에요. 내가 제대로 안다고 확신할 수 없는 사람의 뒤를 따라서 여기까지 왔죠."

여전히 그에게는 등대의 신호 같은 여자를 따라서. 컨트롤은 그 사실이 싫었다. 원하지도 않았다. 하지만 그럼에도 불구하고 어쩔 수가 없었다.

"말 같지도 않은 소리예요. 당신은 내가 누군지 정확히 알아요. 알고 있어야 해요. 당신은 두려운 거예요. 나처럼."

유령새가 말하지 않아도 컨트롤은 자신이 두려워하고 있다는 사실을 잘 알았다. 여기서는 무슨 일이 일어나든 자신을 지킬 방법이 없었다.

"당신이 적과 한편이라고 생각하지는 않습니다." 컨트롤이 말했다. 적이라는 단어가 이제는 어째서인지 잔인하고 비논리적인 표현으로 들렸다. "그리고 정말로 당신이 복제라고 생각하지도 않아요."

누그러지는 것 같았던, 혹은 그가 누그러졌다고 생각했던 유령새의 분노가 다시 폭발했다.

"난 복제예요, 존. 하지만 완벽한 복제는 아니죠. 난 생물학자가 아니에요. 그녀도 내가 아니죠. 내가 그녀와 마주치면 무슨 말을 할지 알아요?"

"뭐라고 할 겁니까?"

"이렇게 말해 줄 거예요. '당신은 더럽게 많은 실수를 저질렀어. 빌어먹을 실수를 엄청나게 저질렀지만, 그래도 난 당신을 사랑해. 당신은 질문인 동시에 해답이지만, 난 그 둘 중 어느 것도 될 수 없어. 난 내 스스로 모든 것을 알아내야 해.' 그러면, 그녀는 아마 재미있다는 듯 나를 바라보다가 내 조직 표본을 채취하려 들겠죠."

그 말에 컨트롤은 자기도 모르게 웃음을 터뜨렸다. 그리고 손바닥으로 무릎을 두드렸다.

"맞아요. 당신 말이 맞습니다. 그녀는 아마 그렇게 나오겠죠." 그는 바닥에 털썩 주저앉았다. 유령새는 마치 파수꾼처럼 제자리에 선 채였다. "여기선 내가 익힌 기술이 아무 소용도 없어요. 난 완전히 망한 겁니다. 설사 우리가 등대에 간다고 해도 말이죠."

"완전히 망했군요." 유령새가 미소를 지으며 말했다.

"이상해요, 그렇지 않습니까? 이상한 곳이에요."

그러고 싶지 않았지만, 컨트롤은 솔직하게 말했다. 여기에 온 이래 처음으로 마음이 편해지면서, 지금까지 겪었던 모든 실패가 또 다른 종류의 경계 너머로 흐릿하게 멀어지는 느낌이었다.

유령새는 그런 컨트롤을 살피듯 응시했다.

"우린 계속 움직여야 해요. 하지만 그 보고서는 계속 읽어도 좋아요."

그녀가 손을 내밀었다. 컨트롤은 자신의 손을 잡고 일으키는 그녀의 손에서 그 어느 말보다 더한 확신을 얻었다.

"이건 완전히 쓰레기입니다. 어떤 멍청이의 유언장을 당신에게 읽어 주고 있었던 셈이죠."

"여기선 다른 재미난 읽을거리도 없잖아요?"

"그렇긴 하죠."

컨트롤은 유령새에게 휘트비의 이상한 방이나, 자신이 휘트비를 X구역으로 이어지는 통로라고 의심했던 사실을 말하지 않았다. 그리고 경계가 서던 리치를 덮쳤던 절망적인 순간에 대해서도 이야기하지 않았다. 그러면서 어머니가 자신에게 거짓말을 했던 까닭을 이해할 수 있었다. 어머니는 실제로 벌어지고 있는 일들을 속이고 가리면서 스스로 내린 결정의 핵심을 감추고 싶었을 것이다. 하지만 어머니의 동기가 무엇이든 그녀는 뭔가를 누락하면 반드시 흔적이 남는다는 사실을 알 정도로 현명하기도 했다.

"우리의 행동, 우리의 삶을 통해서가 아니라면 그것이 어떻게 스스로를 새롭게 만들까요?" 휘트비는 그렇게 물었다. 그는 이미 죽었거나 그보다 더 나쁜 상태였지만, 컨트롤을 통해서 여전히 살아가고 있었다.

하지만 유령새는 듣고 있지 않았다. 그녀는 하늘에 있는 **뭔가**를 신경 쓰고 있었는데, 황새는 아니라고 컨트롤은 생각했다. 쌍안경을 들어 그녀가 바라보는 새를 찾았다. 그리고 마침내 찾고 나서는 자신이 잘못 보지 않았는지 몇 번이나 초점을 다시 조정했다.

잘못 본 것이 아니었다.

짙은 푸른 하늘 저 멀리, 너덜너덜하게 찢긴 보트와도 같은 형체가 날아가고 있었다. 그 형체는 길고 넓고 이질적이었다. 그것은 아주 멀리, 아주 높이 떠 있었다……. 컨트롤은 텅 빈 채로 길게 늘어나서 바람에 떠다니는 찢어진 투명 비닐 봉투를 떠올렸다……. 다만 그보다 더 두꺼웠고, 하늘의 일부처럼 보이기도 했다. 표면의 질감과 그것이 존재하는 혹은 존재하지 않는 방식이 컨트롤을 움츠러들게 했다. 손이 떨리고 감각이 사라지며 피부가 차가워졌다. 벽이 아니게 된 그 벽이 생각났다. 그가 만졌을 때 숨을 쉬고 있던 벽.

"숙여요!"

유령새가 말하면서, 강제로 컨트롤의 무릎을 꿇려 갈대밭 속에 몸을 숨기게 했다. 컨트롤은 이제 자신의 안에 있는 빛을 느낄 수 있었다. 뭔가가 자신의 피부를 더 이상 그저 하늘이 아닌 저 하늘로 세차게 잡아당기는 듯한 팽팽한 느낌이 들었다. 유령새가 잡아 누르지 않았다면 그대로 당겨져 일어났을지도 몰랐다. 컨트롤은 옆에서 느껴지는 그녀의 무게에 감사하며, 자신이 지금 혼자가 아니라는 사실에 감사하며 그 자리에 누워 있었다.

그것은 공포스러운 방식으로 하늘을 가로지르며 곤두박질쳤다가 다시 솟아올랐다. 그리고 단지 귀가 아니라 전신을 뚫어 버릴 듯한 끔찍한 속삭임이 들려왔다. 뭔가 물리적인 실체의 작은 조각들이 그의 몸을 꿰뚫고 지나가는 듯했다. 컨트롤은 욕설을 중얼거리며 얼어붙은 채 그것을 지켜봤고 겁에 질렸다. '파도치는 선들이 거기에 있으면서 없기도 했다.' 휘트비의 보고서에서 그가 이해할 수 없다 보니 유령새에게 말하지 않았던 구절이었다. 첫 번째 탐사대의 비디오에서 본 장면들이 다시 떠올랐다.

"가만히 있어요." 유령새가 컨트롤의 귀에 대고 속삭였다. "가만히 있어요."

그녀는 자신의 몸으로 그를 가렸다. 컨트롤이 그 자리에 없는 것처럼 보이게 하려는 의도 같았다.

컨트롤은 시체처럼 꼼짝도 하지 않았고, 숨을 쉬려는 시도조차 하지 않았다. 그것이 굽이치며 하늘을 가로질러 곤두박질쳤다가 다시 솟구치는 소리가 마치 배의 항적처럼 들려왔다. 용기를 내서 하늘을 쳐다보니 그것의 주위로 얼어붙은 듯한 흔적이 보였다. 그리고 다음 순간 그것이 피부처럼 팽팽하게 늘어나서 금방이라도 찢어질 듯 보였다.

그러다가 마지막으로 한 번 더 하강과 상승을 되풀이하며 너무 가까이 다가오더니, 처음부터 없었거나 허공 속으로 미끄러져 들어간 것처럼 사라지고 하늘이 원래대로 돌아왔다.

컨트롤은 휘트비의 보고서 속에서도 자신의 머릿속에서도 그것을 설명할 단어를 찾을 수 없었다. 그것은 죽은 박물관의 모형 따위가 아니었다. 누군지 모르는 사람의 괴물 같은 해골도 아니었다. 이제는 무엇이든 가능해 보였다. 무슨 일이든 일어날 수 있었다. 그는 주머니 속의 초리 조각품을 꽉 쥐었다. 너무 세게 쥔 나머지 피부에 자국이 남을 정도였다.

두 사람이 그 자리에 꼼짝도 않고 있는 사이 폭풍이 지나갔다. 어두운 회색으로 변한 하늘에 천둥 번개가 쳤고, 그들을 적시는 빗방울 사이로 미끄러운 올챙이 같은 것들이 맹렬하게 쏟아지더니 흙 속으로 스며들어 사라졌다. 컨트롤과 유령새는 흠뻑 젖은 채로 비를 피할 장소를 찾아 단검 같은 모양의 잎사귀가 무성한 나무 밑으로 들어갔다. 새끼손가락만 한 크기의 올챙이처럼 생긴 것들이 살아 있는 시내를 이루었다. 방금 하늘에 떠 있던 그것이 수백만 조각으로 나뉘어 쏟아지고 있다는 생각, 그리고 이 역시 X구역의 생태계를 이루는 일부라는 생각을 떨치기가 어려웠다.

"저게 뭘로 변할 것 같습니까?"

"뭐든, 여기서 다른 모든 것들이 변하는 것들로요."

유령새가 대답했다. 그리고 그건 전혀 대답이라고 할 수 없었다.

폭풍이 지나가자 새들의 지저귀는 노래와 수로에서 물이 쏟아져 흐르는 소리가 다시 들려왔다. 잘못된 것은 무엇 하나 없었다. 갈대가 아까보다 좀 더 생기 있고 나무의 녹색이 더 짙어지긴 했지만, 바깥세상과 마찬가지로 멀게만 보이는 태양의 각도가 달라졌기 때문일 뿐이었다.

한참 동안 두 사람은 그 자리에 서 있었다. 그리고 잠시 후 침묵 속에서 전보다 서로 가까이 붙은 채로 계속 걸어갔다.

0006: 국장

당신이 어린아이일 때 '가장 먼 곳'이라고 부르던 장소가 있다. 당신이 갈 수 있는 가장 먼 곳, 거기에 서 있을 때면 세상에 당신 혼자만 존재한다고 상상할 수도 있는 곳. 그 장소에서는 조심해야 하지만, 동시에 평화롭고 안전한 기분을 느끼기도 한다. 어느 무렵부터인가 당신은 어디에 있든 그곳으로 돌아가고 싶어 했고, 지금도 돌아가는 중이다. 하지만 그 순간, 당신은 '가장 먼 곳'이 너무나 멀게 느껴지는 나머지 휘트비가 곁에 있는데도 주위 몇 킬로미터에 걸쳐 아무것도 존재하지 않는다고 느낀다. 그 사실을 강하게 느낀다. 당신은 약간 신경이 곤두섰다가 조금 피곤해진 상태로 이 완벽하리만치 고요한 풍경에 도착한다. 잡목이 무성한 땅이 습지로 변하고, 수로가 바다와 습지 사이의 완충 역할을 하고 있다. 예전에 수달을 구경하거나 도요새의 울음소리를 듣던 장소다. 당신은 숨을 깊이 들이마신 후 편안하고 익숙한 마음으로 완벽하게 고요한 천상의 해변을 따라 걷는다. 더 이상 다리도 아프지 않고 X구역에 대한 두려움조차 사라진다. 그저 이 순간, 이 장소 외에는 어떤 기억도 생각도 끼어들지 못한다.

그러나 곧 그런 기분도 다시 사라지고, 당신과 휘트비(지형적 변이의 생존자들)는 당신이 어머니와 살던 오두막 앞에 선다. 남아 있는 것은 바닥과 건물을 지탱하던 벽, 그리고 색이 너무 바래 무늬를 알아볼 수 없는 벽지가 전부다. 갈라지고 내려앉은 마루에는 모래 언덕으로 이어지는 산책로와 연결되어 있던 넓은 판자가 부러진 채 썩어 가고 있다. 그 너머로 흰 파도가 몰아치는 은청색 바다가 펼쳐진다. 어쩌면 당신은 여기에 오지 말았어야 한다. 하지만 당신은 평범한 뭔가가 필요했고, 모든 일이 잘못되어 버린 그때를 다시 상기해야 한다. 그때만 해도 아주 평범하게 보이던 나날이다.

"날 잊지 말거라." 그때 솔은 그렇게 말했었다. 그 자신뿐 아니라 어머니, 그리고 잊힌 해안의 모두를 대신해서 하는 말처럼 들렸다. 이제는 정말로 잊혀 버리고 만 해변. 휘트비와 당신은 멀찍이 떨어져 집의 양 끝에 서 있다. 휘트비는 당신을 의심하고, 당신 역시 그를 믿지 못한다. 탑에 갔던 때 이후로 휘트비가 임무를 중단하고 싶어 하나 이대로 돌아갈 수는 없다. 이곳은 당신의 고향이다. 휘트비가 불평을 하거나 따로 움직이려 들고 혹은 경계로 돌아가자는 설득을 시도할 수는 있겠지만, 당신을 막으려 들지는 않을 것이다.

'평소에 당신이 보여 주던 낙천성은 어디로 갔죠?'라고 휘트비에게 묻고 싶지만, 그는 아직 당신의 세계에 들어오지 못하고 있다.

원래 거실에 해당하는 바닥 위에 오래전 한두 차례 불을 피운 흔적이 있다. X구역이 생겨난 이후에도 한동안 여기에 사람들이 살았다는 증거다. 당신의 어머니가 불을 피웠을까?

에메랄드빛 조각으로 부서져 죽어 있는 딱정벌레들, 청록색 이끼와 두꺼운 나무 넝쿨이 한데 어우러져 혼란스러운 녹색 바다를 이루고 있다. 휘파람새와 굴뚝새가 집 밖의 잡목 덤불 위를 날아다니다가 창틀에 잠시 앉더니 이내 사라진다. 아버지가 찾아올까 매달려서 내다보던 창문이다. 창문 밖으로 잡초와 덤불에 가려진 진입로가 보인다.

한쪽 구석에는 벌레 먹은 마룻바닥의 잔해 사이로 두꺼운 흙더미가 쌓여 있고, 그 주변에는 녹슬고 상한 음식물 통조림도 보인다. 기억도 잘 나지 않는 낡고 금이 간 접시는 주저앉은 싱크대 속에서 이끼와 곰팡이로 뒤덮여 있다. 찬장도 모조리 썩어 가는 중이다.

당신이 품은 후회는 일종의 잘 보이지 않는 항로 표시와도 같다. 탐사 대원들은 이곳에 사람이 살면서 일하고 술에 취하거나 음악을 즐겼다는 사실을 미리 듣지 못했다. 등대와 방갈로, 이동 주택에 살던 사람들. 이제 텅 빈 이곳에 한때 사람이 살았다는 생각은 하지 않는 편이 낫겠지만…… 그래도 당신은 누군가 기억하기를, 당신이 무엇을 잃어버렸는지 이해해 주기를 바라고 있다.

당신이 이리저리 살피는 동안, 휘트비는 불청객처럼 가만히 서서 당신이 이 집에 관해 뭔가를 숨기고 있다고 생각한다. 굳게 다문 입과 날카로운 시선에서 분노가 느껴진다. 자연스러운 현상일까 아니면 X구역의 영향 때문에 적대적으로 변한 걸까? 뭔가가 빠른 속도로 솟구쳐 오르는 바람에 당신이 탑에서 뛰쳐나왔을 때, 휘트비는 여전히 비명을 지르며 그를 공격한 뭔가에 대해 떠들어 댄다.

"아무 소리도 없었어요. 아무런 소리도. 그러다…… 제 뒤의 벽이 저를 통과해서 지나갔어요. 그리고 나서 사라져 버렸어요."

그 일 뒤로 휘트비는 말수가 줄고, 당신 역시 밝은 곳으로 나오기 전에 뭘 봤는지 그에게 말해 주지 않는다. 아마 두 사람은 서로가 자신의 말을 믿지 않으리라 생각하고 있을 것이다. 어쩌면 당신들 둘 모두 원래 세계로 돌아가기만을 바라겠지.

오두막 안에 시신은 한 구도 없다. 하지만 뭘 기대했을까? 재앙이 닥쳐 주위 세상이 변해 갈 때, 사람들이 이 안으로 들어와 한쪽 구석에 몸을 웅크리고 떨었을 거라고? 당신의 어머니는 결코 그런 사람이 아니었다. 뭔가와 싸워야 할 상황이 닥쳤다면, 그녀는 분명히 포기하지 않고 맞섰을 터였다. 도움이 필요한 사람이 있다면 반드시 도왔으리라. 안전하게 피신할 수 있다면 그렇게 했을 것이다. 당신의 백일몽 속에서 어머니는 당신과 마찬가지로 잘 견디면서 구조를 기다렸다.

스타 레인스의 라운지에 앉아 낙서를 끄적이다가, 당신은 갑자기 등대와 오두막집을 떠올린다. 그런 식의 갑작스러운 기억은 언제나 당신을 물속으로 끌고 들어가 두려움을 느끼게 한다. 한밤중 만조에 들리는 파도 소리, 어머니와 살던 방갈로의 침실 창문에서 바라보던 검은 바다 위로 끝없이 밀려오던 수많은 은청색 실선들. 때로는 그 선들이 늦은 밤 해변을 걷던 어머니의 그림자와 겹쳐 끊어지기도 했다. 어머니는 당신을 등진 채, 당신에게 결코 말해 주지 않는 생각들로 늦게까지 잠을 이루지 못하곤 했다. 지금 당신이 찾고 있는 해답을 어머니는 그때부터 이미 찾고 있었는지도 모른다.

"이 집은 뭡니까?" 휘트비가 또다시 묻는다. "여긴 왜 온 거죠?" 목소리에 스트레스가 가득하다.

당신은 그를 무시한다. '내가 어릴 때 살던 집이에요.'라고 말하고 싶지만, 이미 휘트비는 충격을 받을 만큼 받은 상태다. 게다가 다시 돌아가면 여전히 서던 리치의 로우리를 상대해야 한다. 만약 다시 돌아간다면.

할 수만 있다면 이렇게 말해 줄 것이다. '저기 넝쿨로 가려진 어두운 곳이 내 방이었어요. 내가 두 살 때 부모님이 이혼했죠. 아버지는 별 볼 일 없는 사기꾼이었는데 집을 나갔고, 매년 겨울 방학을 아버지와 보낸 걸 제외하면 줄곧 엄마와 살았죠. 더는 이 집으로 돌아올 수 없게 된 이후로는 죽 아버지와 살았지만요. 아버지는 내가 더 자랄 때까지 그.이유를 속였는데, 어쩌면 그게 옳은 결정이었다는 생각이 들어요. 난 지금껏 항상 다시 여기로 돌아오면 어떤 기분이 들지 궁금했어요. 어떤 느낌이 들까, 무엇을 할까 하고 말이죠. 심지어 여기에 어떤 메시지가 남겨져 있지는 않을까 하는 생각도 했어요. 어머니가 미리 알고서 상자 안이나 돌 아래에 뭔가를 남겨 두지 않았을까 하는 상상을 해 봤죠. 어떤 신호를요. 왜냐하면 지금도 나에게는 메시지가, 신호가 필요하니까요.'

하지만 오두막 안에 당신이 모르는 것은 하나도 없었다. 그리고 뒤쪽에서 등대가 '내가 뭐랬어.'라며 당신을 비웃고 있었다.

"걱정 말아요, 곧 돌아갈 테니." 당신이 말한다. "등대만 들렀다가 돌아가기로 하죠."

제일 좋은 걸 마지막까지 남겨 둔 걸까 아니면 그 반대일까? 기억이 대체되기 전까지 유년기의 얼마나 많은 부분들이 잊히거나 왜곡될 수 있을까?

당신은 갑작스럽게 휘트비를 밀치고 지나간다. 화난 얼굴을 그에게 보이고 싶지 않기 때문이다. X구역이 다시 당신을 에워싼 채 압박하고 있다는 사실을 들키고 싶지 않았기 때문이다.

몇 개 남아 있지 않은 바닥의 나무판자들이 다듬어지지 않은 음악 소리 같은 한숨을 내쉬며 삐걱거린다. 새들은 덤불 속에서 재잘대다가 서로를 쫓느라 빙글빙글 돌며 하늘 위로 날아오른다. 조금 있으면 비가 올 것 같다. 수평선이 찡그린 이마처럼 변하고 먹구름이 해변을 향해 다가온다. 사람들은 X구역이 다가오는 모습을 볼 수 있었을까? 헨리조차도? 눈에 보였을까? 순식간에 사람들을 덮쳤을까? 어린 시절에 알 수 있었던 건 어머니가 죽었다는 사실뿐이었다. 어머니의 죽음에 대해 다른 방식으로 생각하기 위해서는 여러 해가 걸렸다.

어린 시절 솔을 마지막으로 봤을 때 그가 지었던 표정이 당신의 눈앞에 떠오른다. 그리고 비포장도로에서 국도로 올라오는 자동차의 지저분한 유리창 너머로 본 잊힌 해안의 마지막 모습과 먼 바다에 흘러가는 물결이.

007: 등대지기

지난밤 상선 두 척과 해안 경비대의 배가 보였다. 수평선에 좀 더 큰 형체가 보였는데 유조선이었을까? '거기에는 크고 넓은 바다가 있고, 거기에 배들이 오가며*' 서쪽 경보기가 아직 제대로 작동하지 않는다. 전선이 느슨한가? 몸이 불편해 의사를 찾아갔다. 오후 늦게 산책을 했다. 목격한 것: 수리부엉이가 거북이 등을 타고 올라가서 잡아먹으려고 함. 믿을 수 없는 광경. 처음에는 깃털이 달린 몸에 딱딱한 껍질로 된 다리를 한 이상한 생물이라고 생각해서 심기가 불편했음. 부엉이는 나를 가만히 올려다보며 내가 거북이로부터 떼어 놓을 때까지 날아가지도 않았음.

---

* 시편 104장 25절~26절

때로 솔은 설교를 하던 때가 그립기도 했다. 설교에 쓰던 말투나, 내면에서 우러나는 단어 사이의 깊은 연관성을 해하지 않으면서 말씀을 전파하는 방식도 그리웠다. 무언가에 이름을 붙이면 그 이름은 수많은 사람들의 마음속을 파고들었다. 하지만 목회 생활의 어느 시점에 그는 더 이상 할 말이 없었고 자신이 설교의 의미에 관심을 두기보다 설교하는 행위 자체를 즐기고 있다는 사실을 깨달았다. 한동안 그렇게 길을 잃고 헤매다가 의심이라는 끝없는 바다를 헤엄치던 중 자신이 실패했다는 확신을 가지게 되었다. 왜냐하면 실패했기 때문이다. 지옥불과 종말의 환영, 세상을 멸망시키려 드는 악마들, 이런 것들을 견디기 위해서는 다른 무언가를 포기해야 했다. 결국 그는 자신이 무엇을 믿는지 그리고 무슨 말이 하고 싶은지 알 수 없게 되었고, 자신의 인생 전체를 흔들 만큼 오랜 떨림 끝에 모든 걸 포기하고 먼 남쪽으로 도망쳐 왔다.

여기로 오고 나서 모든 것이 변했다. 남부에서의 삶은 북부에 있을 때와 차이가 컸고 더 행복했다. 그래서 이상적이라고 할 만한 일상에 변화를 가져올 어떤 조짐도 인정하고 싶지 않았다.

하지만 등대 앞마당에서 의식이 육체와 분리되는 기분을 느꼈던 사건으로부터 일주일 뒤, 찰리와 함께 침대에 누웠을 때 그 무감각한 느낌이 다시 찾아왔다. 무단 침입자가 있는지 순찰한다는 핑계로 새를 관찰하기 위해 등대 근처의 해안을 거닐던 중에 갑자기 어리둥절한 기분이 들기도 했다.

바다를 바라보던 솔의 눈가에 뭔가가 헤엄치는 모습이 들어왔다. 단순히 태양을 바라보면 생기는 검은 점과 같은 현상이라고 생각하기는 어려웠다. 단순한 편집증이나 근거 없는 의심인지, 아니면 솔의 뇌가 여기서 이룩한 삶을 부정하여 스스로 모든 것을 망치고 불행해지려 애쓰고 있는지 알 수 없었다.

이런 변화들 때문에 강령술과 과학 협회의 존재가 점점 더 비현실적으로 느껴졌다. 솔은 사진을 찍은 날 이후 그들과 일종의 휴전 상태처럼 서로를 비난하지 않기로 합의했다. 그는 렌즈에 난 구멍을 고치고 바닥에 흩어진 유리 조각을 치우면서, 누구에게나 두 번째 기회가 주어져야 한다고 자신을 타일렀다.

하지만 그들과 만날 때마다 여전히 걱정스러운 기분이 들었다.

오늘은 부엌에 들어갔다가 제멋대로 샌드위치를 만들고 있는 수전과 마주쳤다. 그녀는 심지어 들킨 걸 부끄러워하거나 미안해하는 기색도 없었다. 식탁에는 솔의 햄과 치즈, 식빵, 정원에서 가져온 토마토가 놓여 있었다. 의자에 앉아 있는 수전의 한쪽 발끝은 바닥에 닿았고 다른 쪽 다리는 구부린 채였다. 삐딱한 수전의 자세와 그녀의 존재 자체가 솔의 심기를 건드렸다. 그녀는 그 자리에 강제로 고정되어 있는 것처럼 보기만 해도 불편하고 어색한 모습이었다.

하지만 솔이 그녀에게 뭐라고 하려는 찰나, 헨리가 나타나서 태연하게 물었다.

"혹시 뭔가 으스스한 사건이 벌어지지 않았나요, 솔? 이 근처에서

나 혹은 멀리서라도?"

솔은 쓴웃음이 나올 뿐이었다. 잊힌 해안의 유령 이야기들은 유명했다.

"아마 그냥 우연이겠지만, 지난번에 앞마당에서 당신이 소란을 떨었던 이후로 우리의 측정 결과가 이상해요. 장비들이 고장 나서 제대로 작동하지 않는 것처럼 말이에요. 하지만 우리가 이미 시험해 봤잖아요. 기계들은 모두 정상이에요. 그렇지 않나요, 솔?"

앞마당에서 '소란을 떨었다'라. 헨리는 분명 솔을 자극하려는 속셈이었다.

"아 그럼요, 당연히 정상이죠." 솔은 애써 명랑한 척 대꾸했다.

대다수 사람들은 헨리를 일종의 어릿광대처럼 여겼다. 그의 이상한 대화 방식은 사회적 미숙함의 증거일 뿐이었다. 하지만 솔은 종종 헨리가 눈앞에 서 있기만 해도 신경에 거슬리는 느낌이 들었다.

결국 솔은 두 사람 모두를 밖으로 내쫓고 찰리에게 전화를 걸어 점심을 함께 먹자고 제안했다. 그런 다음 숙소 문을 잠그고 차를 몰아 마을 술집으로 향했다.

마을 술집은 약간 허술한 가게라서 그날그날의 손님들에 따라 분위기가 수시로 바뀌곤 했다. 오늘은 뒤뜰에 바비큐 기계와 국산 맥주로 가득한 아이스박스가 놓여 있었다. 어린아이의 생일 파티에 쓸 법한 촛불 꽂힌 케이크 그림이 그려진 분홍색 종이 접시들도 보였다. 솔과 찰리는 바다가 보이는 야외 자리로 나와서 색이 바랜 파라 솔 아래에 앉았다.

두 사람은 그날 찰리가 배에서 보낸 시간과, 허리케인으로 반쯤 무너진 집을 사서 새로 이사 온 이웃에 대해 이야기를 나눴다. 그리고 '비교할 만한 제대로 된 술집들도 없는 동네에 싸구려 술집만 달랑 있으면 모양이 빠지므로' 짐이 술집을 새 단장할 필요가 있다고 의견을 모았다. 최근에 찰리가 계속 이야기했던 록 밴드를 구경하러 갈까 아니면 하루 종일 침대에서 빈둥댈까 의논하기도 했다.

그러다 협회가 솔의 심기를 건드린 이야기가 나왔다.

"헨리는 이상한 놈이야." 솔이 찰리에게 말했다. "장의사처럼 으스스한 눈빛으로 사람을 쳐다보거든. 그리고 수전은 하루 종일 녀석을 졸졸 따라다니지."

"언제까지 그러지는 않을 거야. 조만간 떠나겠지. 작은 괴짜들. 괴짜 협회."

맥주가 좀 들어간 탓인지 찰리가 음미하듯 말장난을 했다.

"그렇겠지. 그래도 녀석들을 보면 소름이 끼쳐."

"어쩌면 삼림이나 환경 보호 때문에 잠입한 위장 요원들이 아닐까?"

"그럴 수도 있겠네. 내가 밤마다 화학 물질을 내다 버리는 게 들킨 모양이야."

찰리의 말은 농담이었지만, 실제로 잊힌 해안은 지난 10년에서 20년 사이 '비관할 지역'의 느슨한 규제 때문에 고통을 겪었다. 썩어

가는 드럼통들이 황야에 굴러 다녔고, 일부는 오래전 버려진 농장이나 솔잎으로 뒤덮인 흙 속에 반쯤 파묻혀 있기도 했다.

두 사람은 길 끄트머리에 있는 찰리의 방 두 개짜리 오두막으로 자리를 옮겨 이야기를 계속했다. 집 안에는 찰리의 가족사진 두어 장과 책 몇 권 외에는 별다른 물건이 없었다. 찰리가 이곳을 떠나거나 다른 누군가의 집에 들어가 살기로 해도 짐 가방은 무겁지 않을 터였다.

"어디 정신병원에서 탈출한 작자들이 아닌 건 확실해?"

솔은 그 말에 웃음을 터뜨렸다. 그렇지 않아도 지난여름 헤들리 외곽의 요양소를 탈출한 두 사람이 잊힌 해안으로 도망쳐 왔던 적이 있었다. 그들은 경찰에게 발견되기 전까지 거의 3주 동안이나 아무런 제재도 받지 않고 돌아다녔다.

"미친 사람을 모두 잡아가면, 여긴 아무도 안 남을 거야."

"나는 빼 줘." 찰리가 말했다. "나는 아니야, 어쩌면, 당신도."

"그리고 새들이랑 사슴이랑 수달도 빼야지."

"언덕과 호수도."

"뱀과 사다리도."

"뭐?"

하지만 그때쯤 두 사람은 이불 아래에서 뜨겁게 달아올라 더 이상 대화를 이어 가기 어려웠고, 이어 가려 하지도 않았다.

솔의 마음을 바꿔 의사에게 가도록 한 사람은 글로리아였다. 다음 날 헨리와 수전이 다시 등대 위로 올라간 뒤 솔은 아래에 남아 있었는데, 글로리아가 오전 일찍부터 나타나 그의 곁을 맴돌았다. 솔은 글로리아에게 너무 익숙해진 나머지 아이가 보이지 않으면 오히려 걱정이 들 정도였다.

"오늘 뭔가 달라 보여요."

솔은 글로리아의 그 말을 잠시 곱씹었다.

글로리아는 헛간에 기댄 채 솔이 잔디의 한 부분을 다시 까는 모습을 지켜보고 있었다. 자원봉사를 하는 브래드가 도와주겠다고 약속했지만 나타나지 않았다. 태양은 흐물거리는 거대한 노란색 덩어리 같았다. 그 파동이 피부로 느껴졌지만 강하지는 않았다. 아침에 일어난 이후로 한쪽 귀가 들리지 않았는데, 분명 이상한 자세로 잔 탓일 터였다. 어쩌면 이런 일을 하기에는 그가 너무 늙어 버렸는지도 몰랐다. 등대지기의 정년이 50살인 이유가 있을 터였다.

"하루 더 나이를 먹었고 그만큼 현명해졌지. 넌 학교에 가야 하지 않니? 그럼 너도 더 현명해질 게다."

"선생님들이 바쁘대요."

"등대지기도 바쁘단다."

삽으로 흙을 부수느라 끙끙대며 솔이 말했다. 피부가 형체 없이 늘어나는 듯한 기분이 들었고, 왼쪽 눈 아래에 계속 경련이 일었다.

"그럼 어떻게 하는지 가르쳐 줘요. 제가 도와줄게요."

그 말에 솔은 일을 멈추고 삽에 몸을 기댄 채 글로리아를 한참 쳐다봤다. 아이가 이대로 자란다면 언젠가 훌륭한 미식축구 수비수가 되겠다는 생각이 들었다.

"너도 등대지기가 될 생각이니?"

"아뇨, 그냥 삽을 써 보고 싶어서요."

"이 삽이 너보다 큰걸."

"그럼 헛간에서 다른 걸 가져와요."

그래, 위대한 헛간에는 없는 것 빼고는 다 있지. 솔은 고개를 들어 '빛의 협회'가 자신의 송신기로 온갖 짓을 다 벌이고 있을 등대 위를 쳐다봤다.

"그러마."

솔은 그렇게 말한 뒤 멋진 스페이드 모양의 작은 삽을 가져와서 글로리아의 손에 쥐여 주었다.

삽을 다루는 법을 가르쳐 주려고 했지만 글로리아는 흘려들으며 솔의 곁에서 어정쩡하게 흙을 긁어냈다. 솔은 예전에 필요 이상으로 열심히 도우려던 조수가 휘두르는 삽에 얻어맞았던 기억을 떠올리며 조심스레 거리를 두었다.

"왜 오늘은 달라 보이죠?"

글로리아가 언제나처럼 직설적으로 물었다.

"말했잖니, 난 다르지 않다고."

의도보다 조금 더 화난 듯한 말투가 나왔다.

"하지만 달라요." 글로리아는 아랑곳하지 않고 말했다.

"그 유리 조각 때문일 거다." 결국 솔이 그렇게 대답했다.

"유리 조각에 찔리면 아프긴 하지만 피만 나고 말잖아요."

"이건 달랐나 보지." 다시 일을 시작하며 솔이 말했다. "이건 달랐어. 나도 잘은 이해 못 하겠지만, 눈가에 자꾸 뭐가 보이는구나."

"의사한테 가 봐야 해요."

"그럴 거란다."

"우리 엄마가 의사예요."

"그렇지."

글로리아의 어머니는 소아과 의사였다. 지금은 아닌지도 몰랐다. 잊힌 해안의 주민들에게 무면허로 진료를 봐주기는 하지만.

"만약 내가 달라지면, 난 엄마한테 갈 거예요."

달라진다라. 어떻게 달라졌다는 걸까?

"넌 엄마랑 살잖니."

"그래서요?"

"여긴 대체 왜 온 거냐? 날 심문하려고?"

"아저씨는 내가 '심문'이라는 단어를 모른다고 생각하겠지만, 안다고요."

글로리아는 그렇게 말하더니 멀리 걸어가 버렸다.

헨리와 수전이 그날의 작업을 마치고 떠난 뒤, 솔은 등대 위로 올라가 선명한 대조를 이루는 바다와 해변 그리고 진한 구릿빛으로 빛나는 오후의 햇살을 감상했다. 태양은 폭풍과 인간이 만들어 낸 재해 위로 고요하면서도 위험스럽게 빛을 비추고 있었다. 빛은 폭포수처럼 쏟아져 내리며 때로 서로를 방해하기도 했다. 맥박 치며 떨리는 빛들이 어둠을 자기 쪽으로 끌어당긴 다음 다시 내동댕이쳤다.

솔이 여러 달 전 헨리를 처음 발견한 장소도 이 등명기실이었다. 축 처진 어깨로 등대를 향해 터덜터덜 모래 위를 걷는 헨리의 모습은 마치 움직이는 허수아비 같았다. 헨리는 쏟아지는 햇살에 눈을 찌푸렸다. 셔츠가 바람에 찢어질 듯 펄럭였다. 너무 크고 헐렁해서 어깨 양쪽이 마치 배에 달린 돛처럼 뒤쪽으로 펄럭였다. 솔은 그 셔츠 자락 때문에 처음에는 수전의 모습을 보지 못했다. 도요새가 헨리를 보고도 불안해하거나 날아가지 않고 주변에서 모래를 들쑤시다가 마지막 순간에야 몸을 피했다. 그때의 헨리는 마치 성지를 순례하러 온 어설픈 광신도처럼 보였다.

헨리와 수전은 괴상한 다이얼과 계기판이 달린 장비를 놔두고 갔다. 그리고 그것은 솔에게 거의 위협처럼 느껴졌다. 여기는 우리 자리야. 우리는 다시 돌아올 거야. 솔은 기계들을 가까이 들여다봐도 그 정체를 짐작할 수 없었다. 사실 알고 싶지도 않았다. 강령술이 무엇을 하는지, 과학이 무엇을 하는지 궁금하지 않았다. 전생물적 입자. 유령 에너지. 거울로 된 방. 뭔가 더 중요성을 찾아내지 않아도 등대의 렌즈는 이미 기적 같은 일을 수행하고 있었다.

무릎이 말을 듣지 않아서 협회의 장비들을 피해 걸을 때마다 삐걱거렸다. 솔은 자기가 알아보지도 못할 뭔가를 찾아 헤매면서, 사람은 언제 어떤 병에 걸려 쓰러질지 모른다는 생각을 했다. 유지 보수에 좀 신경을 쓴다고 나쁠 일은 없었다. 찰리가 자기보다 일곱 살이나 어리다는 사실을 고려하면 더욱 그랬다. 하지만 그런 생각도 갑작스레 찾아온 공포심 때문에 잊혔다. 뭔가가 잘못됐다. 피부 안쪽에서 점점 이상한 느낌이 전해지고, 어떤 다른 존재가 자신의 눈을 통해 바깥을 내다보는 듯한 기분이 들었다. 의식이 흐려졌다 맑아지고 다시 흐려지기를 반복하는 사이 솔은 뭔가가 자신의 안에 침입해 들어왔다는 생각을 했다.

곧 그 뭔가가 이전보다 더 단단히 자리를 잡는 듯한 느낌이 들었다. 그 느낌은 솔을 혼란스럽고 겁에 질리게 했다.

다행히도 글로리아의 어머니인 트루디 젠킨스가 연락을 받자마자 바로 솔을 진찰해 주기로 했다. 솔은 트루디 모녀가 살고 있는 서쪽의 외진 오두막을 향해 소형 트럭을 몰았다. 그리고 참나무와 목련, 야자나무 아래의 비포장도로에 차를 세웠다. 오두막 자체만큼이나 커다란 마루가 해변 쪽으로 나와 있었다. 마음만 먹으면 방 하나 정도는 여름 동안 관광객에게 빌려줄 수도 있을 듯했다.

트루디가 잊힌 해안으로 온 이유는 10년도 더 전에 마약 거래로 적발됐다가 양형 거래를 했기 때문이라는 소문이 돌았다. 하지만 과거가 어떻든 트루디는 여전히 냉철했고 손을 떨지도 않았다. 그러니

80킬로미터도 더 떨어진 병원까지 가거나 마을을 방문하는 인턴의 진료를 받기보다 그녀를 찾는 편이 나았다.

"뭔가 은색이었는데······."

트루디의 또 한 가지 장점은 그녀에게라면 예의 은빛 물체에 대해 말할 수 있다는 것이었다. 찰리에게도 이야기해 보려고 했지만, 전혀 이해하지 못할 뿐 아니라 어쩐지 말을 하면 할수록 그를 부담스럽게 하는 기분이 들었다. 아직은 찰리가 그 정도의 부담을 견딜 수 있을지 확신이 서지 않았다.

그런 생각을 하자 우울해졌다. 잠시 후 솔은 눈가에 떠다니는 뭔가에 대해 말하지 않은 채 말끝을 흐렸다.

"뭔가에 **물린** 것 같나요?"

"물렸다기보다는 찔린 것 같아요. 장갑을 끼고 있긴 했는데, 그래도 건드리지 말았어야 했나 봐요. 어쩌면 그 일이 지금 내 상태와는 별 관계가 없을 수도 있지만요."

하지만 어떻게 알겠는가? 지금도 그때의 강렬한 감각, 그리고 뒤이어 찾아온 무감각한 상태가 생생했다.

트루디가 고개를 끄덕이더니 말했다.

"알겠어요. 모기나 진드기가 옮기는 질병들을 생각하면 걱정이 되는 것도 당연하죠. 이제 손과 팔을 확인하고 몇 가지 검사를 마치면, 걱정도 씻은 듯이 사라질 거예요."

그녀가 전에 소아과 의사였는지는 몰라도 솔을 어린아이처럼 대하지는 않았다. 다만 매사를 단순화시키고 요점만 말하는 습관이 배어 있었고, 솔은 그 점이 기꺼웠다.

"글로리아가 등대 주변에 자주 놀러 와요."

셔츠를 벗고 검사를 받는 동안, 그저 대화를 이어 가기 위해 솔이 그렇게 말했다.

"네, 알고 있어요. 폐가 되지 않았으면 좋겠네요."

"그럼요. 그저 바위에 오르곤 하는 걸요."

"그 아이는 오르는 걸 좋아해요. 온갖 곳에 다 올라가죠."

"위험할 수도 있어요."

그러자 트루디가 날카로운 눈빛을 보냈다.

"난 그 아이가 외진 산길을 헤매는 것보다 차라리 등대에 가서 내가 아는 사람들 주변에 있는 편이 낫다고 생각해요."

"그건 맞는 말이죠." 솔은 어쩐지 미안해져서 덧붙였다. "글로리아는 배설물만 보고도 어떤 동물인지 알아맞히는 재능이 있더군요."

트루디가 미소를 지었다.

"나한테서 배운 거예요. 배설물의 종류를 모두 가르쳤거든요."

"숲속에서 곰의 배설물을 보면 알아차릴 수 있겠네요."

트루디가 다시 웃었다.

"그 애가 자라면 과학자가 될지도 모른다는 생각이 들어요."

"지금은 어디에 있죠?"

솔은 글로리아가 등대를 떠나 바로 집으로 왔을 거라 생각했다.

"식료품점에 갔어요. 워낙에 돌아다니기를 좋아해야죠. 그래서 거기까지 걸어갔다가 오는 길에 우유랑 먹을거리를 좀 사 오라고 시켰어요."

식료품점은 마을의 주점과 마찬가지로 파는 물건이 일정하지 않았다.

"글로리아가 날더러 빛을 지키는 사람이라고 부르더군요."

그 말의 출처는 알 수 없지만, 솔은 아이가 자신을 그렇게 부르는 것이 기분 좋았다.

"그렇군요."

다시 검사에 집중하며 트루디가 건성으로 대답했다.

검사가 끝나자 그녀가 말했다.

"팔이나 손에는 아무런 이상도 보이지 않아요. 별다른 흔적도 없어요. 하지만 일주일이나 지났으니 흔적이 사라졌을 수도 있죠."

"그럼, 별일 아닌 거죠?"

솔은 안도하며 블리커스빌까지 가지 않아도 돼서 다행이라고 생각했다. 거기까지 다녀올 시간이면 차라리 찰리와 함께 보내고 싶었다. 길가의 식당에서 새우를 까먹고, 맥주를 마시고 다트 게임을 하면서. 모텔에 들어가 조심스럽게 더블 침대가 있는 방으로 달라고 요청하면서.

"혈압이 높고 약간 열이 있긴 하지만 그게 다예요. 소금 섭취를 줄이고 야채를 더 드세요. 그리고 며칠 후에 다시 검사하죠."

솔은 한결 나아진 기분으로, 진료비 20달러를 대신해 헐거워진 난간과 같은 집 안 한두 군데를 손봐 주기로 약속했다.

하지만 등대로 차를 몰며 머릿속으로 렌즈에 대한 체크리스트를 검토하는 동안, 안도감이 사라지고 다시 의심스러운 마음이 생겨났다. 의사에게 진찰을 받았지만 결국 더 심각한 문제를 외면하는 미봉책일 뿐이라는 생각이 들었다. 정상적인 진단으로 확인할 수 없으며 진드기에 물리거나 감기에 걸린 것처럼 단순한 문제가 아니라는 점만 확인했을 뿐이었다.

운전하는 동안 뭔가가 그에게 고개를 돌려 실패의 섬을 보라고 속삭이는 듯했다. 이렇게 먼 거리에서는 그저 서쪽에 드리운 그림자처럼 보이는 섬이었다. 약하게 깜빡이는 붉은 빛은 높이로 볼 때 컨테이너 선박의 신호등 같았다. 하지만 다시 보니 깜빡거림이 불규칙해서 휴대용 전등이나 임시로 켜 둔 불빛이라는 생각이 들었다. 어쩌면 실패의 섬의 버려진 등대에서 나오는 불빛일지도 몰랐다.

깜빡거림은 솔이 알지 못하는 암호인지도, 그가 받고 싶지 않은 헨리의 전갈일지도 몰랐다.

등대로 돌아온 솔은 찰리에게 전화를 걸었지만 응답이 없었다. 찰리가 오징어잡이 배를 타고 나갔다는 사실이 뒤늦게 떠올랐다. 찰리가 가장 좋아하는 모험이기도 했다. 솔은 간단히 저녁식사를 하고 정리를 마친 뒤 등대를 돌볼 준비를 했다. 오늘 밤은 배가 지나갈 예정이 없었다. 일기 예보에 따르면 바다도 고요할 예정이었다.

석양이 아름다운 밤을 예고했다. 해가 완전히 지기 전인데도 유난히 별이 많았다. 솔은 렌즈를 켜기 전 몇 분 동안 자리에 앉아 별들을, 그리고 별 주위의 짙고 푸른 하늘을 바라봤다. 그 순간만큼은 자신도 사람들이 사는 세상의 끝자락에 존재하고 있다는 사실을 실감할 수 있었다. 그리고 자신이 원하던 대로 홀로 남은 것처럼 느껴졌다. 세상이 그렇게 만든 것이 아니라, 자신이 원해서 혼자가 되었다. 하지만 저 멀리 수많은 별들 사이에서도 선명하게 보이는, 실패의 섬에서 깜빡이는 작은 불빛이 계속해서 신경에 거슬렸다.

그러다 솔이 다른 일을 보러 내려가기 전에 계단에 앉아 렌즈가 작동하는 모습을 지켜보고 있는데 한 줄기 빛이 나타나 그 작은 불빛을 지워 버렸다.

등대의 렌즈가 작동하는 밤에는 깨어 있어야 하지만, 솔은 자신이 중간중간 계단에 앉은 채로 잠이 들어서 꿈을 꾸고 있다는 사실도 알았다. 자신이 잠에서 깰 수 없으며 깨려고 해서는 안 된다는 사실 또한 알 수 있었다. 그래서 그는 굳이 깨어나려 하지 않았다.

별들은 더 이상 반짝이지 않았지만 여전히 하늘에 떠서 돌아다녔고, 그 궤적은 너무 난폭해서 자세히 들여다볼 수가 없었다. 그저 먼 하늘에서 뭔가가 점점 가까이 다가오는 느낌이 들 뿐이었다. 그렇게 움직이는 별들은 이제 더 이상 작은 불빛이 아니게 되었다.

솔은 등대로 이어진 오솔길을 걷는 중이었다. 머리 위의 달은 은

빛 표면 위로 피를 흘리고 있었다. 그렇게 달이 죽어 가는 이유는 지구에 뭔가 엄청난 일이 벌어졌기 때문이라는 걸, 그리고 곧 달이 추락하리라는 걸 솔은 깨달았다. 바다는 온통 쓰레기와 오염 물질로 가득한 묘지가 되어 버렸다. 희소한 자원을 차지하기 위한 전쟁으로 지상에는 죽음과 고통의 사막들이 생겨났다. 질병이 퍼져서 전과 다른 형태로 변이한 생물들이 한때 위대했던 도시의 불타는 잔해 위에서 신음하고 흐느꼈다. 기이하게 뒤틀린 시체들의 그을린 뼈에서 이글거리는 불꽃이 그들을 비추고 있었다.

등대 주변의 대지에 시체들이 흩어져 있었다. 그들이 서로에게 행사한 갑작스럽고 무의미한 폭력의 결과였다. 상처에서 내장이 드러나고, 피는 선명한 붉은색이며, 신음 소리는 크게 울렸다. 하지만 솔은 시체들 사이를 걸어 불꽃과 그림자의 소용돌이 사이로 솟아오른 등대의 탑을 향하면서도 그들이 실제로는 어딘가 다른 곳에 존재하고 있다는 느낌을 받았다.

이런 풍경들 속으로 등대의 문가에 헨리가 나타났다. 기쁨이 넘치는 그의 미소가 점점 더 커지더니 턱 끝을 넘어갔다. 헨리의 입에서 말들이 쏟아져 나왔지만 그 소리는 크지 않았다. 그리고 *신께서 가로되, 빛이 있으라. 신께서 가로되, 솔, 나는 먼 곳에서 왔으며 내 집은 사라지고 없으나 내 뜻은 남았노라. 당신은 신의 새로운 왕국에서 그분을 부정하려 하는가?* 그 말과 함께 너무도 큰 슬픔이 밀려와서 솔은 그들로부터, 헨리로부터 뒷걸음질 치고 말았다. 그들은 그가 버리고 떠난 모든 것들에 말을 걸어왔다.

등대 안으로 들어가자, 위로 올라가는 계단이 아닌 아래쪽 땅속으로 이어진 거대한 동굴이 나왔다. 동굴 속에는 끝없이 아래로 이어지는 것처럼 보이는 계단이 도사리고 있었다.

등 뒤에 떠 있는 달은 이제 완전히 핏빛으로 물들었고 그 피가 불꽃에 휩싸인 채 땅으로 흘러내리기 시작했다. 뜨거운 불꽃의 열기가 솔의 등까지 전해졌다. 죽어 있는 자들과 죽어 가는 자들이 곧 다가올 망각을 두려워하며 비명을 질렀다.

솔은 문을 세차게 닫고 갑자기 나타난 길을 따라, 손으로 얼음처럼 차가운 벽을 더듬어 가며 아래로 내려갔다. 계단이 너무나 먼 아래까지 펼쳐져 있어서 아주 높은 곳에 있거나 아니면 키가 등대만큼 커진 기분이 들었다. 그가 발을 아래로 한 걸음 내딛을 때마다 아래로 새로운 층들이 생겨났다.

달갑지 않게도 헨리가 여전히 그의 곁에 남아 있었다. 그리고 계단이 힘차고 빠르게 몰아치는 물로 차오르기 시작했다. 곧 솔의 몸이 완전히 잠기고 헨리의 비싼 셔츠가 수면 위에 둥둥 떠올랐다. 솔은 계속해서 아래로, 아래로 걸어 내려갔다. 이제 머리까지 완전히 물에 잠겨서 솔은 숨을 멈춘 채 불안정한 자세로 섰다. 그리고 바로 자신의 눈앞에서 보이지 않는 손이 벽에 써 내려가는 불타는 듯한 녹색과 금색의 글자들을 바라봤다.

솔은 그 말씀이 자신으로부터 나왔다는 것을, 자신의 입에서 언제나 소리 없이 새어 나오고 있었다는 것을 알았다. 그는 이미 아주 오랫동안 그 말씀을 전하고 있었으며, 그 단어 하나하나가 그의 머릿속을 조금씩, 아주 조금씩 벗겨 냈다. 그리고 계단 아래에 도사린 무엇인가가 솔의 정신이 완전히 벗겨지기를 기다리고 있었다. 그것은 눈이 부시도록 새하얀 빛, 거친 원형을 이루는 잎사귀가 달린 식물, 파편이 아닌 파편이었다.

솔은 등대 바깥의 의자에 앉은 채로 잠에서 깨어났다. 자신이 어떻게 거기까지 왔는지 전혀 기억이 나지 않았다. 꿈속에서 본 말씀은 여전히 솔의 안에 남아 있었고, 그가 원하든 원하지 않든 솔의 안에서 설교가 흘러나왔다. 그 설교가 그를 파괴할지도 모르지만 어쩔 수 없었다.

죄인의 손에서 비롯한 목 조르는 과실이 놓인 곳에서 나는 죽은 자의 씨앗을 낳아 어둠 속에 모여든 벌레들과 나누리라.

0008: 유령새

폭풍이 그치자마자, 두 사람은 바다로 향했다. 거기까지 가느라 해안과 나란히 놓인 언덕의 경사로를 거쳐야 했다. 아직 물이 덜 마른 흙은 이제 생기를 가득 머금어 명랑해 보이기까지 했다. 두 사람의 앞쪽으로, 늦은 오후의 황금빛 햇살 아래 드러난 섬의 녹색 윤곽이 보였다. 하늘에서 그들을 쫓던 존재는 다시 돌아오지 않았다. 대신 주위 세상이 온통 부서진 것과 반쯤 부서진 것으로 가득했다.

"여기서 무슨 일이 벌어진 거죠?"

이런 일은 컨트롤의 전문 분야라는 듯이 유령새가 물었다. 어쩌면 그럴지도 몰랐다.

컨트롤은 마치 더 이상 인간의 언어를 신뢰하지 않는다는 듯, 한참 동안 아무런 말도 하지 않았다. 어쩌면 이제 그도 침묵이 주는 답을 소중하게 여기기 시작했는지도 몰랐다.

하지만 뭔가 좋지 않은 일이 여기에서 벌어졌던 것이 분명했다.

골풀이나 선인장에 베이지 않고 해변으로 갈 수 있는 길을 찾던 두 사람은 불가피하게 대학살의 기억과 마주해야 했다. 오래된 바퀴 자국은 진흙으로 덮였고, 주인 잃은 신발 한 짝이 그 위로 튀어나와 있었다. 젖은 잡초 사이로 자동 소총의 희미한 광택이 보였다. 불을 피웠다가 급히 꺼 버린 흔적이 남았고, 그 옆에 쳐 놓은 텐트는 뭔가에 얻어맞은 것처럼 박살이 나 있었다. 지휘 통제 체계가 산산조각 났다는 점을 분명히 알아볼 수 있었다.

"폭풍이 한 일은 아니에요." 유령새가 말했다. "오래된 흔적이에요. 이 사람들은 누구였을까요?"

여전히 대답은 없었다.

그들은 낮은 언덕의 꼭대기에 올라갔다. 아래쪽에 트럭의 잔해들이 보였다. 지프 트럭 두 대였고, 한 대는 거의 전소한 상태였다. 로켓 발사기는 상당히 부식된 상태였다. 이끼와 잡초, 넝쿨이 이 잔해를 뒤덮고 있었다. 색 바랜 녹색 군복 안의 누렇게 변한 해골이 불길한 암시를 던졌다. 바람에 미친 듯이 나부끼는 흰색과 보라색의 야생화들이 은은하고 달콤한 향기를 풍겼다.

평화로웠다. 유령새는 안도감을 느꼈다.

마침내 컨트롤이 입을 열었다.

"X구역이 어떤 식으로든 부패를 촉진한 게 아니라면, 이 사람들은 X구역이 확장할 때 그 안에 갇힌 군인들일 리 없어요."

그의 목소리를 듣게 되자 반가웠는지, 유령새가 미소를 지었다.

"그래요, 너무 오래된 흔적이죠."

하지만 그녀는 눈앞에 펼쳐진 광경의 다른 특징에 더 관심을 보였다.

해안과 그 바로 옆에 놓인 대지가 어떤 재앙과도 같은 사건에 노출되었다가 시간이 지나면서 다시 수복되었다. 그 결과 거대한 바퀴 자국처럼 보이는 웅덩이 안에 물이 깊이 고였고, 더 멀리 잡초가 듬성듬성 난 흙에는 거대한 몸뚱이가 지나간 듯한 흔적이 남았다. 유령새는 거대한 괴물이 육지로 올라와 사람들을 공격하는 장면을 떠올렸다.

컨트롤이 땅이 커다랗게 파인 곳을 가리켰다.

"뭐가 이런 짓을 한 거죠?"

"회오리바람일까요?"

"바다에서 나온 무언가일 거예요. 아니면…… 우리가 하늘에서 본 존재일까요?"

망가진 텐트 근처의 바닥에 꽂힌 막대기에 작고 너덜너덜한 주황색 깃발이 매달려 바람에 펄럭이고 있었다.

"뭔지는 몰라도 아주 화가 났던 모양이에요." 유령새가 말했다.

호기심 때문에 해안으로 내려간 두 사람은 거기서 바다귀리 사이에 숨겨진 보트를 발견했다. 물이 차오른 자국이 있는 지점보다 더 위쪽으로 끌어다 놓은 조각배에는 노까지 갖춰져 있었다. 배는 그 자리에 오랫동안 숨어서 누군가를 기다리고 있었던 것처럼 보였다. 슬픔과 불안함이 동시에 유령새를 덮쳤다. 생물학자의 남편이 아내가 발견하기를 기대하며 거기에 가져다 놓은 듯했지만, 정작 배를 찾아낸 사람은 그들이었다. 어쩌면 그 배는 생물학자의 남편이 섬까지 가지 못했다는 증거에 불과한지도 몰랐다. 정확한 의미는 유령새로서도 알 수 없었다. 다만 그 배를 타면 섬으로 건너갈 수 있다는 점만은 분명했다.

"지금 배를 띄우면 딱 맞을 거예요."

"당장 건너잔 말입니까?"

컨트롤이 믿을 수 없다는 듯 말했다.

어쩌면 어리석은 생각일지도 모르지만, 유령새는 기다리고 싶지 않았다. 해가 완전히 질 때까지는 아직 한 시간 정도가 남아 있었다.

"그럼 오늘 밤에 여기서 해골들과 자는 게 낫겠어요?"

그녀는 컨트롤이 이제 잠을 그리 반기지 않으며 환각을 보기 시작했다는 사실을 알고 있었다. 유성은 하얀 토끼들로 변해 하늘을 가득 채웠고, 어둠이 자욱하게 번지며 토끼들의 뜀박질을 방해했다. 그녀만이 볼 수 있는 더 거슬리는 뭔가를 숨기기 위해, 그의 마음이 속임수를 쓰고 있는 건 아닐까 두려웠다.

"만약 이 짓을 한 녀석이 섬에서 왔다면 어쩔 겁니까?"

유령새는 지지 않고 되받아쳤다.

"그럼 그게 우리 뒤쪽 습지에 숨어 있다면 어쩔 건가요? 이 배는 바다를 건널 수 있고, 아직 시간도 충분해요."

"이 배가 여기서 우릴 기다리고 있다는 사실이 의심스럽지도 않습니까?"

"어쩌면 우리가 만난 최초의 행운일지도 모르죠."

"물속에서 뭐가 튀어나오기라도 하면 어쩔 겁니까?"

"그럼 다시 노를 저어서 돌아오죠. 아주 빨리요."

"대담하군요, 유령새. 아주 대담해요."

하지만 그녀 역시 두려웠다. 컨트롤과 같은 이유는 아니었지만.

그들이 넓은 만을 이루는 해변을 떠나 모래톱을 여러 개 지나는 동안 해가 저물기 시작했다. 바다는 짙은 황금색으로 빛났다. 하늘은 진한 분홍빛이었는데, 저 멀리부터 점점 청회색으로 땅거미가 지고 있었다. 머리 위로 펠리컨이 날아가고, 제비갈매기는 정확한 포물선을 이루며 하늘을 가로질렀다. 갈매기들이 맞바람에 아랑곳 않고 공중을 맴돌았다.

노가 물을 찰 때마다 튀어 오른 물방울이 작은 황금빛 소용돌이를 이루다 거친 물결 속으로 사라졌다. 유령새에게는 뭉툭하니 실용적인 배의 앞머리가 심각한 표정을 짓고 있는 것처럼 보였다. 마치 그들이 지금 중요한 사명을 수행하는 중이라고 주장하는 듯했다. 노를 젓는 두 사람의 호흡이 딱딱 맞아떨어지자 그녀는 다소 안도하는 마음이 들었다. 그들은 섬을 향해 노를 저어 갈 운명이었다. 여기, 바로 이 장소에서. 섬에서 생물학자와 그녀의 남편을 찾을지도 모른다는, 그들과 마주하게 될지도 모른다는 사실이 주는 긴장감도 지금 이 순간에는 잊혔거나 바닷물 속으로 가라앉아 사라진 듯했다.

녹색의 길고 넓은 섬에는 몇몇 높이 자란 나무들이 하늘을 찌를 듯한 등대의 부서진 첨탑과 함께 서 있어서 들쭉날쭉하고 어수선해 보였다. 고요하게 미동도 않는 하늘과 쉴 새 없이 움직이는 바다 사이에 갇힌 섬의 형체는 열기를 내뿜기라도 하듯 일렁이고 있었다. 섬에 접근하기 위해서는 뒤틀린 소나무가 자라는 한 무리의 작고 초라한 섬들을 지나야 했다. 마치 경비 초소처럼 보이는 섬들의 윤곽은 굴의 서식지인 검은 바위들까지 이어졌고, 죽은 조개껍질들이 놀랄 만큼 환한 무지갯빛을 발했다.

두 사람은 말이 없었다. 심지어 갑자기 수심이 얕아져 방향을 틀어야 했을 때나, 파도가 거세져 노를 더 강하게 저어야 했을 때조차 아무 말도 하지 않았다. 컨트롤의 끙끙대는 신음과 노 젓는 박자에 맞춰 들리는 유령새의 거친 숨소리, 그리고 이따금 노가 뱃전에 부딪히는 소리가 전부였다. 컨트롤의 땀과 바닷물의 소금기에서 비롯한 톡 쏘는 냄새는 성실한 노력의 향기였다. 노를 밀 때면 삼두근에 압박이 느껴졌고 다시 당길 때에는 팔뚝이 저렸다. 조금 지나서 느껴지는 기분 좋은 통증은 유령새에게 적어도 이 노력이 진짜라는 사실을 알려 줬다.

빛이 시들어 가고 바다가 금빛으로 빛나자, 물에 비친 배의 그림자는 남색의 파도와 하나가 되었다. 해가 저물자 유령새의 가슴속에서 뭔가가 풀어지는 느낌이 들며 노를 젓는 움직임이 더 편하면서도 강해졌다. 그러자 컨트롤이 얼굴을 찌푸리며 그녀를 쳐다봤다. 유령새는 탐색하는 듯한 그의 시선을 느끼고 이따금 그 시선을 누그러뜨리거나 중화하려는 듯 몸을 돌렸다.

밤이 깊어지면서 무너진 등대가 점점 크게 다가왔다. 바람과 세월 그리고 폭풍에 부서지고 망가진 상태로도 등대는 두 사람에게 길잡이가 되었다. 유령새가 무시할 수 없는 생동감이 느껴졌다. 거기에는 숭고하기까지 한 무언가가, 추위와 그림자와 나무들에 대한 무언가가 있었다. 그리고 이 장소가 아직 존재한다는 사실이 유령새를 슬프게 하는 한편으로 예기치 못한 뿌듯함을 느끼게 했다. 생물학자는 여기까지 왔을까? 왔다면 자신과 같은 기분을 느꼈을까? 유령새는 아닐 거라는 생각이 들었다. 생물학자라면 우선 이 주변을 관찰했을 터였다.

섬과 바다가 만나는 어두운 지점에 선착장의 모습이 보였다. 선착장은 기울어져 오른쪽 절반이 물속에 잠겼고, 양쪽 끝에는 부서진 시멘트 조각이며 돌덩어리가 널려 있었다. 주위에 달리 배를 댈 만한 해변은 눈에 띄지 않았다. 한참 서쪽에 마치 웃을 때 올라가는 입꼬리처럼 하얀 자국이 어렴풋이 보일 뿐이었다.

등대에 불빛은 없었지만, 밤을 보내기 위해 나무 위에 자리 잡은 새 떼가 파도 소리와 겨루기라도 하듯 시끄럽게 울어 댔다. 머리 위를 맴도는 박쥐들은 술에 취한 조종사가 운전하는 비행기처럼 위태롭고 예측 불가능한 궤적을 그리며 별빛을 가렸다.

"누군가 우리를 지켜보고 있는 것 같은 느낌이 들지 않아요?"

유령새가 속삭였다.

"아니, 안 듭니다."

컨트롤의 목소리는 여기까지 오는 내내 떠들어 대기라도 한 것처럼 쉬어 있었다. 아마 소금기가 가득한 바람 때문일 터였다.

"**난** 누군가 우리를 지켜보고 있다는 느낌이 들어요."

"새. 박쥐. 나무겠죠."

하지만 너무 강하게 부정하는 어조였다. 실은 컨트롤도 자신들을 지켜보는 것이 그저 새와 박쥐, 나무뿐이라고 생각하지는 않았다.

배를 선착장에 묶는 동안에도 파도가 철썩이며 밀려왔다. 선착장에 올라서니 판자들이 삐걱대는 소리를 냈다. 나무에 앉아 있던 이름 모를 새들은 조용해졌지만, 등대 주변의 웃자란 잡초들 속 여기저기서 울음소리가 들려왔다. 그 너머 잡목들 사이로는 제법 큰 네 발짐승이 발소리를 내며 돌아다녔다. 머리 위로는 거의 형광빛으로 보일 만큼 창백한 색을 띤 등대의 첨탑이 마치 우주의 중심이라도 되는 듯 어두운 하늘을 배경으로 우뚝 솟아 있었다.

"오늘은 등대에서 잘 거예요. 아침에 일어나서 주변을 둘러봐요."

바다 위보다는 따뜻했지만 여전히 추운 날씨였다.

별빛 아래 길게 자란 잡초 사이로 작고 오래된 길이 나 있었다. 컨트롤이 그 사실을 놓칠 리 없다는 점은 유령새도 알고 있었다. 길 위에는 잡초가 없는 걸로 봐서 사람들이 정기적으로 다니거나 누가 관리를 하는 모양이었다.

컨트롤이 고개를 끄덕였지만 어두워서 표정은 읽을 수 없었다. 그는 바닥에 있던 막대기를 하나 주워 들고 휘둘러 봤다. 두 사람 모두 총은 가지고 있지 않았다. X구역의 비정상적인 영향에 대해 알고 있었기에 손전등을 제외한 현대적인 장비는 모두 오래전에 버렸다. 그 손전등을 지금 켜는 건 영리한 생각이 아니었다. 유령새는 가지고 있던 사냥용 칼을 꺼냈다.

등대의 문은 육지 방향으로 나 있었고, 그 앞에 작은 길이 이어졌다. 원래 달려 있던 문은 없어졌는지 커다란 나무판자를 대신 가져다 놓았는데, 자세히 보니 헛간이나 다른 건물의 문을 떼어 낸 것 같았다. 두 사람은 문을 겨우 옆으로 옮긴 다음 문턱에 섰다. 안쪽에서 나무 썩는 냄새가 풍겼지만 예상만큼 오래 묵은 느낌은 아니었다.

유령새가 안으로 들어가 성냥을 켜자, 일렁이는 그림자 사이로 거대한 와인 병따개처럼 나선을 그리며 천장의 거대한 구멍을 향해 올라가는 계단이 보였다. 운이 좋다면 불안정한 정도겠지만, 최악의 경우에는 층계가 무너져 내릴지도 몰랐다.

그녀의 생각이 훤히 들여다보인다는 듯이 컨트롤이 말했다.

"우리 체중 정도는 견딜 수 있을 겁니다. 지지하는 벽이 거의 모든 하중을 감당하는 구조니까요. 하지만 정말 낡긴 했군요."

유령새가 고개를 끄덕이며 드러난 철골을 바라봤다. 그 뼈대가 그녀에게 자신감을 약간 불어넣었다.

성냥불이 꺼졌다. 유령새가 하나를 더 켰다.

등대의 1층 바닥은 낙엽과 나뭇가지로 뒤덮여 있었고, 뒤쪽의 보이지 않는 공간에 작은 방들이 줄지어 늘어선 구조였다. 원래 깔려 있던 바닥재를 누군가 억지로 뜯어내서 콘크리트가 그대로 드러나 있었다.

성냥불이 다시 꺼졌다. 유령새는 어떤 소리를 들었다.

"무슨 소리죠?"

"바람 소리 아닌가요?"

하지만 컨트롤도 확신하지 못하는 것처럼 보였다.

유령새가 또다시 성냥을 켰다.

아무것도, 아무도 없었다.

"바람 소리였군요." 컨트롤이 안도하며 말했다. "그냥 여기서 잘까요 아니면 뒤쪽의 방들도 살펴봐야 할까요?"

"살펴보죠. 나중에 놀라긴 싫으니까요."

층계에서 내려오는 바람에 성냥불이 꺼졌다.

"성냥불이 좀 더 오래 가게 할 필요가 있어 보입니다."

컨트롤이 투덜거렸다.

다시 성냥불을 붙인 유령새가 비명을 질러서 곁에 있던 컨트롤도 깜짝 놀랐다.

나선형 계단의 중간쯤에 그림자 하나가 소총으로 두 사람을 겨눈 채 앉아 있었다. 곱슬머리를 짧게 자르고 단단한 체격에 군복 차림을 한 흑인 여성이었다.

"어서 와요, 컨트롤."

유령새를 무시한 채 여성이 말했다.

유령새도 서던 리치에서 처음으로 사후 보고를 할 때 그녀를 만난 적이 있었다.

그레이스 스티븐슨 부국장이었다.

0009: 국장

동부 해안의 우울한 부분에 자리한 로우리의 비밀 기지. 자갈로 뒤덮인 해변과 누렇게 변한 잡초에 둘러싸인 이 건물은 오래된 군사 기지 자리에 세워져 있다. 로우리는 여기서 사람들이 세뇌라고 부르는 신경 조종 기술을 연마했다. 자신이 지휘하고 통솔해서 이끼로 뒤덮인 언덕을 파낸 뒤, 70년도 더 전에 퇴역한 지뢰들과 녹슨 포좌들이 잔디 위에 나뒹구는 이상한 나라의 왕으로 군림했다. 로우리는 X구역에 있는 등대와 탐험대의 베이스캠프뿐 아니라 '지형적 변이'로 알려진 동굴도 모형으로 재현했다. 당신은 거기로 불려 가기 전부터 그 사실을 이미 알고 있었다. 상상 속의 가짜 등대와 베이스캠프는 보기도 전부터 불길하게 느껴졌고, 심지어 어떤 불가사의한 영향력을 미치는 듯했다. 하지만 막상 로우리와 나란히 서서 커다란 착색유리 너머로 펼쳐진 그 풍경을 보자니 오히려 영화 세트를 구경하는 듯한 기분이 든다. 로우리가 자신의 편집증적인 공포를 불어넣거나 거기 얽힌 이야기를 투사하지 않는 한, 모형들은 어떤 활기도 느껴지지 않는 물체들의 집합에 불과하다. 아니, 영화 세트조차도 아니라고 당신은 생각한다. 그보다는 겨울이 되어 철이 지나 버린 해변의 카니발에 더 가깝다. 외로움을 노래하는 시의 배경으로 어울릴 법한 장면이다. 이것들에 둘러싸여 지내는 로우리는 얼마나 외로울까?

"앉게, 마실 거라도 좀 가져오지."

로우리다운 태도다. 하지만 당신은 예의 바르게 음료를 거절하고, 자리에 앉지도 않은 채로 해변과 바다를 바라본다. 잿빛으로 흐린 날이고 일기 예보에서는 눈이 온다고 했다. 연안의 오염 물질 때문인지 바닷물 위에 기름기가 떠다니고 약한 태양빛이 무지개색으로 흩어진다.

"안 마신다고? 뭐, 어쨌든 가져와는 보지."

역시 로우리다운 행동이다. 당신은 조금 전보다 더욱 긴장한다.

당신은 좁은 방 안의 창가에 서 있다. 뒤쪽으로 기다란 연두색 소파 위에 주황색 쿠션들이 놓여 있다. 언덕의 곡선을 따라 기울어진 천장에는 아래를 향해 뛰어내리는 괴물처럼 생긴 도자기 전등 스무 개가 나란히 달렸다. 전등 불빛이 소파와 테이블, 그리고 나무 바닥에 동심원을 그리며 녹아든다. 방 한쪽을 전부 차지한 유리는 이쪽만 거울로 되어 있어 당신의 모습을 비춘다. 그 거울이 사실 이 장소는 응접실이 아니며 당신도 초대가 아니라 명령 때문에 여기 와 있다는 사실을 숨겨 준다. 이 방은 취조실이다.

로우리는 평소와 달리 예의 바른 태도로 소파 맞은편에 놓인 의자에 앉아서 유리 테이블 위의 그릇에서 얼음을 하나씩 주의 깊게 꺼내 유리잔으로 옮기고 있다. 그리고 조심스럽게 스카치 병을 열더니 유리잔에 손가락 두 개 높이 정도로 따른다.

로우리는 술을 따르는 작업에 집중하며 시간을 끌고 있다. 사자의 갈기 같던 금발이 이제는 은색으로 변했다. 단단하고 강인해 보이는 얼굴과 두꺼운 목이 잘 어울리는 사내다. 사람들은 그가 우주비행사나 옛날 영화배우처럼 생겼다고 말한다. X구역 탐사에서 돌아오자마자 촬영한 로우리의 사진을 한 번도 못 본 사람들이 하는 말이다. 탈수 상태로 면도도 하지 못한 얼굴에 아무도 가 본 적 없는 곳에서 미지의 공포와 마주했던 흔적이 그대로 드러난 사진이다. 그때에 로우리는 '명예로운 대원'으로 불렸으며, 카리스마 넘치고 직설적인 사람이었다. 약간 살이 찌고 배가 나온 지금도 그때의 매력적인 면모가 남아 있다. 작은 행성이 궤도를 벗어나듯이 한쪽 눈의 시야 가장자리에서 뭔가가 자꾸 끌어당겨서 눈동자가 초점을 잃고 따로 놀 때조차 마찬가지다. 밝고 날카로운 파란 눈동자. 눈동자 색이 지금보다 조금이라도 더 밝았다면 카리스마도 덜했을 것이다. 강직한 콧날과 단호한 턱 선에 비해 눈빛이 지나치게 차가웠지만, 나머지 환상을 깨뜨리지 않을 만큼의 다정함도 엿보인다.

"자, 이제 됐군."

술 한 잔을 따르는 일에 그토록 주의를 기울이며 신경 쓰는 로우리의 생소한 모습이 당신을 긴장시킨다.

로우리는 언덕 아래 숨겨진 방공호를 비밀 실험실로 바꿨다. 실험실 안에는 로우리가 상상해 낸 모든 고통을 견뎌 내야 하는 동물들이 가득했다. 심지어 로우리가 자신을 괴롭힌 자연에게 복수하려든다는 소문이 돌기도 했다. 신경 세포, 그리고 신경 세포의 연결과 그 접합 부위의 제어에 관한 실험들. 지루하고 말도 안 되는 종류의 일들이다. 로우리가 여름마다 가족과 지내던 저택이 바로 근처에 있다. 그러나 그가 네 번째 아내와 그 아이들을 데려와서 자신의 일터를 구경시켜 주는 일은 없을 터이다.

로우리는 평소에 어떤 취미 활동을 할까? 어쩌면 지금 이 순간이 취미 활동을 하는 중인지도 모른다.

값비싼 남색 양복을 차려 입고 끄트머리가 금빛으로 장식된 정장 구두를 신고 있는 로우리가 양손에 술잔을 들고 몸을 돌린다. 미소를 지으며 팔을 뻗는 그의 모습이 뒤쪽 거울에 반사되어 두 배, 세 배로 늘어 간다. 새하얗고 고른 치아. 정치인처럼 환한 미소. 위험한 미소다.

로우리의 동작이 너무 효율적이라서 손목이 움직이는 모습조차 보이지 않는다. 팔과 팔꿈치의 움직임이 너무나 간결해서 당신의 술잔이 날아오고 있다는 사실도 깨닫지 못한다.

로우리의 왼손에 들려 있던 술잔이 당신의 머리 바로 옆에서 유리창에 부딪혀 산산조각 난다. 술이 신발에 튀고 유리 조각이 무릎을 찌르지만, 당신은 로우리에게 시선을 고정한 채 몸을 웅크린다. 로우리의 오른손에 들린 잔 속의 술은 떨리지도 않는다. 하지만 당신 역시 마찬가지다.

로우리는 여전히 미소 짓고 있다.

그리고 말한다.

"이제 자네 술을 마셨으니, 빌어먹을 일 얘기를 해 볼까?"

당신은 불편하게 쿠션에 몸을 기댄 채 바깥의 바다와 등대를 향해 앉아서 바닥에 흩어진 술잔 조각들을 바라본다. 더 잘 깨지도록 로우리가 특수 제작한 술잔은 아닐까? 로우리는 포식자 같은 자세로 몸을 기울이고 앉아 있다. 당신은 꼼짝도 하지 않는다. 당신의 심장이 스스로도 해석할 수 없는 비밀스러운 암호와도 같은 박동으로 뛰고 있다. 술로 붉어진 로우리의 얼굴이 바로 앞에 있다. 두꺼운 어깨를 축 늘어뜨리고 뱃살을 무릎 위에 얹은 채 손에는 여전히 술잔을 들고 있다. 로우리의 부하 직원은 아무도 보이지 않지만, 이 방을 나서면 보안 요원이 대기하고 있다는 사실을 당신도 알고 있다.

"그래서 직접 들여다봐야겠다고 생각했나, 응, 신시아? 내 보안 코드를 이용하면 자네 상사 몰래 갔다 올 수 있다고 생각한 모양이지. 장막 뒤에 뭐가 있는지 직접 보지 않고는 견딜 수가 없었던 거야."

계획은 철저했고 잘못될 여지도 없었다. 경계를 넘어서 돌아온 뒤에라도 발각되지 않아야 마땅했다. 하지만 경계에 주둔하는 부대에 첩자가 있어서 로우리에게 보고가 들어갔다. 그레이스가 할 수 있는 일이라고는 당신이 가져온 것들에 과거 탐사대가 채취한 표본이라고 가짜 라벨을 붙여서 서던 리치의 창고로 빼돌리는 정도가 전부였다. 로우리는 당신을 이곳으로 데려오기 전에 우선 경계에 위치한 비밀 군사 시설에 억류했다. 휘트비는 취조를 당한 이후로 줄곧 가택 연금 상태였다.

"거기에 뭐가 있는지는 원래도 알고 있었습니다."

로우리가 경멸과 불신을 담아 크게 코웃음을 친다.

"전형적인 책상머리 앞의 관료로군. 보고서를 몇 편 읽고 나면 자기가 뭔가 안다고 생각하지."

로우리의 숨결은 달콤하다. 너무도 달콤해서, 그의 몸 안에서 뭔가가 상하고 있는 것 같다. 시선은 불안정하고 적대적이지만, 얼굴은 무표정하다. 술을 한 잔 더 마시면 무슨 짓이든 저지를 듯한 모습이다.

"그래서 경계를 넘어가 짧은 휴가라도 즐기고 온 건가? 해변에서 느긋하게? 자네 장난감인 휘트비와 무슨 짓이라도 할 작정이었나? 등대 계단에서 밀회라도 하려고?"

당신은 아무 대답도 하지 않는다. 본부는 로우리의 섬세한 면을 본다. 하지만 로우리가 자신을 어떻게 꾸미든, 당신은 그의 쓰레기 같은 모습을 본다.

"내게는 보고할 말이 없단 말이로군, 아무것도? 주석도? 추가로 설명할 내용도 없나?"

"이미 보고서를 제출했습니다."

그 말에 로우리가 의자에서 몸을 반쯤 일으키지만, 당신은 전혀 움직이지 않는다. 잊힌 해안에 살던 아홉 살 때에도 들개나 곰 앞에서 도망칠 만큼 어리석지는 않았다. 그 자리에 서서 놈들을 제압해야 한다. 때로는 으르렁거릴 필요도 있다. 그곳이 X구역으로 변해 다른 규칙이 적용되고 나서도 똑같이 행동할 수 있을까? 당신으로서는 알 수 없는 일이다. 당신은 괴상한 전등들의 불빛 아래에서 땀을 흘리고 있다.

"난 지금 자네 머릿속을 들쑤시지 않으면서 그 안을 들여다보려고 애쓰고 있는 중이야, 내 말이 무슨 뜻인지 알겠지. 왜 우리가 여기서 이런 이야기를 하게 됐는지 그 이유를 이해하려고 애쓰고 있기도 해. 본부가 당신을 해고하지 말아야 할 빌어먹을 이유를 찾아내려고 애쓰는 중이라고."

당신에게 스스로 불타 없어지거나 연기처럼 증발해 버리라는 명령을 내리기 위해, 본부라는 알이 열리고 있다. 하지만 로우리가 당신이 잘리지 않도록 막는 중이라면, 아직 일말의 희망이 있다.

"직접 가 보지 않고서는 사람들에게 계속해서 그곳으로 가라는 명령을 내릴 수 없었습니다."

당신은 다른 사람들만 그런 경험을 한다는 점을 참을 수 없었다.

"자네가 명령한다고? 자네가 아니라 내가 명령하는 거야. 그 점을 똑똑히 알아 둬."

로우리가 술잔을 쾅 하고 내려놓자 얼음 하나가 튀어 나와 바닥으로 떨어진다. 당신은 그 얼음을 다시 주워서 로우리의 술잔에 넣고 싶지만 그 충동을 겨우 참아 낸다.

"그리고 휘트비를, 자네의 그 초라한 탐사에 그 친구를 꼭 데려가야 했나?"

휘트비가 가고 싶어 했다고 밝힐 수도 있지만, 그랬을 때 로우리의 반응을 예측하기 어렵다. 휘트비는 언제나 로우리와 달랐다. 두 사람은 거의 비극적이라고 할 만큼 다른 종류의 생물이었고, 그래서 근본적인 견해 차이가 있었다.

"혼자 가고 싶지는 않았습니다. 지원이 필요했죠."

"내가 자네를 지원하는 거야. 게다가 부국장까지 관여시키다니, 그것도 잘했다고 생각하나?"

그레이스는 로우리를 싫어하는 것 같지만, 어째서인지 로우리는 그레이스를 반쯤 좋아하는 듯했다. 그레이스가 이 사실을 안다면 역겹다고 하겠지만.

"처음부터 끝까지 잘한 짓이 아니었습니다. 판단 착오였죠……. 하지만, 나 자신이 안전한 곳에 숨어서 사람들을 전쟁터로 내보내는 건 어려운 일입니다."

그레이스가 생각해 낸 방어 논리다. 매사를 단순화하고 오래된 방식을 고수하라.

"헛소리는 집어치워. 그레이스가 그렇게 말하라고 시키던가? 분명 그랬겠지."

아직 발견하지 못한 도청 장치가 더 있는 걸까 아니면 그냥 떠보는 소리일까?

다시: "우리는 보고서를 제출했습니다."

그 보고서를 가지고 있는 건 로우리뿐이다. 경계에서 근무하는 군대 사령관도 이번 일에 대해 알지만, 로우리의 요청에 따라 그레이스가 서던 리치에는 알려지지 않도록 막았다. '사기 저하를 막고 보안을 철저히 하기 위해' 최종 결정도 연기되고 있다. 공식적으로 당신은 장기 휴가 중이며, 휘트비는 휴직 상태로 되어 있다.

"보고서 따위는 집어치워. 자네는 내게 휘트비의 존재를 숨기려 들었지." 엄밀히 말해서 그렇지는 않았다. "게다가 자네의 발견들은 엉성하고 불완전해 보여. 거기서 거의 3주를 보내 놓고 보고서는 네 페이지짜리라고?"

"아무런 특이한 일도 없었습니다. 내 생각에는 말입니다."

"생각 같은 소리 하고 있군. 거기서 휘트비가 뭘 봤지? 진짜로 뭐가 있었던 건가, 아니면 또 다른 빌어먹을 환각이었나? 거기서 자네에게 무슨 일이 벌어질 수도 있었는지 알고 있나? 자네가 뭘 들쑤실지도 몰랐는지 알고 있냐고?"

"알고 있습니다."

장난감 등대가 갑자기 살아난다.

로우리가 속삭이기 위해 몸을 앞으로 숙이자 다시 그 상한 듯한 달콤한 향이 풍겼다.

"뭐가 웃긴 줄 아나? 빌어먹을 뭐가 웃긴 줄 알아?"

"모릅니다."

올 것이 왔다. 로우리는 명절에 만나는 할아버지처럼 군다. 만날 때마다 같은 이야기를 되풀이하는 것이다.

"예전에 말이야. 그때 자네가 잘못 생각했다는 거지. 면접에서 늙은 에스 아르에게 솔직히 고백했어도 괜찮았을지 몰라. 그래도 서던 리치에 들어올 수 있었을 거라고. 예전 국장을 고려하면 충분히 가능한 일이지. 그 작자는 특별한 실험실 동물에 역겨운 집착을 가지고 있었으니까. 당신은 특별하고 커다란 흰 토끼가 될 수 있었겠지. 물론 국장 자리까지 가지는 못했을 거야. 하지만, 빌어먹을, 그 자리는 뭣 같잖아, 안 그래? 이제는 자네도 알게 됐겠지. 그리고 앞으로 더 잘 알게 될 거야. 문제는 지금까지, 너무 오래 사기를 쳐 왔다는 거야. 그러니 이제 우리가 어째야 하겠냔 말이지."

당신의 관점에서는 과거보다 현재가 더 문제다. 조금이나마 로우리를 제어하고 영향력을 행사할 수 있던 시기는 이제 영영 지나가 버렸다. 본부로 승진해서 살아 있는 성인(聖人) 대접을 받기 시작한 이후 줄곧 로우리는 완전히 당신의 손이 닿지 않는 곳에 있다.

당신의 아버지는 정부와 관련된 일이라면 편집증적으로 굴었고, 파트타임 바텐더로 일하면서 이따금 의심스러운 거래에 손을 대기도 했다. 말하자면 질 낮은 사기꾼이었다. 아버지는 문제에 휘말리기 싫어서 정부와 관련되는 일을 극도로 피했다. 그래서 당신 어머니가 죽었을 거라는 이야기나, 당신이 잊힌 해안으로 돌아갈 수 없다는 말도 어쩔 수 없는 상황이 올 때까지 알려 주지 않았다. 어머니를 위해서라며 누군가 그녀에 대해 물어보면 애매하게 대답하라고 당신에게 일러 두기까지 했다. 아버지는 어떤 식으로든 자신의 '모험적인 사업'이 남들에게 조명되기를 원하지 않았다.

"넌 아직 어려서 모른다." 언제나 똑같은 설교였다. "하지만 정치인들은 항상 뭔가 수작을 부리지. 정부란 결국 날강도 무리거든. 그래서 도둑을 잡으려고 그렇게 열심인 거야. 도둑들은 경쟁을 싫어하니까. 그저 잘못된 시기에 잘못된 장소에 있었다는 이유만으로 한평생 감시를 당하면서 살기는 싫겠지?"

결국 아버지가 어머니의 죽음에 대해 말해 줬을 때, 당신은 한 달 내내 울었다. 아버지의 표정에 드러난 거친 경고에도 아랑곳 않았다. 늘 경계하며 옮겨 다녀야 하는 사정 때문에 침묵의 가치에 대해 세뇌를 당했는데도 당신은 울음을 멈추지 않았다.

시간이 흐르면서 어머니에 대한 기억도 희미해졌고, 어떤 장면이

나 기억이 떠올라도 그게 실제로 있었던 일인지 아니면 아버지가 옷장의 신발 상자에 넣어 둔 사진을 봤던 건지 분명하지 않았다. 하지만 당신이 기억을 잃어버리지 않으려고 애썼는지 확신할 수는 없다. 당신은 어머니가 술잔을 들고 앞마당에서 친구들과 찍은 사진을 들여다보면서도, "날 잊지 말거라."라고 말한 사람이 어머니라고 상상하면서도 계속해서 떠오르는 건 등대지기의 얼굴이라는 사실에 부끄러움을 느꼈다.

망설이던 당신은 곧 결심을 굳히고 독자적인 조사를 시작했다. 당신은 서던 리치의 존재를 알게 되었고, 그 조직이 이제는 X구역으로 알려진 잊힌 해안의 '환경 재앙'을 해결하기 위해 설립되었다는 사실도 들었다. 책이나 신문, 잡지, 인터넷에서 수집한 자료를 모아 놓은 스크랩북은 열어 보기도 힘들 만큼 두꺼워졌다. 음모 이론이 파다했고 정부의 공식 해명을 재구성한 추측도 무성했다. 하지만 진실은 언제나 모호했고, 당신이 실제로 목격한 일들이나 등대 관리인이 다른 모습으로 변했던 일과는 아무 상관도 없는 이야기만 떠돌았다.

대학생이 되고 나서 첫해에 당신은 무슨 일을 하든 서던 리치에 들어가야겠다고 생각했다. 그래서 이름을 바꾸고, 과거를 조작하기 위해 사립 탐정도 고용하고, 학위도 땄다. 당신은 인지심리학을 전공하고 조직심리학을 부전공으로 삼았다. 사랑하지도 않는 남자와 결혼해서 15개월을 살다가 이혼한 뒤 5년 가까이 상담사로 일하면서 서던 리치에 적합할 법한 내용을 꾸민 이력서를 본부에 계속 제출했다.

해군 출신이었던 당시의 국장은 모든 사람들의 사랑을 받았지만, 그리 철저한 인물이 아니어서 당신을 직접 면접하지도 않았다. 당신을 면접한 것은 로우리였다. 그때 로우리는 서던 리치에 남아서 자기 나름대로 일을 꾸미고 있었다. 그는 편법으로 권력을 얻는 방식을 좋아했다. 로우리의 사무실에서 정식 면접을 마친 뒤, 당신은 정원 한쪽에서 또 다른 면접을 봐야 했다.

"여긴 도청당할 염려가 없지."

로우리가 말하자 머릿속에서 경보가 울렸다. 아버지의 나쁜 친구들처럼 로우리가 어떤 제안을 하려고 한다는 생각이 들었다. 그의 예의 바른 행동과 멋진 양복, 자신만만한 태도 뒤에서 뭔가가 당신에게 경고를 보냈다.

하지만 로우리는 더 장기적인 계획을 염두에 두고 있었다.

"내가 사람을 시켜 자네 뒤를 알아봤어. 자신을 감추려고 열심히 노력했더군. 뭐, 그 노력에 B를 주도록 하지. 초보자치고는 나쁘지 않았어. 하지만 결국 내가 알아냈고, 그 말은 본부에서도 알아낼 수 있었다는 뜻이지. 내가 자네의 과거를 숨겨 주지 않았다면 말이야. 자네의 과거 중에 남아 있는 부분이라고 해야 할까?"

환한 미소와 다정한 말투는 스포츠에 대해 잡담을 나누거나, 눈앞의 습지에 대한 설명이라도 하는 것처럼 보였다.

당신은 로우리의 말을 자르고 묻는다.

"나에 대해 알릴 생각인가요?"

목이 말랐다. 조금 전보다 주위가 더워진 듯한 기분이 들었다. 늘 미소와 입맞춤을 날리며 허세를 부리지만, 결국 별 볼 일 없는 사기 사건으로 감옥에 갇혔던 아버지의 기억이 떠올랐다. 결국 언젠가는 들키게 마련이고 누군가는 늘 알고서 지켜보고 있다는 생각이 들었다.

로우리가 키득대며 웃었다. 당신은 그의 결점에도 불구하고, 당시에는 세련돼 보였던 무언가에 겁을 먹고 있었다. 그가 내비치는 열정. 정장을 걸친 모습. 당신이 보고 싶어 했던 것들을 이미 목격했고 당신이 그토록 가고 싶어 하는 장소에 다녀왔던 사람의 경험이 드러난 표정.

"알린다니, 글로리아…… 아니지, 신시아. 자네에 대해 알린다고? 누구에게 말인가? 가짜 이름과 신분을 추적하는 사람들에게? 잊힌 해안의 진실을 찾는 사람들에게? 아니, 그럴 생각은 없어. 자네에 대해서 누구에게도 말하진 않을 거야."

입 밖에 내지는 않았지만 이렇게 들린다. 나 혼자 알고 있으면서 아껴 둘 생각이라고.

"원하는 게 뭐죠?"

당신이 물었다. 쓸데없는 소리는 집어치우고 곧바로 본론으로 들어가곤 하는 아버지의 성격을 닮아서 다행이라는 생각이 처음으로 들었다.

"뭘 원하냐고?" 로우리의 말은 솔직하게 들렸다. "아무것도. 최소한 아직까지는, 아무것도 원하지 않아. 사실 이건 자네를 위해서야…… 신시아. 난 자네를 데리고 들어가서 고용하라고 추천할 생각이거든. 자네가 본부에서 훈련을 제대로 통과하면, 그때 다시 만나도록 하지. 나머지 일들은…… 우리 사이의 작은 비밀로 남겨 두는 편이 좋겠어. 엄밀히 말해서 작은 비밀은 아니지만."

"왜 그렇게 해 주겠다는 거죠?"

당신은 믿을 수가 없어서 그렇게 물었다.

로우리가 윙크를 해 보였다.

"아, 난 X구역에 가 봤던 사람들만 신뢰하거든. 설사 X구역이 생기기 전이었다고 해도 말이야."

처음에는 나쁜 거래가 아니었다. 로우리가 원한 대가는 당신이 잊힌 해안에서 보낸 마지막 시기에 대한 이야기를 그에게만 털어놓는 것이 전부였다. 등대 관리인, 강령술과 과학 협회 같은.

"그 남자와 여자에 대해 자세히 말해 봐."

로우리는 헨리와 수전에 대해 물었다. S&SB에 대한 로우리의 질문은 마치 이전에 들어서 알고 있는 이야기의 조각들을 끼워 맞추려는 시도처럼 느껴졌다.

몇 달 동안 당신이 마지못해 들어주는 부탁의 수가 점점 늘어났다. 이 일을 도와라 혹은 저 계획이나 제안을 지지해라 같은. 당신의 권한이 더 커지자, 특정 사안을 밀어붙이거나 저지하는 일까지 떠안

게 되었다. 당신은 그중에 과학 부서와 관련된 특정 위원회에 대한 사안들, 그리고 서던 리치 내에서 본부의 영향력을 축소시키기 위한 작업이 주를 이룬다는 사실을 깨달았다. 이 모든 일들이 느리고 교묘하게 진행됐기에, 당신은 그런 음모가 일상적인 업무 중 하나로 여겨질 만큼 발을 깊이 담그고 나서야 사태의 심각성을 깨달았다.

결국 로우리는 당신이 국장이 될 수 있도록 조력했다. 서던 리치에 들어왔다는 것은 신비한 야수의 심장 고동을 듣도록 허락된 것과 흡사했다. 하지만 국장이 된다는 것은 그보다 더 가까이 다가가는 일이었다. 무섭도록 가까이 다가가서 좁은 사무실 안에 갇혀 버렸고, 적응할 시간이 필요했다. 동시에 로우리에게 이용당하는 시간이기도 했다.

책상 위에 던져 놓은 것들은 X구역의 최근 위성사진들이었다. 높은 비율로 축소된 8.5×11인치 규격의 번쩍거리는 사진들 속에는 풍부한 자원들이 고스란히 찍혀 있었다. 유령 사냥꾼들이 촬영한 사진에서 흔히 볼 수 있는 흐리게 손상된 부분들을 제외하면 지극히 평범한 사진처럼 보였다. 그리고 이 흐린 부분들이야말로 변화의 분명한 증거였다. 어째서인지 서던 리치는 거짓을 판별해 내는 능력조차 잃어버리고 있는 듯했다.

"악은 선과 나란히 나아간다. 하지만 이런 말은 X구역 안에서는 아무런 의미도 없지. 혹은 X구역을 향해서도. 그러니 인식할 수도 없는 적을 좇고 있는 우리에게 적용할 수 있는 말은 아니지 않을까? 무의미한 맥락에 대해서는 우리 역시 의미를 부여하지 말아야 해. 살아남고 싶다면 말이야."

당신에게서 대답을 기대하는 말은 아니다. 로우리는 그저 두 번째 잔을 채우는 동안 개똥철학을 늘어놓고 싶었을 뿐이다. 어차피 당신은 뭐라 대꾸할 말을 찾기 어렵다. 왜냐하면 로우리를 **무심한** 사람으로 여긴 적도 없고, 그의 행동이 무의미하다고 생각했던 적도 없기 때문이다. 지금 로우리의 언동은 언제나처럼 자신감을 드러내 권위를 확립하려는 수작의 일부일 뿐이다.

로우리는 이미 당신에게 최면을 걸겠다고 위협한 적이 있다. 하지만 당신이 로우리가 벌이는 실험의 경계 안에 속한 채로 지내면서 얻은 한 가지는, 그가 당신에게 최면을 걸지 못하도록 한 일이다. 당신은 언제나 로우리에게도 한계는 있을 거라는, 그가 절대 건드릴 수 없거나 윗선의 지지 없이 마음대로 움직일 수 있는 인물은 아닐 거라는 희망을 품었다. 로우리의 행동에서는 분명히 더 큰 권한을 가진 누군가의 의도와 개입이 드러났다.

이제 당신은 막다른 골목에 몰린 것처럼 보인다.

그때 로우리가 당신을 놀라게 한다.

"자네에게 이 일과 관련된 사람을 하나 소개하고 싶군. 재키 세브란스, 자네도 이미 아는 이름일 거야."

전혀 예상하지 못한 이름이다. 하지만 이쪽에서는 거울로만 보이는 유리창 너머에서 로우리의 조수 메리 필립스의 안내를 받아 그녀가 나타난다. 자신의 구두 굽이 깨진 유리 위를 밟고 있다는 사실도 모르는 듯하다. 재키 세브란스는 언제나처럼 흠잡을 데 없는 옷차림이고 여전히 스카프에 집착하고 있다.

그녀가 지금까지의 대화를 모두 들었을까? 전설적인 잭 세브란스 왕조의 후계자. 재키가 서던 리치를 떠난 건 약 15년 전의 일이다. 비록 모자란 아들을 여러 차례 구하느라 체면을 구겼지만, 그녀는 본부라는 우주에서도 여전히 밝게 빛나는 별이다. 무법자인 로우리와 내부자라고 할 수 있는 세브란스는 어울리지 않는 조합이다. 재키는 은색 알을 손에 쥔 채 쓰다듬고 있으며, 로우리는 보이지 않는 망치로 그걸 부수려 든다.

어떻게 된 영문일까? 로우리가 그녀의 약점을 쥔 걸까 아니면 그 반대일까?

"재키는 이 일에 대해 내게 충고를 하고 있지. 앞으로는 그녀도 직접 **관여**하게 될 거야. 최종 결정을 내리기 전에 보고서 내용을 재키에게 빠짐없이 다시 들려주길 바라. 경계 너머에서 있었던 모든 일에 대해서 말이야. 마지막으로 한 번만 더."

세브란스는 악어처럼 미소를 지으며 당신 옆의 소파에 앉는다. 로우리가 그녀에게 줄 술을 준비하기 위해 일어선다.

"형식은 상관없어요, 신시아. 순서도 마찬가지고요. 그저 당신이 원하는 대로 말하면 돼요."

"친절하시군요, 재키."

친절과는 거리가 먼, 그저 다른 버전의 이야기를 듣고자 하는 시도일 뿐이다. 그 시도가 이 면담을 이미 결과가 정해진 일종의 의식처럼 만든다.

결국 당신은 세브란스에게 처음부터 다시 보고를 시작한다. 세브란스는 때때로 질문을 하기 위해 당신의 이야기를 중단시키지만, 그녀에게 기대했던 만큼 날카로운 질문은 아니다.

"다른 곳은 가지 않았나요? 지름길이나 샛길 같은?"

"샛길요?"

"별로 상관없어 보이는 일은 빠뜨리기 쉬우니까요."

언제나처럼 가식적인 미소.

당신은 대답조차 하지 않는다.

"돌아올 때 가지고 온 물건이 있나요?"

"다른 탐사대와 마찬가지로 과거 대원들의 장비를 수거해 왔습니다."

당신과 휘트비가 입을 맞춰 둔 이야기다. 식물과 전화기를 본부에 빼앗기지 않고 서던 리치에서 실험하고 싶었기 때문이다. 전문가는 본부가 아닌 당신이다.

"등대에 있던 일지들을 보고 뭘 느꼈나요? 그것들이 그렇게 쌓여 있는 모습을 보고, 어떤 인상을 받거나 뭔가 생각이 떠오른 게 있나요? 너무 막연한 질문일지도 모르지만 말이에요."

당신은 별다른 느낌은 없었다고 대답한다. 그것들은 그저 일지일 뿐이었다. 당신은 거기에 가고 싶지 않고, 아직 당신 여행의 마지막에 등대에서 있었던 일들을 되새기고 싶지도 않기 때문이다.

"그리고 거기에 어떤 이상한 것도 없었단 말이죠?"

"없었습니다."

당신은 동굴 안의 위험에 대해 단순한 이야기를 꾸며 내서 말한다.

잠시 후, 세브란스가 여자들끼리 비밀을 나누자는 듯 몸을 기울이며 속삭인다.

"글로리아. 신시아. 왜 그런 짓을 한 거죠? 진짜로 말이에요."

로우리가 방 안에 없기라도 한 것 같은 말투다.

당신은 어깨를 으쓱해 보이며 고통스러운 미소를 짓는다.

보고가 끝나자, 세브란스가 웃으며 말한다.

"우리 모두 이 일이 '일어나지 않았던' 걸로 처리하고 넘어가는 것도 가능해 보이네요. 그렇게 된다면 당신은 로우리에게 감사해야 할 거예요."

하지만 당신의 팔에 올려진 그녀의 손은 '내가 도왔다는 사실을 잊지 말아요.'라고 말하는 듯하다. 세브란스는 휘트비가 비공식적인 정신 감정을 별 탈 없이 통과한다면, 그 역시 서던 리치에 남을 수 있을 거라고 말한다.

"하지만 당신이 휘트비의 보증인이 되어야 해요. 이제 휘트비는 당신이 책임지는 거죠."

애완동물을 기르고 싶다고 조르는 어린아이가 된 기분이다. 경계의 새로운 사령관은 로우리가 직접 임명할 예정이다. 누가 되든 로우리와 세브란스 두 사람의 지휘를 받게 될 것이다. 그리고 로우리의 표현에 따르면 '자네와 휘트비뿐 아니라 누구라도 경계를 몰래 넘나드려는 멍청한 놈들을 다시 생각하게 만들' 새 규정도 만들어질 것이다.

무의미한 겉치레 인사를 몇 마디 남기고, 재키는 도착할 때와 마찬가지로 신속하게 방을 빠져나간다. 만남이 너무 짧아서 당신은 그녀가 당신을 만나는 일 외에 또 무슨 용건 때문에 여기까지 왔는지 궁금하게 여긴다. 재키가 덫에 제 발로 걸어 들어온 걸까 아니면 덫에 걸린 사람은 로우리일까? 당신은 재키가 서던 리치를 방문했던 정확한 날짜를 기억하려고 애쓴다. 그녀의 임무와 역할, 그리고 언제 어디에 있었는지 등의 정보를 떠올린다. 보이지 않지만 반드시 **알아내야 할** 어떤 수수께끼가 있다는 생각이 든다.

두꺼운 눈송이가 내리며 잔디와 지뢰, 좁은 오솔길을 하얗게 뒤덮는다. 로우리는 자신의 비밀 기지 한복판에 서서 바다를 내려다보고 있다. 당신이나 로우리의 계획에 아무런 관심도 없는 갈매기들은 탐사대들이 진짜 등대에 속았던 것처럼 가짜 등대에 이끌려 근처로 모여든다. 창 바깥에서는 재키가 바닷가 바위 사이를 거닐며 누군가와 통화를 하고 있다. 로우리는 그런 재키를 발견하지 못하고 유리창에 비친 자신의 모습만 쳐다본다. 그리고 재키는 유리창에 비친 로우리의 그림자 안에 갇힌다.

로우리가 주먹으로 유리창에 비친 자신의 가슴을 내리친다.

"이제 내가 원하는 걸 말해 주지. 다음번 탐사대는 본부가 아닌 여기로 와야 해. 그들은 여기서 훈련을 받게 될 거야. X구역이 반응하길 바란다고? 뭔가가 변화하길 바란다고? 내가 그렇게 만들어 주지. 가시가 달린 꼬리를 X구역의 머리 깊숙이 박아 주겠어. 그러면 거기에서 피가 나겠지. 그러면 적도 우리가 저항하고 있다는 걸 알게 될 거야. 우리가 놈을 겨누고 있다는 걸 말이야."

어떤 흔적은 금방 사라진다. 어떤 흔적은 찾아내서 쫓아갈 때까지 긴 시간이 걸린다. 세브란스가 등대 근처의 검은 바위 위를 걷는 모습을 보자, 당신은 소름 돋는 기분이 되어 이렇게 말하고 싶어진다. '그건 **내 거**야, 당신 게 아니라.'

로우리는 여전히 당신 앞에 버티고 서서 앞으로 무슨 일이 벌어질지, 자기가 어떻게 그렇게 만들지 떠들어 댄다. 당연히 그는 더 많은 통제권을 가지고 싶어 한다. 당연히 그는 원하는 것을 손에 넣을 터이다.

하지만 이제 당신도 전에는 추측만 했던 사실을 알고 있다. 엄포를 놓는 로우리 역시 그와 당신 두 사람의 운명이 뒤얽혀 있다는 점을 느끼고 있다는 걸. 그 어느 때보다 자기가 당신에게 얽매여 있다는 점을 느낀다는 걸.

여섯 달 뒤면 서던 리치로 돌아갈 수 있다. 아무도 당신이 왜 그토록 오랫동안 자리를 비웠는지 모를 테고, 그레이스 또한 직원들에게 아무 말도 하지 않을 것이다. 그레이스는 임시 국장으로서 '그 이유를 생각해 볼 여유가 없을 만큼' 직원들을 몰아붙이겠다고 약속했다.

집에서 정직 기간을 보내는 동안, 큰 키에 엄격한 표정을 한 흑인 여성인 그레이스의 모습이 상상 속에서 떠오른다. 흰색 실험 가운을 입고, 장교처럼 삼각 모자를 쓰고 손에는 검을 들고 있는 모습. 그녀는 조각배의 앞머리에 타고 전략적으로 중요한 강을 건너고 있다. 그 모자를 벗고 배에서 내려와서 조종간을 당신에게 넘겨야 할 때가 오면 그녀는 어떤 기분이 들까?

병원에 다녀오거나 장을 보고 저녁식사를 준비하고 나면, 밤마다 희미하게 찾아오는 생각이 있다. 내가 진정으로 속한 세계는 어디일까? 1차 탐사대의 비명과 한데 섞여 버린 휘트비의 비명이 들리는 등대의 세상일까, 아니면 통조림 수프를 찬장에 쌓아 두고 있는 세상일까? 두 세계에 동시에 존재할 수 있는 걸까? 그게 가능하다면, 당신은 두 세계에 존재하고 싶은가? 그레이스가 전화를 걸어 어떻게 지내는지 묻는다면, 당신은 어떻게 대답해야 할까? '평소와 똑같다'고? 아니면 '끔찍해, 별 이유도 없이 시신을 부검하고 또 부검하는 일의 반복 같다'라고?

치퍼스 바에 앉아 있는 것. 그것만은 다시 돌아온 뒤에도 예전과 똑같다. 정말 그럴까? 한가한 시간이 많아져서 전보다 더 자주 가기는 한다. 부동산 중개인도 자주 본다. 그녀는 언제나 뭔가를 떠들고 있는데, 가령 가족이 사는 북부를 방문했던 이야기나 지역 정치, 영화 같은 화제다. 늘 맥주를 달고 사는 퇴역 군인도 가끔 대화에 끼어들어 자녀들에 대한 오래전 기억을 끄집어내기도 한다.

부동산 중개인과 주정뱅이 퇴역 군인이 떠들어 대는 동안, 당신은 무슨 이야긴지 알겠다는 듯 끄덕여 보이기도 한다. 하지만 당신의 눈에는 두 사람에게 등대지기의 모습이 겹쳐 보일 뿐이다. 두 등대지기는 서로 다른 시간에 같은 이야기를, 서로 다른 버전의 당신에게 하고 있다. 하나는 어둠 속에서, 하나는 빛 속에서.

"지금 아이들 생각을 하고 있죠?" 부동산 중개인이 말했다. "그래 보여요."

아마 딴 생각에 빠졌던 모양이다. 가면이 벗겨졌는지도 모른다.

"네, 맞아요." 당신이 말한다. "그래요."

당신은 맥주를 하나 더 주문하고, 부동산 중개인에게 당신의 아이들에 대해 들려준다. 어느 학교에 다니는지, 좀 더 자주 보고 싶다는 말과 의사가 되기 위해 공부를 하고 있다는 이야기까지. 휴일이면 아이들이 그립지만, 이제 다 큰 탓에 다른 세상에 살고 있는 것처럼 느껴진다고 말한다. 바의 한쪽 끝에 자리를 잡고 있는 퇴역 군인은 기묘한 얼굴로 당신을 바라본다. 당신이 마음에도 없는 소리를 하고 있는 줄 다 안다는 듯한 표정이다.

젠장, 어쩌면 주크박스에서 노래를 몇 곡 틀어야 할지도 모르겠다. 가라오케의 순서가 돌아오면 노래도 몇 곡 부르고, 맥주도 좀 더 마신 뒤 당신의 삶에 관한 몇 가지 세세한 이야기를 추가로 지어내야 할지도 모른다. 그러다 부동산 중개인이 어느새 자리를 뜨고, 당신과 퇴역군인 그리고 모르는 사람들 몇 명만 남는다. 바닥은 오래된 얼룩으로 칙칙하고 끈적거린다. 바 뒤쪽에 있는 병들은 파리가 들어가지 못하게 컵으로 막아 놨다. 바의 상판에는 그리 자연스럽게 느껴지지 않는 광택이 흐른다. 당신 뒤쪽의 볼링 레인에 불이 꺼지자, 천장에 다시 빛바랜 하늘을 배경으로 상상하기 어려운 경이로움이 떠오른다. 그중 몇몇은 바로 알아보기 어렵다.

다른 세상이 계속해서 이 세상으로 스며들고 있기 때문이다. 등대에서 있었던 일을 당신과 휘트비 사이의 비밀로 남겨 두려고 아무리 애써도, 어떤 형태로든 새어 나가서 당신이 책임지게 되리라.

등대에서 아래층을 둘러보던 당신은 옆방에서 휘트비가 돌아다니는 소리가 더 이상 들리지 않는다는 사실을 깨달았다. 망가진 창문을 통해 들어오는 빛 속에 먼지들이 떠다니며 어둠을 중화시켰다. 당신은 한쪽 구석의 어두운 곳에서 빛나는 형체가 휘트비라고 생각했다.

하지만 곧 당신은 휘트비가 등대의 계단을 올라가 꼭대기로 향했다는 사실을 깨달았다. 싸우는 소리와 나무 부서지는 소리가 들렸다. 누군가의 목소리가 다른 사람의 목소리와 뒤섞였다. 두 목소리는 이상할 정도로 닮아 있었다. 애초에 두 개의 목소리가 들릴 리가 없었다. 급히 계단을 올라가는 동안 친숙함과 낯선 느낌이 동시에 찾아왔다. 당신이 기억하는 계단은 훨씬 넓었고 더 높이까지 이어져 있었다. 그때는 등대 안이 마치 무중력 공간처럼 느껴졌고 솔에게 묻어 들어온 잔디 향기가 맴돌았다. 하지만 어둠 속에서 휘트비를 걱정하던 당신이 거인이 되었거나, 아니면 등대가 작아져 버린 것 같았다. 단지 시간이 흘러서가 아니라 층계가 소용돌이 모양의 조개 화석처럼 회전하고 수축하며 당신을 낯선 어딘가로 이끄는 듯했다. 계단을 하나씩 오를 때마다, 당신이 알고 있던 것들이 사라져 갔다.

꼭대기 층에 오른 당신은 바닥 아래의 비밀 창고에서 휘트비를 발견했다. 그는 손에 피를 묻히고 옷은 찢어진 채로 바닥에 쓰러져 가쁘게 숨을 몰아쉬고 있었다. 휘트비의 주위에 흩어져 펄럭거리는 수많은 일지들이 그를 감싸서 익사시키려 한다는 기이한 느낌이 들었다. 거기에 다른 사람은 없었다. 휘트비는 자신의 도플갱어인 가짜 휘트비를 층계참에서 만나서 도망쳤고, 가짜 휘트비가 등명기실까지 자신을 따라와 둘이 싸움을 벌이다가 함께 열려 있던 바닥의 비밀 문을 통해 일지 더미 위로 떨어졌다는 괴상한 이야기를 늘어놓았다. 두 사람의 냄새. 두 사람의 무게. 진짜 휘트비와 가짜 휘트비가 본능적인 사투를 벌였던 흔적이 비밀 문을 통해 비추는 햇빛 아래 드러났다.

휘트비가 두 명이 되었다는 이 이야기를 어떻게 확인할 수 있을 까? 휘트비가 자기 자신을 때리고 차고 깨물며 종이 더미에 파묻힌 게 아니라 또 다른 자신과 싸움을 벌였다는 것을. 그가 몸에 입은 상 처는 결정적인 증거라고 보기 어려웠다.

하지만 그 광경은 당신을 매혹하여 여섯 달의 정직 기간 동안 계 속해서 떠올랐다. 심지어 부엌에서 양파를 썰고 있을 때에나 정원에 서 잔디를 깎던 중에도.

때로는 그 일이 벌어지고 난 뒤가 아니라 좀 더 일찍 도착해서 비 밀 문의 계단 위에 몸을 숨기고 두 휘트비가 싸우는 모습을 지켜봤 다면 어땠을까 하고 상상해 보기도 했다. 당신은 휘트비가 휘트비를 낳았다고, X구역을 탐사하는 동안 휘트비의 본성에 숨어 있던 무언 가가 이런 모순을 초래했다고, 특정한 충동과 사상과 견해로 이루어 진 하나의 휘트비가 또 다른 자신을 제거하려 들도록 만들었다고 거 의 믿고 있었다.

창백한 두 손이 똑같이 창백한 목을 조르는 동안, 두 개의 얼굴이 바싹 붙어서 서로를 노려본다. 위에 있는 얼굴은 분노에 찬 발작으 로 일그러진 반면, 찢어지고 구겨진 일지 더미에 파묻힌 얼굴은 너 무도 고요하다. 빨간 테두리가 있는 흰색 종이에는 파란 줄이 그어져 있다. 손으로 쓴 이해할 수 없는 문장들이 섞인 수많은 페이지들. 일지에는 대원들의 이름이 아닌 그들의 역할만 적혀 있고, 어떤 일지에는 X구역이 그 자리를 대신 차지한 듯 역할조차 적혀 있지 않았다. 일지들은 마치 어떤 거대한 존재가 그 더미 속에 잠든 채로 숨을 들이쉬고 내쉬듯이 움직이다 멈추기를 반복한다.

저 빛은 일지들을 에워싸고 있는 걸까 아니면 휘트비를 에워싼 걸까? 휘트비들을?

그러다 뚝 하고 부러지는 소리가 난다. 목일까? 아니면 척추? 일지 더미에 처박힌 휘트비의 몸이 축 늘어지더니 머리를 옆으로 떨군다. 그 위에 올라타 있던 휘트비는 절망에 빠져 흐느끼며 시체 위에서 내려온다. 그리고 한쪽 구석으로 가더니 자신의 시체를 멍하니 바라보며 앉아 있다.

그제야, 그때가 되어서야, 당신은 휘트비가 이겼는지 그리고 이다른 휘트비가 대체 누구인지 궁금해한다. 시체의 얼굴은 주름 하나 없이 부드럽고, 어딘가를 바라보듯 동그랗게 뜬 눈은 기이할 정도로 평온해 보인다. 오직 이상하게 비틀린 몸의 각도만이 폭력의 흔적을 드러내고 있다.

당신은 휘트비를 억지로 끌고 나와서 난간에서 바깥 공기를 쐬며 풍경을 감상하게 했다. 잊힌 해안에 대해 잘 아는 척하며 예전에 자주 방문했던 장소들을 가리켜 보기도 했다. 휘트비는 뭔가 다급한 말투로 당신에게 이야기했지만, 귀 기울여 듣지 않았다. 휘트비를 진정시키기 위해서인지, 아니면 그가 경험한 일을 부정하고 싶어서 인지 몰라도, 당신은 당신 스스로 만들어 낸 이야기와 해석으로 빈 공간을 채우려고 했다. 산더미처럼 쌓여 있던 일지들을 잊어버리기 위해서라도. 오래 생각하고 싶지 않은 것들은 머릿속에서 지워 버린 다. 다들 그러지 않을까? 비현실적인 일을 애써 외면하지 않는다면 현실이 되어 버릴지도 모른다.

등대에서 내려오는 길에 당신은 죽은 휘트비를 찾았지만 여전히 어디에도 보이지 않았다.

당신은 영영 진실을 알 수 없을지도 모른다.

하지만 당신은 휘트비가 죽은 휘트비의 물건이 틀림없다고 말한 배낭 속에서 두 가지 흥미로운 물건들을 발견했다. 괴상한 식물과 부서진 휴대폰이었다.

0010: 컨트롤

잠에서 깨어난 컨트롤의 눈앞에 벗어 놓은 부츠 한 짝이 들어왔다. 컨트롤이 담요를 두르고 누워 있는 자리에서 겨우 15센티미터 떨어진 거리였다. 검은 밑창은 마치 지도에 그려진 언덕의 경사처럼 굽이 닳아 있었다. 미끄럼을 방지하기 위한 금속제 징이 박힌 부츠는 여기저기 마른 흙과 모래가 묻어 있었다. 밑창의 홈마다 부서진 잠자리 날개가 에메랄드빛으로 반짝였다. 부츠 옆면에는 짓이겨진 풀과 말라비틀어진 해초가 붙어 있었다.

부츠 옆에는 마치 다른 사람에게 속한 것처럼 보이는 근육질의 다리와 창백한 갈색을 띤 발바닥이 보였다. 발톱은 바짝 깎은 상태였고, 엄지발가락에 감아 놓은 붕대에는 피가 얼룩졌다가 굳은 흔적이 역력했다.

부츠와 발 모두 그레이스 스티븐슨의 것이었다.

그레이스 스티븐슨은 세 장의 낡고 해진 종이를 손에 들고 있었다. 컨트롤이 겨우 건져 낸 휘트비의 보고서였다. 반팔 셔츠에 군복 바지 차림의 그레이스는 더 말라 보였고, 이마 양옆으로는 흰머리도 눈에 띄었다. 짧은 기간 동안 많은 일을 겪은 사람 같았다. 그레이스의 옆에는 배낭과 권총이 든 총집이 놓여 있었다.

컨트롤은 몸을 뒤척이며 일어나, 유리창을 사이에 두고 그레이스의 대각선 맞은편 벽에 기대어 앉았다. 새벽에 그의 잠을 깨웠던 시끄러운 새는 어딘가로 먹이를 찾으러 갔는지, 아니면 다른 새들이 할 만한 짓을 하느라 바쁜지 지금은 조용했다. 벌써 한낮이 되었나? 유령새는 위장색 침낭 안에 웅크리고 누워 있었다. 그녀는 밤새 거의 움직이거나 소리를 내지도 않아서, 뭔가를 집중해서 쳐다보는 고양이를 떠올리게 했다.

"왜 내 물건을 마음대로 뒤지는 겁니까?"

컨트롤은 겉옷 주머니에 아버지의 조각품이 그대로 들어 있자 안도했고, 그래서 생각만큼 비난하는 말투가 나오지 않았다.

그레이스는 그 질문을 무시했다. 그녀는 집중하고 있는 듯하지만 적극적이지는 않고, 찡그리면서도 웃고 있는 모호한 표정으로 휘트비가 남긴 글을 읽어 내려갔다.

"이 보고서는 마지막으로 본 뒤로 별로 변한 내용이 없군요. 지금 보니 더 정신 나간 소리처럼 들려요. 이걸 쓴 작자는 그때부터 정신

나간 괴짜였죠. 희한한 사람이었어요. 지금은 우리 모두 빌어먹을 괴짜가 되었지만."

"빌어먹을?"

알 수 없다는 표정.

"'빌어먹을'이라는 말이 뭐 잘못됐나요? X구역은 내가 욕을 하든 말든 신경도 쓰지 않아요."

컨트롤이 쳐다보는 동안에도 그레이스는 보고서를 읽고 또 읽었다. 어느 부분에서는 고개를 흔들기도 했다. 그레이스가 생각보다 더 보고서에 집중하는 듯하자, 컨트롤은 그녀가 어느 순간 서류를 구겨서 창밖으로 던져 버리지는 않을까 걱정스러웠다.

"보고서를 돌려받고 싶은데."

이제는 지겨워진 놀이처럼, 그레이스는 투명 인간에게 보내는 미소를 지었다.

"아뇨. 아직은 안 돼요. 우선 아침식사부터 하고 그 뒤에 공식적으로 요청하시죠."

그리고 다시 보고서를 읽기 시작했다.

낙담한 컨트롤은 주위를 둘러봤다. 실내는 강박적일 정도로 깔끔하게 정리되어 있었다. 먼 쪽 벽에는 그레이스가 밤에 사용하는 커버를 씌운 매트리스와 이불 옆으로 소총들이 가지런히 세워져 있었다. 선반 위에는 구겨진 여자 친구의 사진이 보였는데, 말려 들어간 가장자리를 억지로 편 흔적이 남아 있었다. 다른 쪽 벽에는 통조림 음식과 프로틴 바가 차곡차곡 쌓여 있었다. 우물이나 냇가에서 떠온 것으로 보이는 식수가 담긴 물병과 컵 여러 개. 칼과 이동식 버너, 냄비와 프라이팬. 서던 리치 건물에서 여기까지 가지고 왔거나, 해변에서 봤던 습격당한 수송 차량에서 주웠을 터였다. 그녀가 이 섬에서 얼마나 많은 것을 찾아냈을지 상상하고 싶지도 않았다.

컨트롤이 일어나서 통조림 하나를 집으려 하자, 그레이스가 들고 있던 보고서를 두 사람 사이의 빗물로 흥건히 젖은 바닥에 떨어뜨렸다.

"젠장."

컨트롤은 보고서를 줍기 위해 몸을 숙이고 뛰쳐나갔다.

순간 그레이스의 총구가 그의 귀 언저리를 파고들었다.

"당신은 진짜인가요?"

그녀가 거친 목소리로 물었다. 마치 머리카락 색이 바래면서 목소리도 회색으로 물든 듯했다. 발가락에 감긴 붕대와 벗어 놓은 부츠를 보고 뭔가 숨은 뜻을 알아채야 했던 걸까?

"그레이스, 난……."

그레이스가 총구로 컨트롤의 이마를 때렸다. 그리고 컨트롤의 귀에 대고 속삭였다.

"내 빌어먹을 이름을 부르지 마요. 절대로! 이름은 안 돼요. 그것이 아직 이름들을 알 수도 있으니까."

"**뭐가** 이름들을 알 수도 있다는 말입니까?"

그레이스라는 말을 억누르며 컨트롤이 물었다.

"아직 몰랐단 말이에요?"

기가 막힌다는 듯한 말투였다.

"총을 내려놔요."

"안 돼요."

"앉아도 되겠습니까?"

"안 돼요. *당신 진짜예요?*"

"대체 무슨 뜻이지 모르겠군요."

최대한 진정하려 애쓰며 컨트롤이 말했다. 그는 자신이 총을 피할 만큼 빠르게 움직일 수 있거나, 그레이스가 방아쇠를 당기기 전에 제압할 수 있을지 가늠했다.

"알고 있을 텐데요. 조작. 망가진 물건들. 환영. 유령."

"당신과 마찬가지로 나도 진짜입니다."

하지만 그 말의 이면에는 드러내고 싶지 않은 비밀스러운 두려움이 숨겨져 있었다. 컨트롤은 마지막으로 헤어진 뒤 그레이스가 겪어야 했을 일에 대해 알고 싶지 않았다. 그리고 지금 이 순간 자신이 누구인지 확실하게 알 수 없는 만큼이나 그레이스에 대해서도 장담할 수 없다는 생각이 들었다.

"당신은 무엇으로부터 도망치는 중이죠? 본부? 아니면 L?"

"L?"

엉뚱한 질문이었다. *거짓말(Lie)? 등대(Lighthouse)? 레즈비언*

(Lesbian)? 그러다 문득 그레이스가 로우리(Lowry)를 말하고 있다는 사실을 깨달았다.

"시험해 봐야 할까요?"

"그러지 말아요. 정말로, **안 돼요.**"

"나도 그러고 싶지 않아요." 그레이스가 범죄자를 꾸짖듯이 말했다. "그건 L이나 하는 짓이죠. 하지만 이제는 나도 그 징조를 알아볼 수 있어요. 초췌한 표정. 다들 그랬죠. 창백한 얼굴. 짐승의 발톱처럼 구부러진 손. 그의 흔적이 온몸에 남게 되죠."

"후유증. 그냥 후유증일 뿐입니다."

"그래도 인정하는군요."

"당신이 왜 그 빌어먹을 총을 내 머리에 겨누고 있는지 도대체 모르겠다는 사실은 인정하죠!"

컨트롤이 고함을 질렀다. 유령새는 **아무것도** 듣지 못하고 있을까? 아니면 자는 척을 하는 걸까? 그리고 그 순간, 유령새가 '빛'이라고 표현했던 뭔가가 컨트롤을 거짓말쟁이라고 부르듯이 호기심과 흥미를 드러냈다. 그가 팔을 바닥에 대고 엎드린 채 한때 자신의 부하였던 부국장으로부터 심문을 당하는 동안, 가슴이 답답하고 허벅지에 경련이 일더니 그 빛이 고개를 들었다.

잠시 침묵이 흐르고 머리에 느껴지는 총구의 압력이 더해졌다. 컨트롤은 몸을 움찔했다. 잠시 후 압력과 그레이스의 그림자가 함께 사라졌다. 컨트롤이 올려다보자 그레이스는 총을 든 채 다시 벽에 기대어 서 있었다.

컨트롤은 허벅지에 손을 올리고 앉아서 억지로 크게 숨을 들이켰다. 그리고 자신에게 주어진 선택지가 무엇일지 생각했다. 어머니가 **선택의 여지가 없지만 선택해야 하는** 상황이라고 부르는 경우에 해당했다. 즉, 그는 그레이스를 설득하거나 아니면 벽에 기대어 세워 놓은 총들 중 하나를 낚아채야 했다. 하지만 정말로 선택의 여지가 있다고 보기는 어려웠다. 특히 유령새가 저렇게 꼼짝도 않고 있는 동안에는.

천천히, 조심스럽게, 그는 바닥에 떨어진 휘트비의 보고서 세 장을 집었다. 순간의 위험이라도 넘겨 보려는 심산이었다.

"이게 평소 당신의 환영 방식입니까?"

그러자 그레이스는 마치 얼마든 덤벼 보라는 듯이 일종의 무표정한 가면을 쓴 얼굴로 말했다.

"가끔은 방아쇠를 당기는 데까지 가죠. 컨트롤, 난 농담 따먹기나 할 생각은 없어요. 내가 무슨 일을 겪었는지 당신은 모를 거예요. 뭐가 진짜인지…… 그리고 뭐가 진짜가 아닌지도."

가슴에 휘트비의 보고서를 끌어안은 채, 컨트롤은 다시 벽에 기대어 주저앉았다. 지금 시야 가장자리에 뭔가 보이지 않았던가?

"우린 이 세상에 대해 아는 바가 없어요." 컨트롤이 말했다. "하지만 어쨌든 우리들의 감각이 이 세상에 대해 말해 주죠. 난 그 정보에 근거해서 대처할 수밖에 없습니다."

그가 더 이상 세상을 믿지 않는다고 해도.

"징징대지 마요. 난 당신들이 배에서 내리기 전에 쏴 버릴 수도 있었어요."

"고마워해야 합니까?"

가능한 한 비꼬려는 말투였다.

컨트롤이 짐짓 고개를 숙여 보이자, 그레이스는 자신의 총을 오른쪽에 놓인 총집에 다시 넣었다.

"난 항상 조심할 수밖에 없어요."

그녀의 팔뚝에서 긴장이 느껴졌다. 총집의 잠금 장치를 만지작거리는 소리가 딸깍 하고 들렸다. 열었다가 다시 닫았다가.

"물론입니다. 누군가 당신의 엄지발가락을 다치게 했군요. 그런 일이 생기면 신경이 곤두서게 마련이죠."

그레이스는 그 말을 무시한 채 물었다.

"언제 여기로 왔죠?"

"5일 됐습니다."

"경계가 움직인 때부터는 얼마나 지났어요?"

그레이스는 여기 혼자 있는 동안 날짜 감각을 잃어버린 걸까?

"2주 이상은 아닙니다."

"어떻게 건너온 거죠?"

컨트롤은 바다 속 통로에 대한 자세한 이야기는 빼놓고 그레이스에게 설명했다. 유령새가 그 통로를 만들었다는 점도 말하지 않았다.

그레이스는 알 수 없는 미소를 지으며 한동안 생각에 잠겼다. 컨트롤이 다시 경계심을 드러냈다. 그레이스는 왼손으로 사냥용 칼을 꺼내 모래 위에 동그라미를 그렸다. 그녀는 단순히 신경이 곤두서서 이렇게 구는 게 아니었다. 분명 더 큰 위험 요소가 있었다. 그레이스는 단지 섬에 있는 어떤 존재 때문에 겁에 질린 걸까 아니면 사고방식이 달라지고 판단력이 영구히 손상될 만큼 엄청난 충격을 받았던 걸까?

컨트롤은 최대한 부드러운 목소리로 말했다.

"내가 유령새를 깨워도 되겠습니까?"

"어젯밤 저 여자에게 진정제를 넣은 물을 줬어요."

"뭐라고요?"

10여 차례 국내 테러 조직을 심문하며 느꼈던 상징과 신호 들이 되살아났다.

"이제 저 여자가 당신의 가장 친한 친구라도 된 건가요? 그녀를 믿어요? 내가 무슨 말을 하고 있는지 이해는 해요?"

적이 아니라는 점은 믿었다. 그녀가 인간이라는 사실도 믿었다. 컨트롤은 **자기 자신을 믿는 만큼 유령새를 믿는다**고 말하고 싶었지만, 그레이스는 만족하지 못할 터였다. 이 버전의 그레이스는 아니었다.

"여기서 무슨 일이 있었던 겁니까?"

컨트롤은 배신감과 슬픔을 느꼈다. 이렇게 멀리까지 왔지만, 서던 리치에서 담배를 나눠 피우던 때 두 사람 사이에 존재하던 역학은 사라지고 없었다.

이제 막 악몽에서 깨어난 사람처럼 숨겨 둔 압박감을 수면 위로 드러내며 그레이스가 몸을 떨었다.

"익숙해지는 데 시간이 필요해요." 자신이 모래 위에 그려 놓은 무늬를 내려다보며 그녀가 말했다. "익숙해지려면 시간이 필요하죠. 지금까지 해 왔던 일들이 모두 소용없는 짓이었다는 사실을 깨닫는 데 말이에요. 본부가 우리를 포기했고, 새로운 국장도 우리를 버렸 다는 사실을 깨닫기까지요."

"난……."

난 남으려고 했어. 당신이 떠나라고 했지. 하지만 그녀의 관점은 다른 것이 분명했다. 이제 두 사람은 세상의 막다른 끝에서 다시 마 주쳤고, 그녀는 그를 원망하고 있었다.

"무슨 일이 벌어지고 있는지 깨닫고 나서 처음에는 당신을 비난 하려 했죠. 그리고 그렇게 했어요. 하지만 당신이 뭘 어떻게 할 수 있었을까요? 본부가 당신을 원하는 대로 조종하고 있었을 텐데."

그 끔찍했던 순간이 기억 속에서 다시 펼쳐졌다. 경계가 서던 리 치를 향해 다가올 때, 그 절망적인 순간에도 컨트롤이 알면서 숨겼 을 가능성을 재고 있던 그레이스의 표정. 그는 사실 그녀에게 가까 이 다가가 팔을 잡았던 적도 없었다. 그저 자신이 그랬다고 생각했 을 뿐이었다.

"당신의 표정 말이에요, 컨트롤. 당신 스스로 그 표정을 볼 수 있었다면······."

그를 위해 깜짝 파티를 열어 준 사람처럼 그레이스가 말했다. 건물의 벽은 살덩이로 변했고, 국장은 녹색으로 빛의 파도가 되어 돌아왔다. 그 사건의 무게에 컨트롤은 주머니 속의 초리 조각상을 움켜쥐었다. 잠시 후 컨트롤은 조각상을 놓고, 주머니에서 손을 꺼냈다. 그리고 자신의 손에 난 하얀 자국을 유심히 살폈다.

"과학 부서의 사람들은 어떻게 됐습니까?"

"그들은 지하실에 바리케이드를 치려고 했죠. 하지만 그 장소는 아주 빠르게 변했어요. 난 거기 오래 머물지 않았어요."

그레이스는 너무도 태연한 말투로, 두 사람이 함께 알던 세상이 사라져 버린 일에 대해 이야기했다. 난 거기 오래 머물지 않았어요. 무수한 공포가 숨어 있는 한 문장. 갑자기 나타난 벽 안에 갇혀 버린 직원들에게 선택의 여지가 있었을 거라는 생각은 들지 않았다.

"그럼······ 국장은?"

완전히 새로운 환경 속에서도, 불안하고 지치고 허기진 상태에서도 그레이스의 눈빛은 침착했다. 그녀는 어떤 일이든 모든 책임을 감수하고 전진하는 강인함을 지니고 있었다.

"내가 머리에 대고 총을 쐈죠. 예전에 받은 명령에 따라서. 진짜 국장이 아니라 침략자, 복제, 가짜라고 판단하자마자 그렇게 했어요."

그녀는 그때 일을 다시 떠올리는지, 아니면 뭔가 다른 생각을 하는지 더 이상 말을 잇지 못했다. 아무리 가짜라고 해도 그녀가 그토록 충성했던, 어쩌면 사랑했던 대상을 자기 손으로 죽여야 했던 심정을 헤아리기 어려웠다.

잠시 후, 컨트롤은 피할 수 없는 질문을 던졌다.

"그다음에는?"

그레이스는 땅을 내려다보며 어깨를 으쓱했다.

"내가 해야 할 일들을 했죠. 물자를 챙길 수 있는 만큼 챙기고, 따라오겠다는 사람들과 함께 등대로 향했어요. 신시아가 말한 곳으로 간 거죠. 난 정확히 그녀가 말한 대로 했지만 아무런 성과도 없었어요. 아무 소용도 없었죠. 그녀가 틀렸던 거예요, 완전히 틀렸죠. 그리고 그녀에게는 계획이 없었어요. 아무런 계획도요."

날것의 상처, 그리고 그 상처의 깊이에도 불구하고 그레이스의 목소리는 이야기하는 내내 차분했다. 컨트롤은 그녀의 신발 바닥에 집중했다. 나머지 몸통과 분리된 불개미의 가슴 부위가 달라붙어 있었다.

"경계를 넘어서 돌아가지 않은 이유가 그 때문입니까?"

컨트롤이 물었다. 죄책감 때문일까?

"경계를 넘어서 **돌아갈 방법은 없어요!**" 그레이스가 소리쳤다. "문이 사라지고 없다고요."

바닷물에 숨이 막히고 물고기에게 잡아먹힐 뻔했던 기억이 떠올랐다. 결국 익사하고 마는 환영도.

문은 없다. 더 이상은.

바다 깊숙이 존재하는 그 통로뿐이었다. 어쩌면.

그레이스가 괴상하고 불가능한 존재들에 대한 이야기를 늘어놓는 동안, 컨트롤은 그 생각에 잠겨 있었다.

무너진 등대의 1층 창문으로 내다본 세상은 이전과 달라 보였다. 그건 그레이스가 나타났기 때문만은 아니었다. 바다에서 몰려온 옅은 안개가 풍광을 가렸고, 기온이 뚝 떨어졌다. 만약 날씨가 계속 이렇다면 밤이 오기 전에 불을 피워야 했다. 음산하게 폐허가 된 집들, 썩어 가는 피부와 살점처럼 보이는 흉물스러운 외벽, 해안을 따라 이어지는 길과 침엽수로 뒤덮인 언덕의 모습이 안개 사이로 희미하게 보였다.

이제 집으로 돌아갈 수 있는 경계의 문은 사라지고 없었다.

그레이스가 국장의 도플갱어를 제거했다.

그레이스는 경계가 자기 몸을 통과하던 순간에 대해 이야기했다.

"마치 누군가 보고 있는 듯한 기분이 들었어요. 내가 발가벗고 있는 듯했죠. 더 이상 아무것도 남지 않을 때까지 작아지는 느낌이었어요."

조심스럽게 고쳐 놓았지만 금방이라도 찢어질 것만 같은 사진 속에 담긴 과거에 사랑했던 여자를 뚫어져라 바라보며 그녀가 말했다.

그레이스는 서던 리치의 직원들, 그리고 경비대를 데리고 국장의 명령에 따라 등대로 이동했다. 컨트롤이 모르고 있었던 그 과거의 명령은 어째서인지 여전히 유효했다. 하지만 등대에 머무는 사이 군인 일부가 변하기 시작했고, 그 변화를 감당하지 못했다. 몇몇은 동굴로 들어가 다시는 돌아오지 않았다. 몇몇은 바다에서 다가오는 거대한 그림자에 대해 떠들어 댔다. 그레이스와 경계의 사령관이 언쟁을 벌였고, 파벌과 분열이 생기면서 상황은 더 나빠졌다.

"그들 중 아무도 살아남지 못했을 거예요. 살아남는 방법을 아는 사람이 없으니까요."

하지만 그레이스는 등대에서 자기가 무엇을 했는지, 그리고 왜 섬으로 왔는지 묻자 말끝을 흐렸다. "내가 해야 하는 일을 했을 뿐이에요." "이미 다 지난 일이에요. 난 다 잊었어요." "잠을 별로 자지 못해요." 온통 뒤죽박죽인 이야기였다. 다 지난 일이라고? 이제 막 벌어진 일이었다.

컨트롤은 최후의 보루, 적의 포위 공격에 맞서는 강인한 심지, 적과 싸우기 위한 연대에 대한 희망 혹은 망상을 간직하고 있었다. 하지만 그건 병든 환상이자 일종의 현실 도피에 불과했다. 서던 리치는 이미 끝났다. 설사 과학 부서의 직원들이 다음 세기까지 버틴다 해도 그들의 후손은 동굴에 숨어 살며 머리 위의 망해 버린 지상 세계에 대한 이야기를 전설처럼 기억할 터였다.

"탐사 대원이 되기 위한 훈련을 받았습니까?"

그녀가 지닌 장비를 보고 한 추측이었다.

"기초 생존 훈련, 우린 그걸 그렇게 불렀어요. 국장님은 물론이고

각 부서의 수장들, 관리자들은 모두 그 훈련을 받았죠."

퍽이나. 국장이 과연 직원들의 안전에 그렇게 신경을 썼을까? 컨트롤은 소위 '기초 생존 훈련'이 신시아와 그레이스에게만 적용되었을 거라고 확신했다. 그레이스는 자신에게 그에 대한 언급조차 한 적이 없었다.

"그런 훈련을 받았다면, 뭔가 임무라도 있었다는 뜻입니까?"

"임무가 있을 것 같나요?" 짧고 허망한 미소. 몸을 움직이기 시작한 유령새가 듣고 있을지도 모른다고 생각했는지, 그녀의 말투가 달라졌다. "임무는 생존이에요, 존. 하루하루를 버티는 자체가 임무죠. 난 그 임무를 수행해 왔어요. 교범을 준수했죠. 주의 깊고 신중하게."

그레이스는 이곳에서 살아남을 준비가 되어 있었다. 그리고 그 방식에 자기 자신을 맡겼다.

유령새가 한쪽 팔을 괴며 몸을 일으켰다. 잠이 덜 깬 기색은 없었다. 그녀의 시선 자체가 무기 같았고, 따로 총이나 칼이 필요 없어 보였다. 유령새가 자기도 모르는 사이 약물에 취했다는 말을 듣고 좋아할 사람은 아니라서 컨트롤은 입을 다물었다. 그레이스도 두려움과 존중이 섞인 시선으로 그녀를 바라봤다.

"뭐가 수송대를 공격했죠?" 유령새가 물었다.

아침 인사는커녕 두 사람이 무슨 대화를 나누고 있었는지 묻지도 않았다. 그녀는 잠든 척하면서 어디까지 들었을까? 반쯤 잠든 상태로 가짜들과 국장의 도플갱어에 대한 이야기를 듣고 무슨 생각을 했을까?

그레이스는 우울한 미소를 짓더니 어깨를 으쓱할 뿐, 아무 대답도 없었다.

유령새도 어깨를 으쓱하고는 프로틴 바를 집어 나이프로 포장을 뜯고 먹기 시작했다.

"냄새도 맛도 형편없네요. 이 섬에서 뭔가 이상한 것과 만난 적은 없나요?"

"여기선 모든 게 이상하죠."

그레이스가 지친 목소리로 대답했다. 지금까지 그런 질문을 너무 많이 받았다는 듯한 말투였다.

"생물학자를 봤나요?"

직설적인 질문이었다. 컨트롤은 긴장하며 대답을 기다렸다.

"생물학자를 봤냐고요?" 그레이스가 그 질문을 곱씹었다. "생물학자를 봤냐고요?"

총집의 잠금 장치를 열었다 닫았다 하는 속도가 빨라졌고, 칼로 모래 위에 그리는 문양은 점점 더 복잡해졌다. 나선인가? 아니면 서로 얽힌 소용돌이? 불가사리? 별인가?

"자, 대답해 봐요, 그레이스."

유령새는 이제 완전히 일어서서 양손을 옆구리에 올린 채 두 사람 앞에 섰다. 느긋해 보이지만 문제가 생기면 언제든 대처할 수 있는, 완벽하게 균형 잡힌 자세였다. 전투 훈련을 받았다면 말이다.

구름이 움직이자 창문으로 들어오던 빛이 어두워졌다. 밖에서는 새들이 원형으로 날며 지저귀고 있었다. 저 멀리 어딘가에서 낭랑하고 애절한 소리가 들려왔다. 어쩌면 등대의 석재가 바람에 울리는 소리일지도 몰랐다. 도마뱀붙이가 벽을 기어 올라갔다. 컨트롤은 눈앞에 보이는 장면에 대해 걱정해야 할지, 아니면 그 너머의 배경에 존재하는 뭔가를 걱정해야 할지 확신이 서지 않았다. 유령새에게는 지금 이 질문이 가장 중요했다. 컨트롤은 그레이스가 이대로 입을 다문다면 유령새가 무슨 짓을 저지를지 짐작할 수 없었다.

그레이스가 컨트롤을 응시하며 말했다.

"만약 내가 여기 앉아서 이 복제에게." 그녀가 유령새를 가리켰다. "지금까지 내가 본 것들을 전부 말하려면 지옥이 얼어붙을 때까지 계속해도 시간이 모자랄 거예요."

"그냥 **대답이나 해요.**" 유령새가 투덜거렸다.

"지금은 넘어갈 수 없겠습니까?" 컨트롤이 물었다. "지금은 움직여야 할 때예요."

어떤 식으로든 상황을 정리할 필요가 있었다. 유령새의 질문보다 그레이스의 태도, 그녀가 자신에게 두고 있는 의심 때문이었다.

"내가 여기서 얼마나 오래 있었는지 알아요? 왜 그 질문을 하지 않죠?"

"생물학자를 봤냐고요?"

유령새가 날카로운 목소리로 으르렁거렸다.

"물어봐요."

유령새가 던진 나이프가 나무 바닥에 꽂힌 채로 부르르 떨렸다. 총집 속의 총 위에 올려놓은 그레이스의 손은 움직이지 않았다.

컨트롤은 유령새를 재빨리 쳐다봤다. 자신이 뭔가 중요한 점을 놓친 걸까?

"이 섬에 얼마나 오래 있었습니까?" 그가 물었다.

"3년요. 난 여기서 3년을 보냈어요."

등대 바깥은 조용했다. 불가능할 정도로 조용했다. 도마뱀붙이는 벽에 붙어서 꼼짝도 하지 않았다. 컨트롤은 생각에 잠긴 채 꼼짝도 하지 않았다. 그레이스의 지친 얼굴에는 숨길 수 없는 만족감이 떠올라 있었다. 두 사람이 전혀 모르던, 예상도 하지 못했던 이야기를 했다는 만족감이었다.

"3년이라."

컨트롤의 중얼거림은 마치 그 말을 취소해 달라는 애원 같았다.

"난 당신을 믿을 수 없어요." 유령새가 말했다.

관대한 웃음.

"당신을 탓하고 싶지는 않아요. 당신 탓이 아니죠. 맞아요. 내가 여기 혼자 있다가 미쳐 버린 걸지도 모르죠. 내 처지를 받아들이지 못했는지도 몰라요. 그래서 미쳐 버린 거죠. 그럼요, 그렇고 말고요. 다만……."

그레이스가 허리에 찬 가방에서 녹슨 집게가 달린 종이 한 묶음을 꺼냈다. 부서질 듯 누렇게 색이 바랜 종이 위에는 손으로 쓴 글자들이 빼곡했다.

그녀가 종이 뭉치를 유령새의 발밑에 던졌다.

"읽어 봐요. 내가 당신에게 무슨 이야기든 해 주느라 시간을 낭비하기 전에 이것부터 읽어요. 읽어 보라고요."

유령새가 그것을 집어 들더니 혼란스러운 표정으로 첫 장을 들여다봤다.

"저게 뭡니까?"

컨트롤이 물었다. 마음 한편으로는 알고 싶지 않았다. 또 다른 혼란은 원하지 않았다.

"생물학자의 유언장이에요." 그레이스가 말했다.

고정광

글을 쓰는 일은 나에게는 공터에서 몇 년 동안 조용히 녹슬어 가던 엔진에 다시 시동을 거는 일과 비슷하게 느껴진다. 습기와 먼지로 꽉 막히고 개미와 거미, 바퀴벌레 따위가 잔뜩 기어든 엔진. 잡초와 넝쿨이 그 안에서 싹을 틔웠다. 시동을 걸면 기침하듯 켁켁거리는 소리가 들리다가 나뭇잎과 먼지가 터져 나온다. 꼭 그렇게 내 것처럼 들리지만 예전과는 다른 목소리가 터져 나오는 것이다. 최근 들어 나는 실제로 목소리를 내 본 적이 드물다.

종이에 뭔가를 써 본 것도 아주 오래전 일이다. 아주 긴 시간 동안 글을 쓰고 싶다는 충동을 느끼지 못했다. 여기 이 섬에서는 **모든 순간이 소중하다**는 사실을 그 어느 때보다 뼈저리게 느끼기 때문이다. 한순간의 방심조차 위험하다. 그러면 그것들이 그 순간을 비집고 들어와, 되돌아올 현재의 순간을 사라지게 만든다. 최근에 들어서야 내게 뭔가가 **부족**하다고 느끼기 시작했다. 그 전까지는 그저 이 장소에서 살아남는 일만이 중요했다. 뭔가를 **설명**하거나 **기록**하거나 **소통**하는 일에 관심도 없었다. 그러니 뭐라고 해야 할까, 이 일기? 아니면 편지? 뭐가 됐든, **이걸** 쓰는 중에 서너 차례나 종이를 찢어 버리고 처음부터 새로 고쳐 쓰게 되는 것도 당연한 일일지 모른다.

어쩌면 글을 쓰려고 할 때마다 내가 남겨 두고 온 세상이 떠올라 주저했던 건지도 모른다. 경계 너머의 세상에 대해 생각할 때면, 약한 빛을 발하는 어지럽고 흐릿한 구체가 떠오른다. 그 구체 속에 담긴 거슬리는 목소리와 장면 들은 날카로운 면도날처럼 눈과 마음에 상처를 입힌다. 그럼에도 불구하고 우리 중 누구도 눈을 깜빡일 수조차 없다. 그 세상은 마치 신화처럼, 신화적인 비극처럼 느껴진다. 내가 한때 그곳에 살았고 아직도 사람들이 살고 있다는 사실조차 거짓말 같다. 언젠가는 물고기와 새, 여우와 부엉이가 자기들의 방식으로 이 알 수 없는 빛의 구체와 그 안에 담긴 것들, 거기서 흘러나온 독소와 슬픔에 대해 이야기하겠지. 만약 인간의 언어에 어떤 의미가 있다면 나 역시 그 이야기를 하늘과 파도에 들려주려 하겠지만, 그런다고 무슨 소용이 있을까?

결국 지난 수년간의 저항을 포기하고 빛이 나를 삼키도록 내버려 두겠다고 결정했지만, 나는 마지막으로 한 번 더 시도해 보려고 한다. 누가 이 글을 읽게 될까? 난 알 수도 없고, 사실 별 상관도 없다.

어쩌면 이건 그저 나 자신을 위해 쓰는 글일지도 모른다. 하지만 만에 하나 누군가 이 글을 읽게 된다면, 내가 구조될 날만 바라보거나 13차 탐사대를 기다리며 지내지 않았다는 점을 알아주기 바란다. 만약 저쪽 세상에서 더 이상의 탐사를 포기했다면, 그건 갑작스럽지만 모두가 정신을 차렸다는 의미일 것이다. 하지만 저쪽 세상이든 혹은 지금 내가 살고 있는 이 세상의 위험들조차 며칠 뒤면 더 이상 내 걱정거리가 아닐 것이다.

01: 빛

처음에 내 앞에는 언제나 그 섬이 존재했다. 섬으로 향하는 길에 나는 누군가 일부러 흘린 빵 부스러기 같은 흔적들에서 남편의 흔적을 느꼈고, 그게 남편이 남긴 것이기를 바랐다. 바위 아래 혹은 나뭇가지에 꽂혀 있거나 땅바닥에서 웅크린 채 나를 기다리던 흔적들. 그것들 중 무엇이 진짜인지, 또 무엇이 그저 우연일 뿐인지 알 수 없지만 당시에는 하나하나가 모두 중요해 보였다. 그때는 섬으로 가는 일에 의미가 있다고 생각했고 인과관계나 **목적성** 같은 말에 집착하기도 했다. 그런 단어들이라면 서던 리치가 찾아낼 수 있다고 생각했기 때문이다. 하지만 목적을 가지는 대가가 그토록 많은 다른 것들을 보지 못하게 되는 거라면 어떻게 해야 할까?

남편의 일지에 따르면, 섬으로 처음 건너갈 때 엿새가 걸렸다고 했다. 나는 그보다 좀 덜 걸렸다. 규칙이 변했기 때문이다. 어느 날에는 단단했던 땅이 다음 날에는 무르거나, 때로 발밑에서 무너져 내리기도 했다. 등 뒤로 보이는 등대의 빛은 점점 더 밝아졌고 타는 연기가 하늘을 가득 채웠다. 그리고 쌍안경으로 보면, 말도 안 되게 거대한 무언가가 끊임없이 파도를 일으키며 바다 속에서 느리게 움직이고 있었다. 아직은 놈을 마주할 자신이 없었다.

내 앞에서는 새들이 하늘을 날며 그들 자신의 다른 버전과 닮은 색의 흔적을 남겼는데, 어쩌면 그건 환각이었을지도 모른다. 공기는 유순해서 어쩌면 **설득**이나 강요의 대상이 될 수 있을 것처럼 느껴졌다. 나는 이대로 영원히 떠돌다 목적지에 영영 도착하지 못할 거라는 기분에 사로잡혔고, 당분간 '베이스캠프'라고 여길 만한 장소를 원했다. 내가 걷고 있는 이 풍경을 신뢰할 수 없다는 끝없는 절망감을 진정시킬 공간이 필요했다. 내 유일한 버팀목은 길 자체였는데, 비록 잡초가 무성하고 구불구불했지만 절대 흔들리거나 사라지지 않았기 때문이다.

만약 그 길이 나를 절벽으로 이끌었다면, 나는 거기서 멈췄을까 아니면 절벽 너머까지 그 길을 따라갔을까? 혹은 이제 충분하다고 여기며 몸을 돌려 경계의 문을 찾아갔을까? 내가 어떻게 했을지 예상하기는 어렵다. 이 여정은 내 사고의 궤적을 산산이 흩어 놓았다. 나는 무리 지어 하늘을 날고 작은 벌레의 단백질이라도 섭취하려고 하강하는 제비처럼 이리저리 비틀거렸다.

이런 현상들, 이런 생각들이 과연 내 안에 존재하는 빛 때문인지는 확신할 수 없다. 여태까지 일어났고 지금도 계속 진행 중인 모든 일들을 고려할 때, 어느 정도는 영향이 있겠지만 그렇다고 전적으로 빛 때문은 아닐 것이다. 빛은 '어떻다'라고 생각한 순간 다른 무엇이 되어 버린다. 풀과 모래, 먼지 속에서 깨어난 닷새째 아침에 빛은 보이지 않는 두 번째 피부를 형성해 나를 감싸고 있었다. 그리고 내가 눈을 뜨자 마치 믿을 수 없을 만큼 얇은 얼음으로 이루어진 막을 살짝 건드렸을 때처럼 그 표면이 갈라지기 시작했다. 그 갈라지는 소리는 멀고 아득한 느낌으로 내 귀에 들려왔다.

시간이 더 흐르면서 빛은 반갑지 않은 손님처럼, 붉게 달아오른 돌멩이처럼 내 심장 옆에 자리를 잡고 고동쳤다. 내 안의 과학자는 나 스스로를 마취한 다음 수술로 그 이물질을 제거하고 싶어 했다. 하지만 나는 외과 의사가 아니었고 빛도 종양이 아니었다. 다음 날 아침이 되면 동물들과 말이 통할지도 모른다는 생각을 했던 기억이 난다. 무자비한 파란 하늘 아래 미친 듯이 웃으면서 모래 위를 뒹굴지도 모른다는 생각도 했다. 그러면 무슨 일인지 궁금해진 빛이 나와는 독립적인 생명체처럼, 내 머리 위로 살아 있는 잠망경을 내보낼지도 모른다는 생각이 들기도 했다.

흡혈파리, 그리고 물속에서 나를 응시하는 거대한 육식 파충류를 모르는 척하던 해 질 무렵…… 그때쯤 빛이 마치 차가운 잿더미 속에 파묻혀 식어 가는 석탄 조각처럼 내 머릿속에 들어와 모든 생각의 뒤편에 자리를 잡았다. 더 이상 빛이 어떤 감정, 충동, 감염의 일종인지 확신할 수 없었다. 섬에 해답이 있다는 보장도 없는데 이처럼 섬으로 가려는 이유가 내 **의지**일까, 아니면 눈에 보이지 않는 낯선 동행이 나를 이끌고 있는 걸까? 빛은 내 생각보다 나와 더 **분리**되어 있을까? 왜 심리학자의 말들이 내 머릿속에 이렇게 자주 떠오르고, 나는 그 말들을 이해할 수 없는 걸까?

이런 의문들은 단지 한가해서 떠오르는 생각이 아니라 분명한 걱정거리였다. 가끔은 심리학자가 마지막으로 남긴 말들이 빛으로부터 나를 지켜 주는 방패나 벽처럼 느껴졌다. 그녀가 말한 괴상한 단어들이 내 안의 무언가를 활성화시킨 것 같았다. 하지만 머릿속으로 그 대화를 복기하고 또 복기해도, 마땅한 결론에 도달하지 못했다. 아무리 가까이 다가가도 본질을 파악할 수 없는 경우가 있는 법이다.

그날 밤, 나는 야영 준비를 하고 불을 피웠다. 누가 나를 발견한다고 해도 상관없었다. 만일 빛이 나와 분리된 채로 존재하고 X구역의 모든 부분이 나를 보고 있다면, 불을 피운들 뭐가 달라질까? 내게 아찔한 무모함이 다시 생겨났고, 그 사실이 반가웠다. 등대는 이미 오래전에 사라졌지만, 나는 여전히 거대한 닻이자 거대한 덫이라고 할 수 있는 등대를 찾고 있었다. 여기도 자주색 엉겅퀴가 엄청나게 자라고 있었는데, 그것들이 X구역을 위해 일하는 첩보원이라는 생각을 지울 수가 없었다. 여기서는 모든 것들이 서로 감시하며 감시를 당하는 것 같았다.

해변에서 강한 바람이 불어와서 추웠던 기억이 난다. 그때는 빛을 외면하기 위한 방법으로 그런 사소한 것들에 집중했다. 다른 사람들과 마찬가지로 미신적인 행동이었다. 그날 어둠 속에서 다시 신음 소리와 함께 뭔가 육중한 것이 갈대를 때리는 낯익은 소리가 들렸다. 나는 몸이 떨렸지만, 동시에 웃음이 나서 큰 소리로 외쳤다.

"이게 누구야, 내 오랜 친구잖아!"

사실 그리 오래되지도 않았고, 우리는 친구도 아니었다. 놈은 끔찍한 존재였고, 괴물이었다. 그 두려움 없는 순간, 나는 녀석에게 깊은 애정과 유대감을 느꼈다. 그래서 놈을 만나러 나섰다. 내 안의 빛이 계속해서 심술을 부리며 상대는 괴물이라고 투덜댔다. 그래, 맞아. 하지만 기는 것과 이미 마주친 사람으로서 나는 이 훨씬 더 단순한 수수께끼를 받아들이기로 했다.

02: 신음하는 생물

한때 내가 피해 다니느라 바빴던 이 생물을 찾아낸 과정에 대해서 구구절절 설명하지는 않겠다. 발목이 부러지거나 진창에 빠지지 않도록 조심하며 늪지를 돌아다니고, 그저 바람에 흔들리는 갈대와 놈이 움직이면서 흔들리는 갈대를 구분하려고 애쓰는 일을 말해 무엇을 하겠는가.

결국 나는 무성한 갈대 사이에 섬처럼 자리 잡고 있는, 창백한 풀로 뒤덮인 공터로 나왔다. 저 멀리에 뭔가 창백한 피부에 유충과 같은 생김새를 한 괴물 같은 존재가 신음하며 몸을 떨고 있었다. 그 사지가 갈대밭을 두드리는 소리는 내가 이전에 봤던 무엇과도 비교할 수 없었다. 나는 곧 놈이 잠들어 있다는 사실을 깨달았다.

머리는 몸에 비해 작았고 내 반대쪽을 향하고 있었다. 그래서 내게는 두껍고 주름 잡힌 뒷목만 보였다. 아직 도망칠 기회는 있었다. 이곳을 떠나야 할 이유도 충분했다. 불안감이 밀려왔고 큰길을 피해 이동하려고 했던 결심도 흔들렸다. 하지만 놈의 무심함 속에 숨겨진 무언가가 나를 그 자리에 머물게 했다.

나는 총을 겨눈 채 앞으로 나아갔다. 놈에게 가까워지니 신음 소리에 귀가 찢어질 듯했다. 목 뒤에서부터 울려 퍼지는 괴상한 음성은 마치 살아 있는 성당의 종소리 같았다. 몰래 다가갈 수는 없었다. 땅 위에 흩어진 마른 갈대가 걸을 때마다 바스락거렸다. 하지만 그 소리에도 놈은 깨어나지 않았다. 나는 육중한 덩어리에 손전등을 비췄다. 녀석의 몸은 거대한 돼지와 민달팽이를 섞어 놓은 듯한 모습이었고, 창백한 피부 위에는 연두색 이끼가 덕지덕지 붙어 있었다. 팔과 다리는 돼지의 사지를 닮았지만, 끝에 세 갈래의 날카로운 발톱이 보였다. 배처럼 보이는 중간 부분에는 통통한 원생동물을 닮은 신체 부위가 두 개 더 붙어 있었다. 놈은 그 보조 다리 같은 기관을 이용해 거대한 몸뚱이를 비틀듯이 움직였지만 제대로 통제가 안 되는지 땅에 주저앉거나 불쌍하게 몸부림치기도 했다.

놈의 머리에 손전등을 비췄다. 유난히 두꺼운 목 위에 달린 작은 타원형의 머리는 분홍빛이었다. 이전에 발견했던 탈피한 껍데기와 마찬가지로, 그 얼굴은 탐사대에서 남편의 동료였던 심리학자와 같은 모습을 하고 있었다. 잠든 표정에는 상상하기도 싫은 끔찍한 고통이 그대로 드러났고, 입에서는 신음 소리가 계속해서 흘러나왔다.

놈은 사지로 땅을 파고들며 불편하게 주춤주춤 앞으로 움직였다. 눈 바깥쪽이 흰색 막으로 덮여 있어서 앞이 보이지 않는다는 사실을 짐작할 수 있었다.

나는 뭔가를 느꼈어야 했다. 그 만남에 감동을 받거나 혹은 구역질이 났어야 했다. 하지만 탑에 내려갔던 일 이후로, 기는 것에 의한 소멸 이후로 나는 아무것도 느끼지 못했다. 이해를 넘어선 고뇌와 트라우마가 그토록 적나라하게 보이는데도 단순하고 평범한 동정심조차 들지 않았다.

이 괴물은 특이한 눈빛을 한 돌고래나, 자기 몸에 익숙하지 않은 듯한 멧돼지처럼 되었어야 했다. 어쩌면 이 차이는 의도된 패턴의 일부일지도 모르지만, 나는 그 윤곽을 파악할 수 없었다. 하지만 내게는 오히려 돌고래나 멧돼지의 경우가 X구역의 실수로, 의도치 않게 아름답고 자연스러운 동화가 이루어진 것처럼 **느껴졌다**. 그리고 내 안의 빛이 가져올 변화는 어느 쪽에 가까울지 궁금해졌다. 이름 모를 해안으로, 바람과 습지 속으로 사라지는 일은 사실 두렵지 않았다. 어쩌면 언제나 바라던 일이었다. 하지만 맹목적이고 그칠 줄 모르는 의문이 나를 괴롭혔다. 빛이 나를 장악하는 과정이 고통스럽기보다 오히려 아름답게 느껴지는 자체가 속임수는 아닐까? 이 신음하는 생물에게는 아름다움이라는 말이 어울리지 않았다. 오직 섬뜩하게 침범당했다는 인상뿐이었다.

그런 사정으로 나는 놈이 끝없는 고통 속에서 몸부림치는 모습을 보면서도 전혀 개입할 수 없었다. 녀석의 고통을 끝내 줄 생각은 없었다. 내가 가진 정보가 완전하지 않기 때문이기도 했다. 나는 괴물의 정체나 놈이 정확히 어떤 일을 겪고 있는지 확실하게 알지 못했다. 고통스러워 보이지만, 사실은 인간이던 시절 꾸던 꿈과 그 꿈의 안락함 속에서 황홀해하고 있는지도 몰랐다. 어쩌면 이 대원이 X구역으로 **가지고 온** 무언가가 지금 이 모습에 영향을 미쳤을지도 모른다는 생각도 들었다.

지금 기억하는 건 여기까지다. 내 기억들은 수많은 다른 생각들과 뒤섞였다. 나는 괴물의 머리카락 표본을 채취했지만, 다른 표본들과 마찬가지로 아무런 소용도 없었다. 존경스러울 만한 일관성이지만, 물론 존경심이 들지는 않았다. 나는 모든 곳이기도 하고 아무 곳도 아니기도 한 장소에 피워 놓은 작고 서글픈 모닥불로 돌아갔다.

하지만 이 만남은 내게 어떤 식으로든 영향을 미쳤다. 나는 더 이상 빛에게 몸을 허락하지 않기로, 내 정체성을 포기하지 않기로 결심했다. 아직은 아니었다. 언젠가 나도 경계심을 내려놓고 갈대밭속의 신음하는 생물이 된다는 생각은 받아들일 수 없었다.

어쩌면 약해진 탓인지도 모른다. 아니면 단순히 무서웠는지도 모른다.

03: 섬

얼마 지나지 않아 수평선 너머로 섬의 흐릿한 그림자가 보이기 시작했다. 그래서 지금까지 얼마나 시간이 흘렀는지 헤아리기 어려웠지만, 이제는 섬에 도착하는 일이 시간문제라는 사실을 알 수 있었다. 탐사대에서 돌아온 남편과 마찬가지로, 섬은 텅 빈 것처럼 보였다. 섬에서 무엇과 만나게 될지 알 수 없었고, 그런 현실이 나를 정신 차리게 했다. 나는 내 안의 빛을 더 세심히 관찰하며 있는 힘껏 대항했다. 바보 같은 생각일지 몰라도 그 어느 때보다 좋은 상태로 섬에 도착해야 할 것만 같았다. 하지만 과연 뭘 위해서 그래야 한다는 말인가? 운 좋게 발견할지도 모를 시신을 위해서? 실제보다 더 평화롭고 안락하게 느껴지는 왜곡된 기억을 위해서? 나는 생물의 주된 목적이 호흡하고 먹고 배설하고 잠을 자고 번식하는 생존의 과정 말고는 하루하루 반복되는 일상을 즐기는 일뿐이라는 사실 외에는 그런 의문들에 대한 답을 알지 못했다.

나는 배낭을 단단히 잠그고 물속으로 뛰어들었다.

이 글을 읽는 사람이 모닥불 주위에 모여 있는 등장인물들의 뒤쪽 어딘가 늑대가 숨어서 기다리는 류의 소설이나 영화를 좋아한다면, 내가 들려줄 이야기에 실망할지도 모른다. 나는 섬으로 헤엄쳐 오는 길에 깊은 바다 속에서 기어 나온 레비아탄에게 공격받지도 않았다. 비록 춥고 지치기는 했지만 오래 걸리지 않아 무너진 등대에 거처도 마련했다. 식량도 충분했다. 물고기를 잡거나 산딸기를 따기도 했고, 아무 맛도 없지만 먹을 수 있는 알뿌리를 찾아 파내기도 했다. 때때로 덫을 놓아 작은 동물들을 잡기도 했고, 과일의 씨를 정원에 심거나 직접 퇴비를 만들어 비료를 주기도 했다.

처음 섬에 도착했을 때에는 다른 무엇보다 등대 때문에 당혹스러웠다. 섬의 등대는 육지의 등대와 꼭 닮은 모습이었고, 그 사실이 난해하면서도 잔인한 장난처럼 느껴졌다. X구역에 대한 해답에 다가가는 일을 방해하던 다른 수많은 정보들과 마찬가지였다. 어쩌면 이런 일치, 불완전한 유사성이 무언가에 대한 놓칠 수 없이 거대한 지표처럼 느껴지기도 했다.

나는 나중에 시간을 들여 등대와 주변의 건물들, 그리고 텅 빈 마을을 체계적이고 과학적인 철저함을 가지고 탐험했다. 하지만 위험

요소는 물론 식량과 물, 다른 사람의 흔적은 없는지 살피려면 좀 더 넓은 범위를 수색해야 한다는 생각이 들었다. 무슨 기대를 했던 건 아니었다. 첫눈에 봐도 건물의 대부분은 X구역이 생겨난 뒤로 놀랄 만큼 빠르게 낡아 허물어지고 있었기 때문이다. 그나마 등대가 가장 쓸 만한 대피 장소로 보였지만 누군가 머물렀던 흔적은 남아 있지 않았다. 오래된 파괴나 오염의 흔적은 보였지만, 얼마나 오래전의 일인지 알기 어려웠다. X구역이 그런 흔적들이 사라지는 일을 얼마나 가속하는지 측정할 수 없었기 때문이다.

섬은 길이가 23킬로미터에 폭은 10킬로미터, 둘레는 65킬로미터였고 계산해 보니 면적은 218제곱킬로미터 정도의 면적이었다. 소나무와 참나무가 울창한 숲이 내륙을 거의 차지한 채 해안 방면으로도 퍼져 나가고 있었다. 하지만 바다를 접한 해안에는 잦은 폭풍 때문인지 대부분 작은 나무들과 이끼, 뒤틀린 덤불밖에 없었다. 생각보다 마실 수 있는 샘물이 자주 보였는데, 언덕에서 해안으로 흐르는 강줄기의 지류였다. 지금은 폐허가 된 마을이 그 장소에 세워진 이유도 짐작이 갔다. 그곳이라면 바다에서 불어오는 폭풍도 막아 낼 수 있었다. 등대 근처에서 수도꼭지도 하나 발견했다. 손잡이를 돌리자 처음에는 갈색 녹물이 쏟아졌지만, 조금 기다려 보니 약간 어두운 색을 띤 해도 마실 수 있는 지하수가 흘러나왔다.

섬 안의 생태계는 풍부했다. 맹금류나 섬 여우가 경계심 많은 토끼들을 사냥했다. 여우는 제한적인 먹이와 환경에 적응한 종인지 몸

집이 아주 작았다. 새의 종류도 다양했다. 녹색제비와 암청색 큰제비부터 개고마리와 굴뚝새, 딱따구리와 쏙독새 그리고 다 분류하기 버거울 만큼 많은 종류의 해안 조류들을 찾아볼 수 있었다. 해가 저물자 새들은 시끄러운 합창을 시작했고, 그 풍성한 소란이 고요한 습지의 정적과 대조를 이루었다.

나는 며칠에 걸쳐 섬을 돌아다니며 섬 자체와 그 안에 존재하는 것들을 느꼈다. 관찰 내용을 기록하는 동안, 서던 리치가 제대로 된 지도 한 장 제공하지 않았다는 사실에 화가 났다. 하지만 설사 지도가 주어졌다고 해도 결국 돌아다니며 직접 확인하느라 같은 수고를 했을 터였다. 서던 리치뿐 아니라 X구역을 믿을 수 없었기 때문이다. 하지만 수색을 모두 마치고 나서도 섬에서 어떤 초자연적인 현상이나 비정상적인 부분을 발견하지는 못했다.

다만, 어쩌면, 그 부엉이를 제외하고는.

04: 부엉이

내가 남편을 찾았냐고? 어떻게 보면 찾았다고 할 수도 있다. 비록 내가 과거에 알던 모습은 아니었지만. 나는 바람에 뒤틀려 검게 죽어 가는 소나무들이 서로 엉켜 드리운 그림자 아래에 자라는 쐐기풀과 잡초, 그리고 키 큰 수풀을 헤치고 나아가 섬 반대편의 얕은 바다와 하얀 모래사장에 도착했다. 해변의 가마우지들이 버려진 부두의 잔해로 보이는 시멘트 덩어리와 바위들을 휴식처로 사용하고 있었다.

사람 키만 한, 솔잎도 다 떨어지고 검게 변한 소나무 한 그루가 바위들과 가마우지 떼 사이에 우뚝 서 있었다. 길게 뻗은 가지 위에는 평범한 수리부엉이 한 마리가 앉아서 쉬는 중이었다. 머리는 녹이 슨 듯한 갈색에, 턱과 목 부분의 깃털은 새하얗고 몸뚱이는 회색과 갈색의 얼룩 무늬였다. 내가 다가가는 소리를 뾰족한 귀로 들었을 텐데도 부엉이는 햇볕 속의 가마우지 떼를 바라보며 가만히 앉아 있었다. 그 모습이 어딘가 부자연스러워 나는 그 자리에 멈춰 섰다.

처음에는 부엉이가 다쳤다고 생각했다. 내가 더 가까이 다가가자 이리저리 날아다니며 불쾌한 듯 도망치는 가마우지들과 달리 꼼짝도 않아서 정말 다쳤다는 생각이 들었다. 보통 부엉이라면 날개를 펴고 숲속으로 사라졌을 테지만, 녀석은 여전히 뒤틀린 가지 위에 앉아 커다란 눈으로 지는 해를 빤히 바라보고 있었다.

심지어 바위 위에 올라가 불편한 자세로 나무 바로 곁에 설 때까지 날아가지도, 내 쪽을 돌아보지도 않았다. 다쳤거나 죽어 가고 있다는 생각이 다시 들었지만 위협적인 동물이 될 수 있기 때문에 나는 언제든 도망칠 준비를 했다. 부엉이는 속이 비어 있는 뼈와 가벼운 깃털을 감안해도 2킬로그램은 나갈 정도로 제법 덩치가 컸다. 나는 부엉이를 자극할 만한 행동을 하지 않도록 조심하며, 해가 지는 내내 부엉이 곁에 서 있었다.

예전의 연구 경험 덕분에 나는 부엉이가 다른 새들과 달리 두려움이 없고 더 영리하다는 사실을 알았다. 부엉이들은 대부분 멋지게 생겼고 항상 차분하게 뭔가를 관찰하는 성격으로 알려져 있었다. 해변이 너무 조용하다는 생각이 들었지만 그게 무슨 불길한 징조로 여겨지지는 않았다.

땅거미가 지자 부엉이는 매서운 노란 눈동자를 내게 향하더니 활짝 편 날개 끝으로 내 얼굴을 스치며 부드럽게 하늘로 날아올랐다. 그리고 조용히 날개를 펄럭이며 숲 쪽으로 사라졌다. 그런 특이한 행동을 보일 만한 여러 가지 이유를 상상하며, 나는 부엉이가 다시는 나타나지 않을 거라고 생각했다. 야생 동물들의 특이하지만 자연스러운 행동과 X구역이 의식적으로 보이는 행동을 구별하기가 때로는 쉽지 않은 일이었다.

그날 밤을 보낼 장소를 찾아야 했다. 해변 서쪽 구석에 바위들이 원을 그리며 모여 있고, 그 가운데에 오래전 불을 피웠던 검은 재가 보였다. 만조 수위보다 위쪽으로 거의 숲이 시작되는 부분까지 들어간 위치였다. 그리고 마지막 남은 햇살 속에서 색이 바래고 폭풍에 망가진 낡은 텐트를 발견했다. 한동안 이곳에서 사람이 살았다. 그게 누구였을지 생각해 볼 겨를도 없이 새로 불을 피우고, 그날 오후에 사냥한 토끼를 구웠다. 그리고 나서 완전히 지쳐 버린 상태로, 은은히 비추는 별빛 아래에서 파도 소리에 귀를 기울이며 잠이 들었다.

자다가 한 차례 깨어났을 때, 모닥불 건너편에 놓아둔 배낭 위에 부엉이가 앉아 있는 모습이 보였다. 부엉이는 토끼를 한 마리 더 잡아 왔다. 다시 잠이 들었다가 깨어나니 부엉이는 이미 사라지고 없었다.

나는 그곳에서 사흘을 머물렀다. 부엉이 때문이기도 했고, 그 만이 거의 완벽한 장소였기 때문이기도 했다. 남은 삶을 거기서 보내는 모습도 상상할 수 있었다. 또 모닥불을 누가 피웠는지, 텐트가 누구 것인지 알고 싶기도 했다. 비록 서던 리치의 로고는 없었지만 텐트는 규격에 맞는 보급품이 분명했다.

텐트 뒤쪽 숲으로 이어진 좁은 오솔길에서 나는 탐사대가 장비하는 권총을 발견했다. 내 것과 거의 비슷한 권총은 녹슨 권총집에 든 채로 이끼와 야생화 사이에 떨어져 있었다. 그 밖에도 탐사대의 유니폼, 내의, 재킷과 양말을 찾아냈다. 옷가지들은 신이 나서 벗어 던진 것처럼 들판 여기저기 흩어져 있었다. 나는 그 옷들을 다시 주울 생각도 없었고, 누군가의 윤곽을 다시 짜 맞추려는 시도도 하지 않았다. 이름은 남아 있지 않았고 남긴 편지 따위도 없었다. 텐트를 친 사람이 남편인지, 아니면 내가 모르는 다른 누구인지 영영 알 수 없을 터였다.

하지만 부엉이는 계속 가까이에 머물며 나를 지켜봤다. 늘 조금씩 가까이 다가왔고, 조금씩 내게 익숙해졌지만 결코 완전히 길들여지지는 않았다. 가끔 내 발치에 나뭇가지를 떨구기도 했는데 특별한 목적은 없는 행동처럼 보였다. 전형적인 부엉이처럼 고개를 끄덕이며 내게 인사를 하다가도, 몇 시간 동안이나 멀리 떨어져 뚱하니 앉아 있기도 했다. 한두 번 내 키 높이까지 내려와 앉아 있을 때 시험 삼아 다가가 보기도 했는데, 그러면 고양이처럼 쉬익 하는 소리를 내며 내가 물러설 때까지 날개를 퍼덕였다. 어떤 때에는 높은 가지에 앉아서 몸을 흔들거나 가지를 붙잡고 몸을 좌우로 움직이기도 했다. 그러고는 멍청한 표정으로 나를 내려다봤다.

나는 해변을 따라 계속 이동했고 때로는 가마우지들도 뒤를 따라왔다. 부엉이가 동행할 거라고 기대하지는 않았지만, 녀석이 모습을 드러내자 솔직히 반가웠다. 두 주가 거의 지날 무렵에는 부엉이가 내 손에서 먹이를 받아먹기도 했다. 한밤중에는 호기심으로 가득한 울음소리를 냈다. 여느 사람들은 신비하거나 무섭다고 하겠지만 내 귀에는 그 소리가 귀여웠고 꽤 건방지게 들리기도 했다. 부엉이는 밤이 되면 사라졌다가 동이 틀 무렵에 잠시 모습을 드러냈다. 녀석은 깃털이 엉키자 모래로 목욕을 하면서 기생충을 잡기도 했다.

조금만 방심하면 어떤 생각이 머릿속에 떠오르기에 애써 그런 생각들을 몰아내려 애썼다. 부엉이는 남편이 변한 모습일까? 남편이 나를 알아본 걸까 아니면 그저 인간에게 흥미를 느낀 부엉이일까? 다른 괴상한 동물들과 같은 존재감은 느껴지지 않았다. 적어도 나에게는 그랬다. 하지만 어쩌면 내가 이미 이곳에 적응해서 그런지도 몰랐다. 그런 특징들도 평범하게 느껴질 정도로 빛에 적응한 탓일지도 몰랐다.

한 바퀴를 다 돌고 나서 무너진 등대로 돌아왔을 때에도 부엉이는 여전히 나와 함께였다. 부엉이는 되도록 내 관심을 끌지 않으려고 했지만 해 질 무렵이 되면 어김없이 나타나 등대 옆의 나무에 앉았다. 우리 둘은 그렇게 함께 서 있고는 했다. 때로는 한낮에 나타나기도 했는데, 내가 울창한 나무 때문에 어둑한 길을 걷노라면 녀석이 따라와 큰 소리로 울면서 경고음을 보내기도 했다. 하지만 내가 동물들의 부자연스러운 행동을 싫어하는 줄 알기라도 하듯, 그보다 더 일찍 찾아오는 일은 없었다. 게다가 녀석에게도 따로 할 일이 있었다. 바로 사냥이었다. 일주일이 지나자 부엉이가 무너진 등대의 첨탑까지 올라가 앉았다. 가마우지 떼도 다시 나타났지만, 어쩌면 예전에 본 무리가 아닐지도 몰랐다. 하지만 나는 탐사에 나서기 전까지 그렇게 많은 새들이 모여 있는 광경을 본 적이 없었다.

낮 동안에 부엉이는 잠들기 전까지 햇볕을 쬐기도 했고, 낮은 소리로 코를 골기도 했다. 밤이 되어 내가 층계참에서 잠이 들 때면 녀석이 바람을 가르며 먹이를 찾아 숲속으로 날아가는 소리가 희미하게 들리곤 했다. 낮과 밤이 바뀌는 시간에는 무슨 일이든 가능할 것처럼 느껴졌다. 혹은 정말로 그렇게 믿는 것처럼 나 자신을 속였는지도 모른다. 어쨌든 나는 부엉이에게 말을 걸기 시작했다. 원래 동물을 의인화하는 일 따위는 싫어했지만 이미 부엉이의 특이한 행동을 본 이상 내 생각은 중요하지 않게 여겨졌다. 녀석이 내 말을 이해할 수도 있고 아닐 수도 있다. 하지만 이해하지 못한다 해도 소리는 인간보다 부엉이에게 더 중요했다. 그래서 겉보기와 달리 부엉이가 아닐지도 모르는 녀석에게 친절도 베풀 겸, 그리고 점점 더 강해지는 빛을 잠재울 겸 부엉이에게 말을 걸었다.

바보 같은 소리긴 하지만, 설사 부엉이 안에 내가 찾던 남자가 있다고 한들 내가 어떻게 알아볼 수 있을까? 혹은 어떻게 그 둘을 분리할 수 있을까? 어쨌든 우리 둘 사이에는 서로 쓸모 있는 공생 관계가 형성됐다. 비록 부엉이가 앉아 있던 가지에서 토끼나 다람쥐가 우연히 내 쪽으로 떨어지는 식으로 어설펐지만, 나는 부엉이를 위해 그리고 부엉이는 나를 위해 사냥했다. 부엉이가 말을 할 수 없다는 점, 또 기본적인 우정과 생존의 법칙을 고려할 때, 어쩌면 이런 방식이 과거 더 넓은 세상에서 익숙했던 규칙보다 더 적합했다. 섬에서 아직 다른 사람을 만나지는 못했지만, 예전에 누군가 여기에 살았다는 증거는 점점 더 많이 나타났다.

하지만 내가 기대했던 증거는 아니었다.

05: 탐구자와 감시단

섬의 정찰을 마치고 부엉이와 함께 돌아온 뒤로, 나는 등대와 주변 건물들 그리고 마을까지 천천히 측정하기 시작했다. X구역이 생기기 훨씬 오래전부터 아무도 살지 않았던 것처럼 보이는 마을 안에는 대로 하나와 작은 길 몇 개가 전부였다. 그나마 그 길들도 잡초가 무성하고 타이어 자국이 남아 있는 비포장도로와 만나며 끝났다. 마을 안은 텅 비어 있었다. 마음만 먹는다면 누구와도 싸우지 않고 이 지역의 지배자가 될 수 있을 듯했다.

'중심가'에는 넝쿨과 꽃나무, 잡목과 풀과 야생화가 서로 뒤엉켜 거대한 벽을 이루고 있었다. 다람쥐와 오소리, 스컹크와 너구리가 버려진 집들을 차지했고, 물수리는 구멍 난 지붕에 둥지를 틀었다. 유리가 깨진 창문 틈에는 비둘기와 찌르레기가 앉아 있었다. 마을 안에는 되살아난 자연의 느낌과 달콤한 꽃향기, 한여름의 신선한 풀 내음이 가득했다. 전혀 예상치 못한 흔적도 발견했다. 인간의 손길이 닿지 않는 줄 알았던 장소에서 인간이 남긴 거칠고 무례한 기념비와 마주친 충격은 그 여운이 오래 남았다.

마을 안 여기저기에, 섬에 들렀다가 다시 바다를 건너 돌아갔거나 혹은 죽었거나 변이해 버린 탐사대의 흔적이 남아 있었다. 평범한 지도가 든 배낭, 손전등, 총에 다는 조준경, 수통. 이런 유물들로부터 너무 많은 것을 읽어 내려는 시도가 내 자신의 나약함을 드러내는 것처럼 느껴졌다. 다른 사람들도 이 섬에 온 적이 있고, 성공 여부는 알 수 없지만 어떤 해답을 찾으려 했다는 사실을 안 것만으로도 충분한데 말이다.

하지만 이런 증거들에도 시간적인 차이가 있었다. 나는 그중 가장 오래된, 아마 X구역이 생기기 바로 전이나 직후에 남겨진 것으로 보이는 물건들에 더 관심이 갔다. 여러 사람이 모여 살았던 흔적인데, S&SB라고 적혀 있었지만 그 약자가 무엇을 의미하는지 알 수 있는 단서는 없었다. 바깥세상에서 혹은 훈련 도중에 S&SB라는 이름을 들었던 기억도 없었다. 하기야 이 섬에 대한 주의 사항은커녕 언급 자체가 없기는 했다. 서던 리치에 대한 배신감은 이미 새로울 것도 없었다.

여러 증거를 참고해 그들을 탐구자와 감시단(Seeker&Surveillance Bandits)이라고 부르기로 했다. 그들이 남겨 놓은 잔해들을 연구한 결과 그 이름이 적합해 보였다. 나는 한동안 이들의 정체와 섬에 머물렀던 목적을 재구성하기 위해 시간을 보냈다.

S&SB의 잔여물, 그들이 남긴 흔적은 주로 망가진 기계의 형태였다. 주로 전파를 기록하거나 적외선 파장 혹은 다른 진동을 측정하기 위한 장비처럼 보였고, 목적을 알 수 없는 기계들도 있었다. 그밖에 다 떨어진 (거의 읽을 수 없는) 서류들과 사진들도 찾았다. 녹음 장치들도 있어서 한 번에 30초밖에 작동하지 않는 고장 난 발전기와 연결해 봤지만 너무 느리게 재생되는 탓에 꺽꺽대는 소리만 들릴 뿐이었다.

이 모든 잔해들은 대로에 인접한 여러 채의 빈 건물 안, 무너진 벽 아래 숨겨진 장소나 침수의 피해를 비켜 간 지하실 한구석에서 나왔다. 실내에서 불을 피운 듯 바닥에 그을린 흔적이 남아 있기도 했다. 하지만 S&SB가 불을 질렀는지, 아니면 X구역이 모든 것을 삼키기 전 절망에 빠진 이들이 저지른 짓인지 확실하지 않았다. 나는 잿더미를 바라보며, 사건이 어떤 순서로 벌어졌는지 재구성하기란 불가능하다는 사실을 깨달았다. 누군가 무언가를 감추려고 불을 질렀기 때문이다.

발견물을 등대로 가지고 돌아와서는 도움도 안 되면서 주의 깊게 지켜보는 부엉이 앞에 늘어놓고 분류하기 시작했다. 그리고 용도가 불분명한 물건들의 목적을 짐작하려 애쓰면서 조각을 하나둘 맞춰 갔다. 여기 쓴 내용은 거의 추측에 불과하지만 내가 찾아낸 얼마 되지 않는 증거를 근거로 삼고 있다.

S&SB는 이 섬에 정착하면서 지형 조사가 아닌 철저한 등대 탐색부터 착수했다. 즉 그들은 분명한 목적을 가지고 이 섬에 왔다는 의미였다. 아무래도 섬과 육지의 등대 사이에 존재하는 관련성을 찾으려고 했던 모양이다. 조사 결과에 따르면 뭔가가 '옮겨졌을 수도 그렇지 않을 수도' 있었고, 어쩌면 내가 너무 잘 알고 있는 등대의 렌즈가 원래 이 등대의 것일 수도 있었다. 그런 맥락에서 볼 때 그것은 렌즈 자체와 별개로 존재했거나 혹은 별개로 '존재할 수도 아닐 수도' 있었다. 유명한 등대의 역사에 관한 책에서 찢어 낸 페이지들과 거기에 나와 있는 렌즈의 제조 및 선적 이력은 별 도움이 되지 않았다.

그들이 '어떤 물체를 혹은 기록 가능한 현상을' 찾는지에 대한 논쟁도 있었다. 그 논쟁 또한 결국에는 두 등대 사이의 관련성이라는 문제로 돌아왔다. 만약 '현상'을 찾아야 한다면 이 연결성이 중요했지만, '물체'라면 두 등대 중 하나만 관심의 대상이 될 터였다. 이런 파편들은 그들의 조직력이나 계획성과 대조적으로 수준이 낮았다. S&SB의 구성원 일부는 아주 기초적인 과학 지식조차 부족했고, 귀신이니 유령이니 하는 것들에 대한 낙서로 내 시간을 낭비하게 했다. 여러 단계들에 대한 정리는 기생이나 공생 관계와 같은 생물학적 관점으로 치환해서 파악할 수 있는 부분까지만 내 관심을 끌었다. 그중 일부는 한밤중에 별빛 아래 누워 외계에서 오는 전파를 기록하듯 자신들의 꿈을 적어 놓은 것 같았다. 소설이라고 생각하면 흥미롭게 읽을 수 있을지 몰라도 그 자체로 쓸모가 있는 내용들은 아니었다.

나는 이런 미신적인 기록들과 삼류, 사류의 두뇌에서 나온 비과학적인 관찰 자료를 함께 분류했다. 이런 자료들은 관찰의 정확성도 떨어지고 결론도 시시하기 짝이 없었다. 이 분류에는 수십 년 전에 이미 폐기된 이론들과, '전생물' 물질이나 '멀리서 봐도 으스스한 현상'에 대한 추정들도 포함되었다.

하지만 그 와중에도 눈에 띄는 일부 자료들은 전혀 다른 지적 수준을 갖춘 사람들이 작성한 것처럼 보였다. 그들은 질문을 던지면서도 대답을 얻으려고 서두르지 않았다. 그리고 하나의 질문이 다른 여섯 개의 질문을 더 유발하고, 그 여섯 개의 질문이 구체적인 결론으로 이어지지 못해도 개의치 않았다. 그들은 주위의 정신없는 동료들과 달리 인내심을 가지고 있었다. 이 두 번째 부류의 사람들은 육지의 주민들뿐 아니라 S&SB 소속의 인원도 감시했다.

어떤 존재의 유산에는 식별할 수 있는 흔적이 남을까? 확신할 수는 없지만, 어쨌든 나는 그런 존재를 발견했다고 느꼈다. 나중에 S&SB에 스며든 존재였다. 그 이후 지휘 명령 체계가 좀 더 고차원적으로 발전했다. 그 존재는 서류들 속에서 나를 바라보고 있었다.

다른 쓰레기들, 빈약한 추측들 속에서 **찾았다!**라고 쓴 쪽지가 나왔다. 손으로 쓴 승리감에 찬 필체였다. 하지만 다른 정보가 너무 부족해서 **찾았다!**라는 쪽지나 나를 바라보는 듯한 보다 지적인 존재에 대한 인식도 어떤 실마리를 제공하지는 못했다. 어딘가의 누군가는 더 많은 정보를 가지고 있겠지만, 어떤 요인(X구역?)이 서류들의 부패를 촉진하는 탓에 내가 발견할 가능성은 낮았다. 하지만 사실 이미 찾아낸 것만으로도 충분했다. X구역이 생기기 이전에 해안에서 어떤 조작이 행해졌다는 증거도 확보했고, 서던 리치가 고의로 이 섬에 대한 정보를 지도와 교육에서 제외했다는 사실도 경험을 통해 알 수 있었다. 이 두 가지는 긍정적인 확인보다 정보의 결여에 더 가까웠지만, 잔해 속에서 S&SB의 흔적을 더 열심히 찾아볼 동기가 되었다. 하지만 나는 최초의 조사에서 발견한 이상의 그 무엇도 찾아내지 못했다.

06: 시간의 흐름, 그리고 고통

내게는 조국으로 여기는 나라가 없었고, 선택의 여지도 없었다. 그저 우연히 어떤 국가에 태어났을 뿐이다. 하지만 시간이 지나면서 이 섬이 나의 조국이 되었고 다른 나라는 필요하지 않았다. 나는 섬에서 탈출하거나 원래 세상으로 돌아갈 방법을 찾지 않았다. 몇 년이 지나도 내가 피신하고 있는 섬으로 들어오는 사람이 없자, 서던 리치가 아직도 존재하는지 의심이 들었다. 설사 과거에 존재했더라도 이제는 다른 세상도 다음 탐사대도 없을 것처럼 여겨졌다. 나는 일종의 기억 상실에 대한 트라우마 혹은 망상증에 시달리기도 했다. 어쩌면 어느 날 아침에 일어나서 모두 기억해 낼지도 모른다는 생각이 들었다. 사실은 나를 대화할 상대라고는 부엉이밖에 없는 이 세상의 마지막 인간으로 만든 어떤 재앙에 대한 기억을 말이다.

나는 갑자기 닥친 폭풍과 가뭄을 견뎌 냈고, 칠칠치 못하게 발가락을 못에 찔리기도 했지만 그 상처도 이겨 냈다. 독사나 독거미에 물린 적도 있었다. 내가 주위 환경에 아주 잘 적응한 뒤로는 어떤 동물도, 자연스러워 보이는 것이든 아니든 굳이 나를 피하려 들지 않았다. 그래서 어쩔 수 없는 경우를 제외하면 생선만 먹기로 했고, 점점 더 과일과 채소를 주식으로 삼았다. 하지만 가끔은 식물이 하는 말도 이해할 수 있을 듯한 생각이 들었다.

오랜 침묵과 고독 속에서 X구역은 때로 생각하지도 못한 방식으로 자신을 드러냈다. 조각들이 제대로 들어맞지 않는 퍼즐처럼 하늘에 미세한 균열이 보이기도 했고, 내가 머무는 장소 주위로 보이지 않는 유령 같은 존재들이 스쳐 지나가는 것을 느낄 때도 있었다. 그래서 초자연적인 현상을 강조한 S&SB에 대한 내 반감을 다시 생각해 보게 되었다.

어느 날 밤, 공터에 가능한 한 조용히 섰을 때 등 뒤에서 알 수 없는 존재의 **숨결** 혹은 무게가 느껴졌다. 나는 목이 터져라 울어 대는 개구리의 심장이 스무 번 뛸 때 내 심장은 한 번 뛸 정도로 호흡을 느리게 조절했다. 그렇게 하면 뒤돌아보지 않고도 소리를 듣거나, 아니면 다른 방법으로 무엇이 나를 지켜보고 있는지 알 수 있을 듯했다. 하지만 다행히도 잠시 후 그 존재는 하늘로 날아갔는지 땅속으로 파고들었는지 사라져서 더 이상 느껴지지 않았다.

한번은 하늘이 뚫린 듯 부자연스럽게 비가 내렸고 내 시야의 가장자리에서 기묘한 빛이 타올랐다. 나는 그 빛이 멀리 있는 등대의 신호라고, 나를 찾기 위해 또 다른 탐사대가 파견되었다고 생각했다. 하지만 그 빛은 내가 지켜보는 가운데 어둠을 뚫고 점점 더 강해졌다. 그리고 그 빛을 통해 순간적으로 사나운 먹구름 혹은 거대한 생명의 태동과도 같은 그림자가 보였다. 이런 현상은 지난 30년간 때때로 나타났고 자주 밤하늘의 변화를 동반했다. 그런 밤이면 내 안의 빛이 세차게 떨렸고, 달이 떠오르지 않았다. 달이 떠오르지 않은 밤에는 하늘의 별들도 낯설었다. 내가 알지 못하는 우주에 속한 듯 이질적으로 보였다. 그런 밤에는 내가 천문학자가 아니라는 사실이 원망스러웠다.

적어도 두 차례, 이런 변화가 더욱 두드러지게 나타났다. 밤하늘에 지진이라도 난 것처럼 균열이 생겼다가 닫히더니 칠흑 같은 어둠만이 남았다. 바깥세상, 혹은 우주 어딘가에서 재앙이 일어난 것이 분명했다. 적어도 나는 그렇게 믿었다. 나를 둘러싼 주위 세상이 더 강력하고 단단하게 느껴지며 현실의 무게와 향기가 한층 더 강해졌다. 한때 목격했던, 너무나 인간적인 눈빛으로 나를 쳐다보던 돌고래의 눈이 새로운 매 단계마다 주위를 둘러싼 살 속으로 더 깊이 파고드는 듯했다.

그런 관측을 하는 동안 한 가지 질문이 떠오른다. 내 망상의 본질은 무엇일까? 내가 아는 밤하늘 대신 환각을 보는 걸까? 그게 아니라면 정말로 낯선 밤하늘을 보고 있는 걸까? 저 중에 어떤 별을 믿고 따라가야 할까? 나는 그런 밤마다 무너진 등대에서 바다를 바라보며, 지금의 이 형태, 이 몸으로는 절대 대답을 얻지 못할 거라는 사실을 깨닫는다.

사실 나는 나 자신을 상처 입히면서 생존하고 있었다. 섬까지 헤엄쳐 오기 직전, 반대편 해안에 서 있을 때는 고통을 이용해서 빛을 밀어냈다. 방법은 다양했고 나는 치밀했다. 거의 익사하거나 질식하기 직전까지 가기도 했다. 생각처럼 힘든 일은 아니었다. 내 안에 도사리고 있는 존재가 무엇이든 통증을 느낌으로써 놈을 속일 수 있었다. 녹이 슨 못이나 뱀의 독처럼. 그 결과, 고통은 더 이상 내게 문제가 아니게 되었다. 고통은 내 존재를 확인해 주는 증거였다. 고통이 나를 구해 주지 않았다면 멍하니 바람과 비와 바다를 바라보다 존재를 잃고 사라져 버렸을지도 모른다.

내가 보낸 세월을 기록하는 별난 혹은 병적인 방식 같지만, 고통을 느낄 수 있는 가장 편리한 여러 가지 방법들을 다른 문서에 적어놓았다. 그리고 그 방법들을 돌아가면서 사용할 수 있는 주기도 확인했다. 하지만 다른 선택의 여지가 있다면 그런 방법을 추천하고 싶지는 않다. 식량을 구하고 청소를 하는 것처럼 고통에도 결국에는 익숙해지기 때문이다.

오랜 시간이 지나자 고통은 마치 오랜 친구처럼 익숙해졌다. 나는 식이 요법을 중단했다. 이제 남편을 더 잘 알아볼 수 있을까? 고통이 없었다면 적응하기 더 힘들었을까? 앞으로 적응해야 할 수많은 변화들 속에서 이런 생각도 사라질 거라고 예상했다. 여태까지 수많은 방법으로 지연시켜 왔으니 내 변화는 더 극적일 터였다. 어쩌면 신음하는 괴물과 같은 존재로 변할지도 모른다. 그렇게 변하고 나면 진짜 별을 볼 수 있을까?

가끔은 일부러 의도하지 않았는데도 고통이 찾아온다. 지난 서른 해 동안 내 친구였던 부엉이가 지난주에 죽어 버렸다. 너무 늦게 알아차려서 도와줄 수도 없었다. 부엉이는 나이를 먹어서, 눈동자는 아직 크고 반짝였지만 깃털 색이 흐려져 위장 효과가 형편없었다. 잠이 늘고 사냥을 나가는 횟수도 줄어들었다. 나는 등대 꼭대기에 있는 녀석의 둥지를 찾아가 손으로 쥐를 먹여 주곤 했다.

부엉이가 며칠 동안 보이지 않아서 찾아 나섰다가 숲속에서 시체를 발견했다. 녀석은 몸이 약해진 탓인지 아니면 눈이 보이지 않아서인지 부상을 당했고, 날개가 부러진 채 땅에 떨어졌다. 여우 한두 마리가 녀석을 발견한 모양이었다. 갈색과 붉은색의 덩어리로 변한 부엉이는 눈을 감고 고개를 옆으로 돌린 채 늘어져 있었다. 이미 숨을 거둔 이후였다.

이미 오래전 등대 한구석에 버려진 내 현미경은 세월의 흔적과 이끼에 뒤덮인 상태였다. 표본을 채취하고 이미 알고 있는 사실들을 다시 발견할 의욕도 더 이상은 없었다. 어차피 그토록 오래 함께하면서도 밝혀내지 못했던 부엉이의 비밀을 현미경이 알려 줄 리도 없었다.

내가 무슨 말을 해야 할까? 그가 그립다는 말?

명암등

0011: 유령새

유령이 되어 버린 또 다른 자신의 편지를 읽다니, 무슨 이런 삶이 있을까? 다른 사람의 기억을 가지고 살면서 그게 진짜라고 느낀다 해도 그 삶은 완전히 거짓일 수밖에 없다. 그건 그녀의 삶이었다. 생물학자가 생각하고 살았던 삶이다. 그렇다면 지금 이 순간은 유령새의 생각이자 삶이라고 할 수 있을까? 분노와 경외가 다툼을 벌였고, 다른 누구도 아닌 그녀 자신이 그런 감정을 강요하고 있었다. 그녀는 그런 감정들이 계속해서 충돌하도록 내버려 뒀다. 그런 식으로 자신의 반응이 단순한 흉내가 아니라는 믿음을 얻었다. 비록 자신의 존재가 실수라고 해도 독자적으로 생존 가능한 실수라는 믿음을. 늪지에 해골로 남아 있는 신음하는 괴물처럼 단순한 기형이 아니라 유의미한 돌연변이라는 믿음을.

유령새에게는 묻고 싶지 않은 질문들이 있었다. 그 의문들이 구체적인 존재가 되어, 뼈대에 살과 피부가 붙기를 원하지 않았기 때문이다. 그녀는 감탄도 공포도 제어할 수 있지만 적어도 컨트롤은 준비가 되어 있지 않았다. 그리고 어떤 측면에서는 그런 종류의 목적을 가지고 밀어붙이기도 피곤한 일이었다. 유언장은 X구역의 현실을 부정하는 것처럼, **생물학자**조차 전혀 알아낸 바가 없다고 말하는 것처럼 보였다. 그레이스가 이미 3년이나 먼저 여기에 와 있었고, 그들은 너무 먼 거리를 너무 빠르게 이동하느라 공평하지 않다는 걸 알면서도 시도해 봐야 하는 걸까?

해가 저물고 밤이 되자 적막과 어둠이 찾아왔다. 그레이스가 먼저 말을 꺼냈다.

"우리는 우주비행사예요. 탐사 대원들 모두가 우주비행사였어요."

나름대로 안정감을 주는, 일종의 닻이 되는 말이었지만 컨트롤은 그런 생각을 하고 싶지도 않으며 어떻게든 외면하고 싶다는 듯한 표정을 지었다. 컨트롤은 그레이스가 등대에서 발견한 생물학자의 일지를 무릎 위에 올려놓고, 역시 생물학자가 남긴 누렇게 변한 편지를 왼손에 꼭 쥐고 있었다. 유령새에게는 그 편지를 읽으면서 마지막 부분의 공백을 채우는 일이 흥미로웠고 공백은 아직도 남아 있었다. 탑의 가장 밑바닥에 있던 흰색의 빛. 기는 것 안에 나타난 등대지기의 모습. 직접 보지 않고는 믿기 어려운 이야기들이었다. 하지만 그녀는 컨트롤이 그것들을 새로운 증거이자 희망으로, 모든 의문들에 대한 해답으로 이끌어 줄 실마리로 여긴다는 사실을 알고 있었다. 그레이스가 이미 조사하고 고민한 정도로는 충분하지 않다고 생각하는 듯했다.

"여긴 지구가 아니군요." 유령새가 말했다. 우리가 지구에 있을리 없어. "이렇게 시간이 크게 왜곡된 걸 보면 말이에요. 생물학자가 본 것들도 그렇고."

그들이 여기에도 어떤 규칙이 있다고 믿으려 든다면, 비록 불명확하고 추상적이라도 어떤 규칙이 존재한다면, 여기는 지구일 리없었다. 하지만 정말 그럴까? 그저 시간이 비합리적이고 비지속적으로 변해 버린 탓은 아닐까?

그레이스가 여전히 주저하며 두 사람과 거리감이 느껴지는 말투로 마침내 말했다.

"그게 내 결론이에요. 과학 부서에서 제기했던 여러 가설 중 하나였죠."

"일종의 웜홀이란 말이군요."

컨트롤이 말했다. 그로서는 거기까지가 한계였다. 그 이상을 끌어내기 위해서는 빛이 필요했다.

그레이스가 기가 막히다는 듯 그를 응시햇다.

"당신은 X구역이 우주선이라고 생각해요? X구역이 우주 공간을 이동하고 있다고? 웜홀이라니? 좀 더 머리를 써 봐요. 우리가 현실로 받아들일 수 있는 뭔가를 생각해 보라고요."

두 사람에게 활력을 불어넣을 만한 경외감이 거세된 건조하고 단호한 말투였다. 이미 3년이라는 시간을 이곳에서 보낸 탓일까 아니면 고향에 두고 온 사랑하는 사람들에 대한 생각 때문일까?

컨트롤은 최면에라도 걸린 듯이 천천히 입을 열었다.

"우리가 너무 빠르게 분해된다고 생각했던 X구역의 모든 것들은…… 그 대부분은 그저 실제로 시간이 많이 흘렀을 뿐이었어요."

마을의 잔해나 등대의 비밀 문 아래 쌓여 있던 일지들처럼, 실제로 어떤 물건들은 아주 오래된 것처럼 보였다. 경계가 생기고 나서 최초의 탐사대가 진입했을 때, X구역 안에서는 너무 많은 시간이 흐른 뒤였다. 어쩌면 경계가 생긴 이후에도 그 안에 있던 사람들은 생각보다 훨씬 더 오래 **생존**해 있었을지도 몰랐다.

"어떻게 이걸 전에는 아무도 몰랐던 겁니까?" 컨트롤이 말했다. "어째서 **전에는** 알아내지 못한 거죠?"

그렇게 반복하면서 자신이 진실에 다가가지 못하게 방해했던 자들을 심판이라도 하는 듯한 말투였다. 하지만 반복은 그들의 무지만을 강조할 뿐이었다.

"오염된 자료." 그레이스가 말했다. "훼손된 표본. 불완전한 정보."

"대체 어떻게……"

"그레이스 말은 너무 많은 탐사대가 혼란에 빠지고 망가진 채로 돌아왔거나 아예 돌아오지 못했기 때문에 서던 리치가 신뢰할 만한 표본들을 확보하지 못했다는 뜻이에요."

X구역이 이동하거나 변화를 겪는 동안에는 시간 왜곡이 더 심해져서 거의 측정이 불가능했을 거라는 의미였다.

"그 말이 맞아요." 그레이스가 말했다. "그 누구도 분명하게 관찰하고 그렇게 측정한 결과를 기록할 만큼 X구역에서 오래 생존했던 사람이 없었죠."

모순적인 자료, 모순적인 목적들. 도움이 되지 않는 적대 세력.

"하지만 생물학자는 믿을 수 있다는 말입니까?"

컨트롤이 물었다. 생물학자의 복제가 내놓은 가설이 의심스러워서일까? 유령새와 달리 그로서는 이런 일을 받아들일 수 없어서일까?

"내 말은 믿겠어요?" 그레이스가 말했다. "나도 하늘에서 이상한 별들을 봤어요. 하늘에 균열이 생기는 장면도 봤죠. 난 여기에서 **3년** 동안 살았으니까요."

"그럼 말해 봐요. 만약 우리가 있는 곳이 지구가 아니라면 어떻게 태양과 별들과 달이 있는 겁니까?"

"그건 중요한 문제가 아니에요." 유령새가 말했다. "그토록 위장에 능숙한 유기체들에게는요."

"그럼 뭐가 중요하죠?"

컨트롤은 그 발상의 거대함을 받아들이기 위해 애쓰며 좌절했다. 유령새는 그 모습을 지켜보기가 괴로웠다.

"중요한 문제는." 그레이스가 말했다. "바로 이 유기체 혹은 유기체들의 목적이 무엇인가 하는 점이에요. 그리고 우리가 어떻게 살아남을 수 있을지도."

"우리는 그들의 목적을 압니다. 우리를 죽이고, 변형시키고, 제거하는 거죠. 그게 우리가 애써 모른 척하려는 사실 아닌가요? 국장과 당신, 체니와 다른 모두가 애써 모른 척했던 일 아니냐고요? 그게 그저 우리 모두를 죽이려 들 뿐이라는 생각 말입니다."

"당신은 우리가 이런 대화를 수도 없이 했을 거란 생각이 안 드나요?" 그레이스가 말했다. "돌파구를 찾아보려고 모든 가능성을 계속해서 고려했을 거란 생각이 안 들어요?"

"사람들은 자기들도 모르는 사이에 패턴을 만들어 내죠." 유령새가 말했다. "이 유기체도 목적을 가지고 있지만, 동시에 그 목적과는 크게 상관없는 패턴을 만들어 내는 거죠."

"빌어먹을, 그래서 어쨌다고." 컨트롤이 덫에 걸린 짐승처럼 으르렁댔다. "빌어먹을, 그래서 어쨌다는 겁니까?"

유령새와 그레이스의 눈이 마주치자, 그레이스가 시선을 돌렸다. 컨트롤은 이 지식을 받아들일 준비가 되어 있지 않았다. 그 지식이 그를 안에서부터 먹어 치우고 있었다. 어쩌면 뭔가 구체적인 사실이 그의 관심을 돌릴 수 있을지도 몰랐다.

"막대한 에너지가 생성되고 또 방출되고 있어요." 유령새가 말했다. "경계가 어떤 종류의 막이라면, 어딘가 다른 곳에 그 에너지를 쏟아 내는 곳이 있을지도 몰라요. 경계에 닿은 것들이 어떻게 사라졌는지 생각해 봐요."

"하지만 그것들은 사라지지 않았어요, 안 그래요?"

그레이스가 말했다.

"아닐 거예요. 난 어딘가 다른 곳으로 보내졌다고 봐요."

"*어디로?*" 컨트롤이 물었다.

유령새는 어깨를 으쓱하며 X구역으로 들어오는 여정과 그때 본 파멸과 절망을 떠올렸다. 폐허가 된 도시들. 그건 진짜였을까? 그들에게 어떤 단서를 준 걸까? 혹은 그저 환각이었을까?

막들과 차원들. 무한대의 공간. 무한대의 에너지. 손쉬운 분자의 조작. 인간을 인간이 아닌 것으로 바꾸려는 계속적인 시도들. 생태계 전체를 다른 장소로 옮기는 능력. 바로 지금 외부 세계가 존재한다면, 여전히 외계의 지적 생명체를 찾기 위해 전파 신호를 보내고 있을 터였다. 하지만 유령새는 그 신호가 누군가에게 도달할 거라고 생각하지 않았다. 사람들이 자신들의 관점에 사로잡혀 있는 경우 중 하나였다. 만약 감염이 어떤 메시지이고, 빛이 일종의 교향곡이라면? 기이한 방식의 의사소통이라면? 만약 그렇다면 그 메시지는 전달되지 못했고 아마 앞으로도 전달되지 못할 터였다. 메시지가 과정 자체에 매몰되어 버린 것이다. 그런 안이한 결론에 도달한 것은 상상력의 결여 때문이었다. 인간이 가마우지나 부엉이, 고래나 호박벌의 생각조차 이해하지 못하기 때문이었다.

자신은 그렇게 부족한 존재들과 한편이고 싶은가? 애초에 자신에게 남은 선택의 여지가 있을까?

　창문에서 내다보면 키 작은 건물들이 늘어서 있었다. 지붕은 사라졌고, 파이고 망가진 콘크리트 벽에는 넝쿨이 자랐다. 옆쪽의 흰 페인트는 군데군데 벗겨졌고, 녹색으로 뒤덮인 집들은 뿌연 절망감 속에 서 있었다. 마치 온실처럼 변해 버린 건물 안의 흙더미 위에는 작은 십자가들이 줄지어 늘어섰다. 흙을 덮은 지는 얼마 되지 않아 보였다. 아마 그 아래에는 그레이스가 직접 묻은 시신들이 있을 터였다. 어쩌면 그레이스가 거짓말을 했을지도 몰랐다. 많은 직원들이 그레이스를 따라 섬으로 왔다가, 그녀는 피할 수 있었던 어떤 운명을 맞이했을지도 몰랐다. 유령새는 잠든 척하면서 그레이스와 컨트롤의 대화를 전부 엿들었다. 그레이스가 컨트롤의 머리에 겨눈 총을 치우지 않는다면 언제라도 나설 준비가 되어 있었다. 스스로 원하지 않는 이상 그 누구도 그녀를 약에 취하게 할 수는 없었다. 유령새의 몸은 그렇게 만들어지지 않았다. 더 이상은.
　하지만 그녀는 지금 보는 경치가 마음에 들지 않았다. 망가진 도로와 단순한 공터라기보다 어떤 폭력의 흔적처럼 보이는 숲의 '흠 집'은 본능적인 불편함을 느끼게 했다. 반대쪽 창문으로는 고요한 바다가 내려다보였고, 그 너머의 육지도 평범해 보였다. 하지만 워낙 먼 거리라 습격당한 수송대의 참상이 가려져 있을 뿐이었다.

뒤쪽에서 그레이스와 컨트롤이 이야기를 나누고 있었지만 유령새는 끼어들지 않았다. 두 사람의 대화는 제자리를 맴돌고 있었다. 마치 컨트롤이 자기 주위에 참호와 해자를 파서 스스로를 가두고 그무엇도 안쪽으로 들어오지 못하게 막고 있는 듯했다. 어떻게 이게 가능하고, 어떻게 저게 가능하고, 그리고 왜 이런 일이 벌어졌는가? 그가 알던 것들, 그리고 안다고 생각했던 것들과 절대로 알 수 없는 것들 모두가 그를 괴롭히고 있는 것 같았다.

유령새는 그 대화가 어디로 흘러갈지 알고 있었다. 인간들의 대화는 늘 그런 식이다. 무엇을 해야 할지 결정하는 일. 이제 뭘 **해야** 할까? 이제 어디로 **가야** 하지? 어떻게 하면 **전진할** 수 있지? 이제 우리의 **목표**는 뭐지? 마치 목표가 문제를 해결할 수 있다는 듯이 그런 질문을 던진다. 목표만 세우면 그동안 놓치고 있던 무언가의 윤곽을 드러내어 되살려 낼 수 있다고 생각하는 것처럼.

심지어 생물학자도 마찬가지였다. 기이한 부엉이의 행동을 사라진 남편과 연관 지어 생각함으로써 우연일지도 모르는 현상에 패턴을 부여했다. 어쩌면 전혀 다른 어떤 의례의 증거나 잔재였을지도 모르는데 말이다. 그리고 그녀가 S&SB에 대해 가지고 있던 확신도 다를 바가 없었다. 어떤 대상의 존재를 파악한다 해도 그 이유에 대해서는 영영 모를 수도 있었다.

'왜'라는 질문을 부정하는 것이 이 섬의 매력이기도 했다. 생물학자뿐 아니라 이런 지식들을 가진 채 거의 3년 동안 여기서 홀로 견려야 했던 그레이스에게도 마찬가지였을 거라고 유령새는 생각했다. 드디어 동지가 생겼다는 안도감을 느끼면서도, 좀처럼 안정을 찾지 못하고 여전히 초조해하는 그레이스를 바라보며 유령새는 그녀가 여전히 중요한 정보를 숨기고 있다는 의심이 들었다. 그레이스의 조심성이나 좀처럼 푹 잠들지 못한다는 증거는 '왜'라는 또 다른 숨겨진 질문의 윤곽을 드러냈다.

그 순간 유령새는 두 사람 모두로부터 멀리 떨어져 있는 듯한 느낌을 받았다. 마치 그들이 지구가 아닌 먼 우주에 있을지도 모른다는, 시간이 무자비하게 흐르고 있다는 지식이 그들을 멀리 밀어내는 것 같았다. 그리고 그녀는 두 사람을 경계에서 빛나는 문 틈으로 바라보고 있는 듯한 기분이 들었다.

컨트롤은 등대지기나 본부 같은 그나마 안전한 주제들로 대화를 돌리기 시작했다. 불꽃놀이처럼 폭발하는 은하계나 서던 리치가 X구역의 요새가 되어 버린 일, 사람들이 괴물로 변하는 이유는 하늘을 날아가던 괴이한 존재만이 알고 있다는 이야기는 외면했다.

"본부는 이 섬을 언제나 비밀로 해 왔어요. 이 섬에 대해 감춘 채로 계속 탐사대만 보냈던 거지, 여기로…… 이 빌어먹을 장소로, 원래 있어야 할 곳에 있지도 않은 장소로 말입니다. 제기랄, 사람들은 계속 죽어 나갔고, 대항할 기회조차 없었어요. 게다가……."

컨트롤은 말을 멈출 수 없었다. 멈출 생각도 없었다. 그저 가끔 말꼬리를 흐리다가 다시 이어 갈 뿐이었다.

보다 못 한 유령새가 컨트롤을 제지하며 옆에 무릎을 꿇고 앉아서 생물학자의 일기와 편지를 조심스럽게 빼앗았다. 그리고 컨트롤을 두 팔로 감싸 안았다. 그레이스는 무안했는지, 아니면 자신 또한 위로가 필요하다는 사실을 감추고 싶었는지 시선을 돌렸다. 컨트롤은 유령새의 품 안에서 발버둥쳤다. 유령새는 그를 포옹한 채 비정상적인 온기를 느꼈다. 이윽고 컨트롤이 반항을 멈추더니 그녀를 살짝 안았다가 다시 꽉 끌어안았다. 유령새는 아무 말도 하지 않았다. 무슨 말이든 한 마디라도 하면 컨트롤을 모욕하는 것 같았다. 그녀는 그러지 않을 만큼은 그를 아끼고 있었다. 무슨 대가를 지불해야 하는 일도 아니었다.

컨트롤이 진정하자, 유령새는 팔을 풀고 일어서서 그레이스에게 주의를 돌렸다. 아직 묻고 싶은 질문들이 남아 있었다. 시끄럽게 굴던 새들은 이제 조용해졌지만, 어쩌면 파도와 바람, 자신들의 숨소리와 그레이스가 발로 통조림 깡통을 이리저리 굴리는 소리가 너무 커서 들리지 않을 뿐인지도 몰랐다.

"생물학자는 지금 어디에 있죠?" 유령새가 물었다.

"그건 중요하지 않아요." 컨트롤이 말했다. "적어도 지금은. 파리나 새가 되어 버렸을지도 모르죠. 혹은 그 무엇으로도 변하지 않았을지도 모르고. 죽었을까요?"

그 말에 그레이스가 유령새의 마음에 들지 않는 방식으로 웃음을 터뜨렸다.

"그레이스?"

그녀는 그레이스가 대답을 하지 않고 넘어가도록 내버려 둘 생각이 없었다.

"맞아요, 생물학자는 분명 살아 있어요."

"그럼 어디에 있죠?"

"저 바깥 어딘가에."

갑자기 커다란 소리가 들려왔다. 멀리서 무게와 움직임 그리고 크기와 존재와 의도가 전해졌다. 유령새의 머릿속 무언가가 그것과 연결되어 있었다. 그 사실을 되돌릴 방법은 없었다.

"그리 먼 곳은 아닌가 보네요." 유령새가 말했다.

그레이스는 겁에 질린 표정으로 고개를 끄덕였다. 지금까지 그녀가 들려준 그 모든 말도 안 되는 이야기들에도 불구하고, 그들에게 도저히 말할 수 없었던 일이었다.

"생물학자가 여기로 오고 있어요."

한때 부엉이가 둥지를 틀었던 곳으로 돌아오고 있었다. 이제 그녀의 도플갱어가 서 있는 곳으로 다가오고 있었다. 그 소리. 소리는 더 커졌다. 나뭇가지가 부러지는, 아니, 나무 둥치가 부러지는 소리였다.

생물학자가 언덕을 내려오고 있었다.

장엄한 괴물의 모습으로.

유령새는 그것을 층계참 창문으로 목격했다. 숲이 우거진 언덕의 자욱한 안개 속에서, 생물학자의 형체가 밤의 어둠 사이로 드러나는 장면을. 반짝이는 에메랄드빛 근육이 요동치는 거대한 몸뚱이가 숲을 가로질러 미끄러지듯 언덕 아래로 내려왔다. 그 뒤쪽으로 쓰러지고 부러진 나무들이 불쏘시개처럼 흩어졌다. 생물학자를 떠올리게 하는 냄새. 짙은 소금물과 기름 그리고 짓이겨진 허브의 날카로운 향. 그것이 내는 소리는 마치 바람이 바다에 부딪혀 생기는 진동처럼 들렸다. 뭔가를 찾고 있었다. 질문을 던지고 있었다. 의사소통 혹은 교감. 그 사실을 유령새는 알 수 있었다. 그녀는 이해할 수 있었다.

언덕 자락이 살아나서 마치 용암이 흐르듯 무너진 등대로 밀려오고 있었다. 이 침범. 밤하늘을 가리며 강대한 형상으로 다시 뭉친 어둠이, 구름 그리고 숲의 윤곽을 따라 생겨난 더 큰 그림자에 반사되어 환해졌다.

그 육중한 괴물, 그 레비아탄은 등대를 향해 다가오면서도 어째서인지 반쯤은 여기에 있고 반쯤은 여기에 없었다. 그것을 바라보고 서 있는 유령새를 향해 다른 두 사람이 창가에서 떨어지라고, 달아나라고 소리를 질러도 유령새는 움직이지 않았다. 두 사람이 끌어내려고 했지만 꼼짝도 하지 않았다. 그녀는 마치 거대한 파도가 유리창을 때리는 폭풍에 맞서는 배의 선장처럼 버티고 섰다. 그레이스와 컨트롤은 도망치기 위해 층계를 달려 내려갔다. 다음 순간 거대한 충격이 전해졌다. 그것이 등대에 몸을 기댔다. 등대는 간신히 버틸 뿐이었다.

노랫소리는 점점 더 커져서 거의 견딜 수 없을 정도가 되었다. 첼로처럼 깊은 음색이다가, 딸깍거리고 거슬리는 소리였다가, 다시 소름 끼치고 애절한 곡조로 변했다.

거대하고 육중한 언덕이 유령새의 앞에 펼쳐졌다. 그것의 윤곽은 흐릿하게 흔들리며 어딘가 다른 장소로 미끄러져 들어가고 있는 듯했다. 한때 생물학자였던 그 산은 거의 창문 높이까지 다가왔다. 너무 가까워서 그 등 위로 뛰어내릴 수도 있을 것 같았다. 넓적하고 커다란 머리처럼 보이는 부분은 동체에서 바로 이어져 있었다. 동쪽으로 이미 등대를 지나쳐 간 거대한 곡선은 아마 입으로, 고래처럼 어두운 골이 파진 부분은 옆구리로 보였다. 말라붙은 해초와 미역 따위가 몸에 매달려 있었고, 온통 바다내음이 풍겼다. 등에는 깊은 바다 속에서 웅크리고 지냈던, 그 거대한 뇌 안에서 잃어버린 시간 동안 만들어진 수백 개의 작은 분화구가 자리 잡고 있었다. 그 웅덩이 안에서는 따개비들이 녹색과 흰색의 별천지를 이루었다. 다른 괴물들과 싸우다 생긴 생물학자의 피부 위 흉터들은 하얗게 아물어 가는 중이었다.

온몸에는 수많은 눈들이 빛나고 있었다. 일반적인 눈, 홑눈, 두정안이 여기저기서 꽃처럼 말미잘처럼 활짝 펼쳐졌다. 그 눈들은 마치 밤하늘에서 내려온 살아 있는 별자리처럼 보였다. 생물학자의 눈. 유령새의 눈. 거대하고 깜빡이지 않는 눈들이 그녀를 올려다봤다.

그것이 뭔가를 찾아 아래층으로 짓치고 들어오는 동안에도.

노래 부르고 신음하고 소리 지르는 동안에도.

유령새는 몸을 창밖으로 내밀고 팔을 뻗었다. 마치 조수 웅덩이 안에 뭐가 있는지 수면 아래로 손을 넣어 볼 때처럼……. 그러자 자신을 응시하고 있는 그 수많은 눈들 사이의 미끄럽고 두꺼운 피부가 손에 닿았다. 그녀는 두 손을 모두 뻗어 두껍고 거친 속눈썹의, 완만한 곡선의, 부드러운 살갗의, 거칠고 울퉁불퉁한 껍질의 촉감을 느꼈다. 그 많은 눈들. 유령새는 그 눈들을 바라보는 동시에 그 눈들이 바라보는 장면을 볼 수 있었다. 등대에서 아래를 내려다보는 자기 자신의 모습이 보였다. 그녀는 생물학자가 여러 장소와 풍경을 가로질러서 흐릿하게 파도치는 지평선 너머에 존재하는 모습을 보았다. 두 사람 사이에 말로 표현할 수 없는 어떤 감정이 스치고 지나갔다. 그 순간 유령새는 여태까지 기억을 공유하던 것과 전혀 다른 방식으로 생물학자를 이해했다. 생물학자는 어쩌면 고향에서 아주 먼 행성에 갇혀 있는지도 모른다. 어쩌면 스스로도 이해할 수 없는 자신의 새로운 육체를 관찰하는 중인지도 모른다. 그리고…… 둘 사이에 어떤 교감이 이루어졌고 서로를 **알아봤다.**

거기에 괴물 같은 부분은 없었다. 육지에서 호흡할 수 있게 해 주는 폐와, 지금은 닫혀 있지만 바다 속에서는 활짝 열려 숨을 쉴 수 있게 해 주는 옆구리의 아가미까지, 오직 복잡한 설계의 결과인 아름다움만이 존재했다. 그 많은 눈들, 등 위의 조수 웅덩이들, 파인 자국과 골, 두껍고 단단한 피부까지. 지금까지 존재한 적이 없거나 외계에나 있을 법한 생물이었다. 육지와 바다를 마음대로 이동할 수 있을 뿐 아니라 한 장소에서 멀리 떨어진 다른 **장소**로, 문이나 경계 없이도 이동할 수 있었다.

그것이 그녀 자신의 눈으로 그녀를 올려다본다.

그녀를 본다.

0012: 등대지기

검은색 주간 항로 표시의 바다 쪽을 다시 칠함. 사다리가 곧 부서
질 것 같아 교체 필요. 거의 종일 정원 일과 잡무를 처리함. 오후 늦
게 산책을 함. 목격한 것: 사향쥐, 주머니쥐, 너구리, 해 질 무렵 나
무 위에 앉아 있던 붉은여우, 솜털에 덮인 딱따구리. 붉은머리 딱
따구리.

끝없는 섬의 해안을 따라 늘어선 천 개의 등대들이 잿더미로 불
타올랐다. 바다에서 솟아오른 괴물의 커다랗고 부서진 머리 위에서
검게 변색된 천 개의 양초가 하얀 연기를 피워 올렸다. 파도를 박차
며 날아오르는 가마우지 천 마리의 날개가 주홍빛 불꽃에 휩싸였고,
그들의 눈은 자신들의 멸종에 대한 분노로 가득했다. *바람으로 자기*

사자를 삼으시고, 화염으로 자기 사역자를 삼으시며.*

솔은 어둠 속에서 기침을 하며 잠에서 깨어났다. 계속되는 미열로 온몸에 땀이 흘렀다. 열이 얼마나 나는지 확인하려고 몸을 숙이자, 이제는 익숙해진 눌리는 듯한 통증이 느껴졌다. 이틀 전 블리커스빌에 갔을 때 의사에게 '둔하지만 강렬하고, 어째서인지 안쪽에또 한 겹의 피부가 생긴 듯하다'고 설명했던 감각이었다. 터무니없고 정확하지도 못한 표현이지만 달리 적당한 말을 찾기 어려웠다. 불쾌한 이야기라도 들었다는 듯한 표정으로 잠시 쳐다보던 의사는 '축농증을 동반한 특이한 감기'라고 진단하더니 '비강을 청소해 주는' 쓸모없는 약을 처방해서 그를 돌려보냈다. 그의 말이 나의 마음에 불붙는 것 같아서 골수에 사무치니.**

그리고 다시 속삭임이 들렸다. 솔은 무의식적으로 애인의 어깨와 가슴을 찾아 팔을 뻗었지만, 빈 이불만 잡힐 뿐이었다. 찰리는 적어도 열흘 동안은 야간 작업이라 돌아오지 않을 터였다. 그에게 사실대로 말할 수도 없었다. 아직도 몸이 좋지 않고, 의사가 진단할 수 있는 평범한 병이 아니며 몸 안에 뭔가가 숨어서 때를 기다리는 듯하다고 말할 수는 없었다. 의사의 말대로 단순한 감기나 축농증일지도 몰랐다. 한밤중에 땀을 흘리거나 악몽을 꾸며 헛소리를 중얼대기

* 시편 104장 4절
** 예레미야 20장 9절

260

만 했던 예전의 겨울 감기와 달리, 지금은 머릿속에 기이한 설교가 웅크리고 있다가 방심할 때마다 숨어 들어왔다. *그리고 죄인의 손은 크게 기뻐하리, 그림자 속에서나 빛 속에서나 죽은 자의 씨앗이 용서할 수 없는 죄는 없으리니.*

솔은 침대에서 벌떡 일어나서 다시 기침을 했다.

누군가 그의 등대 안에 있었다. 한 사람 이상이었다. 속삭이고 있었다. 아니, 벽돌과 돌, 나무와 강철을 지나 그에게까지 들리는 걸 보면 소리를 지르고 있는지도 몰랐다. 솔은 여남은 명의 등대지기 망령들이 애절하게 합창하는 말도 안 되는 상상을 떠올렸다. 또 다른 유령의 소리일까?

속삭임, 중얼거림, 감정이 느껴지지 않는 건조한 목소리가 계속해서 들려오자 솔은 무슨 일인지 알아봐야겠다고 결심했다. 그는 침대에서 빠져나와 청바지와 스웨터를 걸치고 벽에 걸린 도끼를 집었다. 다루기 쉽지 않은 부채꼴 모양의 날이 달린 도끼였다. 솔은 맨발로 살금살금 계단을 올라갔다.

나선형 계단은 어두웠지만 정말로 침입자가 위에서 기다리고 있을지도 몰라서 함부로 불을 켤 수 없었다. 층계참에 이르자 달빛이 비스듬히 들어와 의자와 책상을 비췄다. 달빛에 얼어붙어 뼈만 앙상한 생명체처럼 보였다. 솔은 잠시 멈춰 서서 귀를 기울였다. 아래쪽에서는 부드러운 파도 소리 사이로, 초음파를 이용해 등대를 비켜 날아가던 박쥐들의 갑작스러운 울음소리가 들려왔다. 위쪽에서도 소리와 울림이 들려야 하지만 잠잠했다. 즉 지나가는 배들에게 방향을 알려 줄 등대의 불빛이 꺼져 있다는 의미였다.

솔은 몸이 불편하다는 사실도 잊고, 침입자와 맞서기 위해 분노의 힘으로 계단을 달려 올라갔다. *내 은혜가 네게 족하도다. 이는 내 능력이 약한 데서 온전하여짐이라 하신지라.*[*]

등명기실에 도착하자 별이 가득한 짙은 쪽빛 하늘 아래 세 사람의 형체가 보였다. 둘은 서 있었고, 나머지 한 사람은 불이 꺼진 렌즈 앞에 몸을 숙인 채였다. 셋 모두 작은 손전등을 들고 있었는데, 그 작은 점 같은 불빛이 더욱 범죄 현장 같은 느낌을 주었다. 하지만 대체 무슨 짓을 하고 있는 걸까?

세 사람 모두 그를 쳐다보고 있었다.

솔은 위협적으로 도끼를 들어 보이며 불을 켰다. 곧 빛이 방 안을 채웠다.

검은 옷을 차려입은 낯선 여자와 수전이 난간으로 통하는 문 앞에 섰고, 헨리는 그 앞에 한 대 얻어맞은 사람처럼 무릎을 꿇고 있었다. 솔이 남의 집에 쳐들어온 사람이라도 되는 양 그를 바라보는 수전의 얼굴에 불쾌한 표정이 역력했다. 하지만 낯선 여자는 솔에게 신경도 쓰지 않고 팔짱을 낀 채 이상하리만치 편안한 태도로 서 있었다. 그녀는 짙은 색 정장 바지에 오버코트, 긴 붉은색 스카프 차림

---

[*] 고린도후서 12장 9절

이었다. 수전보다 키가 크고 나이도 더 들어 보였는데, 그녀의 눈빛이 어쩐지 불편하게 느껴져 솔은 대신 헨리를 노려봤다.

"당신들 대체 여기서 뭐 하는 짓입니까?"

그들이 도끼를 든 자신을 보고도 태연한 데다 비난 섞인 질문에도 즉시 반응하지 않자, 오히려 솔이 당황해서 화가 조금 누그러졌다. 처음에는 겁에 질린 표정이던 헨리가 이내 진정한 듯 옅은 미소를 지었다.

"다시 가서 주무세요, 솔." 헨리가 제자리에서 말했다. "우리가 일을 마칠 수 있게 침대로 돌아가 주무세요. 우리도 오래 머물진 않을 겁니다."

일을 마친다고? 무슨 일을? 헨리를 제물로 바치는 의식이라도 진행 중인가? 언제나 잘 정돈되어 있던 헨리의 머리가 엉망으로 헝클어져 있었고, 왼쪽 눈은 끊임없이 실룩거렸다. 솔이 뛰어들기 바로 전 무슨 일이 있었던 것이 분명했다. 헨리의 거들먹거리는 태도에 솔의 당황과 우려는 다시 분노로 바뀌었다.

"제기랄, 가서 자라고? 당신들은 무단 침입자예요. 허락도 없이 들어와서 **등대의 불을 끄다니.** 게다가 **이 여자**는 누굽니까?"

수전과 헨리는 그녀와 무슨 관계일까? 여자의 분위기로 봐서 같은 소속 같지는 않았다. 코트 안에 툭 튀어나온 물건은 권총이 분명했다.

아무도 대답을 하지 않았다.

"우리에겐 열쇠가 있어요, 솔." 헨리가 솔을 달래려는 듯 부드러운 어조로 말했다. "우리는 허가를 받았어요, 솔."

헨리가 고개를 옆으로 살짝 기울였다. 평가하는 듯한 표정. 의문스러워하는 표정. 솔이 헨리의 중요한 연구를 방해하고 이해할 수 없는 행동을 하는 사람이라고 말하는 듯한 태도였다.

"아니, 이건 **무단 침입**이에요." 헨리가 이런 기본적인 사실조차 인정하지 않는 데다 낯선 여자가 살인 청부업자처럼 냉정한 표정으로 자신을 바라보자 당황한 솔이 조금 더 안전한 위치로 물러서며 말했다. "맙소사, 등대를 꺼 버리다니! 당신들의 허가증에 내가 자는 동안 몰래 들어온다는 얘기는 **없어요**! 게다가…… 손님까지 데려오다니……."

헨리는 그 말을 무시하고 자리에서 일어나 수전과 여자 쪽을 보더니 솔에게 불편할 정도로 가까이 다가왔다. 솔이 두 걸음만 뒤로 물러나도 층계 아래로 굴러 떨어질 참이었다.

"가서 주무시죠."

낮게 속삭이는 그의 말투에 다급함이 묻어났다. 거의 간청하는 듯한 어조였다. 수전과 여자에게 자신의 걱정스러운 표정을 들키기 싫은 것 같았다.

"저기요, 솔 씨." 수전이 말했다. "몸이 많이 안 좋아 보여요. 아픈 것 같은데 쉬셔야죠. 몸도 좋지 않은데 무거운 도끼는 내려놔요. 들고 있기도 힘들어 보여요. 자, 도끼를 내려놔요. 숨을 깊이 들이마시고 긴장을 풀어요. 그리고 다시 침대로 가세요. 가서 주무세요……."

갑자기 졸음과 무기력이 밀려왔다. 솔은 당황해서 한 걸음 물러나며 도끼를 머리 위로 휘둘렀다. 헨리가 몸을 가리기 위해 두 팔을 올렸고, 도끼날은 나무 바닥에 꽂혔다. 그 충격으로 솔의 어깨가 욱신거렸고 한쪽 팔목은 움직이지도 않았다.

"나가요. 당장. 당신들 전부 다."

등대에서 나가. 내 머리에서 나가란 말이야. 과실이 여물고 그 황금빛 어둠이 벌어져 열리면 치명적인 연약함의 계시가 이 땅에 드러나리라.

다시 한 번 긴 침묵이 이어졌다. 어째서인지 낯선 여자의 모습은 키가 더 커지고 등이 더 꼿꼿해진 느낌이었다. 심각한 표정을 짓고 있는 그녀는 솔에게 모든 관심을 기울이고 있는 듯했다. 솔은 그녀의 냉정함과 침착함에 완전히 겁을 먹었다.

"우린 아주 특별한 연구를 하고 있어요, 솔." 마침내 헨리가 말했다. "그러니까 우리가 다소 지나친 열의를 보였더라도 이해해 주시기……"

"당장 **여기서 꺼져요.**"

솔이 그렇게 말하며 힘겹게 도끼를 비틀어 바닥에서 빼냈다. 손잡이를 짧게 잡았는데, 이 좁은 방 안에서는 그러지 않으면 소용이 없었기 때문이다. 문득 이들이 등대를 떠나지 않을지도 모른다는 두려움, 결코 이들을 **꺼지게 하지** 못할 거라는 걱정이 밀려왔다. 머릿속에는 여전히 불타는 천 개의 등대들이 어른거렸다.

하지만 헨리는 그저 어깨를 으쓱해 보이더니 말했다.

"마음대로 하시죠."

솔은 몸 상태가 좋지 않았지만, 그들이 마치 덫처럼 남겨 둔 침묵을 깨기 위해 입을 열었다.

"다시는 오지 말아요. 여기서 다시 당신들을 보면 경찰을 부를 겁니다."

"하지만 오늘 아침은 아주 멋질 거예요."

솔은 수전의 그 말 속에 가시나 빈정거림이 느껴지는지 잠시 고민했다.

헨리는 아주 약한 유리로 만들어진 사람을 대하듯이 솔의 몸을 건드리지 않고 지나가려 애썼다. 내려가기 위해 나선 계단을 향하던 낯선 여자가 치아를 모두 드러내며 솔을 향해 묘한 미소를 지었다.

그리고 그들은 모두 층계 아래로 사라졌다.

그들이 떠나는 모습을 확인한 솔이 렌즈 전원을 켜기 위해 몸을 숙였다. 작동시키기 전에 예열 시간이 필요했고, 그런 다음에는 헨리 패거리가 빛을 반사하는 방향을 바꾸지는 않았는지 확인해야 했다. 여전히 손에 도끼를 든 솔은 예열 시간 동안 수상한 3인조가 아직 남아 있는 건 아닌지 확인하기 위해 내려가 보기로 했다.

아래로 내려와도 그들의 흔적은 보이지 않았다. 아마 정문을 열고 나가면 그들이 걸어서 등대를 나서거나 자동차에 올라타는 모습이 보일 터였다. 하지만 정원의 조명을 켜 봐도 사람이나 자동차의 흔적은 없었다. 시간이 그렇게 많이 지나지도 않았다. 일찌감치 뛰어서 해변의 어둠 속으로 사라진 걸까? 아니면 소나무 사이 습지에 숨어서 그림자와 하나가 되어 버린 걸까?

그때 파도 너머로 희미한 모터보트 소리가 들렸다. 조명도 켜지 않고 항해하는 모양이었다. 밤하늘의 달과 별을 제외하면 빛이라고는 바다 건너 섬에서 희미하게 깜빡이는 빨간 불빛이 전부였다.

하지만 정문으로 돌아오니, 누군가가 그를 기다리고 있었다. 헨리였다.

"걱정 말아요, 나 혼자예요. 다른 둘은 떠났어요."

솔이 한숨을 내쉬며 도끼에 몸을 기댔다.

"날 가만히 내버려 두지 않는군요, 헨리? **이렇게까지** 날 힘들게 해야겠습니까?"

말은 그렇게 하면서도 수전과 낯선 여자가 없다는 사실에 마음이 놓인 터였다.

"힘들게 한다고요? 난 일종의 선물이에요, 솔. 왜냐하면 난 **이해하니까요.** 무슨 일이 일어나고 있는지 안다고요."

"전에도 말했지만 당신이 무슨 이야기를 하는지 도통 모르겠습니다."

"솔, 내가 렌즈에 구멍을 냈어요. 수전이 없는 동안에요. 내가 했다고요."

솔은 거의 웃음을 터뜨릴 뻔했다.

"그래서 내가 당신 말에 귀를 기울여야 한다는 겁니까? 당신이 등대를 고장 낸 장본인이라?"

"내가 그랬던 이유는 거기에 뭔가가 있다는 사실을 알았기 때문이에요. 모든 기계들이…… 작동하지 않았던 단 한 군데 지점이 바로 거기였죠."

"그래서 어쨌단 겁니까?"

불확실한 도구로 이상한 것들을 찾으려는 시도가 헛수고라는 의미일 뿐이지 않을까?

"솔, 이 장소가 귀신 들리지 않았다면 어째서 당신이 그렇게 귀신 들린 사람처럼 보이겠어요? 나처럼 당신도 알고 있어요. 다른 사람들은 아무도 믿지 않을지 모르지만 말이에요."

"헨리……."

그가 신을 믿는다고 해서 당연히 영혼도 믿는 건 아니라는 이야기를 구구절절 시작해야 할까?

"아무 말도 할 필요 없어요. 하지만 당신도 진실을 알아요. 그리고 내가 그걸 밝혀낼 겁니다."

거의 솔에게서 무언가 파헤칠 게 있다는 어조였다.

솔은 헨리의 열의와 그에 대해 솔직히 털어놓는 행동에 적잖이 놀랐다. 헨리가 마치 지금까지 쓰고 있던 가면을 벗어던지고 맨얼굴을 드러내는 것 같은 느낌이었다. 신중한 겉모습에 가려져 있던 고집스러운 면은 과거 솔이 북부에서 이끌었던 신도들과 비슷한 면이 있었다. 절대 설득할 수 없는 선택받은 사람들, 아마 협회에서 '강령술' 분야에 속하는 이들일 터였다. 솔은 추종자를 원하지 않았다.

"여전히 무슨 말인지 모르겠군요."

솔은 몸 상태가 너무 안 좋아서 더 이상 이 일에 관련되고 싶지 않았다. 몇 차례 이상한 꿈을 꿨다고 해서 헨리의 말에 귀를 기울일 생각도 없었다.

헨리가 그를 무시한 채 말했다.

"수전은 **그들**이 가져온 것들 중 무언가가 촉매라고 생각하지만, 그건 사실이 아니에요. 비록 어떤 단계나 과정이 우리를 이 지점까지 데려왔는지 말해 줄 수는 없지만요. 어쨌거나 그 일이 일어났어요. 우리가 그토록 오래 많은 장소를 탐색했지만 거의 볼 수 없었던 현상이죠."

헨리가 점점 피해자처럼 보이기 시작했기 때문에, 솔은 내키지 않았지만 그에게 말했다.

"도움이 필요합니까? 무슨 일이 일어나고 있는지 말하면 내가 도울 수 있을지도 몰라요. 아까 그 여자가 누군지 말해 봐요."

"그녀를 본 기억은 잊어요, 솔. 앞으로 다시는 볼 일이 없을 테니. 그 여자는 초자연적인 세계나 진실을 밝히는 일에는 관심도 없어요.

진짜로는 말이죠."

그러더니 헨리는 웃으며 멀어져 갔다. 솔은 그가 어디로 향하는
지 전혀 알 수 없었다.

0013: 컨트롤

벽의 절반가량이 폭발했다. 컨트롤은 그 충격 때문에 먼지와 파편 사이에 쓰러졌다. 천 개의 눈들이 등대 안을 들여다봤다. 컨트롤은 머리가 지끈거렸고, 옆구리와 다리에 통증을 느끼며 그대로 누워 있었다. 죽지 않으려고 죽은 척을 했답니다. 죽지 않으려고 죽은 척을 했답니다. 어렸을 적 아버지가 읽어 줬던, 괴물이 나오는 동화책의 한 구절이 떠올랐다. 마치 하늘로 쏘아 올린 불꽃처럼 아주 오래 잊고 지내던 기억이었다. 그 구절이 한번 떠오르자 계속 머릿속에서 맴돌았다. 죽지 않으려고 죽은 척을 했답니다. 벽이 무너지며 생긴 먼지구름은 가라앉았지만, 천 개의 눈들이 여전히 그를 끔찍하게 짓눌렀다. 깨진 유리를 짓밟는 소리가 들리고, 다리 근처에서 뭔가가 움직이는 느낌이 들었지만 컨트롤은 꼼짝도 하지 않았다. 죽지 않기 위해서 죽은 척을 하려고, 눈을 뜨고 싶었지만 꾹 참았다. 컨트롤의 오른쪽 어딘가에 그가 놓쳐 버린 칼 한 자루와 아버지의 조각품이 떨어져 있을 터였다. 그는 반사적으로 조각품을 찾기 위해 손을 뻗어 바닥을 더듬었다. 온몸이 격렬하게 떨렸다. 그 생물이 지나가며 만든 충격으로 온몸의 뼈가 부서지고 금이 간 듯한 통증이 느껴졌고, 빛은 탈출하기 위해 발버둥을 쳤다. 컨트롤의 일부는 외로움을 느꼈고, 누군가와 접촉하고 싶어 했다. 죽은 척해야 해. 죽지 않으려면.

유리가 밟혀 깨지는 소리는 벽 너머에서 들렸고, 안쪽을 살피는 듯했다. 컨트롤은 온 신경을 기울여 바깥의 동정을 살폈다. 군화? 구두? 맨발? 아니었다. 발톱? 발굽? 섬모? 지느러미? 그는 몸의 떨림을 억지로 멈췄다. 칼에 손이 닿을까? 아니었다. 그가 제때 칼을 잡았다면, 그 칼이 어떤 도움이라도 될 수 있었다면 상황이 이렇게 되지는 않았을 터였다. 다만, 그래, 상황은 언제나 이런 식으로 흘러갔다. 무슨 의미가 있는 여정처럼 모든 일이 느리게 진행되다가 이제는 빨라졌다. 너무 빨랐다. 마치 숨결이 빛으로 변해서, 광선이 안개를 뚫고 지평선으로 날아가는 것 같았지만 그는 따라가지 못했다. 반쯤 무너진 벽 뒤에 있는 것은 새로운 존재일까? 오래된 존재일까? 하지만 실수는 아니었다. 지금 그것 안에는 그가 유령새를 통해 알게 된 생물학자의 어떤 특징이라도 남아 있을까? 어쩐지 그 눈이 낯익게 느껴졌다.

그것의 일부가 바닥에 쓰러진 컨트롤을 붙들었다. 그는 비명을 질렀다. 머릿속에서 일식이 일어난 것처럼 짙은 어둠이 컨트롤 자신의 의식을 밀어 냈다. 완전히 다른 무언가를 찾아 컨트롤의 머릿속을 뒤지며 로우리가 그의 내면에 심어 놓은 끔찍하고 피할 수 없는 것들을, 그리고 어머니가 로우리를 어떻게 도왔는지를 마주하게 했다. "혹시 뒷좌석에 동전이 떨어져 있는지 한번 보거라." 잭 할아버지가 그렇게 말했다. 그랬던가? 손에 들려 있던 무거운 총의 모양과 할아버지의 음흉한 눈빛, 하지만 그런 어린 시절의 기억들은 마치 어둡고 긴 방의 반대쪽 끝에 서 있는 누군가의 손에 들린 담배에서 피어나는 연기처럼 흐리기만 했다.

수천 개의 눈들이 거대한 공간 건너편에서 그를 바라보며 읽어 내려갔다. 마치 지금 이 순간 생물학자가 우주를 반쯤 가로지른 어느 공간에 존재하고 있는 듯했다. 그것은 컨트롤을 샅샅이 살피더니 뱉어 내고 뒤로 물러났다. 컨트롤은 안도감 그리고 칼로 찌르는 듯한 실망감을 차례로 느꼈다. 그것은 그를 거부했다.

육중한 무게가 하늘에서 바다로 뛰어드는 소리가 들렸다. 그러자 대기를 장악하고 있던 끔찍한 압력이 느슨해졌고 컨트롤의 뼈마디에 울리던 고통도 사라졌다. 등대의 폐허 바닥에서 훌쩍이는 더럽고 쓸모없는 자의 모습이 남았을 뿐이었다. **부수적인 피해**나 **오염** 그리고 **반격**과 같은 단어들이 오래된 주문처럼 떠올랐지만, 아주 먼 다른 세계에서나 효용이 있을 법한 말들이었다. 다시 정신을 차리는 일도 심지어 자기 자신도 아무런 의미가 없었다. 아버지의 집 뒷마당에 놓여 있던 조각품들이 차례로 쓰러졌다. 아버지가 돌아가시기 전, 마지막 며칠 동안 함께 즐겼던 체스. 두 사람 사이에 놓인 체스판 위를 이동하는 말들. 손가락 사이로 느껴지던 체스말의 압력. 그리고 체스말을 내려놓은 뒤의 텅 빈 느낌.

그리고 정적이 흘렀다. 컨트롤 안의 빈 자리에 빛이 다시 들어와, 이전보다 더 자신 만만하게 그를 엿보며 돌아다니기 시작했다. 그의 꿈속에 등장하는 레비아탄들처럼. 어쩌면 스스로 무엇을 보호하고 있는지, 무엇 안에 살고 있는지도 모르는 채로.

다만 **그는** 절대로 지금 이 순간을 잊지 못할 터였다.

나중에 한참 시간이 흐른 뒤, 친숙한 발소리와 목소리가 들렸다. 그레이스가 손을 내밀고 있었다.

"걸을 수 있겠어요?"

걸을 수 있냐고? 마치 보이지 않는 주먹에 한 대 얻어맞고 뻗어버린 노인이 된 기분이었다. 그는 아주 깊고 어두운 틈새로 떨어졌고 이제 다시 기어 올라와야 했다.

"걸을 수 있어요."

그레이스는 컨트롤에게 아버지의 조각품을 건넸다.

"다시 위로 올라가죠."

1층의 벽에 뚫린 거대한 구멍 사이로 밤이 안쪽을 들여다보고 있었다. 하지만 등대는 아직 견디고 서 있었다.

"그래요, 그럽시다."

위쪽이라면 안전할 터였다.

혹은 그렇지 않을지도 몰랐다.

층계참으로 올라온 컨트롤은 담요 위에 쓰러지듯 누워, 페인트가 벗겨진 천장에 어른거리는 촛불의 그림자를 올려다봤다. 모든 것들이 너무나 멀게 느껴졌다. 지구로부터 물리적으로 떨어진 거리가 그를 압도하는 기분이었다. 그 어떤 천문학자라도 이곳의 밤하늘에 보이는 별자리를 알아볼 수는 없을 거라는 생각이 들었다. 숨을 쉬는 일조차 힘겹게 느껴지자, 컨트롤은 휘트비의 보고서에 들어 있던 거의 시처럼 읽히는 구절을 되뇌었다. 'X구역은 우리보다 훨씬 더 오래전부터 훨씬 더 발달한, 너무나 이질적인 문명이 남기고 간 유기체에 의해 만들어졌다. 우리는 그것이 우리를, 모든 것을 오래전에 내버려 두고 떠났다는 사실을 짐작할 수 있다.'

생물학자가 머릿속에 침입해 헤집어 놓은 덕분에 이런 의문도 들었다. 자신이 할아버지의 머슬카 뒷좌석에 정말로 앉아 있었다는 증거가 있을까, 본부 어딘가에 아버지가 자동차나 밴의 창문 너머로 동네에서 촬영한 흑백 사진이 있는 건 아닐까. 투자. 회수. 모든 일의 시작. 그는 절벽과 레비아탄과 바다로 추락하는 꿈을 꿨다. 하지만 만약 그 레비아탄들이 본부에 있다면? 완전히 기억해 낼 수 없는 시간들의 흐릿한 윤곽이, 결코 일어난 적이 없기 때문에 그가 기억해서는 안 되는 사건들과 겹쳐져 있었다. 뛰어, 어떤 목소리가 말하자 그는 뛰어내렸다. 서던 리치에 오기 전 본부에서 보낸 이틀간의 기억이 사라지고 없었다. 어머니는 그에게 피해망상일 뿐이라고 했다……. 여전히 의심스러웠지만 분석을 시도하기에는 너무 지쳐 있었다. 마치 서던 리치와 X구역이 동시에 자신을 고문하는 것 같았다.

안녕, 존. 그의 머릿속에 존재하는 로우리의 모습들 중 하나가 말했다. *놀랐지?*

닥쳐.

진심인가, 존? 난 자네가 계속 알고 있다고 생각했는데. 우리가 하던 그 게임 말이야. 우리가 언제나 하던 그 게임 말이지.

그레이스가 컨트롤의 팔꿈치에 반창고를 붙여 주며 그의 안색을 살폈다. 컨트롤은 폐가 무거워진 느낌을 받았다. 그레이스가 말했다.

"갈비뼈와 엉덩이를 다쳤지만, 그래도 움직이는 데 무리는 없어 보이네요."

"생물학자……는 가 버린 겁니까?"

한 장소의 테루아를 삼키고 나서 자기 자신의 테루아를 만들어 낸 *레비아탄.* 지나가는 매 순간마다, 휘트비의 이야기들이 더 납득이 가기도 하고 그 반대이기도 했다. 그토록 불규칙한 심장 박동. 남아 있는 세 쪽짜리 보고서에 집착하고, 물에 번진 글자를 알아보거나 구겨진 가장자리를 펴느라 애썼던 일은 너무 단순한 생각의 발로였다. 그보다는 태양이 위를 비춰서는 안 된다는 점에 집중했어야 했다. 그렇게 하늘을 밝히면 인간이 상상도 할 수 없는 천상의 광경이 드러난다는 사실을 알았어야 했다. 그 광경을 야수에 불과한 인간은 감당할 수 없다는, 그래서 보호를 받아야 한다는 점을 깨달았어야 했다.

"한참 전에 가 버렸어요." 그레이스가 말했다. "당신도 한동안 정신을 잃고 있었죠."

그레이스는 바다가 보이는 창 옆에 유령새와 함께 서 있었다. 유령새는 컨트롤에게 등을 보인 채 어두운 밤바다를 바라보는 중이었다. 자신의 원본을 눈으로 좇고 있는 걸까? 그 거대한 형체는 이제 깊고 먼 바다에 있을까? 아니면 더 멀고 더 기이한 어딘가로 갔을까? 컨트롤은 알고 싶지 않았다.

유령새가 마침내 돌아봤을 때, 두 눈은 호기심으로 크게 뜬 채였고 얼굴에 드리운 그림자 속에는 희미한 미소의 흔적이 남아 있었다.

"그것이 무엇을 보여 줬습니까, 유령새? 당신에게서 뭘 가져갔죠?"

생각과 달리 비꼬는 말투가 나왔다. 컨트롤은 자신이 아직 충격에서 벗어나지 못했다는 사실을 알았다. 그는 이런 감정이 다른 사람도 흔히 겪는 일이기를 바랐다.

"아무것도요, 컨트롤. 전혀."

자네는 누구 편인가? 로우리가 물었다.

"당신은 누구 편입니까?"

컨트롤이 물었다. 마치 그가 그레이스의 입장으로 바뀐 듯한 단도직입적인 질문이었다.

"그만해요!" 그레이스가 말했다. "그만해요! 그만 닥치라고요. 그런 말은 아무 소용도 없어요."

하지만 그는 입을 다물 수 없었다.

"당신이 안절부절못한 이유가 있었군요." 컨트롤이 말했다. "우리에게 말하지 않은 이유가 있었어요."

"생물학자가 사람들을 죽였어요." 유령새가 말했다.

"그래요." 그레이스가 인정했다. "하지만 나는 신중하고 조용하게, 그녀를 자극하지 않으면서 지냈죠. 언제 등대나 해변에서 떨어져 있어야 하는지도 알았고요. 숲속으로 숨곤 했죠. 가끔은 공기 중에 **전조**가 감돌기도 했어요. 때로는 그녀가 부엉이를 발견한 장소부터 등대를 향해 더 안쪽으로 들어오기도 했죠. 마치 기억하는 것처럼요. 대부분의 경우에는 내가 그녀를 피할 수 있었어요. 대부분의 경우에는, 그녀가 여기에 없었죠."

"뭘 기억한다는 겁니까? 이 장소를?"

"그녀가 뭘 기억하고 뭘 기억하지 못하는지 나도 몰라요." 그레이스가 말했다. "그저 당신의 존재가 그녀의 호기심을 끌어서 여기까지 오게 만들었다는 정도만 알죠."

컨트롤의 존재 때문이 아니라는 정도는 그도 알고 있었다. 유령새의 존재. 그가 유령새에게 끌렸던 만큼 생물학자도 그녀에게 끌리고 있었다.

"우리도 생물학자처럼 될 수 있어요." 컨트롤이 자조했다. "여기 머문다면. 기다린다면. 그녀를 기다렸다가, 굴복하기만 하면."

그러자 유령새가 대답했다.

"그녀는 자신의 운명을 결정할 권리를 얻었죠. 그녀 스스로 얻어 낸 권리예요."

"우린 그녀가 아니에요." 그레이스가 말했다. "나는 그녀처럼 되고 싶지 않아요. 비슷해지고 싶지도 않다고요."

"그레이스, 그게 지금까지 당신이 한 일 아닙니까? 그저 기다리는 것?"

컨트롤은 그레이스가 괴물과 함께 이 섬에 사는 생활에 얼마나 잘 적응했는지 확인하고 싶었다.

"꼭 그렇지는 않아요, 컨트롤. 그럼 내가 뭘 했어야 한다고 생각하죠? 내가 해야 하는 일을 말해 봐요, 그럼 그렇게 할 테니!" 그레이스는 소리를 지르고 있었다. "내가 여기서 기다리고 싶어 하는 것 같아요? 여기서 죽고 **싶어** 하는 것 같냐고요? 내가 그렇게 보여요?"

생물학자가 생각해 낸 통증을 이용하는 방법을 그레이스도 따라 했을 거라는 생각이 들었다. 그녀의 초췌한 얼굴과 텅 빈 듯한 표정은 그저 괴물에 쫓긴 탓이 아닌지도 몰랐다.

"당신에겐 탈출구가 필요해요." 유령새가 말했다.

"이젠 없어졌을지도 모르는 바다 속 구멍 말인가요?"

"아뇨. 다른 길이 있을 거예요."

컨트롤이 신음하며 몸을 일으켰다. 옆구리가 화끈거렸다.

"갈비뼈가 부러지지 않은 게 확실합니까?"

"엑스레이를 찍어 보지 않는 이상 모르죠."

또 다른 불가능한 일이었다. 또 다른 낙담의 순간이기도 했다. 손으로 건드리자 변해 버린 벽, 머릿속에 들어온 생물학자의 손길. 이미 충분했다. 더 이상은 원하지 않았다.

컨트롤은 휘트비의 보고서를 들고 촛불의 빛에 의지해 읽기 시작했다. 그러면서 모퉁이를 찢었다. 천천히.

우리는 잠자는 동안 든 생각들을 믿어야 한다. 우리의 감을 신뢰해야 한다. 이해할 수 없기 때문에 비이성적이라고 치부했던 것들을 다시 검토해야 한다. 다시 말해, 더 고차원적이고 가치 있는 무언가에 도달하기 위해서는 이성적이고 논리적이며 정상적인 방법을 불신해야 한다. 영리한 이론이자 헛소리. 해답을 찾기 위한 편견에 사로잡힌 이진법.

"뭡니까?"

컨트롤이 물었다. 두 여자가 동시에 자신을 쳐다보고 있었다.

유령새가 말했다.

"당신은 좀 쉬어야 해요."

"어차피 내 제안은 환영받지 못했을 겁니다."

페이지 하나를 조각조각 찢어 바닥에 흩뿌린 다음이었다. 뭔가를 찢어 버렸더니 기분이 좋아졌다.

"말해 봐요." 도발적인 말투였다.

컨트롤은 잠시 숨을 고르며 할 말을 골랐다. 머릿속에서 목소리들이 서로 싸우고 있었다.

"당신이 '기는 것'이라고 부르는 놈을 만나 봅시다. 탑으로 다시 내려가서 녀석을 무력화시킬 방법을 찾는 거죠."

그러자 유령새가 말했다.

"지금 제정신이에요? 이야기를 제대로 듣긴 한 거예요?"

"아니면 그냥 여기에 있든가요."

"여기에 있어 봤자 아무 소용도 없겠죠." 그레이스가 말했다. "생물학자에게 당하거나 X구역에 당할 테니까."

"여기와 탑 사이에는 개방되어 있어서 방어가 어려운 공간이 너무 많아요."

"여기와 거기 사이에는 뭐든 너무 많습니다."

"컨트롤." 유령새가 말했지만, 컨트롤은 그녀에게 눈길을 주지 않았다. 그는 생물학자였던 괴물을 상기시키는 그녀의 눈빛을 마주하고 싶지 않았다. "컨트롤, 돌이킬 방법은 없어요. 처음부터 다시 시작할 방법은 없다고요. 그건 자살행위예요."

말은 하지 않았지만, 그녀는 적어도 두 사람에게 자살행위라는 뜻을 내비치고 있었다. 그녀 자신의 경우에는 어떻게 될지 누가 알겠는가?

"하지만 국장은 당신이 놈의 방향을 바꿀 수 있다고 생각했어요." 컨트롤이 말했다. "당신이 놈을 바꿀 수 있다고 말입니다, 그러려고만 하면."

주저하게 만드는 종류의 희망. 현실의 억압에 저항하는 어린아이의 몸부림. 별에 대고 비는 소원. 컨트롤은 X구역으로 들어오기 전에는 알지도 못했던, 탑 밑바닥의 빛을 떠올렸다. 적어도 지금은 모든 것이 드러나 있었고 분명했다. 빛과 로우리, 모든 것들이. 그리고 자신은 아직 존 로드리게즈의 정신을 가지고 있었다. 로드리게즈는 아직 그 누구의 소유도 아니었다. 그는 아직 주머니 속에서 아버지의 조각품을 꽉 쥐고 있는, 이 모든 소동과 잔해 너머의 무언가를 기억하는 로드리게즈였다.

"우리가 다른 누구에게도 없었던 한 가지를 가지고 있다는 사실만은 분명해요." 그레이스가 말했다.

"그게 뭐죠?" 유령새가 회의적인 투로 물었다.

"당신. 국장님의 마지막 작전이 남긴 유일한 복사본이죠."

0014: 국장

드디어 서던 리치로 다시 출근하자 당신을 위한 선물이 기다리고 있다. 액자 속에 등대지기와 조수, 그리고 얼굴을 가리는 모자가 달린 재킷 차림의 어린 소녀가 찍힌 흑백 사진이 들어 있다. 아직 남아 있는지도 몰랐던 사진을 보자 당신은 피가 머리로 솟구치며 거의 기절할 지경이 된다.

'사무실에 장식하시길.' 함께 온 메모에는 이렇게 적혀 있다. '사무실 벽에 걸어 놓으면 좋을 겁니다. 실은 꼭 벽에 걸어야 합니다. 당신이 얼마나 멀리까지 왔는지 일깨워 주는 사진이니까. 당신이 보낸 충성과 노고의 세월을 기리며. 사랑과 키스를, 지미 보이로부터.'

당신은 이제야 로우리에게 생각보다 훨씬 더 심각한 문제가 있다는 사실을 깨닫는다. 로우리는 시스템이 어디까지 버티는지 알아보기 위해 일부러 거대하고 화려한 문제를 일으키고 있다. 해가 갈수록 자신의 비밀 작전을 즐기는 듯한데, 그건 단순히 작전이 비밀이라서가 아니라 자신의 수작 때문에 조직이 위기를 맞이할 뻔하는 순간의 긴장감을 좋아하기 때문이다.

하지만 그가 이 사진을 어디서 구했을까?

"재키 세브란스에 대해 알아낼 수 있는 모든 걸 알아내야 해." 당신이 그레이스에게 말한다. "**잭** 세브란스가 언급된 서류는 모두 찾아와. 그리고 그 아들 **존 로드리게즈**도. 1년이 걸리더라도 상관없어. 우리는 세브란스와 로우리가 연결되어 있다는 증거를 찾아내야 해. 어떤 세브란스라도."

당신은 부정한 동맹, 악마적인 연합의 존재를 직감한다. 배신의 전조. 벽돌 사이를 메우고 있는 회반죽 속에 뭔가가 숨겨져 있다.

한편 당신에게는 상대해야 할 식물과 아주 구형의 휴대폰이 있다. X구역을 향한 여정에서 가지고 돌아온 건 그 두 가지를 제외하면 직원들에 대한 거리감과 소외감이 전부다.

이제 복도에서 휘트비를 마주치면, 가끔 두 사람만 아는 비밀을 나누듯 시선을 교환하거나 고개를 끄덕인다. 때로는 시선을 돌려 낡은 녹색 양탄자를 내려다보기도 한다. 구내식당에서 사람들과 만나면 친절하게 인사를 나누거나, 다음 탐사를 위한 회의에 집중하려고 애써 보기도 한다. 그러면서 모든 일이 다 정상인 것처럼 애써 가장한다. 휘트비는 무너져 버린 걸까? 가끔 그의 미소가 반짝 돌아오며 예전의 자신감과 유머 감각이 살아나기도 한다. 하지만 오래가지 못하고 결국 그 눈에는 불꽃이 꺼져 어둠만이 남는다.

휘트비에게는 '미안해요.'라고밖에 할 말이 없지만, 그 말조차 하지 못한다. 그를 바꿔 놓은 순간을 변화시킬 수 있는 건 당신의 기억 속에서뿐이다. 그 기억 속에서조차 휘트비를 도우려는 시도는 당신을 공포에 빠뜨려 솔을 동굴 계단에 버리고 도망치게 만든, 밑에서 빠르게 올라오는 무언가의 방해 때문에 실패해 버린다. 놈은 당신으로 하여금 저건 진짜 솔이 아니라고, 진짜일 리가 없다고, 그래서 그를 버리고 도망친 게 아니라고 자신을 위로하게 만든다. "날 잊지 말거라." 오래전 솔이 말했다. 당신은 그를 잊지 않을지는 모르지만 버리고 도망갈지도 모른다. 그 유령을. 그 환각을. 치퍼스 스타 레인스의 바에 앉아 있거나 서던 리치 지붕에서 그레이스와 정책을 논의할 때에도 당신은 그저 환각일 뿐이라고 스스로를 합리화한다.

어쩌면 당신이 그 식물을 가지고 돌아왔기 때문인지도 모른다. 당신은 한동안 그 식물의 어두운 초록색 잎에 사로잡힌다. 위에서 보면 선풍기처럼 둥근 형태지만 옆에서 보면 전혀 그렇지 않다. 식물에 집중하고 있을 때는 잠시라도 어딘가에 도사리고 있는 로우리를 잊을 수 있다. 어쩌면 솔은 중요하지 않을지도 모른다. 어쩌면 당신은 무언가를 건져 낼 수 있을지도 모른다…… 무언가로부터.

식물은 죽지 않는다.

어떤 기생충도 그 식물을 건드리지 못한다.

식물은 죽지 않는다.

극단적인 기온도 영향을 미치지 못한다. 얼리면 녹는다. 태우면 재생한다.

식물은 죽지 않는다.

무슨 짓을 해도, 대성당을 닮은 창고의 멸균 상태에서 실험을 해 봐도 마찬가지였다. 식물은 죽지 않는다. 꼭 죽이라고 지시를 내리진 않았지만, 표본을 채취하던 연구진이 당신에게 식물이 죽음을 거부한다고 보고했다. 잘라 봐도 마찬가지다. 60조각으로 분리해서 계량컵에 담은 뒤 스테이크 양념으로 뿌려서 먹는다면…… 이론적으로는 그 조각들이 당신의 내장 속에서 자라나 태양을 찾아 몸 밖으로 뚫고 나올 것이다.

그래서 낙담한 당신은 온대 지방의 어디서나 흔히 볼 수 있는 평범한 다년생 식물처럼 생긴 녀석의 정체를 알아내 보라며 본부의 전문가에게 표본을 보낸다. 또 로우리에게도 표본을 보냈지만, 어떤 실험 결과도 당신에게 되돌아오지는 않는다. 뭔가 놓치진 않았는지, 아니면 식물이 다른 표본에도 영향을 미치지는 않았는지 확인하기 위해 창고의 다른 표본들도 이리저리 썰어 보지만, 놓친 것은 없어 보인다.

"이건 식물이 아닌 것 같습니다."

이제는 그에게 일종의 피난처가 된 과학 부서와의 새로운 관계를 망칠 위험을 무릅쓰고, 어느 날 직원회의에 참석한 휘트비가 머뭇거리며 말한다.

"그럼 우리가 왜 지금 식물을 **보고 있는** 거지, 휘트비?" 체니가 들끓는 분노를 겨우 가라앉히며 말한다. "왜 우리가 식물처럼 **생긴** 식물을 보고 있냐는 말이야. 식물처럼 뿌리로 물을 빨아들이고, 광합성 작용을 하는 식물을? 어째서? 어려운 질문도 아니잖아, 그렇지 않은가? 어려운가? 글쎄, 어려운 질문일 수도 있겠지만 난 잘 모르겠군. 골치가 아파질 거라는 생각은 안 드나? 우리가 어떻다고 생각한 대상이 **실제로는 전혀 그렇지 않다**는 가설을 확인하는 작업을 해야 한다면? 당신 주장이 옳다면 우리는 아주 많은 것들을 다시 검토해야 할 거야. 그리고 그 작업은 아마 당신에 대해서 다시 검토하는 것부터 시작해야 하겠지!" 체니는 휘트비가 마치 자신이 태어난 순간부터 지금까지 경험한 모든 사악한 것들이 담겨 있는 그릇이라도 되는 것처럼, 벌게진 얼굴로 그를 공격한다. "왜냐하면." 체니가 목소리를 낮추며 말한다. "그게 어려운 질문이라면, 우리는 어려운 질문들 **자체를** 다시 분류해야 할 것 아닌가?"

나중에 휘트비는 당신에게 양자 역학이 광합성에 미치는 영향을 신이 나서 설명한다. '빛을 받아들이는 안테나도 해킹을 당할 수 있다'라거나, '한 유기체가 다른 유기체를 통해 밖을 응시한다고 해서 꼭 그 안에 살고 있는 것은 아니다'라거나, 식물이 인간은 인지할 수 없는 어떤 방식이나 화학적인 형태로 다른 식물과 '소통'하며, 만약 그게 갑자기 인간에게 보인다면 '기존의 구조에 대한 회복 불가능한 충격'일 거라는 말과 함께.

그건 서던 리치의 구조를 말하는 걸까? 아니면 인류의?

하지만 휘트비는 그 점에 대해서는 입을 다물고 주제를 바꾼다. 허둥지둥하며.

당신은 휴대폰에 대해서는 덜 집착한다. 전화기는 보안 허가를 지닌 하드웨어 부서 기술자들의 손에 들어가 있다. 하지만 그들도 전화기를 작동시키지 못해 혼란스러워했고, 심지어는 불안해하기까지 했다. 전화기에 이상은 없었고, 그래서 제대로 작동해야 했다. 하지만 그러지 않았다. 누구의 전화기인지도 알아낼 수 없었다.

"제대로 된 부품으로 만들어지지 않은 전화기 같습니다. 하지만 겉으로 볼 때에는 정말로 정상적인 전화기예요. 아주 오래되긴 했지만요."

긁힌 상처투성이의 크고 낡은 전화기. 마치 당신이 스스로에 대해 느끼는 감정과도 같아 보인다.

체스의 졸을 희생하듯, 당신은 로우리와 통화하던 중 그 전화기의 존재를 알린다. 그는 마치 새로운 뼈다귀를 얻은 개처럼 고민할 테고, 그러면 오래된 뼈다귀는 좀 쉴 수 있을 테니까. 하지만 로우리는 예상과 달리 전화기를 원하지 않았고, 당신이 보관하고 있으라며 우긴다.

탐사대 대원 하나가 몰래 숨겨 들어갔거나 모르고 가져간 걸까?

혹은 최근의 대원들 중 누군가가 X구역의 잠에 방해가 되지 않을 만큼 오래된 물건이라고 생각했던 걸지도 모른다. 로우리의 간섭이나 당신의 관리가 시작되기 전, 기술적으로도 미숙하고 검증되지 않았던 시기였을 것이다.

당신은 아주 초기의 사진들과 영상을 떠올린다. 경계를 건너기 위한 심해 잠수복을 착용한 로우리와 대원들의 모습이다. 그 잠수복이 아무 소용도 없다는 걸 알기 전이었다. 혼란에 빠져 돌아온 로우리는 영상 속에서 횡설수설했지만, 나중에 자신의 말을 모두 철회했다. 그중에는 아무것도 그 경계의 통로를 빠져나오지 못한다는 말도 있었다. 아무것도. 왜냐하면 그들은 유령을, 오래도록 죽어 있던 무언가를 기다리고 있었으며 X구역은 기념비이자 묘비였기 때문이다.

"무엇이 X구역으로 하여금 그것을 도로 뱉어 내게 만들었을까?"

옥상에서 듣는 사람이 없을 때 당신이 그레이스에게 묻는다.

"무엇이 휘트비가 그걸 찾아내게 만들었을까요?"

"좋은 질문이야."

죽은 휘트비로부터의 선물이다.

"왜 그것은 스스로가 발견되도록 허락했을까요?"

그거야말로 제대로 된 질문처럼 들린다. 그리고 당신은 언젠가 그레이스에게 말해 주고 싶다……. 모든 것을. 하지만 그레이스의 업무나 삶에 영향이 없는 정보들은 굳이 밝히고 싶지 않다. 어째서인지 몰라도, 죽은 휘트비와 솔의 유령에 대한 이야기는 당신의 이름이 가명이라는 사실과 함께 밝히지 않아도 되는 쪽에 속한다는 생각이 든다. 당신에 대한 중요하지 않은 정보들이 모두 거짓말이라는 사실도 마찬가지다.

결국 이 모든 일이 진행되는 중 당신이 두려워하던 전화가 걸려온다. 로우리다. 당신은 벽에 걸려 있는, 죄책감을 불러일으키는 사진을 바라본다. 바위에 오른 당신이 소리를 지르고 있다. "나는 괴물이다! 무서운 괴물이다!"

"다음 11차 탐사대를 보내야겠어."

"벌써요?"

"3개월이야. 거의 다 왔어."

당신은 '이제 조작을 그만둘 때예요. 조작을 강화할 때가 아니라.'라고 말하려다 그만둔다. 하찮은 일이다. 컨트롤할 수 없는 것을 컨트롤하고자 하는 로우리의 그 모든 수작들.

"너무 일러요."

당신이 말한다. 정말 너무 이르다. 당신이 끼어들어 경계를 넘어갔다가 설명할 수 없는 두 가지 물건을 가지고 돌아온 일을 제외하면 아무것도 변하지 않았다.

"이제 빌어먹을 겁쟁이처럼 구는 일도 그만둘 때가 되지 않았나? 3개월이야. 준비하라고, **신시아.**"

로우리는 거칠게 전화를 끊는다. 당신은 그가 반질반질하게 닦인 인간 두개골로 만든 전화기를 사용하는 상상을 떠올린다.

그들은 마지막 11차 탐사대가 될 일행 중 심리학자의 뇌에 로우리가 '감시와 기억의 진주'라고 부르는 장치를 이식한다. 로우리의 마수를 거친 본부라는 은색 알의 아주 작은 조각이다. 그들은 그 남자를 **다른 사람**으로 만들었다. 당신은 자리를 지키기 위해, 그리고 당신에게 중요한 것들 가까이에 남기 위해 기꺼이 그들의 지시를 따른다.

12개월 후 마지막 11차 탐사대가 돌아오지만, 그들은 좀비 떼처럼 행동할 뿐 아니라 스타 레인스의 술에 취한 참전 용사보다 기억이 흐릿하다. 18개월이 지나자 대원들은 모두 암으로 사망하고, 로우리가 다시 전화를 걸어 '다음 11차 탐사대'와 '우리가 하는 일의 절차를 보완'하는 것에 대해 이야기한다. 당신은 어떤 변화라도 줘야 한다고 생각한다. 또다시. 로우리의 머리에 총을 대고 방아쇠를 당길 수는 없으니, 탐사대의 구성을 바꾸거나 위험 요소가 적은 대원을 보내는 방법밖에 없다. 물론 소용은 없겠지만 그래도 시도해 봐야 한다. 다시는 모든 걸 잃어버린 텅 빈 얼굴을 마주하고 싶지 않기 때문이다. 말로 표현할 수 없을 만큼 중요한 무언가를 빼앗긴 채 돌아오는 대원들을 보고 싶지 않기 때문이다.

서던 리치의 사기는 지난 11차 탐사대의 귀환 이후 더 나빠졌다가 빠르게 다음 단계로 넘어간다. 무감각해진다고나 할까? 너무 많은 위기를 겪는 동안 감정이 바닥나지 않도록 일부를 저축해 둔다는 그런 느낌이다.

기록에는 이렇게 적혀 있다. '아름다운 날이었습니다.' '별다른 특이 사항은 없었다.' '임무 완수에 장애가 될 만한 요소는 전혀 없다.'

그들의 눈에 임무란 무엇이었을까? 하지만 그들은 그 질문에 대답하지 못한다. 그레이스는 대원들에 대해 이야기할 때마다 그들이 무슨 성자라도 되는 듯 경건한 말투를 고수했다. 과학 부서의 체니는 점점 더 말이 없어지고 풀이 죽어 갔다. 예전의 그가 화려한 컬러 텔레비전이라면 지금은 채널이 하나밖에 없는 흑백 텔레비전이 된 것 같은 인상이다. 본부의 담당자도 전화를 걸어 완곡한 애도의 뜻을 표했지만, 그 음성에는 지휘 미숙을 암시하는 의도적인 무관심이 담겨 있었다.

하지만 해충 같은 로우리의 업무상 부패를 목격한 사람은 바로 당신이다. 그는 당신과 한 거래를 이용해 매우 공격적으로 서던 리치에 간섭했지만 아무런 소득도 없었다.

설상가상으로 재키 세브란스가 정기적으로 서던 리치에 모습을 드러냈다. 본부가 뭔가에 대해 우려하고 있다는 점을 보여 주려는 듯, 그녀는 당신의 사무실 안을 서성이고 손을 이리저리 놀리며 이야기를 늘어놓았다. 로우리와 달리 이 본부의 특사는 당신이 직접 얼굴을 맞대고 상대해야 했다.

"저 여자는 내 보호 감찰관이야." 당신은 그레이스에게 말한다.

"그럼 로우리는 뭔가요?"

"로우리는 감찰관의 동료? 상사? 직원일까?"

당신도 아는 바가 없다.

"의문 속에 쌓인 수수께끼네요. 저 여자의 부친인 잭 세브란스가 무슨 일을 꾸미고 있는지 알아요?"

"아니, 뭐지?"

"모든 일이요."

그레이스가 헤치고 나아가야 할 모든 일들이다.

당신은 세브란스가 자신이 위험을 감수하고 투자한 대상을 점검하기 위해 방문한다는 인상을 받는다.

"제가 거슬리지 않나요?"

세브란스는 여러 차례 그렇게 물었고, 당신은 그녀가 그저 대화거리를 찾기 위해 그러는 거라고 생각한다.

"아뇨." 당신은 뻔한 거짓말로 응수한다. "다들 자기 일을 하는 것뿐이죠."

세브란스가 서던 리치에 근무했을 때 만났다면 당신도 아마 그녀를 좋아했을 터다. 예리하고 매력적인 데다 복잡한 현안을 잘 조정하고 일에 몰두할 줄도 아는 사람이다. 하지만 지금은 그녀가 여기에 있으면 로우리가 여기에 있는 것과 다를 바 없었다. 당신은 그레이스와 브랜디를 나눠 마시며 이렇게 말한다. "살아 있는 도청 장치야. 떼어 낼 수도 없으니 도청기보다 더 나쁘지." 처음 봤을 때의 화려한 인상도 점점 사라져 갔다. 가끔은 세브란스가 백화점 화장품 매장에서 일하는 피곤하고 지친 점원처럼 보이기도 한다.

세브란스가 손에 커피를 들고 당신 옆에 앉아서 서던 리치 내부의 카메라에 잡힌 귀환 대원들의 영상을 관찰한다. 그녀는 몇 분마다 휴대폰을 확인하고, 종종 전혀 다른 임무에 대한 통화를 하러 나갔다가 돌아와서 여러 가지 질문을 던지기도 한다.

"저들이 뭔가에 감염되지 않은 건 확실한가요?"

"다음 탐사대는 언제 보낼 예정이죠?"

"로우리의 방식에 대해 어떻게 생각하죠?"

"만약 예산을 더 받을 수 있다면, 어디에 사용하고 싶나요?"

"당신이 뭘 찾고 있는지 알고 있나요?"

아니, 당신은 모르고 있다. 그녀도 당신이 모른다는 사실을 알고 있다. 당신은 지금 당신이 무엇을 보고 있는지도 모른다. 귀환한 대원들은 너무 수척해져서 살아 있는 해골처럼 보인다. 심리학자는 다른 대원들보다 더 멍한 상태로 돌아왔다. 그건 심리학자라는 직업을 가진 사람이 X구역과 접했을 때 생기는 부작용 같기도, 어떤 면에서는 당신에 대한 경고 같기도 하다. 하지만 출발 전에 있었던 일들을 좀 더 면밀히 조사하니, 로우리는 그가 심리학자라서 다른 대원들보다 정신적으로 강인할 것이라고 기대했던 모양이다. 물론 사전 지식을 가진 심리학자라면 결속이나 재조건 형성과 같은 심리학적 기술들을 더 잘 받아들일 수도 있을 것이다. 다만 이 남자는 그러지 못했고, 그들이 아는 한 그의 뇌 속에 설치해 놓은 '안전장치'는 X구역 안에서 어떤 차이도 만들어 내지 못했다.

"뭔가 다르게 해 볼 수 있는 일들이 있었을 거예요."

세브란스가 말한다.

당신은 애매한 신음 소리를 내며 노트에 뭔가 끄적이는 시늉을 한다. 장 보기 목록 같은 것을. 경계나 본부 어느 쪽이든 나타낼 수 있는 안이 텅 빈 원. 휴대폰에서 자라는 식물. 어쩌면 그냥 **꺼져**라고 쓴 다음 모든 걸 그만둬야 할지도 모른다. 로우리의 덫에서 빠져나가야 할지도.

지난번 마지막 11차 탐사대가 모두 사망한 뒤, 당신은 건물 관리 부서에서 검정색 페인트와 두꺼운 검은색 마커를 얻어 온다. 그리고 사무실의 뒤가 막혀 있는 문을 연다. 문을 열면 빈 벽이 나오는데, 어설프게 복도 공사를 새로 하다가 실수로 생긴 문이다. 당신은 그 벽에 지형적 변이에서 수집한 문구들을 적는다. 당신은 분명 등대지기가 이 문구들을 적었다는 사실을 알고 있다. 직원회의 도중 문득 떠오른 직감에 의해 당신은 솔의 배경에 대해 어느 때보다 더 자세히 조사하라고 지시한다.

당신은 X구역의 중요한 지형지물을 모두 포함하는 지도도 그린다. 이제는 신기루라고 별명을 붙인 베이스캠프도 그려 넣는다. 그리고 등대. 등대는 안전의 상징이 되어야 하지만 실제로는 그렇지 않다. 이제는 대원들이 쓴 일지의 무덤에 불과하다. 열의와 호기심으로 무장하고 내려갔다가 혼란에 빠지게 되는 땅속의 구멍, 지형적 변이도 있다. 그리고 섬. 마지막으로 서던 리치도 그린다. 서던 리치는 적에 대항하는 마지노선 혹은 반대로 최전방 초소처럼 보인다.

당신이 서던 리치에 입사하고 3년이 지났을 때 로우리는 본부로 떠나는 자신을 위해 열린 환송 파티에서 술에 취해 인사불성이 된 채로 떠들어 댔다. "빌어먹을 얼마나 재미없겠어. 놈들이 이긴다면 젠장, 정말로 지루할 거야. 우리가 그런 세상에서 살아야 한다면 말이지." 기존에 발견된 증거들이 결국 모두가 '그런 세상'에 살게 되리라 예언이라도 하고 있다는 말처럼 들렸다. 그리고 지루함이야말로 최악의 적이고 이 세상에 사는 사람들의 유일한 목적은 그 지루함과 싸워 이겨 내는 것이라고, 휘트비가 평행 우주에 대한 자신의 이론에서 말하는 '모든 순간'을 어떤 식으로든 처리해서 마음에 지루함을 위해 남겨진 공간이 생기지 않도록 만드는 것이라고 말하는 듯했다.

다른 직원들도 마찬가지로 냉소적이고 비관적인 의견을 내놓는 가운데 그레이스만이 두려움 없이 로우리의 말에 반박이라도 하듯 목소리를 높였다. "내가 아직 여기 있는 이유는 내 가족 때문이에요. 내 가족과 국장님 때문에, 그리고 그들이나 당신이나 포기하고 싶지 않기 때문이라고요." 물론 그레이스는 로우리가 비꼬듯 사용하는 표현을 빌면 당신의 '오른팔'로 서던 리치에서 일하며 겪는 고난들 중 그 무엇도 가족에게 이야기하지 않았다. 당신이 하는 말이 너무 난해하고 현실과 동떨어져 있다면, 그녀가 하는 말은 이성적인 신성 모독에 가까웠다.

지도를 반쯤 그려 갈 때 누군가 쳐다보는 시선이 느껴진다. 돌아보니 그레이스가 팔짱을 낀 채 미심쩍은 눈빛으로 당신을 바라보고 있다. 그레이스는 들어와서 문을 닫고 계속 당신이 하는 짓을 지켜본다.

"내가 뭐 도울 일이라도 있어?"

당신이 한 손에는 페인트 통을, 다른 손에는 붓을 든 채로 묻는다.

"아무 문제도 없다고 말해 주세요."

처음으로 그레이스가 의심스러워하는 느낌이 든다. 의견 차이가 아니라 의심이다. 최근의 서던 리치에서 신뢰가 얼마나 중요한지를 생각하면 그레이스의 의심은 걱정스러운 일이다.

"난 괜찮아." 당신이 말한다. "정말 괜찮아. 그저 기록해 둘 필요가 있어서 그래."

"뭘요? 직원들 보라고요? 국장님이 좀 이상해졌다는 걸?"

그 말에 화가 치밀어 오르고, 조금 서운하기도 하다. 결점이 많은 사람이긴 하지만, 로우리라면 적어도 지금 내가 하는 일이 이상하다고 생각하지는 않을 것이다. 그러면 이해하겠지. 하지만 또, 만약 로우리가 자기 사무실 벽에 지도를 그린다면 아무도 거기에 대해 토를 달지 않을 것이다. 오히려 붓을 들고 '여기를 칠할까요, 아니면 페인트를 더 가져올까요?' 하는 식으로 도우려 들지도 모른다.

당신은 아예 마음을 먹고 그레이스에게 말한다.

"이걸 마치고 나면, 지난 11차 탐사대의 시신을 무덤에서 꺼내게 시킬 생각이야."

"왜죠?"

겁에 질린 말투. 과거에 무슨 일이 있었는지 몰라도 그녀는 그런 종류의 신성 모독을 몹시 싫어한다.

"내가 그럴 필요가 있다고 생각하니까. 그 이유면 충분해."

그레이스가 말한 '당신이 로우리처럼 구는' 순간이다. 심지어 폭발적인 반응도 아니고 그저 고집일 뿐이다.

"신시아." 그레이스가 말한다. "신시아, 내 생각은 중요하지 않아요. 하지만 다른 직원들은 당신의 편이 되어야 해요."

여전히 고집스러운 생각이 든다. 당신이 정말로 바라는 건 로우리가 당신과 세브란스의 뜻에 따르게 되어, 이대로 계속 버틸 수 있게 되는 일이다. 하지만 또 다른 36차의 탐사대를 보내서 그들 중 일부만 돌아오는, 그리고 당신과 그레이스와 휘트비는 점점 더 부정적이고 냉소적으로 변해 그 누구도 심지어 본인들에게도 도움이 되지 않는 행동에 몰두하게 되는 끔찍한 상상이 은밀하게 떠오른다.

"우선 이걸 마저 그리겠어." 당신이 회유하는 듯한 말투로 말한다. "일단 시작한 일이니까."

"이제 와서 그만두면 정말 바보처럼 보일 테니까요."

그녀도 동의하며 말한다.

"맞아, 바로 그거야. 이걸 마저 그리지 않으면 정말 바보 같을 거야."

"그럼 내가 도울게요."

그녀의 강한 목소리에 당신은 어쩐지 흔들린다. 앞으로도 항상
그럴 것이다.

내가 도울게요.

"좋아, 그럼."

당신은 퉁명스럽게 말하며 남은 페인트 붓을 건넨다.

하지만 대원들의 시신을 파헤치려는 당신의 생각에는 변함이 없
다. 로우리가 계속해서 패러다임을 바꾸려고 하는 것처럼 당신도 어
떻게 하면 패러다임을 바꿀 수 있을지 계속 고민하는 중이다. 이번
주 내내 치퍼스 볼링장에 가거나 집에 앉아 식료품 가게의 쿠폰을
오리면서, 욕조에 물을 받아 놓고 그 안에 앉아서, 혹은 볼룸 댄스 학
원에서 수업을 듣는 것처럼 평소라면 절대로 하지 않을 법한 일들을
일부러 하면서 그런 생각에 몰두한다. 만약 세브란스가 당신을 감시
하더라도 그저 '이상하게' 행동한다고 여기도록 유도하기 위해서다.
당신은 스스로 여기에 자리를 잡고 덫을 설치했다. 그래서 그 덫에
당신 자신이 걸린 것 같은 기분이 들더라도, 당신 자신의 잘못일 뿐
이다.

문에 페인트를 칠한 다음 날, 그레이스가 언제나처럼 옥상으로
따라와 참견을 한다. 체니는 보이지 않는 경계를 유지하는 '어두운

힘'이 존재한다고 의심했던 것처럼 이 옥상의 존재에 대해서도 의심하고 있는 것이 거의 확실하다. 당신에게 그레이스가 묻는다.

"무슨 계획이라도 있는 거죠? 이 모든 게 어떤 계획의 일부일 거예요. 국장님에게 계획이 있을 거라고 믿어요."

그래서 당신은 고개를 끄덕이고 미소와 함께 말한다.

"그래, 그레이스. 내게 계획이 있어."

그녀의 신뢰를 배신하고 싶지 않다. '그저 느낌과 감에 따를 뿐이야. 죽었다고 생각했던 사람과 잠깐 대화도 나눴고. 식물과 휴대폰도 있지.'라고 말하기는 좀 그렇다.

꿈속에서 당신은 한 손에 식물을 다른 손에는 휴대폰을 든 채, 한쪽에 비켜서서 X구역과 본부의 전쟁을 구경한다. 그리고 이들의 근본적인 싸움은 30년 전 이상부터, 수백 년 동안 여러 세대를 거치며 비밀리에 이어져 왔다는 느낌을 받는다. X구역에 대항할 수 없는 무력한 본부. 비인간적인 살균 작용을 하는 이해 불가의 X구역. 겉보기와 다른 진실에 당신은 일종의 끔찍한 배신감을 드러낼 수밖에 없다. 때로 당신은 흐릿하고 하얀 장막에 비친 괴로워하는 형상 옆에서도 언제나 생기발랄함을 잃지 않는 로우리에게 경외심을 가진다.

0015: 등대지기

마침내 서쪽 사이렌을 수리함. 바다 쪽 주간 항해 표시의 하얀 페인트칠도 완료. 사다리도 고치긴 했지만, 여전히 불안정하고 위험. 뭔가가 울타리 밑을 파고 정원으로 들어왔는데, 정체를 모르겠음. 흔적은 없지만 아마도 사슴이 범인 같음. S&SB일까? 심연의 그림자는 무시무시한 꽃의 꽃잎 같음. 산책할 기분이 아니라, 등대 주변에 머물면서 목격한 것들: 솔딱새(어떤 종인지는 확실하지 않음.), 제비갈매기, 가마우지, 장다리물떼새(!) 그중 한 쌍은 목이 노란색이었음. 해변에 커다란 실고기와 죽어서 썩어 가는 해파리 몇 마리가 밀려옴.

눈부시게 밝은 빛이 번쩍였다. 별들이 움직이고, 태양이 지구를 향해 곤두박질쳤다. 거대한 불덩이가 뒤쪽으로 불꽃을 뚝뚝 흘리며 떨어졌다. 빛이, 별이 조금 전까지 그가 걷고 있던 맑고 푸른 하늘 아래의 해변을 뒤흔들었다. 화염에 휩싸인 뭔가가 솔을 향해 돌진하며 그의 감각을 마비시켰다. 도망치던 솔은 넘어지며 머리부터 모래사장에 처박혔다. 광선과 불꽃이 사방으로 튀고, 빛의 중심부가 앞에 나타나자 솔은 비명을 질렀다. 입안에서 치아가 부서지고 뼈는 가루가 되었다. 밀려오는 거대한 해일이 마치 살아 있는 생물처럼 느껴지는 충격 속에서도, 솔은 두 발로 일어서려고 애썼지만 몸속에는 여전히 떨림이 남아 있었다. 거대한 무게가 솔을 짓누르며 다시한 번 그를 파괴하며 그가 알고 기억하던 모든 것을 지워 버렸다. 솔은 숨을 헐떡이고 몸부림치고 상처를 입으면서 얼음장처럼 차가운 모래 속으로 손을 집어넣었다. 모래의 촉감이 평소와 달랐고, 그 안에 사는 생물들도 달랐다. 주위 풍경도 달라져서 더는 알아보지 못할 것 같았다. 솔은 주변을 둘러보고 싶었지만 두려움에 고개를 들지 못했다.

해일이 사라졌다. 불타는 빛도 사그라들었다.

겨우 몸을 일으키고 휘청거리며 한두 걸음을 옮기던 솔은 주위 풍경이 원래대로 돌아왔다는 사실을 깨달았다. 자신이 익히 알던, 그리고 사랑했던 세상이었다. 등대는 파도에 아무런 손상도 입지 않고, 변함없이 평온한 모습으로 서 있었다. 갈매기가 머리 위를 날아갔고, 멀리서는 누군가 조개를 주우며 걷고 있었다. 솔은 셔츠와 반바지에서 모래를 털어낸 뒤 허벅지에 손을 짚고 몸을 숙였다. 충격의 여파로 아직도 귀가 먹먹하고 몸이 떨렸다. 하지만 마치 사라진 세상의 기억을 품게 된 듯한 감정을 제외하면, 조금 전에 벌어진 일들은 아무런 흔적도 없이 모두 사라졌다.

솔은 떨리는 몸을 주체할 수 없었고, 자신이 미쳐 가는 건 아닌지 의심했다. 저 높은 곳에서 보낸 계시를 받았는지도 모른다는 생각이 들었다. 추락하던 빛의 중심에 어떤 형상이 나타났는데, 그에게는 익숙한 패턴이었기 때문이다. 기이하게 생긴 식물에 달린 여덟 개의 잎사귀. 잎 하나하나가 서로 이어진 채 소용돌이처럼 망각을 향해 내려가고 있었다.

오전. 조개와 따개비로 뒤덮인 바위는 날카롭고 미끄러웠다. 오랜 세월 생존해 온 바닷니가 바위 사이를 옮겨 다니며 뭐든 먹잇감이 될 만한 것들을 찾아 다녔다. 바위에 뭉친 해초들로부터 퀴퀴하고 톡 쏘는 듯한 냄새가 났다.

엉덩이가 아프긴 했지만, 바위에 걸터앉아 발치의 조수 웅덩이를 들여다보고 있자니 진정이 됐다. 솔은 떨림을 멈추려고 애썼다. 예전에도 환각을 본 적은 있지만 이렇게 강렬한 장면은 처음이었다. 심지어 헨리라도 나타나 주면 좋겠다는 생각마저 들었다. 자신이 망상에 빠진 유령 사냥꾼이라는 사실을 열정적으로 밝히던 모습이 그리울 지경이었다. 솔은 헨리에게 자신이 겪는 증상을 솔직히 털어 놓고 싶었다. 하지만 그날 밤의 사건 이후로 헨리나 수전, 그리고 그 낯선 여자도 보이지 않았다. 가끔은 누군가 지켜보고 있다는 느낌이 들었지만, 아마 헨리가 '알아내고 말겠다'라고 한 말을 다시 돌아오겠다는 의미로 받아들였기 때문일 터였다.

머리 위로 구름이 지나가며 빛을 가리거나 바람이 불어와 물결이 일면 조수 웅덩이 안은 답답할 만큼 아무것도 보이지 않았다. 하지만 태양이 다시 구름 사이로 얼굴을 내밀면 웅덩이는 얼굴과 무릎을 반사하는 거울이 아니라 생기 가득한 터전으로 변했다. 솔은 산책하며 새를 관찰하는 일이 더 좋았지만, 조수 웅덩이가 가진 매력도 이해할 수 있었다.

단지 느리게 움직이는 건지 아니면 잠을 자는 중인지 알 수 없는 통통한 주황색 불가사리가 몸의 반을 물 밖에 내놓고 누워 있었다. 웅덩이 바닥에 사는 물고기들은 툭 튀어나온 눈으로 솔을 물끄러미 바라봤다. 입술이 튀어나온 상자 모양의 물고기는 사파이어색으로 빛나는 눈동자를 빼면 모래와 구별이 가지 않았다. 작고 붉은 개가 아래쪽 깊숙한 구멍을 향해 옆으로 걸어가고 있었다. 어쩌면 오랜 세월에 걸쳐 만들어진 복잡한 미로 같은 동굴이 바위 속에 자리 잡고 있는지도 모른다. 우주의 작은 축소판과도 같은 웅덩이를 오래 바라보고 있자니 마음이 차분해지고, 물에 비치는 자신의 모습을 포함해 다른 모든 것들을 잊어버릴 수 있었다.

몇 분이 지나자 글로리아가 그를 찾아냈다. 어쩌면 솔은 이미 짐작하고 있었을지도 몰랐다. 솔에게 등대가 있다면 그녀에게는 바위가 있었다.

코듀로이 바지 속의 엉덩이가 절대 부서질 리 없다는 듯, 글로리아가 솔 옆의 단단한 바위 위에 망설임 없이 미끄러지듯 주저앉았다. 바위가 위태롭게 쌓여 있는 위라 엄밀히 말해 앉았다고 볼 수도 없었다. 아이의 무게 때문에 솔이 조금 옆으로 밀려났다. 바위를 빠르게 오르느라 숨을 헐떡이던 아이는 솔의 새로운 취미가 마음에 들었는지 "아하." 하고 허락하는 듯한 소리를 냈다. 솔은 살짝 웃으며 답례로 고개를 끄덕였다.

한참 동안 두 사람은 거기 그렇게 앉아 있었다. 솔은 자신이 본 바를 글로리아에게 설명할 말을 찾을 수 없었고, 아이에게 부담을 주기도 싫었다. 그 이야기를 할 사람은 찰리뿐이었다. 아마도.

게가 모래 속에서 뭔가를 뒤지고 있었다. 보호색을 띤 물고기는 축 늘어진 부채꼴에 가시가 삐죽삐죽 튀어나온 지느러미에 기대어 천천히 움직이면서 작은 바위 밑의 그늘진 안식처를 찾아 다녔다. 불가사리 한 마리가 마치 시차를 두고 찍힌 사진처럼 아주 천천히 물속으로 들어가더니 끝내 반짝이는 다리의 끝 부분만 보이게 되었다.

마침내 글로리아가 말했다.

"왜 등대나 헛간에서 일하지 않고 여기 내려와 있어요?"

"오늘은 일할 기분이 아니라서."

아버지의 집에 있던 낡은 책 속의 채색화에서 본 듯한, 하늘에서 혜성이 떨어지는 모습. 발밑에서 폭발하는 해변의 반향. 모래 속의 괴상한 생명체. 그런 광경에서 대체 어떤 메시지를 얻어야 하는 걸까?

"그래요, 나도 매일 학교에 가고 싶은 건 아니에요. 적어도 아저씨는 돈이라도 받잖아요."

"그래, 돈을 받지. 맞는 말이다. 네가 학교에 간다고 누가 돈을 주는 일은 없겠지."

"돈을 줘야 마땅해요. 얼마나 많은 일을 참아야 하는데요."

솔은 글로리아가 아주 많은 일을 참아야 할 것 같다고 생각했다.

"학교는 중요하단다."

왠지 그렇게 말해야 할 듯한 기분이 들었다. 마치 글로리아의 어머니가 바로 뒤에 서서 발끝으로 바닥을 두드리고 있는 듯했다.

글로리아는 잠깐 생각하더니, 동네 술집에서 마주친 술친구에게 하듯 솔의 옷자락을 끌어당기며 말했다.

"엄마한테는 여기도 학교라고 했는데, 안 통하더라고요."

"여기라니, 뭘 말하는 거지?"

"조수 웅덩이요. 숲도 그렇고. 오솔길. 전부 다요. 내가 그냥 놀러 다니는 건 맞지만, 거기서 배우는 것도 많거든요."

솔은 그 대화가 어떻게 흘렀을지 상상이 갔다.

"하지만 여기서는 점수를 받을 수 없지." 흥미로운 생각이 들었다. "그래도 곰들은 네가 얼마나 조심하는지 점수를 매길 것 같긴 하구나."

글로리아는 몸을 뒤로 기울이더니 솔을 평가하는 듯한 시선을 보냈다.

"바보 같은 소리네요. 아저씨 괜찮아요?"

"그래, 지금 한 이야기가 전부 다 바보같구나."

"아직도 뭔가 달라진 것 같은 기분이 들어요?"

"뭐라고? 아니. 아니, 난 괜찮아, 글로리아."

그 뒤로도 둘은 잠시 물고기를 구경했다. 둘의 대화에 뭔가 있었는지, 아니면 그들이 너무 시끄럽거나 빠르게 움직였는지, 물고기는 모래 속으로 파고들어 눈만 내놓고 솔과 글로리아를 관찰했다.

"등대가 나에게 가르쳐 주는 것도 있어요."

생각에 잠긴 솔을 일깨우며 글로리아가 말했다.

"똑바로 서서 바다를 향해 머리에서 불빛을 비추라고 가르치든?"

글로리아가 솔의 농담에 깔깔 웃음을 터뜨렸다.

"아뇨, 등대가 나에게 가르쳐 준 건 이거예요. 조용히 하고 들어 봐요. 등대는 나에게 열심히 일하고, 내 방 청소를 잘하고, 거짓말하지 말고, 사람들에게 친절하게 대하라고 가르쳐 줘요." 그러더니 자기 발을 내려다보며 골똘히 생각했다. "내 방은 지저분하고, 거짓말도 가끔 하고, 사람들한테 늘 친절하진 않지만요. 어쨌든 그렇다고요."

솔이 약간 부끄러워져서 말했다.

"저 아래에 있는 물고기는 네가 정말 무서운가 보다."

"응? 저 물고기는 날 모르는걸요. 내가 누군지 알았다면, 악수하자고 손을 내밀었을 거예요."

"저 물고기가 손을 내밀도록 설득할 방법은 없을 것 같은데. 게다가 그랬다가는 네가 의도하지 않아도 물고기를 다치게 하고 말거야."

물고기의 깜빡이지 않는 파란 눈동자, 그리고 수직으로 선 짙은 동공을 보고 있자니 자신이 방금 한 말이야말로 근본적인 진실처럼 느껴졌다.

글로리아는 솔의 말을 못 들은 척했다.

"아저씨는 등대지기 일이 좋죠, 안 그래요, 솔?"

솔이라. 이름만으로 불리는 건 처음이었다. 그들 사이는 언제부터 등대지기와 글로리아가 아니라 솔과 글로리아가 됐을까?

"왜, 나중에 커서 등대지기가 되고 싶니?"

"아뇨. 등대지기가 되고 싶지는 않아요. 매일 삽질을 하고 토마토를 키우고 저 꼭대기까지 올라가야 하잖아요."

자신의 하루가 아이에게는 그렇게 보였을까? 아마 그랬을 거라고 솔은 생각했다.

"적어도 넌 솔직하구나."

"넵. 엄마가 그러는데 난 좀 덜 솔직해져야 한대요."

"그것도 맞는 말이야."

그의 아버지도 좀 덜 솔직했으면 좋았을 터였다. 솔직함이란 종종 잔인한 결과를 낳기 때문이다.

"어쨌든, 여기 오래 못 있어요."

진심으로 아쉬워하는 목소리였다.

"너처럼 솔직한 아이가 그래야 한다니 안됐구나."

"정말 그렇죠? 하지만 가야 해요. 엄마가 곧 차를 타고 오실 거예요. 우리는 아빠를 만나러 시내에 가거든요."

"아, 방학 동안 아버지와 지내나 보구나?"

오늘이 그날인 모양이었다.

조수 웅덩이 위로 구름이 지나가며 그림자를 만들자 수면에 두 사람의 얼굴이 비쳤다. 자기가 글로리아의 아빠라고 해도 누구든 믿을 것 같았다. 아니, 아빠라고 하기에는 너무 늙었나? 하지만 그런 생각조차 자신이 약해진 증거였다.

"이번엔 오래 있을 거예요." 마음에 들지 않는다는 티를 내며 글로리아가 말했다. "엄마가 최소한 두 달은 있다가 오래요. 엄마가 또 직장을 그만뒀거든요. 그래서 새로운 일을 찾아야 한대요. 그래도 8주만 참으면 돼요. 아니면 60일요."

솔은 글로리아의 얼굴에 떠오른 심각한 표정을 봤다. 두 달이라니. 이 아이에게는 상상도 못 할 만큼 긴 시간일 터였다.

"재미있을 거야. 그리고 다시 돌아오면 여기가 더 좋아지겠지."

"지금도 여기가 좋아요. 그리고 아빠랑 지내는 건 재미없어요. 아빠 여자 친구가 재수 없거든요."

"그런 말 하면 못써."

"미안해요. 하지만 정말 재수가 없어요."

"엄마가 그렇게 말씀하시던?"

"아뇨. 내 생각이에요. 딱 봐도 그래요."

"흠, 그래도 잘 지내도록 해 보렴." 등대가 해 줄 수 있는 충고도 다 떨어져 간다고 느끼면서 솔이 말했다. "그래 봤자 잠깐이잖니."

"맞아요. 그리고 다시 여기로 돌아오겠죠. 나 좀 잡아 줘요, 엄마가 왔나 봐요."

솔에게는 자동차 소리가 들리지 않았지만, 중요한 일은 아니었다.

솔은 아이의 손을 잡고 자신에게 기대어 일어날 수 있도록 몸을 웅크렸다. 글로리아는 솔의 어깨에 손을 올리고 중심을 잡았다.

"잘 있어요, 솔. 날 위해 이 웅덩이를 지켜 줘요."

"간판이라도 세워 두마."

솔이 웃어 보이려고 애썼다.

글로리아는 고개를 끄덕이더니 가 버렸다. 바위를 넘어가는 속도가 어찌나 빠른지 귀신같았다.

솔은 충동적으로 몸을 돌려 소리를 질렀다.

"얘야, 글로리아!"

소리가 들리지 않을 만큼 멀어지기 전이었다.

아이가 몸을 돌리더니 양팔을 벌려 중심을 잡고, 솔의 말을 기다렸다.

"날 잊지 말거라! 몸조심하고!"

솔은 바람에 날려갈 만큼 가볍게 말하려고 애썼다. 중요한 말처럼 들리지 않게 하려고.

글로리아가 고개를 끄덕이더니 손을 흔들며 무슨 말인가 했지만 들리지 않았다. 아이는 곧 등대 건물 뒤로 돌아가 보이지 않게 되었다.

밑에서는 물고기가 작고 붉은 게를 삼키는 중이었다. 게는 마치 빠져나갈 생각이 없는 것처럼 천천히 움직이며 발버둥쳤다.

0016: 유령새

짙은 안개 사이로 등대가 우뚝 서 있었다. 회색 해변은 쌀쌀했고, 얕은 물에 띄워 놓았던 보트를 끌어 올리느라 모래에 긁히는 소리가 났다. 얕은 파도가 해안으로 몰려드는 모습은 마치 거품으로 대충 휘갈겨 쓴 물음표 같았다. 화재가 측면을 휩쓸고 지나간 탓에 등대는 유령새가 기억하던 모습과는 달라 보였다. 불이 꺼진 렌즈가 있는 꼭대기까지 온통 검게 변색되어 있었다. 불길은 층계참의 창문으로도 번진 듯, 깨진 유리 조각과 여러 해에 걸쳐 사람들이 남긴 온갖 부적들이 뒤섞여 등대의 겉모습에 주술적인 분위기를 더했다. 등대는 이제 가장 기본적인 주간 항로 표시로서의 기능조차 제대로 하지 못했다. 결국 그 누구에게도 소용이 없는 좁고 음산한 요새로 전락한 셈이었다.

"경계 사령관이 불을 질렀어요." 그레이스가 두 사람에게 말했다. "이해하지 못해서 불을 지른 거죠. 그 안에 있던 일지들도 모두 타 버렸어요."

하지만 유령새는 그레이스의 말투에서 주저하는 기색을 느꼈다. 등대 안에서 정확히 무슨 일이 벌어졌는지, 그리고 바다에서 올라와 사람들을 덮친 존재가 무엇인지 왜 자세한 설명을 꺼리는 걸까?

그레이스가 설명한 내용은 주황색 깃발의 유래에 대한 단편적인 사연이 전부였다. 알 수 없는 모든 것들을 분류하기 위해 경계 사령관이 지시했다고 한다. 어쩌면 실제로 존재하는 것들과 상상 속의 것들을 구별하고 싶었는지도 모른다. 그리고 만약 그런 의도라면 그 시도는 성공하지 못했다. 평범한 엉겅퀴에도 깃발로 표시가 되어 있었기 때문이다. 시간이 더 있었다면 사령관은 아마 온 세상을 주황색 깃발로 채웠을지도 모른다.

유령새는 일지들이 불에 타지 않고 아직 꼭대기 층의 비밀 공간에 남아 있는 모습을 떠올렸다. 그들은 함께 등명기실로 올라가 바닥문을 열고, 오래전 생물학자가 그리고 자신이 그랬던 것처럼 아래를 내려다본다. 그 얼어붙은 기록들에 반사되는 불빛이 그들의 생각을 비추고, 그들의 꿈을 오염시키고, 그들을 영원히 덫에 가둘까? 아니면 이제는 그저 잿더미만 남아 있을까? 유령새는 알아내고 싶지 않았다.

이미 늦은 오후였다. 세 사람은 선착장의 눈에 띄지 않는 구석에 그레이스가 숨겨 둔 조금 더 큰 배를 타고 아침 일찍 섬을 출발했다. 컨트롤이 불안한 눈빛으로 물속을 살폈지만, 생물학자는 다시 나타나지 않았다. 혹시 위험한 상황이 닥치더라도 유령새가 한참 전에 느낄 수 있을 터였다. 그녀는 지금쯤 생물학자가 유영하고 있을 바다는 등대로 가기 위해 자신들이 건너는 이 바다보다 훨씬 더 깊고 거대하리라는 말을 일부러 컨트롤에게 하지 않았다.

모래 언덕의 입구에서 등대 바로 옆의 평지까지 그들은 아무 사고도 없이 전진했다. 그러고 나서는 길고 무성하게 자란 풀밭 끄트머리에서 한동안 기다렸다. 쐐기풀과 블랙베리가 무성했는데, 그들에게는 가시덤불에 불과했지만 흐린 날씨에 어울리지 않는 흥겨운 노래와 함께 날아드는 굴뚝새나 참새에게는 자연이 제공하는 피난처였다. 사방에 피어난 엉겅퀴의 바늘에 싸인 듯한 둥근 머리는 씨앗을 날리는 대신 소리를 수집하고 전송하는 자연의 마이크처럼 보였다.

부서진 문이 입을 크게 벌린 채 그들을 어둠 속으로 부르고 있었다. 회색 하늘이 묘하게 반짝이다 흔들리는 모습에 컨트롤이 초조함을 드러냈다. 그는 유령새나 그레이스에게도 불안감을 전파하려 들었다. 유령새는 톱니 모양의 단검에 후광이 비추듯, 빛이 컨트롤의 몸속에서 불타오르는 모습을 목격했다. 그녀는 컨트롤이 탑에 도착할 때까지 그 자신으로 남을 수 있을지 의심스러웠다. 초자연적인 무언가가 하늘을 돌아다니지만 않는다면 가능할지도 몰랐다.

"등대에는 올라가 봤자 소용없어요." 그레이스가 말했다.

"궁금하지도 않아요?"

"무덤이나 시체 사이를 걷는 게 취미예요?"

유령새는 그레이스를 관찰했지만, 여전히 그녀의 생각을 알 수 없었다. 그레이스는 유령새가 정말로 비밀 무기이기를 바라고 솔직히 털어놓은 걸까 아니면 뭔가 다른 속셈이 있을까? 분명한 점은 그레이스와 만난 뒤로 그녀와 컨트롤 단둘이 있을 시간이 거의 없었다는 것이다. 모든 대화는 세 사람이 함께 나눠야 했다. 컨트롤에 대해서도 잘 모르는데 그레이스에 대해서는 더더욱 몰랐기 때문에 유령새는 심기가 불편했다.

"난 올라가고 싶지 않습니다." 컨트롤이 말했다. "정말로요. 이렇게 탁 트인 공간은 최대한 빠르게 지나가고 싶군요. 일단 목적지로 신속하게 이동합시다."

"적어도 여기 누가 있는 것 같지는 않네요." 그레이스가 말했다. "적어도 X구역이 적대 세력을 모두 제거한 모양이에요."

냉정한 말일지 몰라도 그들에게는 좋은 일이었다. 하지만 그레이스를 바라보는 컨트롤의 표정에는 그가 여기서는 아무 소용도 없는, 바깥세상에서나 통할 법한 근본적인 감성을 버리지 못하고 있다는 점이 드러났다.

"이건 전시품에 더하기로 하죠."

그레이스가 그렇게 말하더니, 섬에서 가져온 생물학자의 기록과 일지를 열려 있는 문 안쪽으로 던졌다.

컨트롤은 그녀가 끔찍한 짓을 저질렀고 자신이 바로잡아야 한다고 생각하기라도 하듯 어둠 속을 응시했다. 하지만 유령새는 그레이스가 그들을 자유롭게 하려는 시도로 그랬다는 사실을 알 수 있었다.

'지금처럼 우리의 영혼이 주위 환경과 분리되어 있던 때는 없었다.' 유령새가 기억하는 대학 교재의 문구였다. 그 문구는 생물학자가 도시 생활을 시작한 이후에도 그녀의 머리에 남았고, 유령새가 공터에 서서 전봇대 사이로 날아가는 하늘다람쥐를 바라보던 순간에 다시 떠올랐다. 도시의 삶을 이야기하는 문구였지만 생물학자는 이를 자연 환경에도 대입해서 생각했다. 인간이라는 존재가 세상을 너무 많이 바꿔 놓은 바람에 X구역조차 인간의 흔적과 기호를 완벽하게 지워 내지 못했다. 침략종을 이루는 덤불과 나무들은 그 일부에 불과했다. 인간이 만들어 낸 작은 길조차 주변 지형을 완전히 바꿔 버렸다. '유일한 해결책은 자연 환경을 방치하는 것이다. 그러기 위해서는 인류가 사라져야 한다.' 생물학자가 자신의 논문에서 했던 주장이자 그녀의 마음속에서 밝게 타오르던 문구였다. 이제 그 문구는 유령새의 마음속에서 타올랐다. 다른 모든 기억들과 마찬가지로 계속 떠올리며 분석한 다음에도 그 생각은 일종의 힘을 가지고 있었다. 그녀를 올려다보던 천 개의 눈에 담긴 기억의 존재 속에서.

세 사람이 내륙으로 들어가는 동안, 점점 커다란 나무나 바위가 사라지며 곧 잊지 못할 풍경이 나타났다. 땅 위에 머리카락처럼 길게 자란 풀들이 이상하리만치 마음을 편하게 했다. 수면 위로 낮게 날며 검은 줄을 그리는 개구리매 한 마리와 섬세하게 물살을 가르며 헤엄치는 늪살무사가 보였다.

유령새는 주위의 정적이 마음에 들었지만, 그레이스와 컨트롤은 그다지 감흥이 없는 모양이었다.

"뜨거운 물로 하는 샤워가 그립군요." 컨트롤이 말했다. "온몸이 가려워요."

"물을 끓여요."

그레이스가 두 가지 문제를 한 방에 해결할 수 있는 방법이라는 투로 말했다. 컨트롤이 그런 사소한 바람이 아니라 좀 더 중요한 생각을 해야 한다는 듯한 태도였다.

"그거랑은 다르죠."

"난 서던 리치의 옥상에서 숲을 바라보던 일이 그리워요."

"옥상에서? 거기는 어떻게 올라갔습니까?"

"관리인이 도와줬어요. 국장님과 나만. 거기서 계획을 짜곤 했죠."

그레이스는 목이 메는 듯이 보였다. 유령새는 두 사람 사이에 보이지 않는 교감이 있었다고 생각했다. 그녀가 뭘 놓친 걸까? 뭔가를 놓치기에는 시간이 너무 짧았다. 두 사람의 대화가 자신과 너무 동떨어져 있어서 유령새는 그레이스가 기는 것과 만났다면 어떻게 했을지 다시 궁금해졌다. 혹시 그레이스는 서던 리치나 X구역이 생기기도 전부터 어떤 목적을 가지고 잠복했던 비밀 요원이 아닐까? 그녀의 충성심은 전 국장을 향한 걸까 아니면 등대 근처의 검은 바위에서 뛰놀던 어린 시절의 국장을 향한 걸까? 그리고 등대지기가 섬기던 주인은 누구였을까? 만약 이 방정식의 변수가 되는 모든 사람들을 각각 한 가지 성질로 규정할 수 있다면 좋겠지만, 그들 중 누구도 그렇게 단순하지 않았다.

어쩌면 생물학자의 마지막 반응이야말로 의미를 가지는 유일한 반응이었을지도 모른다. 그리고 그녀의 편지는 인간들이 가진 기대를 만족시키기 위한 작은 선물이었는지도. 정답이 그녀의 몸으로 구체화되기 전의 마지막 지연이었을까? 그렇게 많은 일지가 등대 안에 쌓여 있는 이유도 정도의 차이는 있을지언정 모든 대원들이 인간의 언어가 무용하다는 사실을 깨달았기 때문이라는 생각이 들었다. 비단 X구역 안에서가 아니라, 그들의 삶이 가진 정당성 그리고 접촉과 교감의 순간을 표현하려고 할 때 무한한 것이나 유한한 것 모두를 제대로 표현할 수 없는 인간의 언어가 서글픈 실망감만 안겨 줬기 때문이라는. 기는 것이 그 끔찍한 메시지를 글로 적었다고 해도 말이다.

섬에는 아직 답을 얻지 못한 마지막 질문이 남아 있었다. 그리고 그 질문의 무게는 각자에게 서로 다른 방식으로 다가왔다. 지금 세 사람이 있는 장소가 실제로 어딘가 아주 먼 곳에서 이식된 공간이라면 그 좌표에 해당하는 지구의 X구역에는 무엇이 존재하는 걸까?

이미 그 점에 대해 많은 생각을 한 듯한 그레이스가 그 질문을 입 밖으로 꺼냈다. 어쩌면 그녀는 여러 해 동안 그 문제에 사로잡혀 좌절을 경험했을 터였다.

"우리는." 컨트롤이 멀리서 초점 없는 눈동자로 그레이스를 쳐다보며 말했다. "**우리**가 있는 곳에 있어요. 거기가 우리가 있는 곳입니다."

물론 그는 바보가 아니었고, 그레이스의 말이 옳다는 사실도 분명 알고 있었다.

"문을 통과하면 X구역으로 들어오죠." 그레이스가 말했다. "하지만 문이 아닌 지점으로 경계를 통과하면 다른 곳으로 가게 돼요. 그게 어딘지는 몰라도 말이에요."

그레이스의 말투는 의심을 허락하지 않았다. 혹은 이미 X구역이나 이런 의문에 지친 나머지 두 사람이 믿거나 말거나 상관없다는 투처럼 들리기도 했다. 자신이 도출한 결론을 아무도 좋아하지 않을 거라는 사실을 잘 알고 있다는 듯한 태도였다.

하지만 유령새는 X구역으로 이어지는 통로에서 본 잔해와 폐기물, 시체들을 떠올렸다. 그리고 그것들이 진짜인지, 아니면 자신의 머릿속에서 만들어 낸 상상인지 궁금해했다. 컨트롤이 말해 준 6미터 크기의 문을 통해 무엇이 들어왔는지도 알고 싶었다. 그런 문이 있다면 지금은 무엇이 들어오고 있을까? 그녀는 아무것도 들어오지 않았다고 생각했다. 뭔가가 들어왔다면 진작에 일이 벌어졌을 것이기 때문이다.

흐린 하늘 아래 펼쳐진 습지의 호수는 깊고 완벽한 푸른색을 띠고 있었다. 주위를 둘러싼 관목들의 모습이 거울 같은 수면에 그대로 비쳤다. 세 사람은 식물 뿌리와 진흙 사이를 겨우겨우 헤치고 나아갔다.

컨트롤은 균형을 잡기 위해 여러 번 유령새에게 의지했고, 그러다가 그녀를 넘어뜨릴 뻔하기도 했다. 앞쪽에서 타는 냄새가 바람에 실려 왔고 머리 위로 다른 사람들은 볼 수 없는 뭔가가 구름에 뒤덮인 하늘을 가로질러 날아갔지만, 유령새는 놀라지 않았다.

0017: 국장

서던 리치의 어느 봄날, 당신은 고민에 잠겨 서던 리치의 정원을 걷다가 호수 근처에서 기묘한 장면을 목격했다. 검은 물가에 누군가 쪼그리고 앉아 손을 바삐 놀리면서 뭔가를 하고 있었다. 당신은 보안 요원을 부르려고 하다가 곧 검은 머리와 작은 체구의 주인공을 알아본다. 갈색 블레이저 재킷에 남색 바지를 입고 정장 구두를 신은 휘트비다.

휘트비는 진흙을 뒤적이고 있었다. 뭔가를 씻고 있나? 아니면 뭘 만드나? 멀리서 봐도 보석 세공과 같은 정교함을 요구하는 작업에 집중하고 있는 듯했다.

당신은 본능적으로 땅에 떨어져 있는 나뭇가지나 낙엽을 피해 조심스럽게 걸음을 옮긴다. 이전에도 휘트비가 깜짝 놀란 적이 있었기 때문에, 이번에는 그러고 싶지 않았다. 하지만 당신이 반쯤 다가갔을 때, 휘트비는 당신 쪽으로 몸을 돌렸다가 다시 하던 일로 돌아간다. 그 모습을 본 당신은 걸음을 재촉해 그에게 다가간다.

나무들은 평소보다 음침해서 이끼로 된 수염을 길게 기른 굽은 등의 성직자처럼 보이기도 하고, 그레이스가 언젠가 말했던 '늙은 마약 중독자'처럼 보이기도 한다. 호수 위로 휘트비가 일으킨 작은 물결이 잔잔히 퍼지고 있다. 다가가서 휘트비의 어깨 너머로 몸을 숙이자 수면에 비친 당신의 모습이 물결에 일그러진다.

휘트비는 작은 갈색 쥐를 씻고 있다.

휘트비는 왼손 엄지와 검지로 조심스럽지만 단단하게 쥐를 쥐고 있다. 쥐의 머리, 휘트비의 손가락에 눌려 둥글게 말린 앞발, 하얀색 털이 난 배, 쭉 편 뒷발과 꼬리. 최면에라도 걸렸는지, 아니면 다른 이유 때문인지 휘트비가 물을 몸에 붓는 동안에도 이상하리만치 얌전하다. 휘트비는 가느다란 손가락으로 쥐의 아랫배에 난 털과 옆구리, 뺨을 문지르며 닦는다.

휘트비의 왼팔에는 작고 하얀 수건이 걸쳐져 있다. 금실로 필기체 W가 큼지막하게 수놓아진 수건이다. 집에서 가져온 걸까? 휘트비는 수건을 집어 작은 눈동자로 먼 곳을 바라보는 쥐의 머리를 섬세하게 두드리며 물기를 닦아 낸다. 분홍색 발톱이 난 발가락 하나하나, 뒷발과 얇은 꼬리까지 수건으로 닦는 휘트비의 모습에서 극진한 정성이 느껴진다. 휘트비의 가늘고 창백한 손가락이 쥐의 손과

묘한 조화를 이루어, 어쩌면 둘의 조상이 같을 거라는 터무니없는 생각이 든다.

마지막 11차 탐사대의 대원들이 암으로 사망한 지 넉 달이 지났고, 그들의 시신을 파낸 때로부터 6주가 흘렀다. 휘트비와 경계를 넘었던 것도 벌써 2년 전의 일이다. 지난 몇 달 동안 당신은 휘트비가 회복되고 있다는 느낌을 받았다. 전근 요청도 횟수가 줄었고 직원회의에도 더 적극적으로 참여하며 「복합적인 가설」이라는 보고서를 쓸 만큼 의욕도 되살아난 모양이다. 휘트비는 이제 그 보고서를 '테루아 문서'라고 부르는데, 와인 생산 이론에 기반을 둔 '포괄적인 생태학적' 접근 방식을 고수하고 있다. 평소에도 유별났던 점을 고려하면 업무 수행에 있어서도 딱히 문제될 바는 없었다. 심지어 체니도 그 사실을 마지못해 인정해서, 이제 그가 휘트비를 이용해 당신을 견제하려 드는 시도도 무시할 수 있게 되었다. 이유가 뭐든 휘트비가 다시 이 모든 일들의 중심에 다가갈 수 있다면 상관없다.

"그건 뭔가요, 휘트비?"

당신이 갑작스럽고 난폭하게 정적을 깬다. 당신은 마치 어른이 아이에게 하는 듯한 말투를 쓰지만, 휘트비가 당신을 그렇게 만들었기 때문이다.

휘트비는 쥐를 씻기고 말리던 일을 멈추고, 수건을 왼쪽 어깨에 걸친 채 아직 먼지가 묻어 있는 곳이 있는지 보려는 듯 쥐를 이리저리 살핀다.

"쥐예요."

당연하지 않냐는 투로 휘트비가 말한다.

"그걸 어디서 찾았죠?"

"다락에서요. 다락에서 찾았어요."

휘트비의 말투는 혼나는 아이처럼 조심스러우면서도 반항적이다.

"음, 집에서 말인가요?"

가정에서 느끼는 안락함의 물리적인 형태를 위험한 장소인 회사로 가져온 것일까? 당신은 심리학자로서의 호기심을 억누르고 과도한 분석을 하지 않으려 애쓰지만 쉽지 않다.

"다락에서요."

"왜 여기로 데려왔죠?"

"씻기려고요."

휘트비를 심문할 의도는 아니지만 심문처럼 들릴 것이 분명하다. 이건 휘트비가 회복하고 있는 증거일까 아니면 그 반대일까? 업무 적합성을 기준으로 점수를 매긴다면, 쥐를 키우거나 씻기는 행동에 대한 항목은 없을 것이다.

"안에서는 씻길 수 없었나요?"

휘트비가 눈동자를 굴리며 당신을 곁눈질한다. 당신은 아직 몸을 구부정하게 굽히고 있다. 휘트비는 웅그린 채 말한다.

"그 물은 오염됐거든요."

"오염됐군요." 흥미로운 단어 선택이다. "하지만 당신은 그 물을 사용하잖아요, 아닌가요?"

"네, 맞아요……." 휘트비가 마지못해 동의하며 긴장을 풀자, 당신은 그가 실수로 쥐를 목 졸라 죽일까 봐 했던 걱정을 덜게 된다. "하지만 쥐가 잠깐 밖에 나오고 싶어 할 거라고 생각했어요. 날씨가 좋잖아요."

해석: 휘트비는 쉬고 싶었다. 당신이 정원을 걸으러 나온 것과 마찬가지로.

"이름이 뭔가요?"

"이름은 없어요."

"이름이 없다고요?"

"네."

어째서인지 쥐를 씻기는 행동보다 그 쥐에게 이름이 없다는 점이 신경 쓰였지만 말로 표현하기는 꺼려진다.

"음, 잘생긴 쥐네요."

직접 말로 하니 더 바보같이 들렸으나 달리 할 말이 없다.

"바보 대하듯 제게 말하지 말아요. 이게 이상해 보인다는 정도는 저도 알아요. 하지만 국장님이 스트레스를 풀기 위해 하는 일들도 한번 생각해 보시죠."

당신은 이 남자와 함께 경계를 건넜다. 채워지지 않는 환상과 호기심, 야망의 재단에 휘트비가 가진 내면의 평화를 제물로 바쳤다.

그런 당신에게 그를 비웃을 권리는 없다.

"미안해요." 당신은 낙엽과 반쯤 굳어 버린 진흙 속에서 어색한 자세로 몸을 더 낮춘다. 사실 아직 건물 안으로 들어가고 싶지 않다. 휘트비도 마찬가지로 보인다. "굳이 변명하자면 정말 힘든 하루였어요. 출근한 지 얼마 되지도 않았는데 말이에요."

"괜찮아요." 휘트비가 잠시 뜸을 들였다가 그렇게 대답하고, 다시 쥐를 닦기 시작한다. 그러더니 먼저 이야기를 꺼낸다. "거의 다섯 주를 키웠어요. 어릴 때 개와 고양이를 한 마리씩 기르긴 했지만, 그 뒤로 애완동물은 처음입니다."

당신은 휘트비의 집이 어떤 모습일지 상상해 보려고 하지만 실패한다. 그저 온통 흰색으로 칠해진 현대적인 공간이 떠오를 뿐이다. 어쩌면 그 집에 존재하는 유일한 색상은 한쪽 구석에 놓인 컴퓨터의 화면뿐일지도 모른다.

"식물에 꽃이 피었어요."

생각에 잠긴 당신에게 휘트비가 말한다.

처음에는 아무 의미도 없는 문장처럼 들린다. 하지만 무슨 말인지 깨닫자, 당신은 몸을 똑바로 일으켜 세운다.

휘트비가 당신을 올려다본다.

"서두를 것 없어요. 이미 끝났거든요."

당신은 휘트비를 일으켜 세워 건물 안으로 밀어 넣고, 급할 게 없다는 말의 뜻을 가르쳐 주고 싶은 충동을 느끼지만 간신히 참는다.

"설명해 봐요." 당신이 마치 알 껍질에 금이 가게 만들 때처럼 적당한 압력을 담아 말한다. "구체적으로요."

"한밤중에 일어난 일이에요. 어젯밤에요. 다들 퇴근하고 난 후였죠. 전 가끔 야근을 하는데, 대성당 창고에서 시간을 보내는 걸 좋아하거든요." 휘트비는 당신이 뭐라도 물어본 것처럼 시선을 피하며 말을 이어 간다. "그냥 거기가 좋아서요. 거기 가면 마음이 차분해지거든요."

"그래서요?"

"어젯밤에도 거기 가서, 식물이 어떻게 됐나 확인하려고 했죠." 너무 아무렇지도 않은 말투라, 마치 그가 늘 식물의 상태를 확인하는 사람처럼 들렸다. "그런데 꽃이 피어 있었어요. 식물에 꽃이 핀 거죠. 그런데 지금은 없어요. 모든 일이 아주 빠르게 일어났어요."

계속 대화를 이어 가며 휘트비를 차분한 상태로 유지하고 당신의 질문에 대답하게 만들어야 한다.

"얼마나 오래 피어 있었죠?"

"한 시간 정도요. 그렇게 금방 질 줄 알았다면 누구라도 불렀을 겁니다."

"꽃은 어떻게 생겼던가요?"

"그냥 평범한 꽃이었어요. 꽃잎이 일곱 개 아니면 여덟 개 정도였죠. 얇고 거의 흰색에 가까운 꽃잎이었어요."

"사진이나 영상을 찍었나요?"

"아니요. 한동안 꽃이 피어 있을 줄 알았거든요. 그런데 금방 사라져서 아무한테도 말하지 않았어요."

이제 겨우 이상한 소문에서 벗어나려는 중인데, 아무런 증거도 없이 그런 이야기를 한다면 사람들이 그의 업무 능력이나 정신 상태를 의심할 거라고 생각했기 때문일 것이다.

"그러고 나서는 어떻게 했죠?"

휘트비가 어깨를 으쓱하며 쥐를 오른손으로 옮기자 작은 꼬리가 움찔거린다.

"소독 일정을 잡았어요. 혹시 모르니까요. 그리고 거길 나왔죠."

"계속 방호복을 입고 있었겠죠?"

"그럼요. 네. 당연하죠."

"그 뒤로 이상한 수치는 없던가요?"

"아뇨, 없었어요. 확인해 봤지만요."

"그 밖에 보고할 내용이 더 없나요?"

식물에 꽃이 핀 일과 그다음 날 휘트비가 쥐를 데리고 나온 행동 사이에 어떤 연관성이 있을 수도 있다는 생각이 든다.

"이미 알고 계신 것 외에는 없어요."

치켜뜬 눈에 드러난 반항심이 당신에게 그가 지금 X구역으로 갔던 여행을 떠올리고 있다는 사실을 알려 준다. 아무에게도 말할 수 없는 비밀스러운 여행이자, 그를 남들에게 불안정한 사람으로 보이도록 한 원흉이다. 진짜일지도 모르는 환각을 어떻게 평가할 것인가? 정당화될 수도 있는 피해망상일까? 막 되돌아왔을 때, 휘트비가 뭔가 잃어버린 사람처럼 생각에 잠긴 채 했던 말이 떠오른다. "처음에는 그들도 우리를 알아차리지 못했어요. 하지만 그러다 점차 우리를 들여다보기 시작했죠……. 우리가 멈출 수 없었기 때문이에요."

당신은 일어서서 휘트비를 내려다보며 말한다.

"식물에 대해 자세한 보고서를 올려요. 나만 볼 수 있도록. 그리고 건물 안으로 쥐를 몰래 숨겨 들어가면 안 돼요. 보안팀이 언젠가는 알아낼 거예요. 집으로 데려가요."

휘트비와 쥐가 동시에 당신을 올려다본다. 쥐는 휘트비의 손에서 벗어나 자유롭게 돌아다니고 싶어 한다. 하지만, 휘트비의 속은 알 수가 없다.

"다락에 가둬 놓을게요."

"그렇게 해요."

당신은 다시 안으로 들어와서 대성당 창고를 찾는다. 그곳에 있는 것들이 당신을 오염시키지 못하도록, 당신도 그곳을 오염시키지 못하도록 방호복을 입는다. 그리고 8차 탐사대가 가져온 표본이라는 가짜 꼬리표가 달린 식물 쪽으로 간다. 식물을 살펴보고 주위에 말라 버린 꽃잎이라도 떨어져 있는지 찾지만 아무것도 없다. 식물 주위에 잔여물과 같은 물질이 보여서 실험실로 보내지만, 다른 표본의 송진이라는 보고서를 나중에 받아 볼 뿐이다.

사무실에서 실험 결과를 검토하며, 당신은 그 꽃이 휘트비의 상상 속에서 폈던 건 아닌지 하는 의문을 가진다. 그렇다면 그건 어떤 의미일까? 쪽지와 회의, 전화나 그 밖의 수많은 자질구레하고 급한 업무에 밀려 잊힐 때까지 당신은 계속해서 그 문제를 고민한다. 휘트비에게 대성당 창고에 쥐를 가지고 들어가진 않았는지 물어봐야 할까? 그러는 대신 당신은 체니와 그레이스의 반대에도 불구하고 불멸의 식물을 24시간 감시할 카메라를 설치하라고 지시한다.

휘트비는 그저 동료가 필요할 뿐이다. 휘트비에게는 그를 평가하거나 심문하지 않을 누군가가, 자신을 의지하는 누군가가 혹은 무언가가 필요하다. 휘트비가 그 생물을 자기 집 다락에 가둬 두는 한, 당신은 그 문제를 누구에게도 알리지 않을 생각이다. 그리고 이제 로우리가 당신에게 엮인 것처럼 당신도 휘트비에게 엮이고 말았다는 사실을 깨닫는다.

그다음 주, 당신은 스타 레인스를 찾아 부동산 업자며 참전 용사와 함께 당구를 친다. 그러던 중 부동산 업자로부터 모델 하우스에 무단으로 들어와 거주하던 어떤 연인들이 이름을 절대 가르쳐 주지 않더라는 이야기를 듣는다. 그러자 서던 리치의 탐사 규정을 준수하기라도 하듯, 이름을 붙이지 않은 휘트비의 쥐가 다시 생각난다.

"그 작자들은 이름을 가르쳐 주지 않으면 내가 경찰을 부르지 못할 거라고 생각하기라도 했나 봐요. 유령처럼 커튼 뒤에 숨어서 바깥을 쳐다보고 있더군요. 꽤나 실망스러워 보였어요. 그치들을 쫓아

내는 일이 기분 좋지는 않았지만, 난 그 집을 팔아야 하니까요. 내가 자선 사업가도 아니고요. 물론 나도 기부는 하죠. 하지만 노숙자 쉼터는 됐다 뭐한대요? 게다가 내가 만약 그 사람들에게 거기 살라고 허락하면, 비슷한 치들이 더 몰려올지도 모르잖아요. 알고 보니 이미 전과도 있더라고요. 그러니 내가 올바른 결정을 내린 거죠."

서던 리치의 사무실 책상에는 12차 탐사대에 응모한 지원자들의 서류가 당신을 기다리고 있다. 제일 위에 놓인 서류는 당신이 생각할 때 가장 유망한 인물의 것이다. 반사회적인 성향을 지닌 생물학자로, 지난 마지막 11차 탐사대에 참여한 대원의 아내다.

0018: 등대지기

등대 문단속을 함. [판독 불가] 작업을 함. 물건들을 수리함. 그리고 그것들을 난롯불에 던져 넣을 텐데, 그러면 이를 갈고 구슬피 울 것. 곤마도요새의 울음소리가 들림. 새벽에도 부엉이 우는 소리와 여우가 짖는 소리를 들었음. 등대에서 나와 조금 위쪽을 잠시 살피는데, 새끼 곰이 덤불 사이로 머리를 살짝 내밀고 어린아이처럼 주위를 둘러봄. 그리고 죄인의 손은 환희하리라, 그림자 속에서나 빛 속에서나 죽은 자의 씨앗들이 용서하지 못할 죄는 없기에.

솔이 마을 술집에 도착했을 때, 실내는 몽키스 엘보라는 이름의 동네 밴드가 연주하기를 기다리는 사람들로 벌써 붐비고 있었다. 해가 지는 바다의 멋진 풍경을 볼 수 있는 테라스 자리는 너무 추워서

인지 텅 빈 채였다. 솔은 기대에 차서 술집 안으로 들어갔다. 해변에서 환각을 경험한 뒤로 몸 상태는 매일 나아졌고 그를 괴롭히던 협회 인간들도 더 이상 보이지 않았다. 몸의 열이 떨어지고 두통도 가시자 그 일에 대해 찰리에게 의논하려던 충동도 함께 사라졌다. 지난 사흘간은 자면서 어떤 꿈도 꾸지 않았다. 몸에 어떤 충격이라도 가해진 것처럼 귀가 팍 하고 터지는 느낌이 들었던 이후로 청력도 좋아졌다. 하루하루 점점 기운이 넘쳤다. 아무것도 아닌 일에 괜한 걱정을 했는지 모든 게 다 정상으로 보였다. 그리고 등대를 향해 해변을 걸어오거나 바위 위를 뛰어다니거나 헛간 주위를 돌아다니던 글로리아의 익숙한 모습이 그리웠다.

찰리도 다시 야간 출항에 나서기 전 잠깐 시간을 내서 술집에 들렀다. 힘든 일정에도 불구하고 그는 돈을 벌 수 있어서 기분이 좋아 보였다. 하지만 두 사람은 지난 며칠 동안 거의 만나지 못했다.

등대처럼 벌건 얼굴에 곱슬곱슬한 흰색 구레나룻을 한 '짐 아저씨'가 홀의 구석에서 언제라도 부서져 버릴 듯한 피아노를 차지하고 있었다. 짐의 주위에서 몽키스 엘보가 바이올린과 아코디언, 어쿠스틱 기타와 탬버린의 불협화음을 내며 음을 조율했다. 바다에서 건져 낸 피아노의 덮개는 자개로 수놓은 무늬를 되살려 예전의 영광을 되찾았지만, 짐의 표현을 빌자면 해수의 세례를 받아 '눅눅해진' 건반들이 몇 개 있어서 가끔 바람 빠진 듯한 삐걱대는 소리를 냈다.

술집 안에서는 익숙한 담배 냄새와 기름에 튀긴 생선 요리의 향기가 났고, 달콤한 벌꿀 향도 얼핏 느껴졌다. 굴은 막 잡아 신선했고 냉장고에서 바로 꺼낸 맥주를 싼값에 즐길 수도 있었다. 솔은 마음에 들지 않는 것들은 머릿속에서 빠르게 지워 버리는 재주가 있었다. 항상 그런 건 아니지만 이 술집은 활기가 넘쳤다. 솔이 여기서 기도를 하는 이유는 보건소의 위생 담당자가 술집의 초라한 주방이나 유혹을 참지 못한 갈매기가 모여드는 야외 바비큐 장치의 불판을 검사하러 찾아오지 않는다는 사실을 알기 때문이었다.

찰리가 먼저 와서 피아노 반대쪽 벽에 위치한 작고 동그란 테이블을 맡아 두고 있었다. 솔은 잊힌 해안 기준으로는 군중이라고 부를 만한 거의 예순 명에 가까운 사람들 사이를 뚫고 지나갔다. 그리고 자리에 앉기 전 찰리의 어깨를 지긋이 잡았다.

"이봐요, 멋쟁이 씨."

솔이 그렇지 않아도 어설픈 대사를 더 어설프게 치며 낯선 사람을 유혹하는 척했다.

"기분이 좋아 보이는데, 잭." 찰리가 말하고는 곧 자신의 실수를 알아차렸다. "그러니까……"

"난 잭이라는 사람을 모르는데. 네가 말하는 게 그 머저리 잭이 아니라면 말이야." 솔이 말했다. "어쨌든, 무슨 말인지 알아. 확실히 기분이 좋아. 훨씬 나아졌어."

자신의 상태 때문에 의기소침한 찰리의 모습을 본 뒤로 애정이 더 깊어졌다. 솔이 무기력과 다른 여러 증상으로 끙끙 앓는 동안에도 찰리는 한 마디 불평도 없이 도우려고 했다. 야간 항해가 끝나면 두 사람은 다시 예전처럼 돌아갈 수 있을지도 몰랐다.

"좋아, 좋아."

찰리가 주위를 둘러보며 웃는 얼굴로 대답했다. 여전히 사람이 많은 장소에서는 어색해하며 몸을 가만히 두지 못했다.

"어제 고기잡이는 어땠어?"

찰리는 만선이라고 대답했지만, 대화는 길게 이어지지 않았다.

"지금까지 중에 최고였어." 찰리가 환한 얼굴로 말했다. "홍어랑 가오리, 가자미가 아주 많이 잡혔어. 숭어랑 농어도."

찰리는 시간당으로 급여를 받았지만 어획량이 많으면 보너스가 붙었다.

"이상한 건 없었고?"

솔이 항상 묻는 질문이었다. 그는 기괴한 바다 생물에 대한 이야기를 좋아했다. 최근에 헨리가 뭐라고 말한 이후로는 그런 이야기에 더 흥미를 가지게 되었다.

"한두 가지. 너무 이상하게 생겨서 도로 바다에 던져 버렸지. 좀 이상한 물고기랑 꼭 피를 토할 것처럼 생긴 멍게 비슷한 녀석."

"그 정도면 괜찮네."

"정말로 훨씬 좋아 보여. 등대에는 별일 없고?"

찰리의 말은 왜 지난번 통화할 때 "이 근처에는 요새 재미난 일이 별로 없어."라고 했는지 설명해 보라는 의미였다.

솔이 막 협회 사람들을 마지막으로 봤던 때의 일을 헨리와 이야기하려는 찰나, 피아노 소리가 끊겼다. 술집 안의 모든 사람들이 이미 서로 잘 알고 있는데도 짐이 자리에서 일어나 몽키스 엘보를 소개했다. 사디 도킨스, 벳시 페파인, 그리고 등대 조수인 브래드가 밴드 멤버였고, 이들 모두 가끔 마을 술집에서 일하곤 했다. 글로리아의 엄마 트루디는 객원 멤버로 탬버린을 연주했다. 언젠가는 솔의 차례도 기다리고 있었다.

몽키스 엘보가 슬픈 곡의 연주를 시작했다. 노래는 비극적인 운명을 맞이하는 연인에 대한 내용이었다. 평범한 가사였지만 찰리가 '모래나 묻히고 다니는 바다의 히피들'이라고 부르는 부류의 영향을 받아서 그런지, 뱃사람들이 좋아할 법한 느긋하게 앉아서 들을 만한 포크 팝은 아니었다. 브래드의 연주는 다소 과장된 스타일이지만, 솔은 라이브 음악을 듣자 기분이 좋아졌다. 하지만 찰리는 술잔을 가만히 쳐다보며 얼굴을 찌푸리더니 솔을 향해 눈동자를 굴렸다. 솔은 나무라듯 고개를 흔들었다. 물론 밴드의 실력이 대단치는 않지만 무대에 서기 위해서는 용기가 필요했다. 솔은 설교를 시작하기 전 늘 구토를 하곤 했다. 지금 와서 생각해 보면 그게 신의 계시였을지도 모른다. 컨디션이 최악일 때에는 미리 팔굽혀펴기나 높이뛰기를 해서 땀과 함께 무대 공포증을 배출하기도 했다.

찰리가 상체를 앞으로 숙였고, 솔도 찰리 쪽으로 몸을 기울였다. 찰리가 귓속말을 했다.

"섬에 불난 거 있잖아?"

"응?"

"내 친구가 그날 근처로 낚시를 갔다가 모닥불을 봤다고 하던데. 당신이 말한 대로 사람들이 몇 시간 동안이나 서류를 태우더래. 그러다 나중에 다시 가 보니, 그 사람들이 상자 여러 개를 모터보트에 실어 놨더라고 하더군. 그 배가 어디로 갔는지 알아?"

"먼 바다로?"

"아니. 바로 서쪽으로. 해변을 따라서."

"희한하네."

섬의 서쪽에는 모기가 들끓는 오염된 만을 제외하면 작은 마을 두 군데와 군사 기지밖에 없었다.

솔은 말없이 찰리를 바라보며 의자에 다시 몸을 묻었다. 찰리는 '내가 그랬지.'라고 말하듯 의미심장하게 고개를 끄덕였지만, 솔은 찰리의 의중을 짐작하기 어려웠다. 예전부터 그 사람들이 이상하다고 말했다는 걸까? 아니면 뭔가 흉계를 꾸미고 있는 줄 알았다는 걸까?

두 번째 노래가 나오기 시작했다. 좀 더 전통적인 포크송으로, 느리고 깊이 있는 멜로디가 한두 세기 전의 감성을 담아 냈다. 세 번째는 좀 더 흥겨운 창작곡으로, 껍질을 잃어버린 소라게가 새 집을 찾아 사방을 떠도는 내용의 가사였다. 연인 몇 쌍이 음악에 맞춰 춤을 추기 시작했다. 그의 교회에서 춤이나 다른 세속적인 즐거움을 금지한 바는 없지만, 솔 본인은 춤추는 법을 배우지 못했다. 그래서 남몰래 춤에 대한 환상을 품기도 했는데, 언젠가 해보고 싶지만 '이제 너무 늦어 버린' 일이었다. 어차피 찰리 역시 남들이 보지 않을 때조차 절대로 춤을 추는 법이 없었다.

사디가 연주 중간의 휴식 시간에 잠깐 솔의 테이블을 찾았다. 사디는 여름마다 헤들리의 술집에서 일하면서 그곳 손님들에 대한 재미있는 이야기를 들려주곤 했다. 예를 들면 사람들이 곤드레만드레가 되어 산책로에서 강물로 떨어지는 것 같은 이야기였다. 트루디도 합류해서 잡담을 나눴지만 글로리아에 대한 이야기는 없었다. 대부분 아이 아빠에 대한 이야기였다. 솔은 트루디의 이야기를 통해 지금쯤 글로리아가 아빠의 집에 도착했으리라 짐작했다. 모든 것이 별일 없이 흘러갔다.

그 뒤로 두 사람은 그저 연주에 귀를 기울이며, 노래 사이사이 대화를 나누거나 맥주를 더 시켜서 마셨다. 눈인사를 나눌 만한 아는 얼굴이 있는지 주위를 둘러보던 솔은 문득 누군가 자신을 지켜보고 있다는 느낌을 받았다. 처음에는 몸 상태가 좋아지면서 괜히 드는 생각이거나, 찰리가 자신의 몸을 어루만지는 걸 의식한 탓이라고 여겼다. 하지만 시끄럽게 떠들어 대는 사람들 틈으로, 입구 근처에 서 있는 달갑지 않은 얼굴이 보였다.

헨리였다.

헨리는 술잔도 들지 않은 채로 우두커니 서서 솔을 바라보고 있었다. 예의 우스꽝스러운 실크 셔츠와 빳빳하게 다린 바지 차림이었는데, 벽에 기댄 모습이 원래 이곳 사람인 듯 잘 어울렸다. 솔 말고는 헨리에게 신경 쓰는 사람이 없었다. 솔은 그가 수전 없이 혼자 있다는 사실이 놀라웠다. 몸을 돌려 찰리에게 '저 녀석이 며칠 전 내 등대에 몰래 들어갔던 놈이야.'라고 말하고 싶은 충동을 억지로 참았다.

솔이 헨리를 응시하는 동안 실내가 점점 더 어두워지더니 역겨울 정도로 달콤한 향이 풍기기 시작했다. 헨리 주변에 있던 사람들의 형체가 점점 흐려져 알아볼 수 없게 되었다. 모든 빛이 헨리를 향하여 그 주변에서 맴돌다가 다시 퍼져 나왔다.

솔은 마치 거대한 구덩이 가장자리에 겨우 매달려 있는 듯한 현기증을 느꼈다. 지금까지 숨어서 기다렸다는 듯, 사라진 줄 알았던 증상들이 한꺼번에 모두 되살아났다. 머릿속에서 불길에 휩싸인 혜성이 긴 꼬리를 늘어뜨리며 날았다.

어둠 속에서도 계속되는 밴드의 연주는 아주 느린 소리로 변해 갔다. 그 음악 소리를 비롯해 헨리와 무관한 것들이 모두 어둡게 빛나는 소용돌이 안으로 사라지기 전, 솔은 두 손으로 테이블을 붙잡고 시선을 돌렸다.

다시 사람들의 말소리가 들리기 시작하고 조명과 밴드의 연주도 정상으로 돌아왔다. 찰리는 아무것도 모르는 채 솔에게 뭔가를 떠들고 있었다. 안도감과 함께 몸속의 피가 갑자기 솟구쳐 솔은 거의 기절할 듯한 기분이었다.

잠시 안정을 찾은 뒤, 솔은 용기를 내 헨리가 서 있던 자리를 곁눈질했다. 헨리는 보이지 않았고, 대신 다른 사람이 서 있었다. 처음 보는 남자였다. 그가 들고 있는 맥주잔을 어색하게 들어 보이자, 솔은 자신이 꽤 오래 그쪽을 쳐다보고 있었다는 사실을 깨달았다.

"내가 한 말 들었어?" 밴드의 연주에 묻히지 않을 만큼 큰 소리로 찰리가 물었다. "괜찮아?"

찰리는 솔의 이상한 행동을 걱정하는 듯 손을 내밀었다. 솔은 웃으며 고개를 끄덕였다.

노래가 끝나자 찰리가 말했다.

"보트랑 섬 이야기 때문은 아니지? 당신을 걱정하게 하려고 한 말은 아니었어."

"아니, 아니야. 그런 거 아니야. 난 괜찮아."

두 사람의 입장이 바뀌었다면, 찰리가 말은 안 해도 신경 쓸 만한 일이었기 때문에 솔은 감동을 받아서 그렇게 말했다.

"다시 아프면 나한테 말해야 돼."

"물론 그럴 거야." 솔은 자신이 방금 경험한 것이 대체 무엇인지 이해하려고 애쓰면서 그렇게 둘러댔다. 그러고는 어떤 불길한 예감이 찾아와 심각한 말투로 이야기했다. "그런데, 찰리, 이런 말 하고 싶지 않지만 지금 출발하지 않으면 늦을지도 몰라."

어차피 음악이 그리 마음에 들지 않았기 때문인지 찰리는 이미 의자에서 반쯤 일어나 있었다.

"그럼 내일 보자고."

찰리는 무슨 눈치라도 챘는지 솔을 한참 쳐다보더니 그렇게 말하며 윙크를 했다.

그 순간 어째서인지 찰리가 너무 멋지게 보여서, 솔은 그가 자리를 떠나기 전 꽉 끌어안았다. 팔 안에 느껴지는 찰리의 무게. 자신이 좋아하는 면도 자국의 거친 감촉. 그의 뺨을 스치는 찰리의 입술에서 풍기는 립밤 향기. 솔은 잠시 더 찰리를 안고 있으면서, 방금 일어난 일로부터 그 순간을 지키려고 애썼다. 하지만 너무 빨리, 찰리는 문 밖으로 나가 어둠 속으로 배를 향해 가 버렸다.

0019: 컨트롤

밤하늘에 달과 별 대신 흰 토끼들이 흘러갔다. 컨트롤은 자신이 몸을 차지하려는 빛에 저항하느라 열이 나서 헛것을 보고 있다는 사실을 잘 알고 있었다. 저것들은 흰 토끼일까 아니면 사진의 검은 점들처럼 자신의 시야에 생긴 얼룩일 뿐일까? 컨트롤은 거기에 무엇이 있는지 보고 싶지 않았다. 생물학자가 컨트롤의 안에 잠겨 있던 뭔가를 풀어 버렸다. 이제 그는 때때로 서던 리치의 다락에서 본 휘트비의 초현실적인 그림들 앞으로 돌아갔다가, 경계를 통해 어딘가 존재하는 연옥으로 들어가면 그동안 사라졌던 모든 것들을 발견할 수 있다는 그의 주장을 떠올렸다. 투명한 벽을 향해 뛰어들던 수많은 토끼들이나 X구역이 생겨난 밤에 경계가 집어삼킨 구축함과 트럭들. X구역에서 사라진 탐사대의 대원들까지. 그곳은 모든 것이 사라지는 심연이었다. 하지만 생물학자의 일지에 기록된 바에 따르면 기는 것보다 아래에 있는 장소에서 빛이 피어난다고 했다. 그 빛은 어디로 이어지는 걸까?

컨트롤은 무수한 조각들 중에서 최대한 합리적인, 가능하면 명예로운 선택을 찾아내려 했다. 그의 아버지가 동의할 만한 선택을. 어머니가 어떻게 생각할지에 대해서는 더 이상 신경이 쓰이지 않았다.

어쩌면 난 그저 혼자 남고 싶었는지도 몰라. 어린 시절 그가 자란 헤들리의 언덕 위에 자리한 작은 집에, 그의 고양이 초리와 밤마다 울어 대는 박쥐들과 함께. 지금은 너무나 멀게 느껴지는 장소였다.

"그랬다고 해도 달라질 건 없었을 거예요, 그레이스."

세 사람은 다음 날 아침 도착할 예정인 마지막 목표 지점, 즉 지형적 변이로부터 1.5킬로미터 정도 떨어진 장소에서 축축한 풀과 소나무 이끼 위에 잠자리를 마련했다.

"뭐가 말이죠?"

부드럽고 심지어 자상하게 느껴지는 말투였다. 그녀의 목소리는 컨트롤의 증상을 완전히 발현시켰다. 생물학자의 수많은 눈들이 자꾸 보였고, 그 눈들은 별이 되었다가 이내 눈부신 하얀 빛으로 변했다. 그러다 다시 아버지가 마지막으로 둔 수가 그대로 얼어붙어 있는 체스판이 되었다. 컨트롤의 마지막 수는 아직 두기 전이었다.

"우리가 서던 리치에 있을 때, 당신이 내게 모든 걸 말해 줬다고 해도 말입니다."

"그래요, 달라질 건 없었겠죠."

유령새는 컨트롤의 옆에서 자면서 그가 몸의 변화를 감지할 수 있도록 도왔다. 그녀는 컨트롤을 뒤에서 꼭 껴안고 그를 보호했다. 컨트롤도 그러고 있는 동안에는 안전하다고 느꼈다. 그는 이제 그런 행위를 허락할 만큼, 아니, 그 이상으로 그녀를 사랑했지만 유령새는 그럴 이유가 점점 더 없어지고 있었다. 어쩌면 애초부터 그럴 이유 따위는 없었는지도 모른다.

밤이 깊어지면서 날씨가 차가워졌고, 수많은 어두운 형상들이 세 사람을 조용히 응시했다. 하지만 컨트롤은 개의치 않았다.

예전에 아버지로부터 들었던 이야기가 이제 더욱 선명하게 떠올랐다. 어쩌면 실제로 일어났던 일이기 때문인지도 몰랐다. 아버지는 이렇게 말했다. "네 자신의 열정이 무언지 모른다면, 그건 네 심장이 아니라 머리를 혼란스럽게 만들 거다." 컨트롤이 현장에서 실패를 겪은 직후의 일이었다. 그는 아버지에게 그 일의 전모를 밝히지 못하고, 수수께끼 같은 형태로 고백할 수밖에 없었다. "때로는 그저 다음으로 넘어가야 할 때가 있는 법이다. 다른 사람들을 위해서라도."

그 말이 오싹하게 다가왔다. 다음이라니. 여기서 그에게 어떤 다음이 있을까? 그의 열정은 무엇이었을까? 두 질문 중 어느 하나도 답을 찾을 수 없었다. 다만 얼굴을 스치는 따가운 솔잎과 흙바닥에서 올라오는 매캐한 냄새가 편안하게 느껴질 뿐이었다.

아침이 왔다. 컨트롤은 잠에서 깬 유령새가 단호하게 밀어낼 때까지 그녀의 품을 파고들었다. 갈대밭, 끝없이 펼쳐진 습지, 그리고 진흙 사이로 드러난 지평선은 불타는 중이었고, 실제인지 아니면 그의 머릿속에만 존재하는 환청인지 알 수 없는 총소리와 폭발음이 시끄럽게 울렸다.

하지만 이쪽의 늪지에서는 여전히 왜가리가 올챙이와 작은 물고기를 사냥했고, 검은대머리수리가 상승 기류를 타고 하늘 위로 날아올랐다. 군데군데 섬처럼 자리 잡고 있는 나무에서는 수천 가지가 바스락거리는 소리가 들렸다. 그 너머 지평선에는 언제나, 동틀 때마다 짙게 깔리는 안개 사이로도 항상 보이는 등대가 서 있었다. 이런 풍경을 감상할 수 있게 된 것은 유령새가 준 선물이었다. 그녀의 손길을 따라 자신에게 스며든 것 같은 느낌이었다.

그러나 의지와 목적이 존재하는 한 피할 수 없는 부자연스러운 세계가 그의 감상을 방해해서 컨트롤은 순간적으로 화가 났다. 유령새와 그레이스는 만약 경계의 사령관이 지휘하던 부대의 생존자와 만나면 어떻게 해야 할지, 또는 탑에 도착하면 무엇을 해야 할지 논쟁을 벌이고 있었다.

"나와 당신이 내려가고." 그레이스가 말했다. "컨트롤은 입구를 지켜야 해요."

그건 무의미한 마지막 보루가 될 터였다.

"나 혼자 내려가야 해요." 유령새가 말했다. "나머지 두 사람은 위에서 경계를 서고요."

"그건 탐사대 규정에 어긋나는 행동이에요."

"여기서 규정을 들먹이는 거예요? 이 상황에?"

"그럼 들먹일 만한 다른 거라도 있나요?"

"나 혼자 내려가겠어요."

유령새가 선언했지만, 그레이스는 아무런 대꾸도 없었다.

전술적이지만 전략적이지 못한. 예전에 좋아하던 책에 있던 구절이다. 구식 자전거의 거대한 동체처럼, 이제 와서는 모두 무의미한 말로 들렸다.

컨트롤은 하늘의 진짜 모습이 드러나기를 기다리며 어두운 먹구름을 올려다봤다. 하지만 진짜와 똑같은 가짜 하늘이 여전히 자리를 차지하고 있었다. 생물학자가 틀렸다면 어떻게 할까? 그녀가 단지 조용히 미친 광인에 불과하다면? 그리고 지금은 그저 괴물일 뿐이라면? 그럼 어쩌지?

그들은 캠프를 걷어낸 뒤, 습지 한복판에 무리 지어 서 있는 나무들을 1차 엄폐물로 삼아 주변을 조사했다. 강 건너편에서 피어오르는 연기는 이제 60도 각도를 이루며 은색 재를 뿌려 댔다. 연기와 안개가 한데 뭉쳐 하늘을 완전히 가렸고, 지평선은 온통 불길로 뒤덮여 있었다. 금색 불꽃 주위로 오렌지색 화염이 넘실거렸다.

세 사람 앞에 놓인 수로의 고요한 수면 위로 불꽃과 연기가 비쳐 보였다. 마치 거울 같은 수면에는 그 밖에도 주위의 갈대들과 안개에 밑동이 가려진 참나무와 야자나무도 비치고 있었다.

어디선가 고함과 비명, 총소리가 들렸다. 아주 가까이에 있는 나무들 사이에서, 아니면 로우리가 그의 머릿속에 심어 놓은 무언가로부터 들려왔다. 어쩌면 여기에서 오래전 일어났던 일이 이제야 표면으로 드러나고 있는지도 몰랐다. 컨트롤은 수면에 반사된 풍경에 시선을 고정했다. 그 풍경 속에서는 군복 차림의 사람들이 서로를 공격했고, 하늘에서 있을 수 없는 무언가가 그 장면을 지켜보고 있었다. 이렇게 뒤틀리고 동떨어진 방식으로 보니 그리 잔인하거나 가혹하다는 생각은 들지 않았다.

"그들은 이미 어딘가 다른 곳으로 갔어요."

그레이스나 유령새가 알아듣지 못할 거라는 사실을 알면서도, 컨트롤은 그렇게 말했다. 이미 세 사람의 모습도 수면 위에 비쳤고, 그 위로 악어 한 마리가 헤엄쳐 갔다. 딱따구리 한 마리가 나무들 사이를 쏜살같이 날았다.

그래서 그들은 계속 나아갔다. 컨트롤은 더 이상 진단하고 싶지 않은 병에 걸린 채로, 그레이스는 다리를 절뚝거리며, 그리고 유령새는 자기 혼자만의 생각에 잠겨서.

할 수 있는 일도 없고, 해야 할 이유도 없었다. 그들의 경로는 불길을 우회할 터였다.

이미 생물학자의 거대한 덩치를 목격한 컨트롤은 지형적 변이가 지표면에 거꾸로 처박힌 고대 신전과 같은 모습일 거라고 상상했다.

하지만 실제로는 작은 공터 한가운데 지름 18미터 정도의 둥근 입구가 자리 잡고 있을 뿐이었다. 다른 사람들로부터 들었던 말대로, 입구는 활짝 열려 있었다. 군인들은 보이지 않았고, 주위에 별다른 특이한 점도 보이지 않았다.

입구의 문턱에서 컨트롤은 일행에게 다음 행동에 대한 지시를 내렸다. 그의 목소리에는 서던 리치의 국장으로서 가졌던 권위의 잔영이 남아 있었다. 하지만 그 잔영 속에는 일종의 저항감 느껴졌다.

"그레이스, 당신은 여기 남아서 소총으로 주위를 경계하도록 해요. 어떤 위험이 발생할지 모르는데, 아래에 갇히고 싶지는 않으니까. 유령새, 당신은 나와 함께 내려갈 겁니다. 그리고 당신이 앞장서도록 해요. 난 뒤에서 약간 거리를 두고 따라가죠. 그레이스, 만약 세 시간이 지나도 우리가 나오지 않는다면……" 세 시간은 과거 탐사대가 기록한 최장 시간이었다. "원하는 대로 해요. 우리에게 어떤 책임감도 느낄 필요 없어요."

아직 돌아갈 세상이 있다면, 돌아갈 대상이 남아 있는 사람이 살아남아야 할 터였다.

나머지 두 사람이 컨트롤을 응시했다. 컨트롤은 그들이 자신의 지시를 반대하고 무시해서, 결국 그가 여기 남아야 할지도 모른다고 생각했다.

하지만 그런 일은 벌어지지 않았다. 그레이스가 고개를 끄덕이며 조심하라는 당부와 함께 잘 들리지도 않는 주의 사항을 줄줄 읊기 시작하자 컨트롤은 안도감을 느꼈다.

유령새는 호기심 어린 표정을 한 채 옆으로 비켜섰다. 탑 아래에서 그녀는 생물학자를 만났던 때보다 훨씬 더 강렬한 경험을 하게 될 것이다. 그리고 컨트롤은 그녀를 보호할 수 없었다.

"지금 머릿속에 뭐가 있든, 거기에 매달려요." 그레이스가 말했다. "아래로 내려가면 아무것도 남지 않게 될지도 모르니까요."

지금 그의 머릿속에는 무엇이 있고, 또 그것이 결과에 어떤 영향을 미칠까? 기는 것과 만나는 건 컨트롤의 목적이 아니었다. 그는 다만 자신과 함께하고 있는 빛에 무엇이 더 내재되어 있을지 궁금할 따름이었다.

그들은 탑 안으로 내려갔다.

0020: 국장

휘트비가 식물에 꽃이 핀 일에 대해 쓴 쓸모없는 보고서가 당신의 책상 위에 올려져 있다. 이제 열 명까지 추려낸 12차 탐사대의 후보자들 중, 생물학자와 사전 면담을 할 시간이다. 당신과 그레이스, 그리고 당신과 로우리는 각자 마음에 드는 대원들을 선발하려 애쓰는 중이다. 과학 부서의 직원들도 은밀하게 자신들이 선호하는 후보자를 당신에게 귀띔한다. 세브란스만은 이 문제에 아무런 관심도 없어 보인다.

그게 누구든 면담을 하기에 적당한 시기는 아니지만, 당신에게는 선택의 여지가 없다. 생물학자의 마을에 설치한 작은 사무실에서 면담을 진행하는 동안에도 당신의 머릿속에서는 그 식물이 다시 꽃을 피우고 있다. 임시로 빌린 사무실의 책장에는 그럴듯한 심리학 관련

서적이 꽂혀 있어 원래 당신의 사무실인 양 가장하기에 안성맞춤이다. 사무실 주인의 학위증서와 가족사진은 미리 치워 두었다. 로우리가 연구를 위해 실내 장식을 바꾸겠다고 하자 당신은 마음대로 하라며 양보한다. 로우리의 부하들이 찾아와 의자나 전등 같은 사무실 안의 물건들을 교체한다. 마치 차분한 분위기의 파란색과 녹색 계열로 꾸며져 있던 사무실을 빨강, 주황, 녹색과 은색으로 바꾸면 더 중요한 문제의 해답을 얻을 수 있을 거라고 말하는 듯하다.

로우리는 이런 변화가 후보자들의 '본능이나 잠재의식'에 영향을 미칠 거라고 주장한다.

"그들을 안심시키고 편안하게 만들기 위한 건가요?"

당신이 막대기로 맹수를 쿡쿡 찔러 보는 기분으로 그렇게 묻지만, 로우리는 무시하고 대답하지 않는다. 당신은 로우리의 대답을 상상한다. '우리가 시키는 대로 행동하게 만들기 위해서지.'

지하실의 수도관이 파열돼 물이 찼던 냄새가 아직 남아 있다. 범죄 현장을 감추듯이, 한쪽 구석의 물에 젖은 얼룩을 작은 테이블로 가린다. 이 방이 당신 사무실이 아니라는 유일한 증거는 의자가 너무 작아서 몸을 구겨 앉아야 한다는 점이다.

식물은 계속 당신의 머릿속에서 꽃을 피우고, 매번 필 때마다 점점 시간이 짧아져 할 수 있는 일도 줄어든다. 그 식물은 어떤 과제일까, 아니면 일종의 초대일까? 아니면 아무런 의미도 없는 방해물에 불과할까? 어떤 메시지일까? 휘트비의 상상이 아니라면 그 메시지에 담긴 의도는 무엇일까? 지형적 변이의 바닥에 존재하던 빛, X구역으로 들어가는 문의 빛, S&SB가 사용하던 타로 카드에 나타난 빛, 지난 주 당신이 견뎌 내야 했던 MRI 촬영의 하얀 빛.

당신에게 떠오르는 온갖 종류의 빛들 중에는 그레이스에게 말해 주면 농담거리로 삼을 만한 것도 있다. 바로 생물학자다. 그녀는 모든 것들이 당신을 죄어 올 때 기적처럼 나타난 부적과도 같다.

"기록을 위해서 이름을 말해 줘."

"지난번에 말했습니다."

"상관없어."

생물학자는 자신을 원하는 곳으로 보내 줄 수 있는 사람이 아니라 적을 보듯 당신을 바라본다. 당신은 그녀가 단순히 근육질일 뿐 아니라, 그저 이름을 말하면 되는 단순한 일도 아주 복잡하게 만드는 성격이 있다는 사실을 깨닫는다. 그녀의 침착함은 자신이 어떤 사람인지 잘 알 뿐 아니라, 필요한 상황이 오더라도 그 누구에게 의지하지 않을 거라는 의지에서 온다. 일부 전문가들은 그런 성격을 일종의 장애로 보기도 하지만, 이 생물학자의 경우 절대적이고 굽힐 수 없는 분명함으로 나타났다.

"부모님에 관해서 말해 봐."

"가장 오래된 기억이 뭐지?"

"어린 시절은 행복했나?"

모두 뻔하고 지루한 질문이다. 그녀의 짧은 대답들 역시 지루하다. 하지만 마침내 좀 더 흥미로운 질문들을 할 차례가 온다.

"폭력적인 생각을 하거나 그런 경향을 보인 적이 있나?"

당신이 묻는다.

"폭력적인 행동이 뭐라고 생각하죠?"

생물학자가 되묻는다. 주제를 회피하는 걸까 아니면 정말 궁금해서 그러는 걸까? 당신은 전자라고 판단한다.

"다른 사람이나 동물에게 해를 입히는 행동이지. 방화처럼 극단적인 재산상의 손해를 입히는 경우도 포함해서."

스타 레인스의 부동산 중개인은 주택에 가해지는 폭력 행위의 사례를 많이 알았고, 그런 이야기를 할 때면 목소리에 날이 섰다. 생물학자라면 그녀를 외래종으로 분류할지도 모른다.

"인간도 동물이에요."

"그럼, 동물에게 해를 입힌 적은?"

"인간인 동물에게만요."

그녀는 당신을 궁지에 몰고 도발하려 든다. 하지만 평범한 교차 질문을 던지고 정보를 분석하는 동안 흥미로운 사건이 나타난다. 생물학자는 웨스트코스트에서 대학원을 다니는 동안, 한 국립공원의 삼림 감시 초소에서 인턴으로 근무한 적이 있다. 나무에 자신의 몸을 묶는 '급진적 환경 보호 운동가들의 테러'가 벌어졌던 때와 겹치는 시기다. 그 최악의 사건이 벌어졌을 때 '복면을 쓴 괴한'이 남자 세 명을 심하게 두들겨 팼다. 경찰에 따르면 '피해자들이 다친 부엉이를 막대로 찌르고 날개에 불을 붙이려 들면서 괴롭혔다'는 이유로. 용의자의 신원이 밝혀지거나 체포가 이루어지지는 않았다.

"동료 대원이 폭력적인 성향을 보인다면 어떻게 할 건가?"

"내가 해야 할 일을 해야겠죠."

"그게 누군가를 죽이는 일이라고 해도?"

"꼭 그래야 한다면, 그래야겠죠."

"상대가 나라고 해도?"

"특히 당신이라면 더욱더 그래야죠. 이렇게 재미없는 질문만 하고 있으니."

"플라스틱을 다루는 당신 직업보다 재미가 없나?"

생물학자는 그 말에 정신을 차린 듯하다.

"난 아무도 죽이고 싶지 않아요. 누굴 죽여 본 적도 없고요. 그저 표본을 수집하고 싶어요. 최대한 많은 것들을 배우고, 임무 규정을 따르지 않는 사람들과는 거리를 둘 거예요."

또다시 날이 선 말투다. 그녀는 어깨를 당신 쪽으로 돌리며 방어적인 자세를 취한다. 만약 이게 권투 경기였다면, 그 어깨 너머에서 어퍼컷이나 보디 블로가 날아올 것이다.

"그럼 만약 당신이 위협이 된다면?"

그 질문에 생물학자가 웃음을 터뜨리더니, 빤히 당신을 쳐다보는 바람에 당신은 시선을 피한다.

"내가 위협이라면 나 자신을 멈출 수는 없겠죠? 내가 위협이 된다면 X구역이 이겼다고 봐야겠죠."

"당신 남편에 대해서는?"

"내 남편이 어떻단 말이죠? 남편은 죽었어요."

"X구역에서 남편에게 어떤 일이 있었는지 알아내고 싶나?"

"난 X구역에 대해 알아내고 싶어요. 도움이 되고 싶은 거죠."

"너무 무정한 것 아닌가?"

생물학자는 당신에게 시선을 고정한 채 앞으로 몸을 숙인다. 당신은 자세를 유지하기 어려워진다. 하지만 상관없다. 적대감은 괜찮다. 당신이 지금까지 익숙해진, 당신도 모르는 사이 하나가 된 부패의 흔적을 그녀가 그런 적대감으로 거부할 수 있다면, 당신에게도 도움이 되는 일이다.

그녀가 말한다.

"당신이 옳다고 생각하는 동기와 감정을 전혀 타인인 나에게 투사하려고 하는 건 실수예요. 당신이 내 머릿속을 들여다볼 수 있다고 생각하는 것도요."

당신은 다른 지원자들의 경우 정말로 머릿속이 훤히 들여다보인다는 사실을 생물학자에게 말하지 않는다. 수동적인 공격성의 흔적이 보이지 않는 측량사는 탐사대의 핵심이자 근간이 될 것이다. 인류학자는 공감과 이해를 제공할 테지만, 자기 능력을 증명하려는 태도가 득이 될지 실이 될지 판단하기 어렵다. 그런 성향은 인류학자를 더 노력하게 만들겠지만, 그에 대해 X구역이 어떻게 생각할까?

언어학자는 말이 너무 많고 내적 성찰이 부족하지만, 서던 리치 내부에서 선발한 인물로 이미 여러 차례 절대적인 충성심을 증명해 왔다. 무엇보다, 로우리가 개인적으로 아끼는 인물이다.

면담을 시작하기 전, 당신은 휘트비와 만났다. 휘트비는 잡동사니가 점점 늘어 가는 당신의 사무실로 찾아왔다. 당신이 가장 많이 한 이야기는 생물학자에 대해서였고, 그녀처럼 고립된 상태에서 의심하며 반사회적 성향을 유지하는 일이 얼마나 중요한지 설명했다. 또 로우리의 비밀 실험이 어쩌면 그 같은 뇌 분자 구조의 자연적 변화를 인공적으로 재현하기 위한 것일지도 모른다는 추측도 언급했다. 그녀의 남편이 이미 X구역으로 들어갔고 '그것에 의해 읽혔다'는 사실, 그리고 '그런 연결 고리'가 '전에는 한 번도 없었기' 때문에 이는 다시없을 '측정의' 기회가 될 수 있다는 의견도. 어떻게 보면 생물학자는 실제로 발을 내딛기 전부터 X구역과 관계를 형성했고, 그 점이 휘트비가 주장하는 '테루아적 예지'로 이어질지도 모른다.

생물학자와 함께 하는 X구역 탐사는 휘트비와 함께 갔을 때와는 다를 것이다. 어린 시절 동네 가게에 갈 때, 아빠가 따라오는지 확인하느라 계속 뒤돌아보면서도 남남인 척하느라 언제나 당신이 먼저 문을 밀고 들어갔다. 그런 식을 제외하고는 이번 탐사에서 당신이 앞에 나서는 일은 없을 것이다.

질문을 계속하면서 당신은 점점 확신을 가진다. 어쩐지 X구역이 떠오른다. 생물학자의 존재는 X구역에 있는 당신의 모습을 상상하게 한다.

생물학자의 서류 중 나머지 부분은 그 집중도와 편협성, 그리고 그럼에도 불구하고 내용이 풍성하다는 사실 때문에 놀랍다. 당신은 지금 굴 올빼미가 만든 구멍을 찾기 위해 생물학자와 소형차를 타고 사막을 건너는 중이다. 그러다 퓨마에 쫓겨서 사람의 발길이 닿은 적 없는 해안 위쪽의 고지대에서 길을 잃는다. 금빛을 띤 잡초가 무릎 높이까지 자라고, 나무는 검게 그을린 채 은회색 재에 덮여 있다. 당신은 아찔한 풍광에 사로잡혀 지친 줄도 모르고 산을 오르지만, 다리의 모든 근육들이 더 이상은 못 가겠다며 반항한다. 당신은 생물학자의 대학교 1학년 시절로 함께 되돌아간다. 그녀는 자신의 룸메이트에게 혼자 있고 싶다는 흔치 않은 고백을 한 뒤 다음 날 짐을 챙겨 혼자 지낼 아파트로 이사한다. 그러고는 집에서 학교까지 8킬로미터나 되는 거리를, 신발에 뚫린 구멍을 통해서만 세상과 소통하며 완벽한 침묵 속에서 걸어서 다닌다.

"그리고 우리가 그 집을 팔 생각을 하기도 전에." 부동산 중개인이 말한다. "벽지를 열 겹이나 떼어 내야 했어요. 그 여자는 10년 내내 벽지를 겹겹이 덧발랐나 봐요. 정말 끔찍한 두께에다, 누구에게 경고라도 할 셈이었는지 색깔은 또 얼마나 화려했다고요. 완전 집 안을 꽁꽁 싸맸다고 해야 하나. 아무튼 그런 집은 처음 봤다니까요."

별다른 대꾸할 말도 없지만, 당신은 웃으며 고개를 끄덕인다. 아주 흥미로운 이야기라는 듯이.

당신이 걸린 암은 평범한 종류의 것이다. 지난 11차 탐사대의 대원들처럼 급격히 진행되는 성질은 아니다. 나이가 들어서 죽음이 다가온 것뿐이다. 이제 남은 선택지는 서던 리치를 그만두고 독한 화학 요법을 받다가 죽거나, 12차 탐사가 시작될 때까지 버티다 생물학자와 함께 마지막으로 경계를 넘거나 둘 중 하나다. 이전에도 비밀은 있었다. 비밀 하나가 더 늘어난다고 해서 대수로울 것도 없다.

게다가 더욱 흥미롭게도 그레이스가 드디어 재키 세브란스에 대한 뭔가를 발견해서 새로운 비밀이 드러나고 있다. 지금까지 그녀의 아들에 얽힌 스캔들(한 여자를 죽음으로 몰고 갔던 작전 실패)을 포함해 먼지가 많이 나왔지만, 결정적인 한 방은 없었다. 재키의 진행 중인 사건이 아니라 잭의 종료된 사건에 관한 기밀 서류를 파헤치던 중 이 새로운 비밀이 나왔다. 잭은 70대 초반에 이미 은퇴했고, 자료 일부는 종이 문서 형태로만 남아 있어 조사하기 조금 더 쉬웠다.

"다섯 번째 줄의 항목을 보세요."

옥상에서 도청 장치가 있는지 재빨리 조사한 뒤 그레이스가 말한다. 아직 여기에서 도청 장치가 발견된 적은 없지만 그래도 조심하는 편이 좋다.

거기에는 이렇게 쓰여 있다.

지불 요청 — SB, 프로젝트 세럼 블리스(Serum Bliss)

"더 있나?"

당신이 기대하던 그대로는 아니지만 그게 뭔지는 알 것 같다는 생각이 든다.

"아뇨, 그것뿐이에요. 뭐가 더 있을지도 모르지만, 같은 기간의 다른 서류들은 모두 사라졌어요. 이 페이지도 사실은 거기에 없어야 하는 거였어요."

"'세럼 블리스'가 뭐라고 생각해?"

"당시 규정에 의하면 아무 뜻도 없을 거예요. 무작위로 고른 단어들의 조합이죠."

"조잡하군. 'S&SB' 조차도 아니고."

"이건 빌어먹게 비싼 종이예요. 아무것도 아닐지 모르지만, 그래도……."

그래도 만약 S&SB가 본부의 지원을 조금이라도 받는 부수적인 작전이었거나 혹시 잭이 그 작전을 지휘했고 재키도 그 사실을 알고 있었다면, X구역의 시작에 S&SB가 조금이라도 연관되어 있다면…….

만약이라는 가정이 너무 많다. 비약도 많다. 더 많은 조사가 필요하다.

하지만 이것만 가지고도 로우리가 왜 재키 세브란스를 새로운 동료로 끌어들였는지 알 수 있을 것 같다.

0021: 등대지기

……정원으로 돌아갔다가, [판독 불가], 그리고 만일의 경우에 대
비해 도끼도 가져감. 흑곰은 아닌 것 같은데 무엇인지 알 수 없음.
덤불 어치와 신이 창조한 가장 겸손한 조류인 참새. 새는 굶주려
뼈가 앙상했고 도움이 필요해 보여서, 빵가루를 던져 줌. 나는 죽
은 자의 씨앗을 낳아……

솔은 동네 술집에 마지막까지 남아 있었다. 브래드가 약속을 지
키는지 시험해 보고 싶은 마음 때문인지, 아니면 밖으로 나갔다가
헨리와 마주칠까 봐 그랬는지 스스로도 알 수 없었다. 어쩌면 그저
찰리가 먼저 떠난 일이 슬퍼서 그랬는지도 몰랐다.

그래서 솔은 맥주를 몇 잔 더 마시고, 눈앞이 빙글빙글 돌자 잔을

내려놨다. 그리고 굴과 피시 앤드 칩스를 주문했다. 평소와 달리 허기가 졌다. 먹는 걸 그다지 좋아하지 않는데도, 오늘은 배가 고파 죽을 지경이었다. 껍질을 까서 익힌 굴이 나오자 솔은 소스도 찍지 않고 마시다시피 음식을 해치웠다. 튀김옷을 두껍게 입힌 생선을 손으로 찢자 군침 도는 기름 냄새가 열기와 함께 피어올랐다. 케첩이 뿌려진 감자튀김도 생선과 운명을 함께했다. 솔은 음식 앞에서 이성을 잃었다. 부자연스러울 만큼 게걸스럽게 먹고 있다는 사실을 알면서도 멈출 수가 없었다.

솔은 피시 앤드 칩스를 한 접시 더 주문했다. 굴 요리도 추가하고 맥주도 시켰다.

연주를 마친 뒤에도 밴드는 남아 있었지만, 트루디를 비롯한 대부분의 손님들이 돌아갔다. 창밖에는 검은 하늘과 바다가 유리에 비친 채 안을 들여다보고 있었다. 희미해진 얼굴들과 바 뒤편에 진열된 술병들도 유리에 반사되어 보였다. 이제 남은 사람은 피아노 앞에 앉아 있는 짐과 그 근처에서 쉬고 있는 연주자들이 전부였다. 사람이 너무 적어서 솔은 바다의 맥박 소리가 들리는 듯했다. 그리고 곧 그 소리가 배경에 미묘하게 깔린 메시지라는 사실을 알아차렸다. 어쩌면 뭔가가 그의 머릿속에서 호흡하고 있는지도 몰랐다. 후각이 예민해졌는지, 누군가 실내에 온통 향수를 뿌려 놓은 듯했고 부엌에서는 뭔가가 상해 가는 달콤한 냄새가 풍겼다. 피아노 건반을 때리는 소리가 맥박 소리와 박자를 맞췄다.

갑자기 평범한 광경이 특별하게 다가왔다. 옆 테이블에 놓인 재떨이 안에 있던 회백색 재들이 벌레로 변해서 꾸물거리며 기어 왔다. 벌레들 주위로 잿가루가 떨어지거나 날리고, 재로 뒤덮인 가운데 부분에서 작고 붉은 빛이 브레이크등처럼 깜박였다. 재떨이의 표면에는 오래전에 찍힌 듯한 지문들이 보였다. 담배 수백 개비가 희생되는 동안 쌓인 끈적끈적한 물질이 지문을 영구 보존하고 있었다. 지문 옆에, 누군가 뭐라고 새기려고 했던 듯한 자국이 보였다. 그 노력은 J와 A까지만 쓰고 멈췄다.

피아노 연주가 불협화음으로 변했다. 혹은 솔의 귀가 더 예민해졌을 뿐인가…… 아니면 더 나빠진 걸까? 솔은 벽 쪽에 놓인 의자에 앉아서 맥주 잔을 든 채 생각에 잠겼다. 사람들의 대화 소리가 서로 뒤섞여 점점 더 혼란스러워졌다. 피부 아래에서 뭔가가 톡톡 두드리듯 올라왔고, 귀 속에서도 뭔가가 두드리는 듯한 울림이 느껴졌다. 뭔가가 아주 멀리서부터 자신을 향해 다가오는 것 같았다. 아니, 몸 안으로 들어오는 것 같았다. 목이 마르고 칼칼했다. 맥주에서는 이상한 맛이 났다. 솔은 잔을 내려놓고 술집 안을 둘러봤다.

짐은 형편없는 솜씨에도 불구하고 피아노 연주를 멈출 수 없었다. 손가락으로 건반을 너무 세게 때렸고, 알아들을 수 없는 가사를 울부짖는 것처럼 불러 댔다. 마침내 건반 위에 붉은 피가 번졌다. 짐 주위에 있던 다른 연주자들은 늘어진 손에서 악기를 떨어뜨리고, 뭔가에 놀란 듯 서로를 쳐다봤다. 무엇에 충격을 받은 걸까? 사디는 홀쩍이기 시작했고, 브래드는 "왜 그러는 거예요? 대체 왜 그러는 거예요?"라고 중얼거렸다. 하지만 브래드의 목소리는 사디의 몸에서 나오고 있었다. 브래드의 왼쪽 귀에서 피가 흘렀다. 사람들이 모두 바 위에 쓰러졌다. 조금 전에도 다들 저렇게 쓰러져 있었나? 모두 술에 취한 걸까 아니면 죽은 걸까?

연주를 계속하던 짐이 의자에서 펄쩍 뛰어올랐다. 고함과 비명, 울부짖음의 노래가 혼돈 속에서 최고조로 향하고 있었다. 짐의 모든 손가락 관절이 부러졌고, 건반 위로 쏟아진 피가 무릎과 바닥으로 흘러내렸다.

뭔가가 솔의 위를 떠돌았다. 그의 몸에서 뭔가가 발산되고 있었다. 그의 몸을 통해 어떤 방송이 이루어졌지만, 주파수가 너무 높아서 알아들을 수 없었다.

"나한테 무슨 짓을 하는 거야?"

"왜 나를 쳐다보는 거야?"

"이제 그만둬."

"난 아무 짓도 하지 않았어."

누군가 바닥을 기어가고 있었다. 다리가 움직이지 않는 걸 보면 끌려가는 중인지도 몰랐다. 누군가 사람들의 머리를 정문 근처의 어두운 유리에 내치고 있었다. 사디는 바닥을 구르고 경련을 일으키더니, 몸을 비틀어 의자와 테이블 다리에 마구 부딪혔다. 그는 산산이 조각나고 있었다.

밖은 완연한 밤이었다. 빛이라고는 전혀 없었다. 빛은 없었다. 솔은 자리에서 일어났다. 솔이 문으로 걸어가는 동안, 짐의 노래는 이제 고함조차 아닌 흐느끼는 비명으로 변해 흩어졌다.

문 너머에 무엇이 있는지 솔은 알 수 없었다. 자신의 뒤쪽에서 벌어지는 일만큼이나 완전한 어둠 속도 알 수 없었다. 하지만 그렇다고 술집에 남아 있을 수는 없었다. 이 모든 게 정말로 벌어지는 일인지 아니면 환각인지 몰라도 이곳을 벗어나야 했다.

솔은 손잡이를 돌려서 주차장의 서늘한 밤공기를 쐬며 밖으로 나왔다.

모든 것들이 정상적으로 제자리에 있었고, 사람은 아무도 보이지 않았다. 하지만 그의 등 뒤에 남겨진 모든 것들은 완전히 엉망이었고, 그 누구도 바로잡을 수 없었다. 소음은 점점 심해졌고, 사람들은 인간이 낼 수 없는 소리로 비명을 질러 댔다. 솔은 겨우 자신의 픽업트럭을 찾았다. 간신히 시동을 걸고 차를 후진시켰다가 주차장을 빠져나왔다. 800미터만 가면 등대라는 안식처가 기다리고 있었다.

솔은 백미러를 쳐다보지도 않았다. 그 밤 속으로 쏟아져 나올지 모르는 것들을 보고 싶지 않았다. 머리 위의 어두운 하늘에 떠 있는 별들은 너무나 멀어 보였지만, 동시에 너무나 가깝기도 했다.

0022: 유령새

다른 사람의 기억이 분명한데도, 유령새는 아래로 내려가는 내내 익히 알던 장소로 되돌아가는 듯한 기분을 강하게 느꼈다. 물에 빠져서 끝없이 물속으로 가라앉던 기억. 생물학자의 일지 속에 적혀 있던 믿을 수 없는 이야기. 그녀가 마주치고, 고통을 받고, 되찾은 것들의 마지막. 하지만 유령새는 그중 무엇도 원하지 않았다. 뒤에서 따라오는 컨트롤도 원하지 않았다. 컨트롤은 이런 일에 어울리는 사람이 아니었다. X구역에 스스로를 바칠 수는 없었다. 그러려고 애쓰다가 사라질 뿐이고, 그조차도 확신할 수 없었다.

생물학자가 벽에 적힌 글자를 보려고 몸을 숙이지 않았다면, 이런 식의 도플갱어가 태어나 모든 기억을 간직한 채 아래로 내려가는 일은 벌어지지 않았을지도 모른다. 어쩌면 그녀는 기억이 깨끗이 지워진 채 돌아왔을지도 모르고, 그랬다면 그녀의 차이점은 생물학자의 거울이 아니라 잘못된 장소의 적절한 때 혹은 적절한 장소의 잘못된 때라는 역할을 통해서 드러났을지도 모른다.

기이한 편안함이 찾아왔다. 벽의 글자들이나 글자들이 표현하는 방식 모두 똑같았다. 이제는 그 문구를 외계의 생태계에 대한 향수 어린 힌트로, 기는 것과 탑이 함께 지구에 영향을 미치려 하다가 실패한 흔적 정도로 해석할 수도 있었다. 그것이 독자적으로 생존할 수 없기 때문일까? 아니면 애초부터 그게 목적이 아니고, 그들에게 자신이 어디서 왔는지, 무엇을 하려고 하는지, 어떤 생각을 하는지 이 가느다란 표시로 알려 주려 하는 걸까?

그녀는 필터가 달린 마스크와 함께, 어떻게든 X구역이 이 층계투성이에 벽에는 너무도 익숙해진 빛나는 문구들이 적혀 있는 좁은 공간에 집중되어 있다는 생각도 거부했다. X구역은 어디에나 존재했고 특정한 장소나 인물에 얽매이지 않았다. 하늘에서 벌어지는 기이한 현상도, 컨트롤이 말한 죽지 않는 식물도 모두 X구역이었다. 우주와 지구도 모두 X구역이었다. 어디서든 X구역은 인간을 심문하고, 당하는 사람은 그게 심문일 줄도 깨닫지 못한다.

두 사람이 은은한 빛을 따라 오른쪽 벽을 끼고 아래로 내려가는 동안, 유령새는 강해진 느낌을 받지 못했다. 하지만 그렇다고 해서 두렵지도 않았다.

거대한 엔진 소리 혹은 심장 박동이 들리자 과거의 기억이 되살아났다. 유령새는 컨트롤도 이 소리를 들을 수 있고, 또 그 정체를 짐작하고 있다는 사실을 알았다. 두 사람은 이제 되돌아갈 수 없는 지점에 이르렀다. 드디어 괴물을 직접 목격하고 조사할 시간이었다. 그들이 모퉁이를 돌자, 예상과 달리 곧바로 그것이 보였다.

"당신은 여기서 기다려요."

유령새가 컨트롤에게, 존에게 말했다.

"아니요." 유령새는 그가 그렇게 말할 줄 알고 있었다. "아니, 나도 갑니다."

하지만 그 대답에는 예상치 못한 달콤함이 묻어 있었다. 일종의 지친 듯한 결의도 느껴졌다.

"존 로드리게즈, 나와 함께 간다면 난 당신을 도울 수 없어요. 당신은 모든 걸 보게 될 거예요. 눈을 감지도 못할 테고요."

여기까지 와서 그의 이름을 부정할 수는 없었다. 혹은 그의 죽을 권리를 부인할 수도 없었다. 더는 할 말이 남아 있지 않았다.

기억을 끌고, 컨트롤을 끌고, 유령새는 빛을 향해 내려갔다.

기는 것은 거대했다. 위로는 계속해서 솟아오르고 있는 것처럼 보였고, 옆으로도 유령새의 시야를 꽉 채울 정도로 퍼져 있었다. 그녀가 기억하고 있는 욕망의 반사나 기억의 왜곡은 없었다. 그것은 그저 놀랄 만큼 거대하고 견고한 몸을 드러낼 뿐이었다.

종 모양을 한 몸뚱이의 피부는 반투명하면서도 기묘한 질감으로, 흐르는 물이 그대로 얼어붙어 버린 듯한 느낌이었다. 그 피부 아래에서 두 번째 피부가 천천히 돌아갔고, 이 원심분리기와 같은 구조 사이를 어떤 패턴들이 떠다니고 있었다. 마치 부드러운 갑옷 아래 또 한 겹의 피부를 두른 듯했다.

그 움직임에는 국장이 걸던 최면과 비슷한 구석이 있어서, 유령새는 오래 쳐다볼 엄두를 내지 못했다.

기는 것은 그 형체나 얼굴이 분명하지 않았다. 벽의 글자를 만들어 내는 움직임은 너무도 느렸고, 바닥까지 늘어진 살덩이에 가려진 움직임은 신비롭고 섬세한 인상을 줬다. 몸의 중앙에 달린 하나뿐인 왼팔이 정교하게 움직일 때마다, 이리저리 떠도는 세포들이 서로 부딪히며 불꽃을 일으키고 글자를 만들었다. 계속 움직이느라 흐릿하게 보이는 팔 때문인지 글자를 만들어 낸다기보다 단순히 옮기는 것처럼 보였다. 그것의 팔은 메시지를 전달하는 매개체였고, 그 도구에서 글자들이 피어났다. *죄인의 손에서 비롯한 목 조르는 과실이 놓인 곳에서 나는 죽은 자의 씨앗들을 낳으리라.* 만약 그것이 과거에 인간이었다면, 이끼와 흙으로 뒤덮인 채 글자를 써 내려가는 두꺼운 팔이 인간으로서의 마지막 흔적이라 할 수 있을 터였다.

세 개의 고리가 기는 것의 주위를 시계 반대 방향으로 돌고 있었다. 가끔 고리 사이에서 파도처럼 방출된 에너지가 기는 것의 몸 위에 물결을 일으켰다. 팔 바로 아래쪽의 첫 번째 고리에는 반달 여러 개가 술에 취했을 때 꾸는 꿈처럼 불규칙적으로 공전했다. 우아한 해파리처럼 생긴 반달들은 이리저리 몸을 비틀며, 하얀 솜털 같은 덩굴손으로 찾을 수 없는 무언가를 찾으려는 듯 계속해서 허공을 더듬었다. 글자를 쓰고 있는 팔 바로 위에서 회전하는 두 번째 고리는 작고 검은 돌들이 모여 이루는 넓은 띠였다. 돌들은 서로 부딪히느라 스펀지처럼 구멍투성이였고, 그걸 보자 유령새는 섬으로 가던 길에 하늘에서 비처럼 쏟아지던 생물체와 부드러운 올챙이를 떠올렸다. 이 고리들의 역할이 무엇인지, 기는 것의 일부인지 아니면 기생하는 별개의 생물인지 가늠하기 어려웠다. 확실한 사실은 두 고리가 서로 다르면서 확고한 형체를 가지고 있다는 것뿐이었다.

하지만 기는 것의 머리 위에 후광처럼 드리운 세 번째 고리는 조금 달랐다. 빠르게 움직이는 열 개에서 열두 개의 금빛 구체들은 공기보다 가벼운 동시에 공기보다 무겁게 보였다. 처음에는 뭔지 알아볼 수 없을 정도로 엄청나게 빠른 속도로 회전하고 있었다. 그것들은 위험한 인상을 풍겼고, 방어나 공격 같은 단어들을 떠오르게 만들었다.

어쩌면 등대지기는 줄곧 환상에 불과했는지도, X구역이 쓴 거짓말이 다시 생물학자에게 전달된 것인지도 몰랐다. 하지만 유령새는 이 화신, 과학자들의 흥미를 끌기 위해 만들어진 듯이 지나치게 정교하고 구체적인 고무로 만든 괴물 의상도 믿지 않았다. 어쩌면 어느 쪽에서 보든 진실은 달라질 수 없기 때문에 수많은 형태로 변하는 것인지도 몰랐다.

"완전히 공포 영화네요."

유령새는 뒤쪽에서 너무 조용하게 서 있는 컨트롤에게 말했다. 그가 눈앞의 광경을 받아들이고 있는 중인지, 아니면 받아들여지기를 기다리고 있는지 알 수 없었다.

달리 무엇을 할 수 있을까? 유령새는 천천히 앞으로 걸음을 옮겼다. 가까이 다가가니, 기는 것의 반투명한 피부는 길고 불규칙한 모양의 세포를 현미경으로 들여다볼 때와 비슷한 모양이었다. 얕은 물에 물결이 일 때처럼 안쪽이 잘 보이지 않았지만, 그 아래의 패턴과 두 번째 피부를 알아볼 수 있었다.

유령새가 손을 뻗자, 손가락 끝에 구멍이 숭숭 뚫린 장막을 만질 때처럼 섬세하게 펄럭이는 감촉이 느껴졌다.

이것은 최초의 접촉일까 아니면 마지막 접촉일까?

그녀의 손길이 반응을 일으켰다.

위쪽의 후광을 이루던 구체들 중 하나가 아래로 내려왔다. 사람 머리만 한 크기의 금빛 진주 같았다. 구체는 유령새의 앞에 멈추더니 그녀를 평가라도 하듯 가만히 떠 있었다. 햇볕을 쬘 때처럼 따스한 느낌이 그녀를 읽어 내려갔다. 하지만 유령새는 두렵지 않았다. 두려워하지 않을 것이다. X구역이 그녀를 만들었다. X구역은 그녀를 기다렸을 터였다.

유령새는 허공에 떠 있는 금빛 진주에 팔을 뻗었다. 그리고 다정하고 부드럽게 그것을 손 안에 쥐었다.

　금색과 녹색의 눈부신 빛이 구체에서 뻗어 나와 그녀의 심장에 꽂혔다. 그러자 얼음과도 같은 차분함이 그녀를 덮쳤고, 그 차분함에서 엄청난 빛이 쏟아져 나왔다. 그 빛 속에서 X구역이 유령새를 엿보는 동안 그녀 또한 X구역이 드러내는 모든 것을 볼 수 있었다.

　그녀는 지구에서 멀리 떨어진 어딘가에서 비처럼 쏟아지는 혜성들이 생태계 전체를 파괴하는 광경을 보거나 혹은 느꼈다. 그리고 그런 재앙이 유기체를 산산조각 내는 광경과, 그렇게 흩어진 파편들이 광활한 우주 공간에 놓인 칠흑과도 같이 어둡고 텅 빈 통로를 지나며 겪는 길고 험난한 여정과, 마지막에 갑자기 나타난 빛줄기에 의해 다시 흩어지고 사라졌다가 간신히 도착한 뒤에도 등대의 렌즈 안에 무력하게 갇히는 장면도 목격했다. 그리고 다시 풀려난 뒤 최선을 다해 자신을 재생하고, 시간과 장소 그리고 X구역과 그 목적을 부여한 종족이 이미 사라지고 없다는 끔찍한 사실에 의해 달라진 원래 역할을 수행하는 과정도. 그녀는 X구역의 껍데기를 이루는 이 기계 혹은 생물을 보았고, 하얀 토끼들이 경계로 뛰어들어 사라졌다가 어딘가 다른 장소에 나타나는 모습을 보았다. 그리고 그 너머에서 지켜보고 있는 레비아탄들, 유령들을 보았다. 이 모든 장면들은 그녀가 완전히 이해하기 어려운 어떤 취향, 냄새, 감각에 의해 조각나 있는 상태였다.

　그러는 동안 기는 것은 유령새가 존재하지 않는 것처럼 계속해서 글을 써 내려갔다. 글자들은 그녀가 예전에 봤던 것보다 더 풍부하고 깊은 의미가 담긴 빛을 발했고, 거기에서 세계들이 빛나고 있었다. 수많은 세상들. 눈부신 빛. 그녀만이 볼 수 있는 것들. 각각의 단어는 하나의 세계, 어딘가 다른 장소에서 흘러든 세계이자 그 세계로 이어진 통로 혹은 입구였다. 그 단어들을 사용하는 방법만 안다면 생물학자처럼 머나먼 여정을 떠날 수 있을 터였다. 각각의 문장은 거역할 수 없는 무자비한 치유, 가차 없는 재건이었다.

그녀가 '그만둬!'라고 외쳐야 할까? 한 번도 만난 적 없지만 생물학자의 기억을 통해 자신의 머릿속에 살고 있는 사람들을 위해 애원해야 할까? 이제부터 벌어질 일을 지구의 파괴로 받아들여야 할까 아니면 구원이라 여겨야 할까? 그것은 그녀를 인지했다. 그리고 유령새는 뭔가가 살아남을 거라는, 자신은 살아남을 거라는 사실을 알 수 있었다.

그녀가 무엇을 할 수 있을까? 아무것도 없었다. 뭔가를 하고 싶지도 않았다. 선택하지 않는 것도 선택이었다. 유령새는 구체를 놓아 공중에 떠 있도록 내버려 뒀다.

그들 뒤쪽의 계단에서 그레이스가 자신을 해치려 드는 조짐을 느꼈지만 유령새는 개의치 않았다. 그레이스의 잘못이 아니었다. 그레이스는 유령새가 본 것을 이해할 수 없을 테고, 뭔가 다른 것을 보고 있을 터였다. 등대나 섬 혹은 그녀의 예전 삶에 속한 무언가를.

그레이스가 유령새의 등을 쐈다. 유령새의 가슴팍을 통과한 총알이 벽에 박혔다. 기는 것의 머리 위에 존재하는 후광이 더욱 맹렬하게 회전했다. 유령새는 돌아서서 빛의 모든 힘을 동원해 소리를 질렀다. 유령새는 다치지 않았고, 아무런 느낌도 없었다. 그녀는 다만 그레이스가 다치지 않기를 바랄 뿐이었다.

그레이스는 어스름한 빛 속에서 여전히 총을 겨눈 자세로 굳어 있었다. 이제 어떤 짓도 소용이 없고, 사실은 늘 그랬다는 걸 이해한 눈빛이었다. 이제 되돌리거나 되돌아갈 방법은 없다는 걸.

"돌아가요, 그레이스."

유령새의 말에 그레이스는 계단 위로 사라졌다. 처음부터 그 자리에 없었던 것처럼.

그제야 유령새는 컨트롤이 없다는 사실을 깨달았다. 다시 위로 올라갔거나, 아니면 자신을 지나 층계 아래의 눈부신 흰 빛을 향해 갔을 것이다.

0023: 국장

당신은 당신이 알던, 혹은 안다고 생각했던 등대지기 그리고 강령술과 과학 협회를 다시 생각한다. S&SB와 잭 세브란스 사이의 관계가 드러났기 때문이다. 모든 서류를 서너 차례 면밀하게 검토하고, 잊힌 해안과 섬에 위치한 쌍둥이 등대의 역사를 다시 조사한다.

이상하게도 헨리의 얼굴이 떠오른다. 처음에는 멀리 떨어진 창백한 원이다가, 기분 나쁜 세부 사항을 모두 알아볼 수 있을 만큼 가까이 다가온다. 헨리의 의도를 당신은 모르지만, 무시하고 치워 버려도 되는 존재는 아니라는 정도는 짐작한다. 모두가 한 통쯤 가지고 있는 열어 보지 않은 편지처럼 헨리의 존재가 신경에 거슬린다.

당신이 여태껏 그들을 무시했던 이유는 어린 시절에 느낀 거부감 때문이다. 기억 속에서 그들을 자세히 살피기보다 없었던 존재처럼 지워 버리려고 했다. 솔이 그들을 성가시고 불편한 존재로 여기는 것을 당신도 느꼈기 때문이다. 하지만 솔은 왜 **그들을** 그렇게 여겼던 걸까?

S&SB의 회원 명단에 헨리나 수전은 없었고, 신원이 확인되지 않은 다른 회원들이 찍힌 사진에도 그들의 모습은 보이지 않았다. 이미 잊힌 해안에 파견된 회원들의 이름과 주소를 추적한 바 있고 광범위한 대면 조사도 실시했다. 회원들의 대답은 늘 같았다. S&SB가 초자연적인 현상과 과학적 연구를 융합한 일반적인 연구를 했다는 것이다. 또한 뭔가를 알 만한 사람들은 모두 최초의 탐사대가 X구역에 도착하기 오래전, 그 안에 갇혀 사라졌다고 한다.

더 심각한 문제는 잭과 재키 세브란스의 흔적이 더 이상 없다는 것이다. 특히 재키는 뭔가 다른 일이 생겼는지, 아니면 당신이 뭔가를 물어보려 한다는 걸 눈치라도 챘는지 모습을 거의 드러내지 않고 있다. 전화 연락이 점점 줄더니 이제 본부에 꽁꽁 숨어 버린 상태다. 그래서 당신은 그녀의 영향력을 알아내기 위해 서류를 더 꼼꼼히 검토하지만, 로우리가 당신을 따라다니는 유령이라면 재키는 너무 영리해서 좀처럼 눈에 보이지 않는 유령에 가깝다.

당신은 최초 탐사대의 영상을 등대 장면을 다시 재생하고 초점에서 벗어난 배경을 자세히 살핀다. 깜박거리는 화면을 빠르게 넘기며, 도입부부터 탐사대가 촬영한 마지막 사진에 이르기까지 등대가 겪는 일종의 진화와 퇴화를 검토한다.

어느 날 그레이스가 당신을 한쪽으로 불러서 말한다.

"이제 충분해요. 국장님은 이 조직을 운영해야 한다고요. 이 서류들은 다른 사람이 검토하게 시키세요."

"다른 사람 누구? 대체 다른 사람 누구를 말하는 건데?"

당신은 그녀에게 화를 냈다가 바로 후회한다.

하지만 '다른 사람'은 존재하지 않고 시간 여유도 없다. 이제는 서던 리치의 존재 자체가 일종의 사기라는 점을 인정할 수밖에 없다. 그 점을 잊는다면 당신은 해결책의 일부가 아니라 문제의 일부가 되고 만다.

"국장님에게는 휴식이 필요해요. 좀 쉬세요." 그레이스가 당신에게 말한다. "어쩌면 새로운 관점이 필요한지도 모르죠."

"당신이 내 자리를 차지할 수는 없어."

"빌어먹을 그 자리를 원하지도 않아요."

그레이스의 속에서 부글부글 끓는 화가 보이는 듯하다. 당신은 내심 그레이스가 완전히 뚜껑이 열렸을 때 어떻게 변할지 궁금하다. 하지만 그 정도까지 밀어붙이면 두 사람의 관계가 끝장나고 말 것이다.

나중에 당신이 버번위스키 한 병을 들고 옥상으로 올라가 보니 그레이스가 의자에 앉아 기다리고 있다. 서던 리치 건물은 거대하고 육중한 배와 비슷하다. 다만 조타 장치가 어디에 있는지 알 수 없고, 그래서 타륜에 몸을 묶어 둘 수도 없다.

"내가 하는 말은 대개 별 뜻 없이 하는 말이야." 당신이 그녀에게 말한다. "내가 하는 말이 꼭 진심이 아니라는 것만 알아 둬."

그레이스는 그 말에 콧방귀를 뀌면서도 팔짱을 풀고 찌푸렸던 표정도 원래대로 되돌린다.

"여기는 빌어먹을 정신병원 같아요."

욕을 거의 하지 않는 그레이스지만 옥상에서는 다르다.

"정신 나간 일을 하는 곳이니까."

체니는 최근 쓸 만한 자료가 부족하다며 속상한 듯 이렇게 말한 적이 있다. "땅에 떨어진 도토리도 그게 어디서 떨어졌는지 우리에게 단서를 제공하죠. 뉴턴이 가르쳐 준 대로 궤적을 그려 보면 되니까. 물론 그건 그냥 이론이지만 정확하지는 않더라도 근사한 값을 찾아낼 수 있어요." 물론 중간중간 반도 알아듣기 어려운 전문적인 내용들이 섞여 있었다.

"저것들은 정신 나간 젖가슴이고요."

서던 리치 경계 수비대의 둥글고 하얀 천막들을 가리키며 그레이스가 말한다.

"우리의 정신 나간 젖가슴이지." 당신이 손가락을 흔들며 단호하게 말한다. "하지만 적어도 인공폭포 팀만큼 정신 나간 짓은 아니잖아."

체니가 분통을 터뜨리고 나서 얼마 뒤, 당신은 '인공폭포 팀'에서 보낸 비생산적이고 요점을 알 수 없는 보고서를 검토했다. 그 기관은 외계 생명체가 보내는 신호를 찾기 위해 전파를 연구하는 곳이다. 그들과 '협력'하라는 본부의 지시가 이미 여러 차례 내려왔다. 그들은 별들이 보내는 메시지에 귀를 기울인다. 정확히는 자연적으로 발생하는 전파의 방해를 피해 아주 좁은 두 개의 초단파 구간을 조사한다. 그들은 그 주파수가 수소와 하이드록실의 파장과 일치한다는 이유로 호수라는 별명을 붙였다. 지능을 가진 종족이라면 당연히 '호수'로 이끌릴 거라는 가설은 바보 같은 기대였다.

"정작 그치들이 찾는 존재는 뒷문으로 숨어 들어오는데……."

"뒷문을 설치하고 거기로 들어오는 거겠지……."

"하늘만 쳐다보고 있는데 뭔가 옆을 지나가면서 지갑을 훔치는 꼴이죠."

그레이스가 그렇게 말하며 낄낄댄다.

"인공 폭포를 설치해 봤자 소용없어. 손님들은 뒷문을 더 좋아하니까." 당신이 버번을 건네며 과장된 몸짓을 해 보인다. "마당에 스프링클러를 틀고 간이 수영장만 만들면 되는 게 아니라고."

이제 당신이 무슨 말을 하는지 스스로도 모를 지경이지만, 그레이스는 웃음을 터뜨린다. 그레이스와 예전처럼 좋은 사이로 돌아간 기분이 들고, 다시 말하는 마네킹처럼 지루했던 헨리와 수전에게 관심을 돌릴 수 있을 것 같다.

하지만 그주의 어느 날, 당신이 서류철을 벽에 집어 던지는 모습을 그레이스가 목격한다. 당신은 어깨를 으쓱해 보이는 것밖에 달리 변명할 말도 생각이 나지 않는다. 병원에 갔다 오느라 힘들었다거

나, 탐사대 준비 혹은 조사 때문에 스트레스가 쌓였다거나. 혹은 힘
든 날이 계속되다 보니 힘들었다거나.

그래서 당신은 어떻게든 조치를 취하기로 한다.

당신은 12차 탐사대가 출발하기 한 달쯤 전에 로우리의 기지로
날아간다. 애초에 당신이 생각해 낸 계획이긴 하지만, 먼 거리를 비
행하는 일이 내키지 않는다. 그래서 마지막으로 한 번 더 로우리를
서던 리치로 꼬여 냈으면 좋았을 거라는 생각이 든다. 요즘 들어 당
신 주위의 모든 것들(당신의 사무실, 복도에서 나눈 대화들, 옥상에서
보는 풍경)이 더 강렬하게 느껴진다. 아마 당신 자신이 곧 사라질 거
라는 사실을 알기 때문일 것이다.

로우리는 자신의 경험적인 기술들 중에서 비교적 덜 충격적인 몇
가지를 본부에 도입했고, 이제 탐사대의 막바지 준비가 한창이다.
세브란스가 들려준 얘기에 따르면, 로우리는 탐사대를 교육하는 교
관으로 위장하는 일을 즐겼다고 한다. 다만 생물학자에게는 '간섭을
최소화'했다고 세브란스가 당신을 안심시킨다. 생물학자에게 당신
이 원했던 일은 단 한 가지, 다른 대원들과 거리감을 유지하는 것이
다. 그래서 그녀가 X구역에 최대한 적응하는 것이 당신이 원하는 전
부다. 보고서를 모두 검토한 결과, 그 목적을 위해 특별히 강요는 필
요 없을 거라는 생각이 든다. 훈련 과정을 통틀어 그녀만큼 쉽게 자
신의 이름을 포기한 사람은 없었기 때문이다.

가벼운 최면 유도를 통해 X구역 안에서 생존하기 적합한 상태로 만들기도 했다. 로우리는 '일종의 속임수와 대체'를 통해 대상이 본인의 의사에 반하는 행동도 하게 만들 수 있다고 주장하지만, 어쩐지 미심쩍다. 당신이 예전에 봤던 단계들은 식별, 주입, 강화, 배치 같은 이름들이지만 그레이스가 발견한 다른 문서에는 초자연적인 현상에서 차용한 '홀림, 신들림' 같은 단어들이 쓰여져 있었다고 한다.

로우리의 관심은 대부분 언어학자에게 쏠렸다. 그녀는 자유의지의 중요성에 대해 급진적인 사상을 가진 지원자였다. 당신은 대원들이 어느 정도 저항하기를 로우리가 바라는 건 아닌지 궁금해진다. 그래서 당신은 로우리의 설명을 듣는 동안, 당신이 반대하든 말든 그대로 진행할 생각이라는 도발이나 당신이 애써 봤자 자신을 막을 수 없다는 암시도 묵묵히 받아넘긴다.

사실, 당신은 그의 설명에 조금도 관심이 없다.

그러다 어느 날, 당신은 로우리에게 가짜 등대가 있는 곳으로 산책이나 가자고 꼬드긴다. 아직 날씨가 따뜻한데 건물 안에만 머무를 이유가 없다고 말하면서. 당신은 로우리의 허영심을 부추기며 본부 전체를 둘러보고 싶다고 한 뒤, 얇은 서류철 하나만 들고 그를 따라 나선다.

당신의 부탁을 받아들인 로우리가 이제는 그다지 신기할 것도 없는, 세계의 축소판 같은 기지 안을 안내한다. 시설 안 여기저기 눈에 띄지 않게 숨겨진 스피커에서 묘하게 싸구려 느낌이 드는 음악이 흘러나온다. 팝이나 재즈, 클래식도 아니고, 지나치게 발랄해서 오히려 기분 나쁜 종류의 음악이다.

정교하게 만든 작은 등대의 꼭대기에서(솔이 이 등대를 보면 어떻게 생각할까?) 로우리는 주간 항로 표시나 '누군가 나중에 더한 빌어먹을 유리 조각들'까지도 똑같이 재현했다고 설명한다. 꼭대기 층의 바닥에 있는 비밀 문을 열자 그 아래 공간에는 아무 글도 적히지 않은 수많은 일지들이 쌓여 있다. 마치 로우리가 부업으로 문구점이라도 차린 것 같다. 작은 등대의 렌즈는 작용하지 않았다. 그게 미안하기라도 한 듯 로우리가 역사 강의를 늘어놓는다.

"아주 오래전 옛날에는 커다랗고 살찐 새들을 밀어 넣고 불을 붙여서 등대를 밝혔다고 하더군."

로우리의 표현을 빌면 '빌어먹을 구멍'이 그중에서 가장 덜 정교하다. 원래 대포가 설치되어 있던 빈 포대 안으로 사다리를 타고 내려가면 작은 동굴이 나온다. 동굴 안으로 조금 내려가니 눅눅한 벽에 걸린 사진 액자들이 보인다. 여러 차례의 탐사대가 촬영한 흐리고 초점이 맞지 않는 사진들을 확대한 것들이다. 가짜 동굴 안에 일종의 메타 버전 동굴을 가져다 놓은 셈인데, 전혀 모르는 장소를 자신 있게 꾸며 놓았다는 생각이 든다. 당신은 진짜 동굴의 층계에 앉아 있던 솔의 모습을 떠올린다. 당신을 돌아보던 솔의 모습을. 바로 그 자리에 앉아 아래를 내려다보고 있으려니 로우리에 대한 경멸감이 밀려들고, 그런 기색이 얼굴에 드러날까 봐 걱정된다.

동굴에 대해 그럴싸한 칭찬을 늘어놓고 나서, 밖으로 나가 '상쾌한 공기와 풍경'을 즐기자고 로우리를 설득한다. 로우리가 잘난 척 떠들기 전에 선수를 쳐서 보이는 것마다 질문 세례를 퍼붓는 당신의 전략이 먹혀 들어갔는지, 로우리가 순순히 당신의 말을 따른다. 당신은 해변을 따라 북쪽으로 난 샛길을 선택한다. 해변의 바위에 둥지를 튼 거위 떼가 따가운 눈길로 당신을 감시하고, 조금 떨어진 바다 속에는 수달 한 마리가 헤엄치고 있다.

드디어 당신이 S&SB에 대한 이야기를 꺼낸다. 당신은 '잭 세브란스'의 이름이 언급된 서류를 로우리에게 보여 준다. 그리고 이미 눈에 띄는 분홍색으로 표시해 놓은 부분을 한 번 더 강조한다. 당신은 로우리도 당연히 알고 있을 법한 재미있는 이야깃거리라는 듯 이 화제를 꺼낸다. 처음 서던 리치 면접을 볼 때 로우리가 당신의 어린 시절을 알고 있었던 일을 생각하면, 분명 잭 세브란스에 대해서도 알고 있었을 것이다.

"그게 당신과 재키가 함께 일하는 이유인가요?" 당신이 묻는다. "S&SB가 본부와 관련이 있고, 잭이 그 연결 고리라서?"

로우리는 히죽 웃더니 잠시 그 질문에 대해 생각해 보는 듯하다. 웃다가 바닥을 한 번 보더니 다시 당신을 쳐다본다.

"그래서 우리가 여기까지 나온 건가? 그것 때문에? 맙소사, 그냥 전화로 물어봤어도 얘기해 줬을 텐데."

"그리 많은 내용은 아니었겠죠." 당신은 그렇게 말하며, 늑대 같은 나르시스트에게 어린 양 같은 미소를 제물로 바친다. "하지만 난 알고 싶었거든요."

경계를 넘어가기 전에 말이죠.

로우리는 주저하며 당신의 숨겨진 의도나 자신이 모르는 다음 수를 알아내려는 듯 당신을 곁눈질한다.

당신이 다시 재촉한다.

"부수적인 작전인가요? S&SB가 부수적인 비밀 작전이거나 아니면……?"

"그래, 안 될 게 뭔가." 로우리가 느긋하게 대답했다. "어느 때나 위험 부담 없이 실행할 수 있는 일반적인 부류의 종속절이었지."

하지만 때로는 부수적인 것들이 주된 목적을 오염시키기도 한다. 생물학자의 표현을 빌면 숙주와 기생충이 자신들의 역할을 혼동하는 것이다.

"등대에서 찍은 사진도 그렇게 구한 거로군요."

질문은 아니다.

"대단하군!" 진심으로 기쁜 듯이 로우리가 말한다. "빌어먹을 사실이야! 난 자네가 진실을 말한다는 증거를 찾기 위한 임무를 수행하고 있었지……. 그러다 애초에 그 사진이 왜 서던 리치가 아닌 본부의 서류에 섞여 있는지 의문이 생겼어. 대체 어디서 나온 사진인가 하고 말이야. 그러다 바로 그 서류를 발견한 거야."

로우리는 보안 등급이 높아서 당신이나 그레이스가 손에 넣을 수 없는 정보에도 접근이 가능하다.

"영리하군요. 아주 영리해요."

칭찬을 듣자 로우리는 가슴을 한껏 내밀어 보이며 짐짓 우스꽝스러운 허세를 부린다. 그러나 사실은 전혀 우스꽝스럽지 않다. 당신은 물러설 준비를 한다. 어쩌면 로우리는 이미 당신의 자리를 대체할 후보를 고르고 있을지도 모른다. 당신은 굳이 그레이스의 이름을 내밀지 않고 재키 세브란스에 집중한다.

"잭의 말에 따르면, 아이디어는 단순 명료해. S&SB는 정신 나간 작자들이 모여 만든 가능성 없는 조직이지. 하지만 만약 실제로 세상에 유령이나 외계인이 존재한다면 우리는 그 사실을 알아야 하고 감시해야 해. 그래서 그들에게 영향력을 행사하거나 부추기기도 하고, 제대로 된 물자와 작전을 제공했던 거지. 그리고 말썽꾼이나 도망자가 그 조직에 가입하면 반체제 인사를 감시하는 좋은 방법이기도 하고…… 또 '그냥 봐서는 모르는' 장소를 감시하기 위해 잠입하는 수단이 되기도 했지. 그때만 해도 본부는 이런 작전에 아주 열심이었어. 정부에 불만을 가진 자들 중 많은 수가 잊힌 해안으로 숨어들었거든."

"우리가 선발한 건가요, 아니면……"

"일부는 요원들이기도 했지. 그리고 스파이 놀이를 하고 싶어 하는 지역 주민들을 설득해서 고용하기도 했어. 그런 일에 스릴을 느끼는 사람들 말이야. 신이나 국가 같은 거창한 구실은 필요 없었지."

"재키도 관여했나요?"

"잭은 자기 자신만 보호하려던 게 아냐. 재키가 신참 시절에 그를 좀 도왔던 적이 있지. 그러다 서던 리치로 와서 다시 잭을 도왔고, 이 사실이 새어 나가지 않도록 했지. 다만 나야 늘 그렇듯 비밀을 알아냈지. 자네도 알다시피 말이야."

"서류 중에 헨리나 수전이라는 이름을 본 적 있나요?"

"내가 본 서류들에 제대로 된 이름은 없었어. '덩치'나 '유령' 아니면 '맛없는 폭찹'처럼 쓰레기 같은 암호명뿐이었지."

하지만 그 무엇도 진짜 질문은 아니고 그저 서두에 불과하다.

"S&SB가, 본인들이 알거나 혹은 모르는 사이에 X구역의 탄생을 유발했나요?"

로우리는 어째서인지 그 말을 듣자 충격을 받는 동시에 재미있어 하는 것 같다.

"아니, 당연히 아니지. 아냐, 아냐, 아냐! 그래서 잭이 비밀을 유지할 수 있었던 거야, 모두 죽었으니까. 엄밀히 말해서 잘못된 때에 잘못된 장소에 있었던 거지. 그렇지 않았다면 내가…… 내가 조치를 취했을 테니까." 하지만 당신에게는 로우리의 말이 그가 모두 죽였을 거라는 이야기처럼 들린다. "그러고 나서 잭이 그 일의 대부분을 주도했다는 사실이 드러났지. 내 생각에는 우리 둘 다 고마워할 법한 일 같은데, 아닌가?"

당신의 위쪽으로 낡은 병영들, 토끼 굴들, 콘크리트 벙커의 총열이 어렴풋이 보인다.

당신은 로우리를 믿는가? 아니, 믿지 않는다.

당신은 가짜 등대에서 조금 떨어진 자갈투성이 해변에 로우리와 함께 서 있다. 물가에는 창백한 색의 잡초들이 났고, 한 줄로 늘어선 바위는 하얀 이끼로 뒤덮였다. 잠깐 몸을 드러낸 눈부신 태양도 음울한 구름에 가려 보이지 않고, 옅은 푸른색의 바다가 금세 회색으로 변한다. 당신 뒤를 따르던 수달이 더 가까이 다가온다. 수달이 시끄러운 소리를 내자 이전에도 이런 일이 있었는지 로우리가 경멸스러운 눈빛을 보낸다. 로우리는 수달을 향해 소리를 지르며 머리를 맞추려고 돌을 던진다. 하지만 수달은 계속 '떠들면서' 수면 아래로 숨었다가 다시 나타나는 통에 도무지 맞지를 않았다. 당신은 바위에 앉아 그 꼴을 구경한다.

"빌어먹을 놈 같으니. 멍청한 짐승 놈."

수달은 배영 자세로 물 위에 떠서 자기가 잡은 생선을 자랑스럽게 들어 보인다. 그런 일이 가능한지 모르겠지만, 눈에 장난기가 가득하다.

수달은 계속해서 약 올리듯 모습을 나타냈다 숨겼다가 한다. 로우리가 던진 돌은 허무하게 수달을 지나쳐 물 위에 떨어진다. 녀석은 마치 무슨 게임을 즐기는 듯하다.

하지만 잠시 후 수달도 게임이 질렸는지 한동안 물속으로 들어가서 나오지 않는다. 로우리는 한 손을 허리춤에 올리고 다른 손으로는 돌멩이를 든 채 물결이 일기를 기다리고 서 있다. 수달이 물속에서 얼마나 오래 숨을 참는지 보고 싶어 하는 것 같기도 하고, 숨을 멈춘 채 얼마나 멀리 갈 수 있는지 알고 싶어 하는 것 같기도 하다. 하지만 수달은 나타나지 않고, 로우리는 돌을 든 채 계속 기다린다.

로우리는 괴물일까? 당신의 눈에는 괴물처럼 보인다. 본부를, 적어도 본부의 일부를 꼭두각시처럼 자기가 원하는 대로 웃고 춤추게 만들었던 로우리의 영향력을 알기 때문이다. ……대부분의 공포 정치가 그렇듯이 로우리의 수작이나 영향력이 약해진 뒤에도 그의 의지와 손길은 여기저기 흔적을 남길 것이다. 적어도 앞으로 몇 년은 로우리의 망령이 수많은 사람들의 마음속에서 떠돌 테고, 설사 그의 정보를 시스템상에서 완전히 삭제하더라도 시스템은 그가 남긴 충격의 여파로부터 그의 이미지를 되살려 낼 것이다.

당신은 로우리의 팔을 쿡 찌르고 나서, 휴대폰을 촬영한 사진을 건네준다. 로우리는 창백해진 얼굴로 사진을 다시 밀어낸다. 그러나 당신은 그가 사진을 가지고 있게 할 생각이다. 로우리는 그 사진과 수달에게 던질 돌을 양손에 들고 있다. 로우리는 돌을 떨어뜨리고 사진은 다시 들여다보려 하지 않는다.

"로우리, 난 당신이 이 전화기에 대해 거짓말을 했다고 생각해요. 이건 당신 전화기예요. 첫 번째 탐사에서 떨어뜨린 거죠."

그렇게 말하면서 너무 나갔나 싶은 생각이 들지만 여기서 더 몰아붙일 생각이다.

"그건 내 전화기가 아니야."

"아주 오래전에 쓰던 전화기겠죠."

"아니야." 로우리가 냉정하고 단호하게 말한다. 그 말투는 어떤 여지도 허락하지 않는다. 자기 자신을 저주하는 듯한 어조다. 평소처럼 불평이나 분노가 드러나지도 않는다. "아니라고."

"당신, 그들을 위해 일하는 거예요? 그래서 그러나요?"

당신은 일부러 '그들'이라는 단어가 지칭하는 바를 모호하게 남겨 둔다.

"'그들'을 위해서 일하냐고?" 타는 듯한 웃음. "왜, 그 전화기에 뭔가 문제라도 있나?"

여전히 인정하진 않는다.

"X구역이 아직 당신에게 용건이 남아 있는 건가요? 첫 번째 탐사에 대해 당신이 우리에게 말해 주지 않은 뭔가가 있나요?"

"말해 봤자 의미 없는 것들뿐이야."

이제는 억울해하는 말투다. 그 억울함은 예고 없이 자신을 몰아붙이는 당신을 향한 걸까 아니면 다른 누군가를 향한 걸까?

"로우리, 이게 당신 전화기인지 아닌지 말하지 않으면 본부로 가서 S&SB에 대해 전부 말해 버릴 거예요. 내가 어디에서 왔는지, 또 당신이 그걸 어떻게 숨겼는지 그 이야기도 전부 다요. 당신을 영원히 매장시켜 버릴 거라고요."

"그럼 자네도 끝장이야."

"난 어차피 끝이에요. 당신도 알잖아요."

당신을 보는 로우리의 표정에 적의와 함께 비밀스러운 상처와도 같은 기색이 떠오른다.

"이제야 알겠군, 글로리아. 자넨 지금 자살 임무를 떠나려는 거야. 그래서 별 중요하지 않은 일까지도 전부 드러내고 싶어 하는 거로군. 하지만 누구에게 발설이라도 하면 내가 자네를……"

"당신은 오염된 데이터예요. 우리가 가진 기술을 당신에게 쓰면, 로우리, 당신 머릿속에서 뭘 발견할 수 있을까요? 거기에 뭐가 숨어 있을까요?"

"네까짓 게 감히."

로우리는 분노로 몸을 떨지만 단 1센티미터도 움직이거나 물러나지 않는다. 놀랍게도 부정하려 들지는 않는다. 죄책감 때문일까? 로우리에게 죄책감 같은 감정이 있기나 할까?

당신은 스스로도 확신하지 못하지만, 그래도 진실을 알기 위해 계속 밀어붙인다.

"첫 번째 탐사에서 그들과 대화했나요? X구역과?"

"그걸 대화라고 할 수는 없지. 자네가 이미 읽어 본 서류에 나와 있어."

"당신은 뭘 본 거죠? 어떻게 볼 수 있었죠?"

우리의 운명은 당신이 돌아왔을 때 결정된 건가요? 아니면 그 이전부터?

"대통일 이론 같은 건 존재하지 않아, 글로리아. 우린 결코 그걸 찾아낼 수 없어. 우리가 살아 있는 동안에는. 설사 찾는다 하더라도 너무 늦었을 테고." 로우리는 나를 혼란스럽게 하여 주제를 벗어나려 한다. "자네도 알겠지만, 사람들은 목성의 달에서 물을 찾고 있지. 그다지 비밀스럽지도 않은 자매 조직에서 말이야. 거기에 숨겨진 바다가 있을지도 몰라. 어쩌면 생명체가 있을지도 모르지, 바로 우리 코앞에. 하지만 우리 코앞에는 언제나 생명체가 있었어. 그저 우리 눈이 멀어서 보지 못했을 뿐이지. 이런 빌어먹을 질문들은 아무런 소용도 없어."

"짐, 이건 접촉의 증거예요. X구역에서 바로 이 전화기를 찾아낸 것 말이에요."

놈이 어떤 식으로든 인식과 이해를 했다는 의미다.

"아니, 우연이야. 우연. 우연이라고."

"당신에게 이야기하고 싶어 했어요, 짐. X구역이 당신에게 말하고 싶어 했다고요. 당신에게 질문하고 싶어 하죠, 아닌가요?"

정말 그런지는 당신도 모르지만, 그 말이 로우리를 겁에 질리게 만들 거라는 확신이 든다.

당신은 로우리가 망설이는 기색을, 당신들 두 사람 사이의 아주 먼 거리를 느낀다. 뭔가 아주 오래된 것이 그의 눈 안에서 반짝이며 당신을 내다본다.

"난 돌아가지 않아."

"그건 내 질문에 대한 대답이 아니에요."

"그래, 그건 내 전화기야. 젠장할, 내 전화기라고."

지금 당신의 눈앞에 있는 남자는 최초 탐사대에서 돌아온 직후의 로우리일까? 근본적으로 망가진 인간이 얼마나 오랫동안 패턴과 과정을 고수할 수 있을까? 휘트비가 말한 적이 있다. "내 생각에 여기는 정신병원이에요. 하지만 나머지 세상도 마찬가지죠."

"당신은 지치지 않나요? 계속 앞으로 전진하면서도 결코 끝에 이르지 못하는 게? 그 누구에게도 진실을 말하지 못하는 게?"

"이봐, 글로리아. 자네는 그때 당시에 우리가 경계를 넘어갔다가 다시 돌아온 일이 어땠는지 절대 이해하지 못할 거야. 자네가 경계를 천 번 정도 넘어 보지 않는 한. 우리는 제물로 바쳐졌고 사라졌어. 유령의 문을 지나 영혼의 세계로 들어갔지. 그리고 그 사실을 견뎌야만 했어. 우리에게 남은 평생 동안."

"X구역이 당신을 찾아온다면 어쩔 거죠?"

로우리의 시선에서 아직도 그 거리감이 느껴진다. 마치 로우리가 바로 거기에, 당신의 눈앞에 서 있지 않은 것처럼 느껴진다. 그는 할 만큼 했다고, 충분히 참았다고 생각했는지 당신에게 눈길도 주지 않고 그 자리를 벗어난다.

당신은 절대로 그를 다시 보지 못할 것이다. 태양과 수달이 다시 모습을 드러내고, 일시적인 안도감에 당신의 걸음도 가벼워진다. 당신은 바닷가에 앉아 수달이 신나게 장난치는 모습을 바라보며 그 순간이 영원히 계속되기를 바란다.

0024: 등대지기

……죽은 자의 씨앗을 낳아 어둠 속에 모여든 벌레들과 나누리라…… 밤에 들린 소리: 올빼미, 쏙독새, 여우 몇 마리. 축복. 안도.

등대의 불이 꺼져 있었다. 어둠 속에서 뭔가가 그의 몸으로부터 빠져 나오려 했다. 혹은 그를 거쳐 어딘가 다른 곳으로 가려 했다. 심연의 그림자는 해골 안에서 피어나 어떤 인간도 견딜 수 없을 만큼 그 정신을 확장시키는 무시무시한 꽃의 꽃잎들과 같지만, 땅 밑에서 혹은 녹색 들판에서 혹은 먼 바다나 하늘에서 부패하더라도, 목 조르는 과실의 지식 안에서 모두 드러나고 흥청대리라.

솔은 여전히 술집에서 받은 충격에서 벗어나지 못했다. 다시 술집으로 돌아가면 그 모든 일이 자신의 환각이거나 아니면 고약한 장난일 것만 같았다. 피에 물든 채 건반을 때리며 부서지던 짐의 손가락. 자신이 내뱉은 말에 배신당한 사디의 표정. 얼어붙은 것처럼 그 자리에 서서 벽을 쳐다보던 브래드. 트루디가 먼저 떠나서 다행이었다. 글로리아를 다시 만나면 뭐라고 말해야 할까? 찰리에게는?

솔은 차를 세우고 비틀거리는 걸음으로 등대의 잠긴 문을 열고 들어갔다. 그리고 문을 닫은 뒤 가만히 서서 거친 숨을 내뱉었다. 술집에서 벌어진 사건을 신고하기 위해 경찰서에 전화를 걸었다. 바다에 나간 찰리에게 연락해 보고, 생각나는 지인들 모두에게 전화를 걸어 봤다. 분명 그의 질병을 넘어선 뭔가 끔찍한 일이 벌어지고 있는 게 분명했기 때문이다.

하지만 아무도 전화를 받지 않았다. 아무도 전화를 받는 사람이 없었다. 전화는 먹통이었다. 달려갈 수도 있지만, 어디로 가야 할까? 빛은 꺼져 버렸다. 빛은 꺼져 버렸다.

솔은 신호탄을 쏘는 총으로 무장하고 한 손으로 벽을 짚어 가며 층계를 올라갔다. 찢어진 상처는 벌레가 물어서 생긴 것이다. 혹은 다른 뭔가가 접촉했거나, 침입한 흔적일지도 몰랐다. 혹은 아무것도 아니고 지금 이 일과 전혀 무관할 수도 있었다. 계단에 물기가 있어서 솔은 거의 미끄러져 넘어질 뻔했다. 이상하게 벽이 흐릿하고 손에 닿지 않는 것처럼 느껴졌다. 솔은 손바닥을 청바지에 문질러 닦았다. 협회 놈들의 소행이 분명했다. 그들이 뭔가 실험용 약물을 먹였거나, 아니면 기계에서 나오는 방사능에 노출된 것이 틀림없었다.

그리고 죄인의 손은 찬양하리니, 그림자 안에서나 빛 안에서나 죽은 자의 씨앗들이 용서하지 못할 죄는 없기에.

꼭대기 근처에 이르자 서늘한 바람이 위에서 아래로 불어왔다. 솔은 자신의 머리 밖에도 아직 세상이 존재한다고 말해 주는 듯한 그 차가운 느낌이 반가웠다. 다시 시작된 이 증상들을 부정하는 데 도움이 되는 듯했다. 그는 뭔가가 잡아당기는 기분을, 그리고 그와 함께 찾아온 진동을 느꼈다. 그는 불타고 있었다.

아니면 등대가 불타고 있는 걸까? 은은한 녹색 빛을 발하는 벽과 층계의 끝, 등대의 꼭대기 부근이 눈부시게 밝았다. 아니, 솔은 그 빛이 어떤 목적을 수행하는 광선이라는 사실을 이미 알고 있었다. 하지만 렌즈에서 나오는 빛은 분명히 아니었고, 그래서 계단을 마저 올라가기 전에 잠시 망설였다. 솔은 대체 어떤 광원이 등대의 불빛을 대신하고 있는지 확인하기 두려운 마음에 그대로 주저앉았다. 손이 떨리더니 곧 온몸이 떨리기 시작했다. 머릿속에서 짐의 손가락을 지울 수 없었고, 그의 바람과 상관없이 계속 떠오르는 설교 문구도 떨쳐 버릴 수 없었다. 저항할 수도 외면할 수도 없었다.

하지만 이제 여기가 그의 집이었다. 그러니 버릴 수는 없었다.

솔은 일어났다. 그리고 돌아섰다. 그는 계단을 올라갔다.

양탄자가 옮겨져 있었다.

비밀 문은 열려 있었다.

아래쪽 공간에서 빛이 뿜어져 나오고 있었다. 둥글게 굽이치는 빛은 바닥을 가로질러 흐르거나 천장에 굴절되지는 않았다. 대신에 마치 벽과 문처럼 보이는 형상으로 솟구치고 있었다.

조명탄을 장전한 총을 꽉 쥐며, 솔은 비밀 문 근처로 조용히 다가 갔다. 등 뒤의 계단으로부터 절대 돌아보면 안 될 듯한 기이한 느낌이 전해졌다. 솔은 얼굴과 목을 비추는 빛, 그리고 수염을 태울 듯한 열기를 느끼며 무릎을 꿇은 채 문 안쪽을 들여다봤다.

처음에는 공책처럼 보이는 종이들이 산더미처럼 쌓여 있는 모습밖에 보이지 않았다. 거대한 베히모스*를 연상시키는 그 무더기는 선명해졌다가 다시 흐릿해지기를 거듭했다. 아직 존재하지 않기에 그가 이해할 수 없는 기록들은 거기에 있으면서도 동시에 없는 유령이자 허상이었고, 방 안은 그림자와 거울의 도서관이었다.

서서히 눈이 적응하자 빛의 근원이 드러났다. 꽃이었다. 종이 무더기에 뿌리를 내린 낯익은 식물의 꼭대기에 여덟 장의 꽃잎이 달린 순백색 꽃이 피어 있었다. 아주 오래전 반짝이며 솔의 시선을 끌었던, 그가 손을 내밀어 만졌던 그 식물이었다.

거의 신성하게 느껴지는 무언가가 솔의 안쪽에서 일어나 그를 가득 채웠다. 이제 솔의 몸에서 빛이 새어 나오기 시작했고, 아래쪽에 있는 무언가와 대화를 나누려는 듯 비밀 문을 통해 흘러 내려갔다. 무언가가 그를 가까이 당겨서 꽉 잡는 듯한…… 그를 알아보는 듯한

---

* 구약 성서에 등장하는 수륙양서 괴수.

기분이 느껴졌다.

솔은 그 느낌에 저항하기 위해 몸을 일으키고 양팔을 벌린 채 균형을 잡고 서서 소용돌이치는 꽃잎들을 응시했다. 그러다 더 이상 저항할 수 없게 되어 불꽃의 원 중심부에 새하얗게 타오르는 빛 속으로 떨어졌다. 그 빛은 너무나 순수해서, 설사 온몸이 재만 남을 때까지 타 버린다 해도 상관없다는 생각이 들었다. 단지 솔만이 아니라 그 주위의 모든 것을 축복하듯, 빛이 그를 집어삼켰다.

네 이름을 아는 불이 찾아오리라, 그리고 목 조르는 과실이 임하면 그 검은 불꽃이 네 전부를 앗아가리라.

정신이 다시 들었을 때, 솔은 다락 문 아래의 비밀 공간에 누워서 위를 올려다보고 있었다. 종이 더미는 더 이상 보이지 않았다. 기이한 꽃도 없었다.

눈에 띄는 상처가 없어서 더 기괴해 보이는 헨리와 수전의 시체가 있을 뿐이었다. 솔은 두 사람의 시체에 시선을 고정한 채 기다시피 움직여서 멀리 떨어졌다. 그늘진 곳에 말라붙은 식물의 잔해가 보였지만 솔은 어서 빨리 그곳을 벗어나고 싶다는 생각뿐이었다.

솔은 사다리를 기어 올라갔다.

테라스로 나가는 문이 열려 있고 그 앞에 누군가가 서 있었다. 손에 총을 든 그림자였다.

믿을 수 없게도 그 그림자는 헨리였다.

"더 오래 있다 올 줄 알았어요, 솔." 헨리가 어쩐지 멀게 들리는 목소리로 말했다. "오늘 밤에는 아예 오지 않을 수도 있다고 생각했죠. 찰리의 집으로 갈 수도 있다고 생각했지만, 찰리는 배를 타고 나갔으니까. 그리고 글로리아는 자기 아버지의 집에 있어요. 하기야 그 아이는 어차피 이렇게 늦은 시각에는 밖에 나와 있지도 않을 테고, 당신에게 별 도움도 되지 않겠죠. 하지만 어쨌든 당신도 지금 우리가 어떤 상황인지 알 거예요."

"당신이 수전을 죽였군."

솔이 여전히 믿지 못하겠다는 투로 말했다.

"그 여자가 날 죽이려 들었어요. 내가 발견한 걸 믿지 않았거든요. 그들 중 아무도 믿지 않았죠. 심지어 당신조차."

"당신은 당신 자신도 죽였어."

당신 쌍둥이를 말이지. 그래 봤자 소용없다는 걸 알면서도. 조명탄이 들어 있는 총에 손을 뻗어 봤자 늦을 테고, 도망친다 해도 층계를 두 칸도 내려가기 전에 헨리가 총을 쏠 터였다.

"이상한 일이에요." 조금 전까지 흐릿하게 보이던 헨리의 모습이 이제 또렷해지고 있었다. "자기 자신을 죽인다는 건 말이에요. 그게 일종의 유령일지도 모른다고 생각했어요. 하지만 어쩌면 수전의 말이 맞았는지도 모르죠."

"당신은 대체 누구요?"

헨리는 그의 질문을 무시했다.

"내가 찾았어요, 솔. 내가 찾을 거라고 했잖아요. 혹은 그게 날 찾았죠. 다만 내가 생각했던 것과는 달랐어요. 그게 뭔지 아나요, 솔?"

거의 애원하는 투였다.

헨리의 질문에 대답할 적당한 말이 떠오르지 않았다.

솔은 헨리를 향해 두 걸음 다가갔다. 자신이 아니라 누군가 다른 사람의 행동을 지켜보는 듯한 느낌이었다. 진짜 자신은 높은 하늘에서 날갯짓도 하지 않고 구름을 가로지르는 한 마리의 신천옹이었다. 빛과 어둠의 좌표가 끊임없이 움직였고, 위도와 경도가 갈 곳 없이 방랑했다. 그리고 아래, 저 아래의 등명기실에 솔과 헨리가 마주 보고 서 있었다.

솔이 세 번째 걸음을 떼자, 식물이 머릿속에서 송신기가 되었다.

네 번째 걸음을 옮겼을 때 헨리가 솔의 어깨를 쐈다. 총알이 어깨를 관통하는데도 솔은 아무런 느낌이 없었다. 진짜 솔은 지상으로 잘 내려오지 않는 신천옹이 되어 온난기류를 탄 채 저 위에서 아래를 살피고 있었다.

솔은 헨리에게 달려들어 피가 흐르는 어깨로 헨리의 가슴을 밀쳤다. 두 사람은 문을 지나 난간으로 이동하며 격투를 벌였다. 헨리가 떨어뜨린 총이 바닥에 미끄러졌다. 아주 가까이에서 헨리의 눈을 들여다보던 솔은 어떤 거리감, 혹은 시차를 느꼈다. 아주 멀리 있는 사람과 메시지를 주고받을 때처럼 뭔가를 인지하고 반응하는 과정에서 간격이 느껴졌다. 헨리는 솔을 인식하고 판단하는 동시에 다른 쪽에서 별개의 상황을 겪고 있는 듯했다. 네가 얼굴을 가리면, 그들이 겁에 질리리라. 네가 그들의 숨을 앗아 가면, 그들은 죽어 먼지로 돌아가리라.

헨리가 솔을 단단히 붙잡고 난간 쪽으로 끌고 갔다. 하지만 그러다 헨리가 오히려 물었다.

"지금 뭐 하는 거예요?"

솔이 아니라 자신이 두 사람 모두를 끌고 가면서도 그 사실을 모르는 것 같았다.

"당신 짓이야." 신천옹이 겨우 말을 꺼냈다. "내가 아니라 당신이 끌고 가는 거라고."

"아니, 난 아니에요."

헨리는 이제 공포에 질려서 온몸을 비틀었지만, 그 동작 때문에 두 사람은 더 빠르게 난간 쪽으로 끌려갔다. 헨리는 스스로 멈출 수 없는 자신의 행동을 막아 달라고 솔에게 애원했다. 하지만 입에서 나오는 말과 눈빛이 보내는 메시지는 전혀 달랐다.

헨리가 난간에 세게 부딪혔고 잠시 후 솔도 난간에 부딪혔다. 그리고 두 사람은 함께 난간을 넘어갔다. 너무 늦었지만 그제야 헨리가 공기를 찢는 비명을 지르며 솔을 놔주었다. 솔은 헨리의 바로 옆에서 차가운 공기 중으로 추락했다. 너무 빨리, 너무 멀리 추락했다. 그리고 그의 일부는 여전히 하늘 위에서 추락하는 자신을 내려다보고 있었다.

하얀 불꽃과도 같은 파도가 모래 위를 넘실거렸다.

내가 불을 땅에 던지러 왔노니 이 불이 이미 붙었으면 내가 무엇을 원하리오?

땅에 부딪히는 순간 쿵 하는 소리와 함께 뭔가가 깨지는 끔찍한 소리가 들렸다.

0025: 컨트롤

컨트롤에게 극단의 순간이 찾아왔다. 거의 움직일 수도 말을 할 수도 없었다. 그는 국장의 기록들 중 가장 두서없는 낙서도 결국 어떤 패턴으로 합치되는 것과 마찬가지 방식으로, 세상의 그 무엇도 별개로 존재하지 않고 모두 연결되어 있다는 깨달음에 휩싸였다. 전혀 끝날 기미가 보이지 않는 엄청난 압박과 고통 속에서 컨트롤은 완만한 계단의 아래로 미끄러지고 떨어졌다. 그의 내면으로부터 제대로 이해할 수 없는 강렬한 음악이 들려왔다. 왼팔은 그의 곁에 힘없이 늘어졌고, 더 이상 감각이 느껴지지 않는 오른손이 아버지의 조각품을 꽉 쥐고 있었다. 빛이 컨트롤의 입과 눈을 통해 쏟아져 나오는 동시에 그의 내면을 가득 채웠다. 마치 기는 것이 그 과정을 더 빠르게 만드는 것 같았다. 컨트롤은 그가 미끄러지고 있는 이유가 자신이 변하는 중이기 때문이라는 사실을 알았다. 그리고 이제 자신이 더 이상 온전한 인간이 아니라는 사실도 알 수 있었다.

옛 친구라고 할 만한 휘트비가 여전히 그와 함께 있었다. 뿐만 아니라 로우리도 배경 속 어딘가에서 흐릿한 모습으로 낄낄거리고 있었다. 컨트롤은 아버지의 조각품을 있는 힘껏 쥐었다. 조각품은 그에게 마지막 남은 부적과도 같았다. *이 기계 혹은 생명체 혹은 양자의 결합은 분자를 마음대로 조작하고, 원하는 대로 에너지를 축적하고, 자신의 원대한 의도나 책략을 보이지 않게 감추기도 했다. 그것의 내면에는 천사들, 그리고 더 이상 존재하지 않기 때문에 절대로 돌아갈 수 없는 고향에 대한 힌트가 남아 있는 테루아의 흔적이 함께 살아가고 있었다.*

하지만 기는 것은 싸구려 속임수를 쓰기도 했다. 컨트롤에게 눈앞에 서 있는 어머니를 보여 준 것이다. 그는 어머니의 모습이 환영이라는 사실을 알아차린 자신에 대해 음울하고 원초적인 만족감을 느꼈다. 그는 이미 어머니를 용서했다. 어떻게 그런 장소에 서 있는 어머니를 용서하지 않을 수 있을까? 기는 것이 그를 강타해 심한 상처를 입혔지만, 컨트롤은 자유를 느꼈다. 그리고 부상당한 와중에도 자신의 고통이 우연한 사고의 결과이며, 기는 것의 의도가 아니라고 생각했다. 또한 인간의 언어나 대화 방식은 X구역에게 통하지 않는다는 사실을 알았다. 둘 사이의 유사점을 찾는다면 X구역에서 가장 원시적인 기능을 하는 부분일 터였다. 날카로운 풀잎. 왜가리. 불개미.

컨트롤은 시간이 얼마나 흘렀는지, 자기가 얼마나 빠르게 아래로 떨어지고 있는지 그리고 어떻게 변했는지 알 수 없었다. 고통이 느껴지며 속이 울렁거렸다. 이제는 더 이상 자신이 인간인지 아닌지 혹은 걷고 있는지 기고 있는지도 알 수 없었다. 그는 가장 오래된 계단보다 더 아래쪽으로, 밑바닥에서 눈부시게 타오르는 하얀 빛을 향해 내려갔다. 그 빛의 모습은 불사의 식물 같기도, 가만히 멈춰서 맹렬히 타오르는 혜성 같기도 했다. 그리고 이제 컨트롤의 결심이 그 자신을 마지막까지 밀어붙였다. 끊임없는 고뇌와 돌아서서 달아나라는 내면의 외침에도 불구하고, 컨트롤은…… 어디로 나아가고 있는 걸까? 알 수 없었다. 다만 생물학자도 오지 못한 곳까지 왔다는 사실만큼은 알 수 있었다. 그가 여기까지 해낸 것이다.

이제 '컨트롤'이 다시 떨어져 나갔다. 그는 다만 조각가였던 남자와 비밀스러운 조직에서 일하던 여자의 아들일 뿐이었다.

컨트롤의 손에서 떨어진 아버지의 조각품이 층계를 따라 구르다가, 그의 전임자가 남긴 기호와 상징 옆에 멈춰 섰다. 벽에 휘갈긴 낙서 옆에. 텅 빈 부츠 옆에.

컨트롤이 공기를 들이마시고, 자신의 발톱 아래에서 타는 듯한 열기와 강렬함을 느꼈다.

이게 컨트롤에게 남은 전부였다. 그는 이제 계단에서 죽지 않을 터였다. 최후의 패배를 겪지도 않을 터였다.

존 로드리게즈의 몸이 마지막 계단까지 늘어나더니 빛 속으로 뛰어 들어갔다.

0026: 국장

12차 탐사대의 파견 2주 전, 당신은 낡고 망가진 휴대폰을 집으로 가져온다. 하지만 막상 가져온 기억이 없다. 보안 요원들이 왜 그 전화기에 대해 묻지 않았는지 모르겠다. 가방 안에 들어 있던 전화기는 이제 부엌의 싱크대 위에 올려져 있다. 당신은 혼자서 그럴듯한 추리를 시작한다. 어쩌면 생각보다 휘트비가 더 이상한 짓을 하고 다니거나, 혹은 로우리의 장난일지도 모른다. 하지만 그게 무슨 상관일까? 아침에 다시 사무실로 가져가면 그만이다.

일과 사생활의 구분은 이미 사라진 지 오래다. 서류를 집으로 가져와서 일하기도 했고, 종이 조각이나 심지어 어린 시절처럼 나뭇잎에도 뭔가를 적곤 했다. 로우리가 보고서와 함께 그런 낙서들을 촬영한 사진을 받아 보는 모습을 상상하면 재미있을 뿐 아니라, 어쩐지 그런 재료들이 더 안전하게 느껴졌기 때문이다. 그런 재료들을 이리저리 손으로 훑으면서 느끼는 '감촉', 그리고 꼭 집어 말하거나 수치화하기 어려운 존재감이 있다. 어느 날 밤늦게까지 야근하다가 문득 들었던 이성적이지 못한 생각이다. 암 치료제의 후유증 때문에 자주 화장실로 가서 구토를 한다. 청소 직원에게 아프다는 말을 할 수 없어 바보 같은 변명을 한다. "임신 중이라서요." 암을 임신했지. 가능성을 임신했고. 때론 그런 생각에 웃음이 난다. 술집 한쪽 끝에 앉아 있는 주정뱅이 군인 아저씨, 아빠가 되고 싶다는 생각을 해 본 적 있나요?

오늘은 치퍼스를 찾아서 말 많은 부동산 중개업자, 고개만 연신 끄덕이는 주정뱅이 퇴역 군인과 시간을 보낼 수 없다. 북쪽에 있는 본부까지 먼 길을 이동해서 다른 후보자들과 함께 훈련에 참여했고, 탐사대 리더를 위한 추가 훈련까지 받느라 녹초가 됐기 때문이다. 추가 훈련은 최면을 거는 명령어의 사용법을 완벽하게 이해하고, 대원들이 지시에 따르도록 하는데 도움이 되는 빨간 등이 달린 블랙박스의 특징과 중요성을 배우기 위한 과정이다.

그래서 오늘은 외출하는 대신 음악을 틀었다가, 머리를 식히기 위해 잠시 TV를 보기로 한다. 부엌 뒤쪽의 복도에서 무슨 소리가 들린다. 다락에서 뭔가 내려앉는 소리 같기도 해서 불안해진다. 무슨 일인지 살펴봐도 보이는 것이 없자, 당신은 만일의 경우에 대비해 침대 밑에 숨겨 둔 도끼를 꺼낸다. 그리고 다시 소파로 돌아와서

30년 전 남부에서 촬영하고 방영했던 추리물의 재방송을 본다. 잃어 버린, 더 이상 존재하지 않고 다시는 돌아올 수 없는 장소. 그곳의 광경이 과거로부터 찾아와 당신을 괴롭힌다. 너무 많은 것들이 사라져서 더 이상 존재하지 않는다. 자동차 추격 장면이 나오자, 당신은 마치 처음 보는 가족 앨범을 대하는 것처럼 화면 속 배경을 유심히 쳐다본다.

깜빡 졸았다가 깬다. 다시 졸음이 온다. 그러다 갑자기 시야 바깥의 부엌 타일 위에서 뭔가가 낮고 부드럽게 기어오는 소리를 듣는다. 공포와 전율이 당신의 몸을 훑는다. 천천히 끄는 듯한 소리의 정체가 대체 무엇인지, 뭐가 집 안으로 들어왔는지 알 수가 없다. 그 소리가 다시 들리지 않기를 바라면서도, 당신은 한참 동안 꼼짝도 하지 않고 귀를 기울인다. 절대 부엌으로 가서 무엇이 기다리고 있는지 볼 생각은 없다. 하지만 소리는 멈추지 않고, 영원히 여기에 앉아 있을 수도 없는 노릇이다. 계속 이렇게 앉아 있을 수는 없다.

결국 당신은 일어나서 도끼를 휘두르며 부엌으로 향한다. 발끝으로 서서 식탁에 몸을 기대고 부엌 바닥을 살피자 뭔가가 왼쪽으로 피하며 시야에서 사라진다. 어쩔 수 없이 조리대를 돌아 들어가서 놈과 정면으로 맞선다.

그곳에서 눈이 먼 짐승처럼 신경질적으로 바닥을 기어 다니는 건 다름 아닌 낡은 휴대폰이다. 상처투성이의 커다란 휴대폰이 당신으로부터 도망치려 한 것이다. 어쩌면 찬장으로 들어가 숨으려 했는지도 모른다. 하지만 지금은 전혀 움직이지 않는다. 당신이 움직이고 있는 동안에는 전혀 움직일 기미가 없다. 당신은 충격을 받아서 한동안 전화기를 멍하니 쳐다본다. 놀라서일 수도 있고 방어기제의 작동일지도 모른다. 지금 머릿속에 떠오르는 생각은 또 업무가 집까지 따라왔다는 것뿐이다. 이게 현실이든 아니면 상상 속에서 벌어진 일이든.

당신은 떨리는 손으로 전화기를 줍는다. 다른 손에는 도끼가 들려 있다. 전화기는 따뜻했고, 가죽 케이스의 감촉은 꼭 살아 있는 동물의 가죽처럼 느껴진다. 당신은 영수증을 모아 놓는 금속 상자를 가져온다. 영수증은 비닐 봉투에 쏟아 버린 뒤 그 안에 전화기를 넣고 상자를 잠근다. 그리고 부엌 조리대 위에 올려 둔다. 상자를 뒷마당에 던져 버리거나 차를 몰고 강으로 가서 버리고 싶은 충동을 애써 참는다.

대신 침실의 옷장 속에 숨겨 놓은 시가 상자에서 시가를 한 대 주섬주섬 집어 든다. 시가가 바싹 마른 상태지만 개의치 않는다. 불을 붙이고 서재로 걸어가, 사무실에서 가져온 메모들을 비닐 백에 담는다. 증명할 수 없는 가설들. 지난 탐사대가 남긴 일지에서 찾아낸 미친 소리들. 알아볼 수 없는 낙서들. 자신의 임무에 대한 당신의 생각을 몰래 훔쳐보던 로우리에게 복수라도 하듯 소리를 질러 대며 모두 비닐백 안에 쑤셔 넣는다. 당신은 로우리에게 화를 낸다. 저리 꺼져! 여기로 오지 마. 하지만 로우리는 이미 여기에 있다. 당신에 대해 알아야 할 것을 모두 알면서 이런 짓을 할 만큼 비뚤어진 사람은 로우리뿐이다.

언제 썼는지 기억이 나지 않거나 원래 거기에 있었는지 확실하지 않은 메모들이 나온다. 메모가 너무 많아서 그런 걸까? 당신이 쓰지 않았다면 그 메모들은 누가 쓴 걸까? 휘트비가 당신을 돕기 위해 사무실에 몰래 들어와서 메모를 써 놓고 나갔을까? 당신의 글씨체를 흉내 내서? 비닐 백에서 메모를 꺼내 다시 정리하고 싶었지만, 그 무게에 질려 그만두기로 한다. 당신은 와인 한 잔과 정신 나간 소리로 가득한 비닐 백을 들고 테라스로 나간다. 그리고 그릴에 불을 켜고 시가를 피우며 한동안 서 있는다. 폭풍이 오려는 듯 빗방울이 떨어지기 시작한다. 당신은 잠시 기다리다가 비닐 백을 거꾸로 뒤집어 내용물을 불 속에 쏟아 넣는다.

체격이 크고 권위가 넘치는 여성이라고 할 수 있는 당신이 뒷마당에서 기밀문서와 영수증 그리고 다른 종이들을 뭉치로 태우고 있다. 이 종이들은 지루한 당신의 삶에 대한 모든 것을 보여 주며, 당신이 거기다 뭔가를 쓰는 순간 일종의 '증거물'로 바뀌었다. 이런 행동이 상황을 더 좋게 만드는지 그 반대인지 모르지만, 당신은 기름을 더 뿌린 뒤 무의미하고 멍청하고 쓸데없는 쓰레기를 모조리 불 위에 쏟아 붓는다. 그러자 분노 섞인 연기가 눈이 따갑도록 피어오른다. 아무 의미 없는 쓰레기들이 검게 오그라들지만, 당신의 머릿속에는 아직 끌 수 없는 약한 불이 남아 있다. 실제로는 탑이라고 해야 할 어두운 동굴, 당신이 솔 에반스의 얼굴을 만지기 위해 손을 뻗었던 지형적 변이의 안쪽 깊은 곳에서 흔들리는 촛불이다. 이 모든 일이 당신에게는 너무 힘겹다. 당신은 벽에 기대앉아서 불이 활활 타오르다 사그라지고 마침내 꺼지는 모습을 구경한다. 아직 충분하지 않다. 집 안에는 메모들이 더 남아 있다. 소파 옆의 식탁 위에, 부엌의 조리대 위에, 침실의 벽난로 선반 위에도. 당신은 그 메모들에 휩쓸려 익사하고 있다.

언덕 뒷마당 아래쪽의 불 켜진 창문 너머로 켜져 있는 텔레비전 화면이 보인다. 남자와 여자, 소년과 소녀가 소파에 앉아 진지하게 스포츠 채널을 보고 있다. 서로 말 한 마디 없이 텔레비전만 보고 있다. 빗줄기가 굵어지면서 종이를 태우던 불이 꺼지는 동안에도 당신 쪽을 쳐다볼 생각조차 하지 않는다.

다시 안으로 들어가서 상자를 열었는데, 휴대폰이 휴대폰이 아니라면 어떻게 해야 할까? 그 안에 가두는 자체가 아무 의미 없는 짓이었다면? 만약 휴대폰을 서던 리치로 가져가서 시험해 봤는데 여전히 일반적인 휴대폰과 아무런 차이도 없다면? 혹은 특이한 점을 발견해서 로우리에게 보고했는데 그가 당신을 미쳤다고 비웃는다면? 로우리가 아닌 세브란스에게 알렸는데 휴대폰은 꿈쩍도 않고, 당신은 존재의 이유에 해당하는 수수께끼조차 제대로 해결하지 못하는 무능한 국장으로 여겨진다면? 당신의 암이 심해져서 경계를 넘어갈 기회조차 얻지 못하게 된다면? 생물학자를 X구역으로 데려가기도 전에 말이다.

손에 든 와인 잔과 시가, 언제 샀는지 기억도 나지 않는 레코드에서 흘러나오는 커다란 음악 소리. 당신은 그런 것들이 어둠을 몰아낼 거라고, 당신의 머릿속에 울리는 생각들을 몰아낼 거라고 기대한다. 신의 차가운 눈빛이 마치 수집가의 진열장에 나비를 꽂아 놓는 핀처럼 당신을 향하고 있다는 생각을.

폭풍이 다가오자 당신은 시가를 던져 버리고 그 자리에 서서 보이지 않는 경계에 대해, 그리고 병적인 종교처럼 느껴지는 끊임없는 최면에 대해 생각한다……. 잔에 남아 있는 와인을 마저 들이켜고, 젠장, 병을 통째로 기울인다. 그러고 나서도 여전히 집 안으로 들어가 마주할 생각은 들지 않는다……. 그게 무엇이든.

"뭐든 내가 모르는 걸 말해 봐! 빌어먹을, 내가 모르는 걸 말해 보라고!"

당신은 어둠을 향해 소리를 지르며 술잔을 내던진다. 그리고 쏟아지는 비와 내리치는 번개 속에서 진흙탕에 무릎을 꿇는다. 그런 행동이 반항심 때문인지 고통 때문인지 아니면 그저 이기적이고 반사적인 몸짓인지 알 수 없다. 정말로 집 안에 있는 휴대폰이 실제로 움직였는지 그리고 살아 있는지 모르는 것과 마찬가지로, 도무지 알 수 없다.

타 버린 종이들이 비에 젖고 재와 섞이며 그릴 가장자리에 눌러붙는다. 얼마 남지 않은 불티가 허공으로 떠오르며 하나둘 사라진다.

그제야 당신은 몸을 일으킨다. 비를 맞으며 진흙 위를 걸어 안으로 들어가자, 갑자기 사방이 너무도 춥고 조용하다. 아무리 간절히 빌어 봤자 당신을 구하러 와 줄 사람은 없다. 아니, 간절히 빌면 빌수록 더 없을 터다. 언제나 그랬지만 이제 당신은 혼자다. 더는 갈 수 없을 때까지 계속 앞으로 나가야 한다.

당신은 버텨야 한다. 이제 거의 다 왔다. 끝까지 갈 수 있다.

당신은 S&SB에 대한 조사를 그만둔다. 등대에 대한 조사도 중지한다. 의미 없는 자기만족을 위해 집에서 불태웠던 메모들보다 훨씬 많은 기록이 사무실에 남아 있지만 그대로 내버려 둔다.

"집에 불을 냈던 사람은 없었나요?"

그날 밤, 치퍼스에 들러 칵테일을 홀짝이며 당신이 부동산 중개업자에게 묻는다. 한두 잔 정도 마시면 밤에 잠들 때 도움이 되겠지만, 결국 한밤중에 깨어나 침대 속에서 계속 뒤척이게 될 것이다.

어두운 술집 안에는 소리를 죽여 놓은 텔레비전 화면이 번쩍이고, 멀리서 윙윙대는 소리가 들린다. 볼링장에 켜 놓은 조명이 이리저리 흔들리며 천장의 별을 비추고 있다. 주크박스에서 들리는 구슬픈 멜로디의 컨트리 음악은 아주 멀게 느껴진다. '뭔가가 내 심장을 움직이고 있어. 때로는 내 역할에 충실해야 하지.'

"물론이죠." 부동산 중개업자가 말한다. "드문 일은 아니에요. 보험금을 받으려고 불을 지르는 사례가 많죠. 전처의 집에 애인이 들어와 살게 되니까 불을 질렀던 사람도 있어요. 하지만 별 이유 없이 그런 짓을 하는 경우도 생각보다 많아요. 예전에 어떤 작자는 어느 날 갑자기 그냥 불이 지르고 싶었대요. 그래서 집이 홀랑 타 버리는 동안 서서 구경만 하고 있었죠. 시간이 지나고 나서야 울면서 자기가 왜 그랬는지 모르겠다고 하더군요. 자기도 이유를 몰랐던 거예요. 하지만 분명 뭔가 이유가 있었을 거라고 난 생각해요. 인정할 수 없거나 아니면 자기도 모르는 뭔가가 있는 거죠."

당신 안에서 뛰쳐나오려고 발버둥치던 분노가 한동안 간직했던 의심이라는 형태로 가장해서 모습을 드러낸다.

"당신은 부동산 중개인이 아니군요." 당신이 눈앞의 여자에게 말한다. "진짜 부동산 중개인이 아니에요."

그녀는 누군가 손을 댄 메모다. 그녀는 움직이는 휴대폰이다.

당신은 신선한 공기를 쐬기 위해 밖으로 나와서, 자갈이 깔린 주자창의 희미한 가로등 불빛 아래 선다. 실내에서 흐르는 음악이 여기까지 들린다. 당신의 머리 위로 비추는 가로등 불빛 때문에 미니 골프 코스의 한쪽에 버티고 선 커다란 하마가 긴 그림자를 드리운다. 하마의 눈은 투명한 유리로 되어 있고, 벌린 입은 그 깊이를 알 수 없다. 만약 치퍼스에서 모든 게임을 공짜로 즐길 수 있게 해 준다고 해도 그 안에 손을 넣을 생각은 없다.

퇴역 군인이 밖으로 나온다.

"당신 말이 맞소. 그녀는 부동산 중개인이 아니오." 그가 당신에게 말한다. "해고를 당했거든. 1년이 넘게 새 직장을 찾지 못하고 있다오."

"괜찮아요. 나도 장거리 트럭 운전수가 아니거든요."

서글프게도 그는 당신에게 안으로 들어가서 춤을 추자고 청한다. 아니, 당신은 춤을 추고 싶지 않다. 하지만 하마에 기대어 서서 잠시 이야기를 나누는 것은 괜찮다. 특별히 하고 싶은 이야기가 있어서는 아니다. 당신의 관심을 돌릴 수 있는 평범한 이야기라면 무엇이든 괜찮다.

식물은 여전히 대성당 창고에 있다. 휘트비가 기르는 쥐는 대부분의 시간을 휘트비의 다락에서 보낸다. 12차 탐사대가 출발하기 전의 며칠 동안, 휴대폰은 비밀스러운 기념품처럼 당신의 서랍 속에 들어가 있다. 휴대폰이 눈앞에 있는 것과 보이지 않는 것 중, 어느 쪽이 더 신경에 거슬리는지 알 수 없다.

0027: 등대지기

솔은 모래투성이가 되어 똑바로 누운 채 등대 아래에서 깨어났다. 헨리는 바로 옆에 구겨져 있었다. 아직 밤이었고, 별이 가득한 하늘이 남색에서 검은색으로 변해 가는 중이었다. 솔은 자신이 죽어간다고 생각했다. 아마도 뼈가 백 군데는 부러졌을 텐데 아무런 느낌도 없었다. 다만 안절부절못할 듯한 기분이 계속 들어서 다른 생각을 할 여유가 없었다. 추락이나 골절로 인한 통증도 느껴지지 않았다. 정말 아무렇지도 않았다. 아직 쇼크 상태라서 그런 걸까?

하지만 솟구치는 빛과 밤하늘에서 그를 내려다보는 수천 개의 반짝이는 눈들, 마음을 편하게 해 주고 달래는 듯한 파도 소리는 여전히 느껴졌다. 바다를 보기 위해 돌아눕자, 목 뒤로 독특한 깃털이 솟아 있는 해오라기의 어둑한 그림자가 젖은 모래 위에서 발버둥치는 물고기를 부리로 찢고 있었다.

솔은 신음하며 몸을 일으켰다. 곧바로 쓰러질 줄 알았지만 비틀거리지도 않았다. 오히려 엄청난 힘이 느껴졌다. 어깨도 멀쩡했다. 다친 곳이 없거나, 너무 심하게 다친 나머지 정신이 나갔는지도 몰랐다. 머릿속에 떠오르는 생각들이 모두 말로 바뀌고, 그의 괴로움이 언어로 표현되려 했지만 솔은 그것을 억눌렀다. 소리 내어 말하는 순간, 변화를 받아들일 수밖에 없고 그러면 자신에게 허락된 시간이 얼마 남지 않는다는 사실을 알았기 때문이다.

솔은 추락하던 기억을 떠올리며 등대 위를 올려다봤다. 몸 안의 무언가가 자신을 보호하고 구원했다. 땅에 떨어졌을 때 그는 그 자신이 아니었다. 빠르게 떨어지던 몸이 아주 부드럽고 가볍게 하강하며 누에고치처럼 모래 위에 사뿐히 착지했다. 마치 자신을 위해 원래 정해진 자리에 가서 멈추는 과정 같았다.

어둠 속에서도 헨리가 살아서 꿈틀대는 모습이 보였다. 헨리의 눈동자는 마치 하늘에 떠 있는 별처럼 솔에게 고정되어 있었다. 그 시선이 별빛처럼 기나긴 세월을 거쳐 상상할 수 없을 만큼 먼 거리를 지나 솔에게 도착했다. 더없이 행복해 보이면서도 치명적인 눈빛이었다. 헨리는 마치 꾀죄죄한 암살자 같았다. 세월에 망가진 타락천사 같기도 했다.

솔은 헨리의 시선을 피하기 위해 해변으로, 바다 쪽으로 걸음을 옮겼다. 저 바다 어디선가 찰리가 고기잡이를 하고 있을 터였다. 솔은 찰리가 곁에 있기를 바라면서도, 한편으로는 그를 멀리 보내고 싶었다. 그래야 자신을 지배하는 무언가가 찰리까지 지배하지 않을 것 같았기 때문이다.

솔은 글로리아가 좋아하던 바위 위로 올라가 말없이 앉아서 정신을 가다듬었다.

바다 저 멀리에서 물 위로 나왔다가 다시 깊은 물속으로 잠수해 들어가는 레비아탄의 등이 보이는 듯했다. 화학 약품과 휘발유의 악취가 풍겨 왔고, 바닷물이 그의 발치까지 차올랐다. 해변에는 플라스틱 쓰레기와 타르가 뒤덮인 금속 조각, 빈 통, 따개비와 해초가 들어찬 파이프 따위가 널려 있었다. 선박의 잔해들도 보였다. 이 해안에 한 번도 밀려온 적 없는 쓰레기들이 어느새 눈앞에 나타나 있었다.

머리 위로는 달도 뜨지 않은 하늘을 별들이 빠른 속도로 가로질렀다. 별들이 움직이는 길목에서 엄청난 비명이 들려왔다. 암흑이 한 줄기 빛으로 녹아들 때까지, 별들은 점점 더 빨리 흘러갔다.

기이한 그림자처럼 헨리가 그의 옆에 와서 섰다. 하지만 솔은 그가 두렵지 않았다.

"내가 죽은 건가?"

헨리는 아무 말도 없었다.

솔이 다시 물었다.

"당신은 더 이상 진짜 헨리가 아니야, 그렇지?"

여전히 대답은 없었다.

"당신은 누구지?"

헨리가 솔을 쳐다보더니 다시 얼굴을 돌렸다.

야간 고기잡이를 하러 배를 타고 나간 찰리는 솔에게서 발산되는 이 정체 모를 감각으로부터 멀리 떨어져 있었다. 그 감각은 점점 더 세차게 느껴졌다.

"내가 찰리를 다시 만날 수 있을까?"

헨리가 솔에게서 몸을 돌리더니, 엉망진창이 된 몸으로 비틀거리며 해변을 따라 걸어갔다. 두어 걸음 만에 그는 몸에서 부러지는 소리를 내며 모래 위로 넘어졌다. 그는 완전히 멈추기 전까지 몇 걸음을 더 기어갔다. *그리고 죄인의 손은 환희하리라, 그림자 속에서나 빛속에서나 죽은 자의 씨앗들이 용서하지 못할 죄는 없기에.*

뭔가가 파도처럼 밀려오고 있었다. 뭔가가 그로부터 나오려고 했다. 솔은 나약함과 불굴의 힘을 동시에 느꼈다. 이런 식인 걸까? 신은 이런 식으로 찾아오는 걸까?

솔은 이 세상을 떠나고 싶지 않았지만, 자신이 이미 이 세상을 떠나고 있다는 사실을 알았다. 아니, 어쩌면 세상이 그로부터 떠나고 있는지도 몰랐다.

솔은 겨우 자신의 픽업트럭에 올라탔다. 속이 울렁거렸지만 지금 일어나는 일을 자신이나 다른 누구도 통제할 수 없다는 사실을 알 수 있었다. 적어도 여기 해변에서, 등대 옆에서 그 일이 벌어지게 하고 싶지는 않았다. 사실 그런 일이 벌어지는 자체가 싫었지만, 자신이 어떻게 할 수 있는 일이 아니었다. 머릿속에서 혜성이 폭발하고, 끔찍한 문에서 뭔가가 튀어나왔다. 솔은 차를 몰았다. 불가능한 일이지만 자기 자신으로부터 도망치려 애쓰며 난폭하고 위태롭게 차를 몰았다. 모두가 잠든 마을을 지나쳐 비포장도로를 계속 따라갔다. 찰리는 바다에 나갔다. 그가 여기에 없어서 다행이다. 머리가 윙윙 울렸다. 그림자가 그림자를 낳았고, 그의 입에서 말들이 쏟아져 나오려고 했다. 그로서는 해독할 수 없는 암호가 다급하게 터져 나오려고 했다. 누군가가 그를 유심히 지켜보는 듯한 기분이 들었다. 무언가가 그의 두뇌 한쪽을 짓누르며 간섭하고 전송하는, 통신을 보내는 듯한 감각에서 벗어날 수 없었다.

솔은 잊힌 해안의 가장 외딴 곳으로, 더 이상 차가 들어갈 수 없는 지점까지 이동했다. 아무도 소유권을 주장하거나 살고 싶어 하지 않는 소나무 숲이었다. 그는 비틀거리며 차에서 내렸다. 나무들의 어두운 그림자, 부엉이 울음소리, 여기저기서 들리는 바스락거리는 소음. 겁이 없는 여우 한 마리가 멈춰 서서 솔을 쳐다봤고, 하늘에는 아직도 별들이 소용돌이치며 흐르고 있었다.

솔은 어둠 속에서 비틀대며 키 작은 야자나무와 거친 관목들을 스치고 지나갔다. 검은 물에 발을 빠뜨리기도 했다. 여우의 소변 냄새가 코를 찔렀고, 몇 마리인지 모를 짐승들이 그를 지켜보는 듯한 느낌을 받았다. 솔은 정신을 똑바로 차리려고 애썼다. 하지만 우주가 그의 머릿속에서 열리고 있었다. 그가 이해할 수 없는 장면들이 머릿속을 가득 채웠다.

결코 죽지 못하며 꽃을 피우는 식물.

몸통의 중간이 잘린 수많은 하얀 토끼들.

조수 웅덩이에서 불가사리를 만지려고 손을 뻗는 여인.

바람이 불자 시체에서 날리는 녹색 먼지.

등대의 제일 꼭대기에 서서, 온몸에 경련을 일으키며 아주 먼 곳에서 보낸 신호를 받고 있는 헨리.

동료를 모두 잃고 잊힌 해안을 헤매는 군복 차림의 사내.

그리고 저 위에서 그를 찾아, 한 자리에 고정시키고 어떤 치명적인 처리를 마친 빛.

젖은 낙엽의 촉감. 모닥불이 타오르는 냄새. 멀리서 들리는 개 짖는 소리. 먼지의 맛. 머리 위에 얽혀 있는 소나무 가지들.

머릿속에 기이한 형태로 폐허가 되어 버린 도시들이 나타났다. 구원을 약속하는 은빛도 보였다. 그리고 신이 말하기를 '저항하지 말라'. 다만 솔이 원하는 단 한 가지는 저항하는 것이었다. 그러기 위해 찰리와 글로리아에게 매달렸고, 필요하다면 아버지에게도 매달릴 수 있었다. 인간의 언어로 표현할 수 없는, 자신보다 더 큰 존재에게 모든 것을 바치고 내면의 빛에 대해 설교하던 아버지에게도.

결국 솔은 황야의 막바지에 이르렀다. 더 이상은 갈 곳이 없었다. 그는 이제 끝이라는 것을 깨닫고 눈물을 흘렸다. 솔은 그의 안에 있는 무언가가 닻처럼 끌어당기는 감각을 느끼며 쓰러졌다. 너무도 낯선 동시에 이미 수백 번은 경험한 것처럼 친숙한 감정이 찾아왔다. 대수롭지 않은 조각이었고, 작은 상처였다. 그런데 이제는 온 세상만큼이나 거대해져서 솔이 전혀 이해하지 못하는 사이 그를 삼켜 버렸다. 자신의 것이 아니며 결코 자신의 것이 되지도 않을 생각에 삼켜지는 동안, 솔이 마지막으로 떠올린 생각은 어쩌면 이게 부끄러운 일이 아니며 견디고 저항할 수 있을지도 모른다는 것이었다. 포기하는 동시에 포기하지 않을 수 있을지도 몰랐다. 그리고 그의 뒤쪽에 펼쳐진 바다를 향해, 솔이 그 이름을 말할 수 없는 세 개의 짧은 단어들이 퍼져 나갔다. 이제 그가 쓸 수 있는 마지막 남은 단어들이었다.

잠시 뒤 그는 다시 깨어났다. 그 겨울 아침, 등대 쪽으로 난 길을 천천히 걷는 솔의 코트 옷깃에 차가운 바람이 와서 부딪혔다. 전날 밤에는 폭풍이 불었고, 왼쪽 아래에서 바스락거리며 흔들리는 바다 귀리 사이로 어두운 하늘 아래 펼쳐진 잿빛 바다가 보였다. 빈 병과 나무조각들이 폭풍에 밀려와 떠다녔고, 색이 하얗게 바랜 부표와 죽은 귀상어 시체가 해초 사이에 걸려 있었지만, 여기나 마을이나 큰 피해는 없었다.

그의 발치에는 야생 딸기, 그리고 봄부터 여름까지 보라색 꽃을 피울 엉겅퀴가 자라고 있었다. 오른쪽의 호수는 논병아리와 흰뺨오리들로 가득했다. 검은 새들이 물 쪽으로 날아가다 얇은 나뭇가지에 걸리자 놀라서 솟구쳐 오르더니 재잘거리는 무리 사이에 다시 자리를 잡았다.

공기에 섞인 바다 냄새에는 불에 탄 듯한 향이 언뜻 섞여 있었다. 근처의 주택이나 연기만 남기고 꺼진 모닥불에서 나는 냄새 같았다.

0028: 유령새

기는 것은 그들의 뒤쪽에 있었다. 그것이 쓴 글자들도 뒤쪽에 있었다. 어느 따스한 날에 땅 속의 동굴로 들어갔을 뿐이다. 그저 숲일 뿐이었다. 그들이 이미 걸어 나온 장소에 불과했다.

유령새와 그레이스는 말없이 걸었다. 이제 두 사람 사이에는 다른 세상이 놓여 있어서 서로 나눌 말도 별로 없었다. 유령새는 그레이스가 자신을 더 이상 온전한 인간으로 여기지 않는다는 사실을 알았다. 하지만 어째서인지 그녀는 계속 곁에 머물렀다. 변한 것이 단지 날씨만은 아니라고 생각하면서 경계로 돌아가 직접 확인하고 싶어 하는 것 같았다. 금빛 송화 가루의 풍부하고 깊은 향이 공기 중에 가득했다. 굴뚝새와 솔새가 덤불 사이로 서로 쫓고 쫓기면서 날아갔다.

그들은 어떤 사람과도 마주치지 않았고, 동물들은 어째서인지 경계심을 드러내지 않았다. 적어도 두 사람을 경계하진 않았다. 유령새는 동굴에 남아 있을 컨트롤이 생각났다. 그는 그 아래에서 무엇을 발견했을까? 진정한 X구역을 찾았을까? 아니면 그의 죽음이 지금 주변에서 느껴지는 변화의 촉매가 되었을까? 지금도 그녀는 컨트롤에 대해 확실히 말하기 어려웠다. 다만 그의 부재가 자신에게 슬픔과 상실감을 안겼다는 사실만을 알았다. 물려받은 인생이 아닌, 지금 그녀가 살고 있는 자신만의 삶은 거의 전부 컨트롤과 함께였다. 그래서 그는 유령새에게 특별한 의미가 있었다.

아래쪽 문을 통해 컨트롤이 사라지는 순간, 그녀는 그를 바라봤다. 그리고 기는 것이 그를 따라 어둠 속으로 물러나며 사라지는 것을 느꼈다. 동굴의 측면이 한 차례, 두 차례 경련을 일으키더니 곧 조용해지며 미세한 진동이 느껴졌다. 비록 그 무엇도 뒤집을 수 없다는 걸 알았지만 결국 국장이 옳았다. 그건 변화시킬 수 있었고 변할 수도 있었다. 비록 너무나 복잡해서 전체적으로 파악할 순 없지만 컨트롤이 그 공식에서 뭔가를 더하거나 뺐다는 사실만은 알 수 있었다. 어쩌면 생물학자에 대한 국장의 생각이 옳았을지도 모른다. 벽의 글자들은 여전히 유령새를 방패처럼 에워싼 채 그녀의 머릿속에서 타올랐다.

유령새는 밝은 곳으로 다시 나가, 공포와 의심의 눈초리로 자신을 바라보는 그레이스와 마주쳤다. 그리고 미소를 지으며 두려워할 필요는 없다고 말했다. 두려워할 필요는 없었다. 막을 수 없는 뭔가를 두려워할 필요가 있을까? 막고 싶은 생각도 없었다. 그들은 생존의 증거가 아닌가? 그게 무엇이든 그들이 증거 아닐까? 두 사람 모두가. 누구에게 경고할 것도 없었다. 무너지고, 돌이킬 수 없이 변하고, 전혀 다른 이상한 곳으로 변한다 해도 세상은 여전히 돌아가고 있었다.

두 사람은 계속 걸었다. 밤에는 캠프를 세우고, 해가 뜨면 다시 걷기 시작했다. 해가 뜨면 주위 풍경이 깨어나며 세상도 함께 타올랐다. 군인도 없었고 하늘을 지나가는 띠도 보이지 않았다. 날씨가 점점 더 더워졌다. X구역은 이제 여름이었다.

고요한 호수들을 지나 마지막 몇 마일에 접어들자 시간이 느리게 흘러가는 것처럼 느껴졌다. 유령새는 상처로 물집이 생긴 발바닥과 까진 발목, 귀와 이마로 흐르는 땀에 모여드는 흡혈파리, 수통의 물을 들이켜도 가시지 않는 목의 갈증에 자신이 지금 살아 있다는 사실을 느꼈다. 마치 태양이 그녀의 눈꺼풀 뒤에 자리를 잡고 빛나는 듯, 머리 안쪽이 새하얗게 타오르는 기분이 들었다. 눈앞에 나타나는 모든 아름다운 것들은 적어도 한 번쯤 그 전에 본 적 기억이 났다. 그레이스는 멈칫거리며 걸었고, 그 걸음이 영원히 반복될 것처럼 보였다. 대지는 내리쬐는 햇빛의 열기를 그레이스에게 반사하고 있었다.

"초소에 아직도 사람이 있을까요?" 그레이스가 물었다.

유령새는 대답하지 않았다. 그만큼 무의미한 질문이지만, 굳이 그 점을 따지고 들지 않을 만큼의 인간성은 그녀에게도 남아 있었다. 무엇이 진짜인지를 결정하는 기준은 완전히 변했거나 무너져 버렸다. 유령새는 이제 생물학자가 가까이 있거나 멀리 있거나 그 위치를 언제나 알 수 있었다. 그녀의 마음속 어딘가에 있는 송신기, 연결은 결코 끊어지지 않았다.

경계의 예전 위치 몇 킬로미터 앞에 이르자, 태양이 너무 눈부시고 뜨거워져 신기루가 보였다. 유령새는 물을 가지고 있었고 사소한 통증으로 다리를 절뚝거렸다. 어떻게 이토록 강렬한 태양 아래의 경치가 이처럼 견딜 수 없을 만치 아름다울 수 있을까?

"만약 우리가 건너가는 데 성공하면 사람들에게 뭐라고 말해야 할까요?"

유령새는 그녀의 이야기를 들어줄 '사람들'이 과연 남아 있을지 의심스러웠다. 이제 그녀는 록 베이를 갈망했고, X구역의 눈을 통해 그 경치를 보고 싶었다. 록 베이가 어떻게 변했고 얼마나 예전 모습을 간직하고 있을지 궁금했다. 생물학자가 의지했던 섬과 같은 장소로 자신도 돌아가는 일이 유령새의 유일한 목표였다.

두 사람은 결국 거대한 싱크홀 가장자리에 위치한, 예전에 경계가 있었던 장소에 도착했다. 서던 리치가 설치한 하얀 막사들은 이제 이끼와 다른 생물들로 뒤덮여 짙은 녹색으로 변해 있었다. 그리고 벽돌로 만든 군사 기지는 거대한 생물에게 공격이라도 받은 것처럼 반쯤 무너진 상태였다. 군인도 초소도 더 이상 남아 있지 않았다.

유령새가 신발 끈을 고쳐 묶으려고 몸을 숙이자, 발 옆에 불개미 한 마리가 보였다. 식물이 무성하게 자란 싱크홀 안에서 뭔가 급히 지나가는 소리가 들렸다. 그 순간 기이하게 어깨가 넓은 마모트 한 마리가 갈대 사이로 얼굴을 내밀었다. 그리고 신기해하며 몸을 일으키는 그녀와 눈이 마주치자 뒤쪽 개울로 풍덩 뛰어들어 급히 사라졌다.

"뭐죠?"

그레이스가 그녀의 뒤쪽에서 물었다.

"아무것도, 아무것도 아니에요."

유령새는 살짝 웃으면서 다시 걸음을 옮겼다. 물과 깨끗한 셔츠가 있으면 좋겠다는 바람 말고는 아무런 생각도 들지 않았다. 그녀는 설명할 수도 이해할 수도 없는 행복감을 느끼며 미소를 지었다.

다음 날, 그들은 서던 리치 건물에 도착했다. 호수의 물이 정원까지 차올라 타일이 모두 잠겼고, 실내로 이어지는 콘크리트 계단까지 침범하고 있었다. 반쯤 무너진 지붕 위에는 황새와 따오기가 둥지를 틀었다. 과학 부서가 있던 위치 근처에는 불이 났다가 저절로 꺼진 흔적이 남았고, 외벽에 그을린 자국이 보였다. 예전에 그레이스가 알았던 사람들은 그림자도 보이지 않았다. 그들 뒤쪽의 저수지 옆에 있는 전구로 장식된 소나무는 유령새가 마지막으로 봤을 때보다 60센티미터쯤 자라 있었다.

서로 짜기라도 한 것처럼, 두 사람은 건물 가장자리에서 멈춰 섰다. 건물의 무너진 측면을 통해 세 개 층에 걸친 텅 빈 방들이 보였고, 그 안에는 더 짙은 어둠이 도사리고 있었다. 그들은 나무 뒤에 서서 폐허를 훔쳐봤다.

그레이스는 건물이 마치 탄식하듯 천천히 숨을 들이켰다가 다시 내쉬는 움직임을 눈치채지 못했다. 유령새에게 이 장소만의 생태계, 이 장소만의 생물권을 건설했노라 말하는 서던 리치의 심장 박동을 그레이스는 듣지 못했다. 그 소리를 무시하고 안으로 들어가 방해하려 들면 후회할 터였다. 이제 탐험을 끝낼 시간이었다.

두 사람은 거기에 머물며 생존자를 찾거나, 혹은 다른 어리석은 행동은 하지 않았다.

하지만 이제 시련이, 시험의 순간이 찾아왔다.

"바깥세상이 사라지고 없으면 어떻게 하죠? 우리가 알던 세상이 아니라면? 혹은 바깥으로 나가는 길이 없다면?"

이토록 아름답고 풍성한 세상에 있으면서도 그레이스는 그렇게 말했다.

"곧 알게 되겠죠."

유령새는 대답과 함께 그레이스의 손을 힘주어 잡았다.

유령새가 표현한 무언가가 그레이스를 안심시켰는지 그녀가 웃으며 말했다.

"그래요, 곧 알게 되겠죠. 그럴 거예요."

어쩌면 두 사람은 세상에 남아 있는 그 누구보다 많은 것을 알고 있을지도 몰랐다.

그저 평범한 날이었다. 아주 평범한 여름날이었다.

그래서 두 사람은 계속 걸었다. 앞으로 걸어가며 돌멩이를 던졌다. 더 이상 존재하지 않을지도 모르는, 보이지 않는 경계의 존재를 확인하기 위해서였다.

돌멩이를 허공에 던져 가며 그들은 한참을 걸었다.

000X: 국장

12차 탐사대가 출발하기 몇 분 전, 당신은 서던 리치의 어두운 사무실 안 책상 앞에 앉아 있다. 옆에 놓인 배낭의 망사로 된 바깥 주머니에 들어 있는 총에는 안전장치가 걸려 있지만, 막상 총알은 들어 있지 않다. 당신은 사무실을 엉망인 상태로 남겨 두고 떠날 것이다. 책장은 책으로 넘쳤고 메모들은 넘쳐흐른다. 너무 많은 것들이 말도 안 되거나, 혹은 당신에게만 말이 되는지도 모른다. 식물이나 낡은 휴대폰처럼. 벽에 걸려 있는, 솔 에반스와 알고 지내던 시절 찍은 사진처럼.

당신은 그에게 보낼 편지를 주머니 속에 넣어 두고 있다. 그 사실이 어쩐지 어색하게 느껴진다. 더 이상 편지를 읽을 수 없는 누군가에게, 글로는 전할 수 없는 무언가를 전하려 하는 것처럼 느껴진다.

어쩌면 탑 벽에 쓰여 있던 글과도 비슷하다. 글자와 단어가 아니라 그것들을 통해 전하려는 무언가가 중요하다. 어쩌면 종이에 글을 적으면서 당신의 마음에 그 내용을 담는 자체가 중요한지도 모른다.

당신은 일련의 행동들이 사려 깊지 못했다는 점을 수천 번도 더 고민한다. 그러나 당신에게는 선택의 여지가 없다. 여태까지처럼 흘러가는 대로 내버려 둘 수도 있다. 아니면…… 순식간에 당신을 어둠 속에서, 침묵 속에서 끌어내 다시는 돌아올 수 없는 길에 데려다 놓을 이 선택을 할 수도 있다. 설사 당신이 귀환한다 해도.

모든 일이 다 잘될 것처럼 그레이스가 생각하게 만들기 위한 이야기는 이미 다 해 두었다. 사랑하는 표식에게, 그녀를 안심시키고 사기를 유지하기 위한 모든 이야기를 들려줬다. 당신은 자신을 위해서라도, 그녀가 그 이야기를 믿을 거라고 확신한다. *내가 돌아오면. 우리가 이 문제를 해결하면. 우리가……*

창백하고 호기심에 가득한 머리가 기울어진 채로 안쪽을 들여다본다. 휘트비다. 그의 셔츠 주머니에서는 귀와 작고 검은 눈, 그리고 손가락처럼 생긴 작은 앞발만 내놓은 채 바깥을 훔쳐보고 있다.

당신은 갑자기 늙고 무력한 기분을 느낀다. 그리고 모든 사물이 다 한참 멀리 있는 것처럼 느껴진다. 의자, 그 너머의 문, 복도, 그리고 휘트비까지 몇 킬로미터나 떨어진 협곡 건너편에 있는 것만 같다. 당신은 작게 한숨을 내쉬고 다시 숨을 들이켠다. 당신의 메모들로 가득한 쓰레기장에서 순간적으로 공황 상태에 빠진다. 하지만 그럼에도 불구하고 절대 굴복하지 않는다.

"날 좀 일으켜 줘요, 휘트비."

휘트비가 당신의 말에 따른다. 보기보다 힘이 센 그는 자기보다 덩치가 큰 당신이 일어날 수 있도록 붙잡아 준다.

당신은 아래를 내려다보며 비틀거린다. 모든 것이 조각조각 부서진다 해도 휘트비는 여기에 남아야 한다. 그런 환각을 몇 달, 몇 년이나 견딜 수 있는 사람은 없으므로 휘트비도 조각조각 부서질 것이다. 하지만 당신은 그에게 견디라고 요구해야 한다. 선택의 여지가 없다. 그레이스가 조직을 운영할 것이다. 휘트비는 그에 대한 기록이, 목격자가 되어 줄 것이다.

"당신이 보는 모든 것을, 관찰 결과를 기록해요. 아직 그게 중요할지도 모르니까."

당신의 귀에서 파도 소리가 들린다. 눈에는 등대가 보인다. 그리고 탑의 벽에 적혀 있던 글자들이.

휘트비는 아무 말도 없이 커다란 눈으로 바라볼 뿐이다. 하지만 당신은 알 수 있다. 그가 거기에, 당신 옆에 조용히 서 있는 것만으로 충분하다.

문을 향해 걸음을 옮기자 당신이 내린 결정의 무게가 느껴진다. 하지만 당신은 그 무게를 무시한다. 그리고 복도로 나간다. 아주 늦은 시각이다. 형광등 불빛은 흐릿하지만 기분 나쁜 열기가 느껴진다. 혹은 형광등이 아니라 환풍구 때문인지도 모른다. 열기는 속삭

임처럼 당신의 머리 꼭대기를 스쳐 지나간다. 돌이킬 수 없는 현실
이다.

밤은 서늘할 테고 인동초의 향기나 반쯤 기억나는 소금기 어린
냄새가 날지도 모른다. 선명한 반달 아래 어둠 속에 묻힌 폐허가 된
건물들을 지나는 익숙한 여정은 마치 순식간처럼 느껴질 것이다.
12차 탐사대의 다른 대원들과 함께.

경계에 도착한 뒤, 당신은 서던 리치의 지휘 본부인 흰색 막사로
들어간다. 언어학자, 측량사, 생물학자 그리고 인류학자가 마지막 오
염 제거와 최면 준비 과정을 위해 각각 다른 방에서 기다리고 있다.
잠시 후면 당신은 경계 앞에 서서 최대한 멋진 모습으로 거대한 빛
의 문을 향해 걸어들어 갈 것이다.

당신은 모니터를 통해 대원들을 지켜본다. 언어학자를 제외하면
모두가 차분한 모습이다. 동작은 편안하고 불안한 기색도 보이지 않
는다. 언어학자만은 흥분한듯 몸을 떨고 있다. 눈의 깜빡임도 아주
빠르다. 입술을 달싹이지만 아무 소리도 나지 않는다.

기술자가 당신을 바라보며 지시를 기다린다.

"내가 들어가 보지." 당신이 말한다.

"국장님이 들어가면, 그녀는 모든 과정을 처음부터 다시 거쳐야
합니다."

"괜찮아."

괜찮다. 당신은 당신과 그녀 모두를 위한 해결책을 가지고 있다. 적어도 지금은.

당신은 조심스럽게 언어학자 맞은편에 앉는다. 처음으로 경계를 넘었던 여정이 어땠는지, 그때 휘트비가 어떻게 변했는지 생각하지 않으려고 애쓴다. 하지만 지금 당신의 눈앞에 보이는 얼굴은 솔이나 엄마가 아닌 휘트비다. 오랜 세월에 걸쳐 인간이 치러야 했던 대가, 잃어버리고 망가진 삶들, 오랜 사기극. 왜곡과 속임수. 그 모든 거짓말은 대체 무엇 때문일까? 본부에 있는 로우리는 그런 아이러니를 보지 못한 채 당신을 가르치려 든다. "시스템에 내재된 문제와 장애를 파악해야만, 스스로 그런 문제들을 없애려 드는 논리를 가진 반응을 우리가 통제할 수 있게 되는 거야."

언어학자는 향정신성 약물을 투여받아 왔다. 그녀는 철저한 파괴와 재건의 과정을 거쳐 세뇌를 당했고, 자신의 안전을 해치는 잘못된 정보가 주입되기도 했다. 그녀는 이 모든 점에 대해 어느 정도 이해하면서도 자원한 대원이다. 로우리는 언어학자가 잊힌 해안에서 가족 누군가를 잃었다는 사실을 알고 그녀가 글로리아의 대용품으로 가장 어울린다고 생각했던 것이다. 그건 당신에게 일종의 도발이자 성급한 메시지였지만, 로우리 스스로는 자기가 지닌 기술의 결정판이라고 여겼다. 로우리의 뒤틀린 무기는 너무 긴장한 나머지 당신의 바로 앞에서 무너지고 있다. 11차 탐사대의 심리학자와 같은 사례가 방향만 다르게 반복되고 있는 셈이다.

언어학자의 얼굴에는 혼란스러운 감정이 그대로 드러나 있다. 그녀는 뭔가 말하려 하지만 무슨 말을 해야 할지 모르는 듯 입을 자꾸 열었다 닫았다 한다. 그러다 얼굴로 주먹이 날아올 때처럼 눈살을 찌푸리다가 당신의 시선을 피하기도 한다. 그녀는 겁에 질려 있고 외로워하며, X구역에 발을 내딛기도 전부터 배신감을 느끼고 있다.

당신은 여전히 언어학자를 임무에 이용할 수 있다. 비록 망가진 상태라도 그녀를 데리고 가야 하는 이유를 열 가지는 더 나열할 수 있다. 그녀는 지형적 변이에서 기다리고 있을 일에 필요한 사람이다. 다른 대원들을 오도하는 일에 쓸모 있는 자원이기도 하다. 하지만 이런 식으로 주의가 분산되기를 원하지 않는다. 이번 탐사에서 중요한 것은 당신이다. 그리고 생물학자다. 당신의 계획은 사실 어둠 속의 추측에 불과하고, 막연한 느낌에만 의지해서 길을 찾아야 한다.

당신은 몸을 앞으로 기울이며 언어학자의 두 손을 잡는다. 아직도 가고 싶은지, 할 수 있는지 물어보려는 의도는 아니다. 그녀에게 가라고 명령할 생각이 없다. 로우리가 당신이 한 일을 알아낼 때쯤에는 이미 너무 늦을 것이다.

언어학자가 텅 빈 미소와 함께 당신을 바라본다.

"포기해도 괜찮아." 당신이 그녀에게 말한다. "집으로 돌아갈 수 있어. 모든 일이 괜찮아질 거야. 다 괜찮을 거야."

그 말을 듣자 언어학자는 당신으로부터 물러나 어둠 속으로 미끄러져 들어간다. 그녀와 그녀가 앉아 있던 의자, 이 방 모두가 단지 소품에 불과하다. 당신은 다시 X구역의 상공에서 갈대 위를 떠다니며 해변을 향해, 그 너머의 파도를 향해 흘러간다. 바람과 태양, 따스한 온기가 느껴진다.

질문은 이제 끝났다. X구역은 당신의 아주 작은 부분까지 모두 앗아 갔지만, 그래서 오히려 기묘한 평화를 느낀다. 배낭. 시체들. 파도 속에 던져진 당신의 총, 말라붙은 해초와 모래 위를 구겨진 채 굴러가는 솔에게 보내는 편지.

당신은 잠시나마 그곳에 남아서 등대 방향의 바다와 그 세상의 아름답고 끔찍한 빛을 내다본다.

당신이 어디에도 없게 되기 전에.

당신이 어디에나 있게 되기 전에.

솔 아저씨께

아저씨가 이 편지를 읽게 될지는 모르겠어요. 어떻게 해야 아저씨가 이 편지를 받거나, 이해할 수 있을지 모르겠어요. 그래도 편지를 쓰고 싶었어요. 설명하기 위해서, 아저씨가 나에게 어떤 의미였는지 말해 주고 싶었기 때문이에요. 그렇게 짧은 시간 알고 지냈는데도 말이에요.

아저씨가 무뚝뚝한 척하면서도 늘 변함없이 나를 걱정해 줘서 내가 고마워한다는 건 아저씨도 알았을 거예요. 내가 그게 어떤 의미인지 이해한다는 것도, 그리고 그 사실이 나한테 중요하다는 것도요. 설사 나머지 일들이 벌어지지 않았다고 해도 나한테는 마찬가지로 중요했을 거예요.

아저씨도 그게 아저씨 잘못이 아니라는 건 알 거예요. 아저씨 때문이 아니에요. 단지 불운일 뿐이고, 하필 아저씨가 그때 거기 계셨을 뿐이에요. 우리 아빠 말로는 나쁜 일은 원래 늘 그런 식이래요. 그리고 나도 그 말이 사실이라는 걸 알아요. 왜냐하면 나에게도 그런 일이 일어났거든요. 비록 지금까지 내게 일어난 일들 상당수를 내가 선택하긴 했지만요.

그때 무슨 일이 일어났든, 난 아저씨가 최선을 다했다는 걸 알아요. 아저씨는 늘 최선을 다했으니까요. 그리고 나도 최선을 다하고 있어요. 최선을 다한다는 게 어떤 의미인지, 그 결과가 어떨지 우리가 항상 알 수 있는 건 아니지만 말이에요. 살다 보면 도저히 어쩔 수 없는 일에 휘말리고, 어째서 그런 일이 벌어졌는지 절대 알 수 없기도 하잖아요.

지금 우리가 그 일부가 된 세계는 받아들이기 어려워요. 상상할 수 없을 만큼 힘들죠. 지금조차 내가 모든 것을 받아들일 수 있을지 모르겠어요. 어떻게 하면 그럴 수 있을지도 모르겠고 말이에요. 하지만 받아들여야 잘못된 과거를 바꿀 수 있을 거예요. 어쩌면 그렇게 받아들이는 것 또한 저항하는 방법일지도 모르죠.

난 아저씨를 기억해요, 솔. 난 빛의 수호자를 기억해요. 한 번도 아저씨를 잊은 적이 없어요. 그저 돌아오기까지 오래 걸렸을 뿐이에요.

사랑하는 글로리아가.
(바위 위에서 위험하게 다니느라 아저씨를 정말 성가시게 했던)

〈끝〉

감사의 말

이 작품을 쓸 수 있도록 나를 든든히 뒷받침해 준 인내심 깊고 훌륭한 편집자 션 맥도널드. 이 시리즈를 출간하는 놀라운 경험을 선사한 FSG 출판사의 테일러 스페리, 샬롯 스트릭, 데번 매조니, 앰버 후버, 이자벨라 보이체홉스카, 애비 케이건, 에브라 헬펀드, 레니 볼프, 칼라 오프, 찬드라 월레버, 저스틴 가드너. 또한 훌륭하게 언론 홍보를 맡아 준 앨리슨 싱클레어와 멋진 표지 일러스트를 그려 준 에릭 나이퀴스트. 충실한 에이전트 샐리 하딩과 쿡 에이전시. 또한 캐나다와 영국을 비롯하여 서던 리치 시리즈를 출간하며 풍부한 상상력과 에너지를 보여 준 여러 나라의 출판사들에게 큰 빚을 졌다. 블랙스톤 오디오와도 협업을 할 수 있어서 기뻤는데, 특히 라이언 브래들리와 오디오북을 낭독해 준 브랜드 핀쇼, 캐럴린 맥코믹에게 고맙다. 또한 다음 분들에게도 감사의 마음을 전한다. 클러버 에이스, 그레고리 보서트, 에릭 샬러, 매슈 체니, 테사 쿰, 베리트 엘링슨, 알리스테어 레니, 브라이언 에번슨, 카린 티드벡, 애슐리 데이비스, 크레이그 L. 지트니, 카티 샤르, 마크 머스티언, 다이앤 로버츠, 그리고 퍼먼테이션 라운지 바. 시리즈 3권에 등장하는 부엉이의 습성에 관해서는 아말 엘 모타르와 데이브 데이비스에게서 많은 조언을 얻었다.

이 시리즈의 아이디어를 얻고 집필을 하는 데는 세미오텍스트(Semiotext(e)) 출판사의 총서, 특히 그중에서도 『The Coming Insurrection』의 영향이 컸다. 작중 유령새의 생각의 흐름에 큰 영향을 주었고, 316~317쪽과 436쪽에 인용을 하기도 했다. 또한 레이첼 카슨과 장 보드리야르의 저작을 비롯하여 다음 책들에서도 영향을 받았다. 타센 출판사에서 출간된 틸-홀게르 보르헤르트와 조슈아 워터맨 공저의 『The Book of Miracles』 필립 호어의 『The Sea Inside』 데이비드 투미의 『The Weird Life』 아이리스 머독의 소설 『바다여, 바다여(The Sea, The Sea)』 토베 얀손의 작품들(특히 『소피아의 섬(The Summer Book)』과 『무민 골짜기의 겨울(The Moominland Midwinter)』), 레나 크론의 『Tainaron』 파티안 로저스의 자연시, 데릭 젠슨이 쓰고 리에르 키스가 편집한 『The Derric Jensen Reader』 리처드 제프리스의 『After London』 엘리노어 드 와이어의 『Guardians of the Light』 끝으로 존 B. 스포러 주니어의 『The Season of Apalachicola Bay』는 서던 리치 시리즈의 마지막 작품 『빛의 세계』를 집필 중이던 내게 마치 계시처럼 느껴졌던 진심 어리고 우아하며 현명한 책이었다. 플로리다 주 해안의 광경을 담은 이 책은 서던 리치 3부작의 세계가 내 마음속에 계속 감돌도록 지탱해 주었다.

서적 이외에 도움이 된 취재 방법은 현장 답사를 반복적으로 하고 소설 창작에 유용하게 활용될 수 있는 풍경을 기억하는 일이었다. 세인트 마크스 국립야생동물 보호구역, 아팔라치콜라 지역, 플로리다 주와 조지아 주의 시골, 보태니컬 해변 주립 공원, 밴쿠버 섬의 퍼시픽 림 국립 공원, 북부 캘리포니아의 해변, 그리고 나에게 어떤 '불가사리'를 건네준 피지 섬 같은 장소가 그런 곳이었다.

또한 올해 북 투어를 다니면서 만난 훌륭하고 창의적인 서점 직원들에게도 고마움을 전하고 싶다. 내게 영감과 에너지를 준 이 직원들뿐만 아니라 열성적인 독자들도 어찌 보면 이 기이한 여정에 잘 따라와 주었다. 정말이지 고맙게 생각한다.

마지막으로 이 모든 과정을 함께한 파트너인 아내 앤에게 느끼는 고마움은 이루 말할 수 없다. 앤은 나를 격려하고 내 말을 들어주었으며, 초고 단계에서부터 세세히 도와주는 것에 그치지 않고 원고에 집중할 수 있는 환경을 만들어 주는 등, 결혼 서약에서 하는 의무보다 훨씬 이상의 것들을 해내며 작품을 쓸 시간과 장소를 내게 마련해 주었다. 아내가 없었더라면 이 시리즈를 완성하리란 불가능했을 것이다.

옮긴이 | 정대단

1980년 서울에서 태어났다. 서울대학교 법학과를 졸업하고, 네오위즈 게임즈에서 리드 디자이너
로 일했다. 인터넷 쇼핑몰 마고진스(magojeans.com), 창작집단 '노가리' 대표로 재직 중이며 전
문 번역가로 활동하고 있다. 옮긴 책으로 메리 도리아 러셀의『스패로』, 마커스 세이키의『브릴
리언스』가 있다.

서던 리치 시리즈 3
빛의 세계

1판 1쇄 펴냄 2017년 6월 23일
1판 2쇄 펴냄 2020년 2월 5일

지은이 | 제프 밴더미어
옮긴이 | 정대단
발행인 | 박근섭
편집인 | 김준혁
책임편집 | 장은진
펴낸곳 | 황금가지

출판등록 | 2009. 10. 8 (제2009-000273호)
주소 | 06027 서울 강남구 도산대로 1길 62 강남출판문화센터 5층
전화 | 영업부 515-2000 **편집부** 3446-8774 **팩시밀리** 515-2007
홈페이지 | www.goldenbough.co.kr

도서 파본 등의 이유로 반송이 필요할 경우에는 구매처에서 교환하시고
출판사 교환이 필요할 경우에는 아래 주소로 반송 사유를 적어 도서와 함께 보내주세요.
06027 서울 강남구 도산대로 1길 62 강남출판문화센터 6층 민음인 마케팅부

한국어판 ⓒ ㈜민음인, 2017. Printed in Seoul, Korea

ISBN 979-11-5888-289-1 04840 (3권)
ISBN 979-11-5888-290-7 04840 (set)

㈜민음인은 민음사 출판 그룹의 자회사입니다.
황금가지는 ㈜민음인의 픽션 전문 출간 브랜드입니다.